花
笙
STORY

让好故事发生

精神科医生破案笔记2

The Criminal Files
of a Mind Healer 2

青山医院之谜

朱明川——著

中信出版集团 | 北京

图书在版编目（CIP）数据

精神科医生破案笔记 . 2, 青山医院之谜 / 朱明川著
. -- 北京 : 中信出版社 , 2023.8
ISBN 978-7-5217-5815-3

I. ①精… II. ①朱… III. ①推理小说－中国－当代
IV. ① I247.5

中国国家版本馆 CIP 数据核字 (2023) 第 109208 号

精神科医生破案笔记 2：青山医院之谜
著者： 朱明川
出版发行：中信出版集团股份有限公司
（北京市朝阳区东三环北路 27 号嘉铭中心 邮编 100020）
承印者： 北京盛通印刷股份有限公司

开本：787mm×1092mm 1/16 印张：21.5 字数：289 千字
版次：2023 年 8 月第 1 版 印次：2023 年 8 月第 1 次印刷
书号：ISBN 978–7–5217–5815–3
定价：59.90 元

目录

引子

和平年代，危险的职业不多，精神科医师倒可以位列其中。

它危险在哪里呢?

之前，我描述过一些稀奇古怪的心理疾病、精神障碍等，也提到过精神科医师的职业风险。比如说，你会被病人打伤，或者长期倾听他人内心的黑暗，影响到自身的情绪，婚姻家庭方面也会有压力。有的同行性格有缺陷，不会处感情，工作也不理想，继而产生孤独感，久而久之，下一个病人可能就是他自己。

精神科医生本人终身都是一名需要接受心理治疗的病人。在上海念医学院时，吴老教授就对我说过不止一次。很多年后，我才真正理解这句话的含义，也终于明白这是老教授的人生领悟。

当初，我从医学院毕业后就去沈阳工作了，大概待了八年。由于前女友，当然还有我自己的关系，我赔光了一切，卷铺盖回到了老家广西。当时，执业医师的注册变更手续十分麻烦，我几乎要从头来过。幸好，南宁市的一家精神专科医院在招主治医师，经过母校一位老教授的推荐，我很顺利就被聘用入职了。老实说，如果没有那位老教授，或许我的人生就会跌入谷底，不会再有起色。

就在我以为人生要重回正轨时，看似平静的医院却暗潮汹涌，隐藏的秘密一个个浮现出来，我的人生也彻底改变了……

第 1 章

定格的记忆

抑郁症和抑郁症状不同，每个人都会有抑郁症状，但抑郁症是一种会危及生命的病，需要靠药物治疗。抑郁症是精神疾病，会影响到心理，让人厌世、消极、对事物丧失兴趣；在生理上会让人厌食、便秘、器官衰竭，甚至产生幻觉，必须予以重视。

01 青十字心理辅导中心

大部分中国人都听说过白娘子，许仙在端午节被现出原形的她吓死，这是传说中最有名的故事情节。

那么，人真能被吓死吗？原理又是什么呢？

医学界人士解剖过相关尸体，发现死者的心肌均受到损伤，有许多出血点。研究表明，一个人在情绪激动的状态下，比如受到惊吓，体内会立刻分泌出大量的肾上腺素，这类物质能使心跳加快，加速血液循环。如果肾上腺素分泌过多，流速过快的血液就会像洪水一样冲击心脏，继而导致心肌纤维撕裂，心脏出血——这样人就被吓死了。

那一晚，我收到了病人牛大贵在去世前寄来的一张记忆卡，里面有一段张七七录下的影像。在视频中，张七七将一个信封藏到了太平间的一个冷柜里，说那是她搜集到的证据，能证明某位医生的精神状况有异。而我们怀疑这与她的失踪有关。

为此，我和杨柯悄悄地回到了太平间，但我差点被吓死，因为停尸台上躺了一个死人。我是学医的，不是没见过尸体，可当时的氛围被渲染得阴森森的，犹如到了阴曹地府一般。要知道，我们医院从没死过病人，像牛大贵也是在其他医院去世的。所以，太平间就是个摆设，从没停放过死人，冷柜更是没启用过。

那死尸是谁呢？

当时，我浑身像触电一样，看清楚死者后，更是觉得一股寒意袭上身来，因为死去的人是小乔。早上，宋强还说小乔最近身体不好，今天她休息，想请假陪她去看场电影。这么说来，小乔至少今天早上还活着，怎么一转眼就死了？

在来太平间之前，我和杨柯都看了张七七留下的录像，迎新晚会那晚，她设计引一个人过来，那个人很可能就是 X。在录像中，那个人穿着黑色连帽衣，帽子遮住了脸，却遮不住一头长发。录像在那个人扑向张七七时卡住了，好在杨柯反复研究了录像，发现最后的画面露出了那个人的真面目——她就是住院医小乔。

小乔是第三年住院医，几乎完成了规培的第一阶段，但当时她考核没过关，所以不能参加年度统考。本年度的统考不能参加，就要延到下一年度，这对学医的人来说是个很大的打击。我能理解当事人的不开心，但不能理解小乔就是张七七提到的 X。

总之，人一定是死了的，神仙来了也救不了，就是不知道小乔怎么死的。这种事铁定瞒不了，我第一个念头就是要报警。就在这时候，太平间透进来一大团白色的光，淹没了我和杨柯的手机光束。

“搞什么鬼？”我疑惑地停住了报警的动作。

杨柯镇定自若地提示我：“是电梯。”

确实，白色光团透进来的同时，电梯就响了。这么久以来，我一直忘了住院楼的电梯可以直达地下二层，太平间原本也设在负二层，但那里由于封建迷信的关系被封死了，又改到了负一层。我刚才还以为是地府的鬼门打开了，牛头马面来接小乔去投胎呢。当知道是电梯门开了，我才冷静下来。这家医院没死过病人，从没人送尸体下来，电梯基本没往地下两层去过。这段时间，我和杨柯也是走楼梯下来的，就一层楼而已，没人懒到去乘电梯。

电梯门打开后，有两个人走了出来，听到脚步声，我下意识要躲，但又觉得躲什么躲，我们又不是来偷东西的贼。可能那两个人也没想到会有其他人在场，等走到停尸台边上后，发现有别人在场，比我反应还大。

“吓死我了！”说话的人是院长。

“你们怎么在这里？”另一个人是主任。

我支支吾吾：“我……我……”

该怎么回答呢？老实交代吗？我还在想破脑袋找答案时，杨柯已经反问回去：“小乔怎么了？”

院长没多心，吐了口气就心烦地说：“今天有人发现她死在了值班室的床上。”

主任一脸惋惜的样子，跟着补充道：“是这样，小乔昨晚下班后就睡在值班室里，一直睡到今天，大家以为她是前一晚太累了，都没去吵她，谁知道……等再去叫她时，才发现她死了。”

是这样吗？所以宋强和武雄今天都没有看到小乔吗？他们都说要去找小乔的。不管怎样，院长当时找借口支开了我们，还叮嘱我们管好嘴巴，这件事他们会和死者家属处理的。可是过了一天，我就听说小乔的家属不仅要求做尸检，还要求医院赔偿一大笔钱，否则就去法院告医院。

那一周，由于牛大贵出逃，我和杨柯被罚去芒山镇的医疗观察点，都不在医院——住院医工作都由主任和副主任安排。我心里暗暗觉得他们倒霉，如果牛大贵没逃出来，他们就不用替我们担责了。季副高是文弱书生，哪里对付得了闹事的人，有一天下班，眼镜都被人打飞和踩碎了，右眼眶也留下了一片瘀青。主任自知理亏，不敢和对方理论，好几天不敢来医院，必须来时，就打电话问杨柯，小乔的家属有没有在医院大门口堵他。

实际上，我们也想知道小乔是怎么死的，家属要求做尸检，医院也赞同并愿意配合。几天后，尸检出了结果，但让所有人，包括小乔的家属，都震惊不已，无法接受。

那么，小乔是怎么死的呢？

做尸检的单位说，小乔死于子宫穿孔，具体一点就是穿孔后导致了继发感染，各种脏器发炎，全身微血管内形成大量血栓，直至出现了休克肺。不是做人流时没事就等于安全了，有时候从人流到死亡的间隔能长达一个月。可是，我清楚地记得，小乔误喝了梁凉凉拿给她的毒水意外流产，这件事过去不止一个月了，小乔又是在正规医院做的手术，怎么会忽然死掉呢？我的想法不影响医院认为始作俑者是梁凉凉。然而梁凉凉是其他医院派来的，来之前就明确了工作单位，和小乔的工作性质不一样，所以扯起皮来。

这事并没有闹到法院。但小乔死在医院是事实，赔钱是避免不了的，领导们也三次上门赔礼道歉，几乎搞了三个月才解决这次“危机”。这事出在一科，我们也理所当然被处罚，副主任是用来挡刀的，被罚得最重——处以一次性罚款十万元，延迟申报技术职称资格年限一年，并报请上级医疗主管部门批准，停止医疗执业活动半年，待批期间停止处方权。

这种处理非常严厉，我只是一名小医生，没有资格站出来帮说话。不过，听说主任也自己另外拿了十万来赔偿小乔的家属，这钱对死者家属来说不算多，要养大一个孩子，培养出一个医学生，这点钱根本不够，我一样感到难过。

经历了这次“危机”，我上班时很紧张，生怕也落得季副高的下场。季副高半年不能行医，也不能出去开会，只能每天看报纸，顺便跟进一些睡眠医学的研究。民营医院没有 SCI 压力，不代表不搞学术，因此季副高觉得有机会专心钻研学术，也是个不错的安排。人生就是要如此，逢山开路，遇水搭桥。

除了季副高，我和杨柯一样逃不掉，虽然那一周被派到芒山镇去了，主要责任不在我们，但也被要求去基层做服务，还各自被罚了一万块。我辛辛苦苦存了很久的薪水，就这么没了。

处理决定下发时，暑假已经过去，大部分学校都开学了。杨果的高中有个心理辅导中心，几乎每个月都有业内人士过去免费服务，我们就被医院支了过去。医院这么做也是为了保护我们，他们担心小乔的家属还会来为难我们，让一科的主要医师暂时都走掉是当时最好的选择。

至于主任，我们都被罚了，一科的工作就全部交给了他。平日，主任要么享清福，要么出去挣外快，那几个月他苦不堪言，可又不好拿住院医出气，唯恐哪个住院医又身体不适，一命呜呼。

去杨果学校的那一天早上，天没亮，我就起床了。出了小乔的事，我就想学杨柯早起跑步，锻炼身体，以免哪天睡着睡着也忽然死掉。可杨柯起得比我早多了，我去找他时，他刚好满头大汗地跑回来。看我也起床了，他就笑话我：你居然也能起这么早，今天不用去医院，可以像猪一样睡到九点钟，反正学校要上课，不会让学生们一大清早去做心理咨询的。

这话让我很不爽，我便回敬道："谁说猪是九点钟起床的，它们六点钟也会起床，好吗？"

"那你平时六点都还没起，不是比猪还懒？"杨柯也没客气。

"懒得和你说。"

"知道你懒。"

玻璃心的我一被奚落，忽然又不想去运动了，转身就要去换掉运动衣。杨柯见状就叫住我，训斥我运动衣都穿了，脱什么脱，赶紧去跑半个小时再回来，待会儿还要坐公交车去杨果的学校。我以为杨柯故意为难我，不让我蹭车了，想要认输。他却说去做基层服务，开私家车去干什么，去显摆啊。

这话有道理，学校人多嘴杂，也不是好待的地方，低调点总没错。我没有再争辩，只好硬着头皮去跑步。但一下楼，我妈就打电话向我诉苦，说我爸昨天晚上和她吵架了，还细数了半个小时的委屈。她啰唆到不行，我又不能挂掉电话，等我妈发泄完了，我只好假装跑完步回楼上去了。

杨柯是老江湖了，一眼看穿："你这个骗子，没跑步就回来了？是不是在楼下吃完早餐就当是运动了？"

我做贼心虚，当场招供：“是没跑，因为……”

“算了，你去换衣服吧。”杨柯没有得理不饶人。

进房间前，我瞄到茶几上有本日记，张七七的日记，顿时又想到了三个月前的事。

那晚，院长和主任都在太平间，我们不能当着他们的面拉开冷柜。过了一天我们再去时，所有的冷柜里都没有张七七留下的信封，不知道是被医院的人清理掉了，还是被谁捷足先登了。

为了病人考虑，我本来想将事情全盘托出，免得哪位医生乱治疗。可那时候交出录像和张七七的日记，小乔的家属会认为我们伪造证据，故意拿这种故弄玄虚的东西来撇清责任，医院也不会站在我们这一边的。而且，如果小乔就是X，那么对病人有威胁的人就不存在了，这样一来，说与不说没太大的区别。

只是我一直不明白，在张七七失踪前，小乔只是第二年住院医，怎么会有能力误导主治诊断牛大贵的病情呢？何况，这件事的必要性在哪里？小乔为什么要这么做？不过，精神病人做事向来没有原因，这几乎是万金油般的解释。

或许小乔觉得自己智商高，能将上级玩弄于股掌之上，就像玩弄武雄和宋强。小乔死后，他们才知道彼此的关系，事情被捅破时，要不是我拦着，两人差点打起来，都觉得小乔是因为对方死的。

这三个月里，我时不时会想，为什么小乔会自称X，正常人一般不会这么称呼自己吧。再说了，张七七肯定认识小乔，既然都是熟人，直呼姓名就好了，叫X太突兀了。我想不出答案，又只好用万金油般的解释来回答——小乔有精神病，行为无逻辑。

“你换好衣服了吗？再不出来，我就走了。”

“马上好！”我一边思考一边慢悠悠地换衣服，听到杨柯在催，这才加快了速度。出门的那一刻，张七七的日记依旧摆在茶几上，我又情不自禁地琢磨，小乔已经死了，那张七七在哪里呢？她的失踪究竟是怎么一回事？这些谜团仍未解开。

那天早上，我们坐公交车到杨果的学校时，本以为学校要上课，学生也没什么疑难杂症，最多是到辅导中心喝茶看报纸。谁知道，我们还没进学校，主任就打电话过来千叮咛万嘱咐，尤其是交代我，可别被一个病人的情况吓到，遇事一定要沉着冷静，不要刺激到病人。我当时在心里嘀咕，如果是严重的病人，肯定早被送去医院了，一所普普通通的中学，能有什么可怕的病人呢?

我嫌主任对我没信心，他越强调我要冷静，我就越不耐烦。于是，我一边敷衍地接电话，一边和杨柯穿过一片桂花林。那时才是初秋，桂花香味却已经浓得呛鼻了。我们绕了几个弯后，树林深处的一栋两层板楼映入眼帘。这是没有钢筋结构的建筑，原本是学校的广播站，后来就被用作心理辅导中心了。

前几年，青山医院与好几个学校合作，分别组建了心理辅导机构，都叫“青十字心理辅导中心”。这栋危楼就是该中心的大本营。医院七个科室的医生都陆续在几个学校待过一小段时间，大部分工作内容是倾听学生的烦恼，开导他们，或者办心理健康方面的讲座。比起医院的工作，可以说非常轻松。

知道我要来，七科的武雄事先提醒我，别太热心了，只要患者没有严重的心理障碍或者精神症状，应付一下就好，学校只是为了丰富教学活动内容，并没有真心想给谁做心理辅导。

卢苏苏以前也来过杨果的学校，她的病人多是老年人，每次来学校的心理辅导中心，她总觉得像换了一份工作。不过这三个月，卢苏苏一直没到医院来，据说是在处理离婚和债务的事，医院的工作都交给了别人。其实，我很想联系卢苏苏，想问问她手机欠费停机了，为什么还要假装在打电话，可这样又显得不近人情，这事就只好一直压着，压到我都快忘记了。

“好了，好了，我们到了，我挂了。”

我嫌主任太啰唆，没当一回事，挂了电话就发现二楼的心理辅导中心开着门，里面有个人背对大门坐着，她的头发齐肩，但都白了。

学校的心理辅导中心主要面向学生，为什么来了一个老人呢？是学生因爱生恨，白了少年头，所以主任才提醒我要小心谨慎吗？

然而，贫穷没有限制我的想象力，反而是善良限制了我的想象力。单纯的我完全没猜中答案。

02 精神癌症

除了白发女人，办公室还坐了一个微胖的女生，因为她靠着大门，我才没有立刻注意到。这间办公室非常简陋，绿漆木门，窗户铁栏的白漆脱了一大片，还没进去就有一股发霉的味道吹出来，吹得我的脸都要长霉斑了。

我们的脚步声很响亮，白发女人一听到动静，就转身站起来，赶紧堵住我们，没有让我们立刻走进去。这女人头发白了，但脸上没什么皱纹，人很精神，穿得也很朴素，浑身散发着一种“我当了几十年教师”的气息。

“来，我们到另一边去谈。”白发女人很威严，说罢就赶着我们快点离开。

我估计办公室里坐着的女生可能有烦恼，需要找我们倾诉，白发女人想介绍女生的情况，怕说得严重了，吓到那女生吧。不过，女学生最好找女医师来应付，我们男医生很难和女性谈话对象建立信任纽带，杨柯就更别提了，因为长得帅，病人常常会爱上他，这样反而不利于治疗。

我们走到楼梯口，白发女人就说自己姓刘，是教务处主任，也是高二班的班主任，可以叫她刘老师。我以为接下来要说女生的情况，没想到刘老师开口就问，卢苏苏是害怕了，不敢继续来心理辅导中心了吗。我以为刘老师说的是卢苏苏老公欠了高利贷被追债的事，因为不好谈论同事的隐私，刚想说自己不知情，谁知道刘老师没好气地来了一句："搞死了我们的学生，当然没脸来了。"

搞死学生？我心头一紧，暗喊真倒霉，怎么麻烦事一桩接一桩啊。说实话，医疗纠纷是最令学医的人头疼的事，但精神科医师的情况会相对好一些，一般没人来怪你医死人。因为精神病人都是家庭的负担，久治不愈，病情越来越严重，家属都不乐意照顾，巴不得甩掉这个负担呢。

显然，杨柯也是一头雾水，一样满脸问号。卢苏苏什么时候搞死学生，也许只有我们主任才知道，所以刚才他打电话提醒我，但我不知感恩地挂断了。没想到，卢苏苏除了老公背了债务这个秘密，还暗地里害死过学生。可人是怎么被害死的呢？我们这一行很少见血，要害死人，难度有点大，除非故意给病人吃一些不可描述的药，否则我想不到有什么办法能这么快害死人。

刘老师抱怨了一句，话匣子就打开了。不过她和其他病人家属差不多，讲话都没有重点，我好不容易才从这些内容中拼凑出线索。原来，半年前，卢苏苏来过杨果高中，当时她认识了女学生江萤。在别人眼中，江萤家境好，非常漂亮，成绩又名列前茅，没什么好烦恼的，可她忽然跳楼自杀了。出事前几天江萤找卢苏苏谈过话。

江萤一家人一开始都认定江萤是被人杀害的，去报了案，让警方来调查。所有的证据都表明江萤是自杀的，警方怀疑江萤可能有心理问题。于是卢苏苏就成了江萤一家人的出气筒。好在江家人还算明事理，闹了一阵子，情绪发泄完就过去了。

那年暑假前，学校和青山医院的合作快结束了，准备换另一家心理机构过来义务服务，因为这件事，我们医院和学校协议继续无偿合作。而学校为了区内的评比，必须组建心理辅导中心，但又拿不出多余的资金，斟酌再三，也同意了这个合作方案。当然，警方得出的结论是，江萤的自杀与卢苏苏的心理辅导没有直接关系，医院这么做不是心里有愧。

对于这件事，我和杨柯都不知情，可能医院处罚我们时也都没想到这一点，因此今早主任才急急忙忙地打电话提醒我们，但又不敢说破。我太善良了，还以为主任担心我不够专业，大惊小怪呢。

话说回来，抑郁症一般被当作精神上的感冒，而在我看来，严重的抑郁症其实是一种精神癌症。人们一直觉得人活着就好，大多忽视精神上的问题，但抑郁症却是全球主要致残性疾病之一。

有的人会认为，抑郁症是心理疾病，是心理问题造成的。现在也有研究证明，一个人如果缺少多巴胺等神经递质也会患上抑郁症，这样的抑郁症就是生理疾病，不是做心理辅导就能治好的。

想到大学时学到的内容，我给刘老师普及抑郁症的知识："抑郁症患者自杀很难防的，这事不能全怪卢医生。"

刘老师不喜欢被人插嘴，当即面有不悦地回答："谁说江萤有抑郁症了？她热爱学习，又热心参加课外活动，天天笑嘻嘻的，怎么可能得抑郁症？"

话不多的杨柯在一旁帮腔："没人说过江萤有抑郁症。"

我被问蒙了："没有吗？"

"没有。"杨柯斩钉截铁地回答。

顿时，我觉得自己里外不是人。可从专业角度上来看，这事确实让人第一时间想到抑郁症，毕竟涉及精神科医师、心理辅导、自杀等。刘老师也没怪我，可能是事情已经过去了，谁都不愿意再提起这种悲伤的往事，但她话锋一转，道出了一件可怕的事。

刘老师发完了牢骚，继续惋惜地说："江萤是我们高二班最优秀的学生，她死了，我们很难过，这对学生的影响也不好。好在当时快放暑假了，学生没多久就都回了家，不然都留在学校里，肯定很多人都要来做心理辅导了。问题是，这才开学一两个月，我们班的阿好就见鬼了，用你们的专业术语来说，就是得了老年痴呆。"

这里的学生肯定没有一个满二十岁的，青壮年才刚开始，跟老人都搭不着边，怎么可能得老年痴呆呢？见鬼也没什么新意，精神科医师当久了，这种故事我听得太多了。不过，每个病人都值得认真对待，我明白没新意也要听下去，于是就想安静地听刘老师继续把话说完。

这时候，第一节课的下课铃声响了，一直坐在心理辅导中心办公室的女生自己走了出来。她开始有些迷糊，然后笑着问："刘老师，第三节课是自习课，黄老师说我和江萤可以去琴房练琴，她叫我们跟你说一声。"

"江萤不是死了吗？"我心中疑惑。

刘老师没作声，对我们使了个眼色，耸耸肩，小声道："你们看吧。"

刘老师说，这个女生叫阿好，是江萤的同桌，学校有一大半学生住校，江萤和阿好是同桌也是室友，两个人的感情很好。刘老师怀疑阿好是受不了闺密自杀，精神受了刺激，不愿承认这个事实，因此强迫自己忘掉江萤已经自杀了。当然，这是老师的看法，同学们都谣传江萤变鬼了，阿好被鬼迷住了心智，说的都是鬼话，室友们吓得都不敢和她一起住了。

基本上，一直是刘老师在诉说"病情"，这对"病人"的治疗没好处。老师护着学生，这我能理解，但有什么话，还是要直接听"病人"亲口说。我料想刘老师不是一上午都有空，就说学生交给我们就好，她有什么要忙的就去忙吧。刘老师担心我们都是男性，单独留下学生不安全，可是阿好总在说自己和江萤刚见过面的事，搞得她也有点害怕，于是叫我们上午放学时要送人回教室，她会在那里等我们的。

阿好被留下来，十分局促，坐回办公室后，就问我们两个："我犯什么错了吗？"

杨柯反问："你说呢？"

阿好没敢看我们，而是低头玩手指："是不是我……考试作弊被老师知道了？"

"这里是心理辅导中心，考试作弊和我们没关系。"我想让阿好卸下心防。

杨柯却拆我台："作弊是不对的。怎么，你以前考试经常作弊吗？"

"谁作弊了！"我小声地否认。

阿好似乎不记得自己是怎么被带过来的了，非常紧张，可能我们两个人一起和她谈话，给她的压力也很大。为此，我想让杨柯先出去，留我一个人和阿好随便谈一谈，摸出个大概来。杨柯又不傻，知道我们都在场无法跟病人有效沟通，不用我使眼色，就自己找了个借口出去了。

阿好水灵灵的眼睛一直在眨，无辜的样子让人心疼，好像自己做错了事，又不知道错在哪里。我不想给阿好压力，等杨柯一出去，就尽量好声好气地问："你叫什么名字，班主任是谁，学号是多少，能一并告诉我吗？"

我是想借基本的信息问答测试阿好的精神状态。阿好以为是看病，一起回答了，中间没有卡顿，回答得特别流畅。我数学一般，英文还可以，于是又请教阿好有些句子用英文应该怎么表达，她也答得上来。

绕了几个圈子，我就慢慢切入重点："阿好，江萤……你今天见过她吗？"

阿好想都没有想，马上就回答："我们是室友，天天见啊。今早一起去吃的早饭，一起上的早读，怎么了，她犯什么错了吗？"

江萤死了，这是事实，如果不能让阿好认识到这一点，那怎么聊下去都无济于事。我在聊天时，琢磨着怎么循序渐进，阿好却忽然来了一句："老师，你是不是也觉得江萤不对劲了？我早就发现了，可是不敢说。要不我带你去找她，你去和她谈谈？"

我眉头一皱，心里忍不住嘀咕：找鬼？开玩笑吧，上哪儿找去？

03 七秒记忆

江萤已经死几个月了，估计都火化了，除非去阴曹地府，不然肯定见不到人。阿好的问题让我一个头两个大，可我又不敢刺激阿好，唯恐又惹出什么难收拾的乱子来。

“老师，有什么问题吗？”阿好没瞧出我的心思。

我却不承认，也不敢承认：“没有问题。”

这倒不是我爱撒谎，只是有心理疾病或者精神障碍的人都会觉得自己并没有患病，并且不被大家理解。所以在治疗开始前，我们不要过早地去和病人抬杠，坚持证明对方有病。

以我的经验来看，阿好和我之前的病人完全不同，她的眼神不涣散，精神状态也不错，除了偶尔低头玩手指，大部分时间都看着我，像在听老师讲课一样。而大部分病人都有个特征，就是会东张西望，眼神没有生气，好像医生一直在走动一样，这种病人通常都需要住院治疗。

阿好叫我一起去找江萤时，我犹豫了一会儿，不知道要不要配合她，就这样过了一会儿，上课铃声就响了。我趁机找了个借口，说既然上课了，就让江萤先上课吧，现在去教室打搅同学不太好。阿好确实不同于以往的病人，我这么一说，她就若有所思地点点头，同意我的决定，还说第二节课是数学课，让江萤专心上课好了。

稳住了阿好，我就接着问：“你和江萤关系很好吧？”

“当然了，我们是同桌又是室友，天天都在一起。”阿好大方地说，“我们初中就是好朋友了，还想着一起去北京念大学的。”

阿好神情自然，我就大胆地推进：“那你说江萤不对劲，是哪里不对劲？”

这问题一抛出来，阿好就犹豫了几秒钟，组织好语言后对我说：“江萤好像……人有点问题，我也不知道怎么说。”

“慢慢来，别着急。”我鼓励道。

让病人袒露心声，这对任何心理疾病或者精神障碍都是很好的治疗手段，这种节骨眼上必须给他们说出来的勇气，而不是一个劲地挑刺，找他们谈话内容中不合逻辑的地方。你越是认同病人，他们就越有谈话的兴趣，将心中的想法一股脑说出来。问题是，阿好的表现有些不同，因为她是在考虑怎么把事情说清楚，而不是在担心别人认为她脑子有病。

阿好想了好一会儿，还是没想好怎么说，我就引导她：“江萤之前为什么要来心理辅导中心找卢苏苏医生谈话？”

“这我就不清楚了。”阿好为难道。

“那她约你去琴房练琴……”我循循善诱。

阿好也许是个音乐爱好者，一提到练琴，眼睛就发光：“是啊，江萤约我去的。这学期有场文艺晚会，我们有个节目是表演钢琴弹奏。从初中开始，我和江萤就跟着校外的黄老师练琴了，今年黄老师居然来我们学校教音乐课，真是太有缘分了……不过……”

阿好说到这里，忽然停顿下来，我意识到后面有重要的信息，立刻表现出认真的样子。也许是不想说闺密的坏话，阿好几经挣扎才告诉我，虽然她们约着一起去练琴，但有几次是江萤先去的，等她到琴房门口时，她就听到江萤在琴房里一边哭泣一边和人说话。奇怪的是，阿好推开琴房的门，钢琴老师并不在，只有江萤一个人。阿好问江萤是在用手机打电话还是怎么了，江萤却马上转移话题。这样的事发生过好几次，不只是在琴房，在学校好几个地方也发生过。阿好很担心，因为江萤从不承认行为怪异，一被发现，她总是灿烂地笑起来，你根本看不出她有过任何异常举动。

“难道是精神分裂？”我心中起疑，想继续问来着，结果眼前发生了更奇怪的事。

阿好打了个哈欠，话没说完就揉了揉眼睛，好像是没休息够，可揉完以后就像看怪物一样地看着我。我注意到阿好的眼神有变化，顿时安静下来，想看看她的反应。我以为阿好要说什么惊人的内容，万万没想到，她说的是：“你是谁啊？这里是……”

“这里是青十字心理辅导中心，我是陈医生，我们刚刚认识。”我提醒道。

阿好将信将疑，努力地回忆自己是怎么来这里的，她想不起来，又问我："我可以走了吗？今早第三节课是自习课，黄老师说我和江萤可以去琴房练琴，我们约好一起去的。"

"什么？"我在心里嘀咕道，因为我被阿好绕晕了。这话不是一开始就问过刘老师了吗，怎么又来一遍？是学生顽皮，故意整蛊我这个精神科医师，还是真有年轻人版本的痴呆呢？

"老师，我是不是犯什么错了？"看我表情不对劲，阿好紧张地问我，"江萤在等我呢。"

我无言以对，这是要重新对话一次吗？正当我犹豫不决时，沉重的脚步声从楼下上来，由模糊变清晰。没多久，杨柯就出现在办公室门口，他在外面清了清嗓子，示意我出去一会儿。我稳住阿好，叫她自己坐着，可以玩手机，我不是学校的老师，不管她在校内使用手机的事。阿好一听能自由玩手机，开心地掏出了藏在口袋的手机，乱点了几下，翻出了一部电影来看。

"怎么了？"我出来就问杨柯。

"你还没看出问题来吗？"杨柯有点不耐烦了。

"哪有这么快？"我不以为然，"这才几分钟？"

"都半个小时过去了好吗？"杨柯不给面子地指出来。

"你以为我像你，几分钟就……"我想开些粗俗的玩笑，想到有女学生在，又急忙刹车。

杨柯当我是傻子，没接我的话，只是叫我到楼梯口去，然后说他也没闲着，刚才阿好要找江萤去练琴，他就主动出去打听了一下。结果，杨柯问了学校才知道琴房上学期末就关闭了，因为大家都谣传江萤阴魂不散，在学校的琴房闹鬼。然而，奇怪的事不在这里，而在于阿好。自从江萤自杀，阿好就整天说自己见过江萤，还约了江萤去哪里哪里，搞得人心惶惶的。起初，学校劝阿好休学，也通知了家长，但阿好似乎总不记得被劝休学的事，每天都会回来，好像自己仍住在学校。除了这些事，阿好其他方面都很正常，上学不会迷路，语言交流没问题，更没有暴力行为。

“难道是老年痴呆现在年轻化了？”我瞎猜测。

杨柯当我是白痴一样，看都不想看我：“你在里面待了那么久，我也和你说了那么多，你真的没看出问题来吗？”

“什么问题？江萤没死吗？”我继续瞎猜。

“人都火化了。”杨柯提醒我。

“那你的意思是……”

我被杨柯严厉的态度弄得很紧张，智商没能维持在正常水平，如果换和蔼的季副高来问我，我估计早就猜出来了。杨柯见我孺子不可教也，便走回心理辅导中心的办公室，让我躲在外面听。阿好一直坐在里面，听到有人进来，她收起手机后又再次犯迷糊，似乎又不记得自己是为什么来的了，而且老在强调第三节是自习课，她和江萤约了去练琴，黄老师同意了的。

我很不服气，认为杨柯和我都是一个级别，能有什么高级的方法，让阿好的问题清晰地显露出来。杨柯知道我躲在外面，在和阿好讲话时，还瞄了我一眼，似乎在说：臭小子，学着点。

没想到，杨柯很没礼貌，居然极不专业地打断了阿好：“不用说了。江萤已经死了，跳楼死的，上个学期就死了。”

此话一出，我惊讶得下巴都掉在了地上，我看不仅阿好有病，杨柯也病得不轻吧。就算是宋强来了，他们也不会傻得去刺激病人啊。医生和病人刚开始谈话，最忌讳这么直接地把狠话都说出来。果然，阿好的情绪激动起来，拍了几次桌子后，她大声地重复着“这不可能，你骗我”。

我本来想进去缓和事态，生怕阿好一激动，从楼上跳下去，虽然这只是二楼，不一定能摔死人。杨柯看我要进来，马上做了个暂停的手势，不准我干涉他。紧接着，阿好好像头很疼的样子，揉了揉太阳穴后，又坐了下去，然后迷迷糊糊地问杨柯，这是哪儿，她为什么来。最可怕的是，阿好居然又重复地说，第三节是自习课，江萤和她约了去琴房练琴，黄老师同意了的。

杨柯没去安抚阿好，只让她自个儿坐着，然后走出来问我："你都看到了吧？"

"你居然……"我一时语塞。

杨柯翻了个白眼，无可奈何地说："你居然还不明白吗？"

阿好的症状很奇怪，不是常见的病，和老年痴呆有点像，但又完全是两回事。又或者，阿好是一条金鱼变的，只有七秒的记忆，所以杨柯才不怕刺激到阿好，道出了实情？现在阿好又忘记了刚才的事，这和广泛谣传的金鱼七秒记忆很相似。

事实并非如此。早在1966年发表的《美国科学院会议记录》，美国密歇根大学的研究人员罗杰·戴维斯和伯纳德·阿格拉诺夫就证明了，金鱼至少有三天的记忆，它们经过训练，能识别物体形状、颜色和声音，由此做出一些有规则的把戏。在之后的几十年中，陆续有科学证明，金鱼并不是弱智的生物，它们是能够拥有持续数月的记忆力的。

言归正传。当时，我总觉得想到了什么，就是无法拼凑起来。我还在思考时，楼下有人走上来，一听就穿着高跟鞋。我以为刘老师回来了，朝着楼梯口望了一会儿，走上来的是个熟人——卢苏苏。

04 永远十九岁的水手

卢苏苏三个月没来医院，我一直是听武雄说她的近况，似乎她打官司离婚了，不过债务好像还是被判为夫妻共同承担了。这么久了，我都没和卢苏苏有过联系，冷不防遇到她，我心跳加速，脸也红了起来。

"苏苏，好久不见。"我开心又紧张地打招呼。

"陈仆天，好久不见。是杨柯叫我过来的，他……"卢苏苏神情憔悴，瘦了一大圈，一看到我们就不好意思地说，"我之前有些私事要处理，不是故意躲着的。至于江萤的事，我……"

“这些事都过去了。”杨柯淡淡道。

我头歪向杨柯，凑近后小声地问他：“你叫她来做什么？”

杨柯厌恶地想躲开，可是我们在走廊，没有地方躲，于是他就不给面子地大声回答：“你能不能过去一点？”

卢苏苏被逗得微微一笑，接着就严肃地替杨柯解释：“这件事我也有责任，有空我再慢慢和你们说。”

“那你来……”我继续问。

“你们先去找学校谈谈吧。我来看看阿好，一会儿和你们做个会诊。”卢苏苏大大方方地解释。

说起来，卢苏苏只是处理债务问题，不是因为医疗纠纷而停职的，她仍有多点执业的资格，不像季副高是真正坐冷板凳，她当然可以来心理辅导中心给学生提供一些指导意见。有那么一刻，我很想问卢苏苏，之前她在医院哭着打电话，到底是怎么回事，可还是把话吞回肚子里了。

我痴痴地望着卢苏苏，觉得她很娇弱，像一朵鲜艳的花，有一种想要保护她的冲动。卢苏苏说完话时，我还沉浸在自己的世界里，什么反应都没有，直到杨柯用手肘撞了我一下才醒过来。我想抱怨杨柯这一撞太用力，肾都要裂开了，可扭头看他时，他好像很生气，眼睛都冒火了，这种表情我是第一次看到。

平白无故揍我，还生气，我顿时也不乐意了，想回办公室和卢苏苏一起为阿好会诊，但杨柯却抬起胳膊，勒住我的脖子，拖着我下楼去了。我还没走远，身后又传来阿好的声音，她又在说第三节课是自习课，江萤和她约好去琴房练琴，黄老师同意了的。

南宁的初秋仍有些炎热，一走出桂花树林，我整个人就像起火了一样，被杨柯搂住的脖子还捂出汗了。杨柯穿着白色的长袖衬衫，一开始没发现我出汗了，等察觉到袖子有些湿了，他立刻撤回了手臂，还嫌弃地在我背上搓了搓。

“你当我是抹布啊。”我不乐意了。

杨柯没接话，而是扬了扬下巴，示意往前面的教学楼去。这一出接一出的戏，我脑容量有限，跟不上，便问："你刚才趁我和阿好说话时都干了些什么？"

"我打电话叫卢苏苏过来，帮忙做个会诊。"杨柯一边走一边解释，"我们先去教学楼吧。"

"等等，卢苏苏的手机现在能打通了吗？"我岔开话题问。

"人家都打官司了，手机能打不通吗？之前她是怕高利贷的人来骚扰，故意停机的吧。"杨柯不太高兴的样子，教训道，"陈仆天，你能不能认真一点？别没几句话就又绕回到卢苏苏身上。"

"好，好，我认输，你最认真。"

我每次一这么说，杨柯就会翻白眼，丢下我快步走开。过了一会儿，下课铃声响了，课间操时间到了，学生们从教室里蜂拥而出。我和杨柯逆流而上，肩膀不时地被学生们撞到，有的女学生还窃窃私语，都在问这是新来的老师吗，好帅啊。我知道她们说的不是我，就低头走自己的。可到三楼时，有位男老师拿着一本"太平川"写的书走下来，同时教育一名女学生，说这种垃圾书以后不准带来学校，看这种书小心脑袋坏掉，这本书现在没收了。杨柯闻言，瞄了那本书一眼，停下了脚步，我怕他要和老师争执，就赶紧叫他继续走。

我并不知道杨柯上楼要干什么，现在是课间操时间，老师和学生都不在教室，上来找鬼吗？到了五楼后，杨柯一路看门口的班级标记，找到了高二班后，就叫我和他一起进去。

"来这里干什么？"我不明白地问。

杨柯停在门边，指了指墙壁上的课程表："你看。"

墙壁上贴了张课程表，那个地方应该贴过很多张课程表，因为墙壁上有许多没撕干净的地方，有的地方都贴过几次了。这样的情况很正常，大部分中学的历史都很长，收过许多届学生，墙壁上干干净净的才有鬼呢。

我凑近瞧了瞧后，没开窍地问："课程表有什么好看的？"话一问完，我又自问自答："不对啊，今天是周三，早上……高二班早上第三节不是自习课，是数学课啊。阿好是记错了吗？"

"不是数学课，你再仔细看。"杨柯继续指课程表。

"你当我是白痴啊，白纸黑字写得清清楚楚，不是数学课，还能是什么课？"我不喜欢卖关子，想求个痛快，"你有什么话就直说嘛，留卢苏苏一个人在那边，我不放心，万一……"

我一提卢苏苏，杨柯就又摆出了臭脸。但卢苏苏是他叫来的，又不是我，不喜欢人家就别叫过来嘛。天气炎热，我心情也不太好，想和杨柯吵一架来着，可是再端详那张课程表时，才终于注意到了不对劲的地方。原来，周三早上的第三节课真的不是数学课，确实是自习课，只不过自习课的安排是上学期的。新的课程表就贴在旧的上面，只要靠近的话，仍能分辨出纸下的字迹。

"难道……"我有些不敢相信。

"没错。"杨柯肯定道，"我从心理辅导中心出来的时候，找了几个老师问了问，虽然没有接触病人，但从他们的描述来看，阿好应该得的是这种病。"

这时候，学校响起了广播体操的音乐，我领悟了杨柯的用意后，便急着下楼去找阿好确认。卢苏苏还在办公室和阿好说话，阿好听到脚步声，回头看我们时，已经不记得我们是谁了，我们又必须重新介绍一次。阿好见到杨柯，情绪波动不大，一样不记得杨柯告诉过她江萤的死讯，反而脸红起来，似乎对杨柯有好感。

我一来就开门见山，问阿好今天几号，阿好想都没想就答："5月17日啊，你没手机吗？看看手机就好了。"

5月17日是我妈第一次带周老太和胡小宝来医院的日子，那天下特大暴雨，如今事情过去快半年了，现在已经是10月份了。我没有立刻纠正阿好，而是继续问："阿好，今天早上你们去上课，天气怎么样？"

"下大雨啊，好多路都积水了。"阿好说完这话时，下意识地看了看窗外，阳光透过桂花树林洒在地面上，一看就知道不是下雨的天气。阿好很意外，站起来想出去看个明白，同时自言自语：“奇怪，已经天晴了吗？”

我望着阿好的样子，心中有种难过又庆幸的感觉，原来阿好并不是见到鬼了，老师和同学一直以为阿好说见到江萤，是装疯卖傻或者撞邪了，其实不然。阿好的记忆一直停在 5 月 17 日那天早上，她根本不记得江萤已经跳楼自杀了，而那天就是江萤从楼上跳下来的日子。

为此，我学着杨柯，慢慢地告诉阿好：“江萤已经跳楼自杀了。”

“你说什么？”阿好大吃一惊，随即又头疼起来。她揉了揉脑袋，又回到原点，微笑着问我：“老师，今早第三节课是自习课，江萤和我约了去琴房练琴，黄老师同意了的。”

“你先坐下吧。”

其实，我不是第一次遇到这样的情况，当年在上海读书时，吴老教授也讲过相关案例。国外有本小说集《错把妻子当帽子》，当中有个故事叫《永远十九岁的水手》。故事中的男主人公是一名六十多岁的水手，可他一直以为自己还是个年轻人，当医生让他看镜子时，他会吃惊自己怎么变得这么老了，还会陷入焦虑之中。可是，几分钟或者几个小时后，水手又会忘记见过医生的事，然后重复刚才说的话，问同样的问题。水手的智力是正常的，能轻而易举地解决代数几何问题，但被问起 1945 年后的事，却什么都记不得，不过他也不是完全失忆，因为他记得 1945 年以前的事。简单地说，这个水手永远是十九岁，他活在时间胶囊里，无法生成新的记忆，有时还会因为记忆缺失而生成虚构的记忆。

这本书的作者是英国神经病学专家奥利弗·萨克斯。他文采出众，享誉医学界和文学界，最擅长以纪实文学的形式，将临床案例写成故事。可以这么说，我最初写作的灵感就来自奥利弗·萨克斯，他是我非常喜欢的医学文学类作家，没有他就没有我笔下的种种人物。

奥利弗写的虽然是故事，但都有对应的真实临床案例，《永远十九岁的水手》中提到的症状并不是虚构的，阿好的病正是这种罕见疾病——科尔萨科夫综合征。

那么，阿好是怎么患上这种怪病的呢？是被江萤的死刺激到了吗？实际上，科尔萨科夫综合征不是由精神刺激引发的，病因大多是饮酒过量、外伤、长年营养缺乏等。但阿好的病因非常奇特，连我也没猜到。

05 科尔萨科夫综合征

科尔萨科夫综合征通常是在病人一次或多次震颤谵妄后发生的，临床特点为近记忆缺损突出，学习新知识困难，常有虚构和错构记忆等。这样的患者一般是以头疼、记忆力减退为主因入院，同时有时间定向障碍、虚构等精神症状。

当然，像这种罕见病症，并不是精神科医师坐下来谈谈话就能确诊的，还需要多学科联合会诊。以我们的经验来看，已经八九不离十了，除非是更严重的疾病。为了做多学科联合会诊，我想请示医院，因为我和杨柯被派过来是给学生做心理辅导的，医院方面肯定以为这边事少，领导也绝对不希望我们再多生事端。

我将此事报告给了主任，主任一开始就明哲保身，拒绝了我的请求，让我不要多管闲事。主任的说法是，如果这个病最终无法确诊或者治疗时病人的病情恶化，又闹自杀，我们承担不起后果。我理解主任，毕竟大家都被罚得那么重了，学医的人不怕鬼神，就怕医疗纠纷，这是能葬送你一生的噩梦。

可我的良心告诉我不能坐视不管，为了治疗阿好的病，我又去求季副高。那段时间，季副高都是在医院看报纸，什么医学工作都不能参与，他接了我的电话就表示无能为力，不过还是想了个办法。阿好的病属于神经精神病，青山医院的七科主要接收这类病人，他们科室资金充足，设备又多，季副高就建议我们去找阿好的家属，说服家属带阿好去七科找武雄。这样一来，等于是病人主动去看诊的，不算我们从学校带过去的。而且七科不归我们主任管，他们要怎么诊治病人，都是他们的事。

武雄最近和宋强闹矛盾，还好他公私分明，没连我一起埋怨。不过，小乔的死对他们两个人打击都很大，而且他们都认为小乔的孩子是他们的，只是小乔不在了，谁都无法鉴定谁是胎儿的父亲了。其实，小乔还有很多秘密，多到我无法想象，这段时间我自己也经常想起小乔。

为了阿好着想，我们就兵分两路。卢苏苏先去联系武雄，让他一定要接下阿好；我和杨柯则请学校方面去找阿好的家长，让他们尽快带人去做个检查。我这么安排，一是怕学校排斥卢苏苏，让卢苏苏去找武雄会比较好；二是杨柯能充当门面，用美男计哄着老师同意我们的请求。

哪知道学校方面根本不用我们浪费唇舌，就痛快地答应了，他们巴不得我们带走这个烫手山芋呢，而且还问我们，要不要派辆车送你们去啊。可惜，我们找到阿好的家属时，他们不同意，不管我怎么劝说，他们都认为精神专科医院是疯人院，要看病也是去综合医院，为什么要去疯人院呢。

每每到了这种时候，我就要佩服院长的高瞻远瞩了。在我来医院之前，他八成都是按选美标准来选医生的，杨柯一出场，家属们就不那么抗拒了，还问医院的具体情况，是否去了就一定要住院之类的事项。人是视觉动物，都喜欢好看的东西，就算自诩灵魂有深度的人，看到俊男美女也会客客气气的。

杨柯在说服家属时，倒没有仗着长得帅就说得天花乱坠，也没有打包票，反而说如果能确诊，可能需要去别的医院做进一步的治疗，而且科尔萨科夫综合征的预后不好，治疗效果也一般，需要长期治疗，至少得一年。有时候，治疗不起作用，只能靠补充维生素 B_1 及其他多种维生素来防止病情恶化。

我们苦口婆心劝了很久，家属才同意将人带去做检查。那天下午，我们得到了学校的同意，暂时不去心理辅导中心坐班，一起带人回医院。武雄可能已经和卢苏苏谈过了，当时门诊部已经下班，他还在诊室里等着。我敲门示意有人来了时，武雄正坐在里面看手机，神情有些奇怪，既像是烦恼，又像是恐惧，不知道在看什么。

见我们来了，武雄收起手机，热情地打招呼："来，阿好，你先坐，我给你倒杯水。"

"那你们先聊，我们出去了。"我借口走人。

武雄拿纸杯去接水时，听到我要走，又过来小声问我："你有没有收到过什么奇怪的短信？"

"没有啊，垃圾短信倒是有一堆。"我耸耸肩，然后问，"怎么了？"

"没什么，你们去忙吧，有消息我再告诉你。"

武雄要看病人，没留我和杨柯。我们还没吃午饭，这时决定一起去外面随便吃点东西。有时候，我们嫌食堂的饭菜不好吃，就会去医院外一家叫"茶茶"的餐饮店。这家店除了卖自制凉茶，也会卖汤粉饭食，还经常给医院的工作人员打折，稳稳地抓住了我们这些想贪便宜的精神科医师。虽然大家都明白其中的道理，但仍会过去捧场。

季副高正好也在"茶茶"，他一边吃饭一边看报纸。店里人不多，店家也不赶人。我进去一看到他就坐了过去，想趁机谢谢季副高。谁知道，主任也跟着进来了，看到我们后，只和杨柯打了招呼，然后叫了个外卖就出去了。

"老何这几天会很辛苦。"季副高放下报纸，戴起眼镜说，"因为调查的事，医院以前的封建迷信行为要被改正过来，可能就在这几天吧。"

老何就是主任。

我绞尽脑汁也没想出来"医院的封建迷信行为"都是什么，只好问："什么封建迷信？我们医院有这种事吗？"

杨柯记忆力比较好，提醒我："住院楼地下二层的走廊被封起来了。”

我拍了拍脑袋，这才想起来，当年住院楼的地下二层原本是太平间，但一个风水先生算了算，说地下二层有很强的怨气，没有办法驱走，于是指点医院烧了香，并把其中一段走廊从两边砌死了。从此，地下二层再也没有使用过，太平间也改到了地下一层。

季副高告诉我们，小乔的死引发了一系列调查，当年封建迷信的做法也被揪了出来，现在要拆除地下二层的水泥墙。施工就会有噪声，这对住院病人很不利。声音能影响人的精神状态，这个不用我们多说，谁都明白。为了不让病人发狂或者病情恶化，主任这几天像住院医一样守在医院，以防万一。

我虽然提倡科学，但也觉得风水先生既然那么说了，最好还是别拆除那两堵墙壁，谁知道会不会拆了就闹鬼啊。不过，我忽然很想去地下二层看一看，因为张七七的录像看到一半就断了，没准儿后来还有别的事发生，或许她把冷柜中的信封藏到地下二层了。我和杨柯从没去地下二层找寻过。

吃完饭，杨柯就想回主治的休息室睡觉，我就开玩笑说他才是一头猪，吃完就睡觉，不怕胖啊。杨柯估计是嫌我太唠叨，想一个人静一静，就算被我取笑，也固执地要去休息室。直到我提起张七七留下的信，杨柯才停住脚步，思考了片刻后决定趁地下二层还没开始拆除墙壁，先和我去看一看。

现在是白天，地下二层仍阴森森的，可能很多年都没有人下来过，蜘蛛网跟蚊帐一样，一层一层的，我们的白衬衫一转眼就沾上了一层灰。地下二层的一大段走廊由于被封住了，里面的房间都进不去，楼梯口除了一些被丢弃的砖头和一大坨干掉的水泥，其他什么都没有了。我被飞舞的灰尘呛得咳嗽起来，本来想翻一翻地上的砖头，但这里实在太脏了，我一下子就没了找信封的欲望。我举着手机，借着微弱的屏幕光看到尽头的墙壁，本想说回去，却“咦”了一声。

“杨柯，你快过来看！”我顾不上脏，好奇地走到墙壁跟前。那面墙壁好像是被人打出了个窟窿，之后又用砖头和水泥重新补上的。如果我猜得没错，墙壁后面应该有许多被敲碎的砖头和水泥，但为什么要敲碎它呢？又是谁敲的？

杨柯比较爱干净，下楼后被弄得一身灰尘，有些不高兴，对我的发现也不太关心。既然这里没有信封，杨柯转身就往楼上走，我听到脚步声渐远，不敢一个人待着，当下就跟着溜走了。

回到主治的休息室，杨柯脱下白衬衫，并光着膀子站在床边拍打衬衫上面的灰尘。因为动过手术，杨柯结实的腹部上有条很小的伤疤。我只是本能地瞄了一下伤疤，杨柯以为我在看他，当即转了个身，并骂了一句变态。

“谁看你啊！”我死不承认，转身离开了休息室，“我去图书馆忙一下。”

我倒不是找借口离开，而是真的想去找个地方写书，最近出版公司的编辑猛催稿，但我一直太忙了，根本顾不上写小说的事。编辑为此还说我，你这么懒，书卖得不好也不意外，你不看看外面那些畅销书作家写得有多勤奋，一本顶你十本呢。那天下午，我躲到图书馆悄悄地赶稿子，直到天黑才离开。

这天，杨柯没让我开他的车出来，我们是坐公交车去的学校，因此，杨柯没等我，从休息室睡醒后就自己打车先回去了。我不想回去还要自己做饭，于是就打算去医院外的“茶茶”解决晚饭，随后再回杨柯家去。奇怪的是，我还没出医院，一辆警车就开了进来，这可是稀客。

“搞什么名堂？”

当时，我从图书馆出来，经过住院楼，正往门诊部的通道这边走。看到警车停到住院楼旁边，没有停在停车场，我顿时就心惊肉跳的，担心是住院病人出了什么事。一想到这里，我就转身往回走，可没注意到有个人跟在后面，估计是一起从住院部那边过来的，我一转身就撞到了人家。

“对不起，对不起。”我急忙道歉。

“没关系。”被我撞到的是一个女人，她撩了撩头发，回了我一个微笑。

霎时间，我僵在了原地，天空正好打下了一道闪电。

06 尘封的尸骸

那个女人不是别人，正是张七七。自从知道有她这个人后，我特地找了她的照片看过。对于一个只看过照片的人来说，要认出现实中的大活人，还需要几秒的适应时间。当认出那个女人是张七七时，我就想大喊起来，但还没作声，有个人就在走廊的另一端喊了一声：“陈仆天。”

我回头一看，是武雄叫我。他大喊：“都这么晚了，你还没走啊，我和你说一下阿好的情况吧。”

“好，你等我一下。”我激动地回答了一句，然后转头想问张七七这一年多来到底去了哪里。谁知道，等我再看过来时，眼前空荡荡的，别说人了，就连一只小小的蚊子都看不到。天刚黑，不可能这么巧我就碰见鬼了吧？我是不相信有鬼的，刚才武雄喊我，肯定也看到了我跟前有个人，就算没看清楚对方是谁，起码能看出是个女人吧。

门诊部的通道是往住院楼去的，人不见了，我就立刻出去找了找。外面除了几个下班的医生和护士，还有那辆警车，其他的什么都没有。我不相信自己眼花了，没找到人，只好又回到诊室那边，找武雄问话。当时隔了一段距离，我又挡住了武雄的视线，他可能没看清楚女人的样子，否则会比我还激动。

对于我的疑问，武雄却毫不相信地否定：“怎么可能！你刚才是一个人，我看得清清楚楚，你对面没有别人。”

武雄还装模作样地想摸我额头：“你是不是发烧，烧糊涂了？”

我打掉武雄的手，重复问道：“你眼睛是不是近视啊？真的没看到吗？”

“张七七我是没看到，只看到你在东张西望，我还以为你在偷看哪位大美女呢。”武雄不以为意。

“可是……”

武雄没兴趣听我胡扯，打断道：“别可是了，我让阿好的家属带着她去做了多学科会诊，算是走了绿色通道，什么环节都在加速呢，你要不要听我说结果？”

“你说吧。”

阿好的病很奇特，我担心她是受过外伤才引发了科尔萨科夫综合征，但是事实并非如此。像阿好的这种病，如果不是受过外伤，那就是慢性酒精中毒造成的。科尔萨科夫综合征发病缓慢，病灶多位于下丘脑，尤其是乳头体附近。阿好的情况比较特殊，江萤一死，她就发病了。显然，这病发展得非常快，她是住校生，不可能大量饮酒，也无酒精中毒症状，经查体和辅助检查，阿好的病变部位主要位于下丘脑，发病以来，她的体重增加了十公斤，医生们考虑为下丘脑内侧核受损，使得身体的摄取量大于消耗量，引发脂肪沉积所致。在做头颅 CT 时，可见脑实质有囊虫钙化影，脑脊液细胞学检查也显示嗜酸性粒细胞显著增高。用通俗的话来说就是，阿好得了脑囊虫病，她的科尔萨科夫综合征是由脑囊虫病导致的。

事后经过调查，我们发现阿好等女生经常叫外卖，从铁栅栏收一些号称健康食品的沙拉。而她们都不知道，囊虫病主要就是由吃生菜、生肉引发的，因为国内有些餐馆洗菜时非常敷衍，食客们会误食肉眼难以察觉到的虫卵。

脑囊虫病能引发许多病症，比如癫痫、脑膜炎、颅内压增高等，但造成科尔萨科夫综合征还是比较少见的。幸亏发现得早，几个医生都对阿好的治疗保持乐观态度。但他们担心阿好会记起江萤跳楼自杀这件事，所以在药物治疗的同时，还辅以精神治疗，好让她能慢慢地恢复健康。

为了病人能身心健康，武雄建议我帮忙研究一下江萤的自杀事件，这对阿好的治疗也会有帮助。对江萤最了解的人，只有卢苏苏了，她为江萤做过心理辅导，可能知道江萤自杀的原因。

说起来，那天晚上武雄和我简单地说了阿好的情况后，我转身就去保安室调监控来看。保安看我来过好几次了，有些烦我，但在我的坚持下，他才回放了门诊部的一段录像。遗憾的是，我当时站的位置靠近去往住院部的通道，摄像头只拍到了我的一半背影，至于我对面的人，摄像头并没有拍到。张七七是跟着我从住院部过来的，也许被我撞到后，又原路出去，并且避开了门诊走廊的摄像头。

我本来想请保安再帮我回放住院部那边的录像，可他不乐意，还嫌我麻烦，赶着我离开。我死活不走人，保安没办法才给我放了住院部那边的录像。可是，画面中没有张七七，那边的摄像头也拍不到远景，有的摄像头就算能拍到，画面也模糊得看不清楚远处的人是谁。

“难道真是幻觉吗？”

看了几次，我都没有找到答案，只好放弃，走出了保安室。一个人如果产生了真实感很强烈的幻觉，那这个人的精神状态就有严重的问题了。那一刻，我又想到了吴老教授说的名言：精神科医师本人终身都是一名需要接受心理治疗的病人。

“我不会真的有病了吧？”我自己在心中分析，“不，不会的。摄像头和武雄都没看见我对面的人，这只能说明他们没拍到或没看到，不能证明我疯了。”

安慰了自己后，我就想去看警车是来干吗的，但等我再绕到那边时，警车已经开走了。天已经黑了，我懒得再胡思乱想，干脆就走出医院，坐公交车回杨柯家。那晚，我不敢对杨柯说见过张七七的事，只是旁敲侧击地问他，我有病吗。杨柯向来不给我面子，我那么一问，他就不客气地回答，你当然有病啊。

时间飞逝。又过了一周，卢苏苏终于复工了，我才找到机会去问她关于江萤的事。卢苏苏对我态度一向很好，我来问她，她完全没回避。送走了一名老病人后，卢苏苏就告诉我，江萤确实是自杀的，在自杀当天，她曾打电话给卢苏苏。当时，卢苏苏老公的债务问题严重，她偷偷地以母亲的身份办了一张手机卡，用来联系江萤，因为她已经察觉到江萤有自杀倾向了。

江萤自杀那天，她觉得对不起一直开导她的医生，于是在跳楼前打了一通电话过来。卢苏苏打着一把黄色的雨伞，在电闪雷鸣的暴雨中劝江萤，对江萤说出了自己的秘密，老公爱赌钱，欠了高利贷，房子都没了，所以才将心比心。

那天，我只听到断断续续的对话，卢苏苏完整的对话是："你们为什么不理解我，我这么辛苦都能挺过来，你们也可以的。我爱人欠了那么多钱，天天被黑社会的人恐吓，我在医院上班就够辛苦了，我还是活了下来。你们的人生才刚开始，为什么还要寻短见呢？你们不知道我受了什么罪，真的，你们如果过了我的人生，就会觉得一切烦恼都是可以翻篇的。"

对于卢苏苏的坦诚，我很感动，这种话题不光彩，换作别的同行，估计都避而不谈。此时，我也才明白，卢苏苏没有患精神分裂症，她不是在用欠费的手机打电话，而是急得哭了，想劝江萤不要自杀。可惜，等卢苏苏挂了电话，再报警救人时，一切都晚了。

"其实……江萤的情况，我和她家人说过好几次，也劝过她家人送她来做个诊断。"卢苏苏遗憾道，"江萤得的病不是抑郁症那么简单，是双相情感障碍，双相必须吃药，必须接受治疗。江家人不相信江萤会得这种病，一直觉得江萤经常笑，会笑的人怎么会得病呢？"

公平地讲，江萤家人的看法是不对的。双相情感障碍也叫钟摆病，病人的情绪就像钟摆，一下子乐观开朗，一下子抑郁难过。萧伯纳曾说过一句话：人生有两出悲剧，一是万念俱灰，另一是踌躇满志。这种病就是前一秒人还开开心心的，做什么事都充满了积极的力量，但下一秒又毫无征兆地情绪低落，难过到想死，随时游走在天堂和地狱

之间。说来也玄乎，萧伯纳留下这句话时，医学界并没有双相情感障碍的说法，他能形容得这么贴切，简直是神来之笔。

双相情感障碍的患者有不少人是艺术创作者，比如贝多芬、凡·高、舒曼等。他们犯病时，往往会忽视狂躁带来的危害，有的人会在这期间感到特别快乐，极具创造力，创作出许多高质量的作品。然而，当时有多快乐，事后就会有多痛苦，这种痛苦会逼得人走向毁灭。

因为双相情感障碍会表现出极大的愉悦感，做事很有拼劲，大家会误以为这个人并没有抑郁，有也是这个人太矫情。病人的情绪切换非常快，很难预防他们的自杀行为，当他们表现出开心时，你放下了防备，但他们可能一转眼就陷入了地狱。

在《中国精神障碍分类与诊断标准（第三版）》中，双相情感障碍还与重性抑郁一起被归于“心境障碍”分类。实际上，目前业界倾向认为，比起抑郁，双相情感障碍是更接近精神分裂症相关疾病的重度精神障碍。

双相情感障碍的病因很难说明，卢苏苏却告诉我，现在的学生都有手机，江萤有个社交媒体账号，许多同学总是匿名去骂她，用恶毒的语言攻击她。有时，江萤会躲起来哭，被人发现了，又马上微笑。被咒骂的起因是，江萤经常答应帮同学打饭，有一次她要去和阿好练琴，没有帮忙，于是那个同学就到处说江萤坏话，并且拉帮结派地去网络上骂她。虽然每个人都知道网络上的话不必当真，但谁看了恶毒的语言都会难过。有些人只会指责别人玻璃心，却不会反省自己嘴巴毒。

卢苏苏也感叹，其实她老公出事后，一样有人说难听的话，她表面不在意，心中还是会很难过。现在许多“正义之士”一身正气，满脸道义，用道德杀人，是他们的拿手绝活。因此，我还肯和卢苏苏交谈，不怕惹祸上身，被人说闲话，她打心底地感动。

“爱说闲话的人会下拔舌地狱的。”我气道。

“你这是迷信。”卢苏苏被我生气的样子逗笑了。

我叹气道：“那你现在……债务问题怎么办？ 人住哪里啊？”

“我离婚了，债务其实是男方的，但法院判我也有责任，没办法，现在只好出来租房子。”卢苏苏努力微笑着说，“我现在住我姐姐家，房子慢慢找吧，我现在一无所有，什么都要重新再来。”

同是天涯沦落人，我懂卢苏苏的感受，当时就想不如不住杨柯家，和卢苏苏一起合租好了。不过，我是个大男人，主动和一个女孩子住一起，又怕人家以为我在打什么鬼主意，所以这话就没敢开口。随即，我就围绕着江萤的事，骂那些学生嘴巴太毒了，他们可能以为江萤是自杀的，其实杀人的正是他们的嘴巴啊。

“我就喜欢有正义感的人。”

“我还要忙，先走了。”骂到后面，卢苏苏夸了我一句，我顿时脸红心跳，随便找了个借口就逃走了。

过了好几天，阿好的病稍微有了起色，慢慢地意识到江萤已经死了。这事实让阿好很痛苦，她整天情绪低落，不积极配合治疗，继而出现了抑郁症状。那些同学的毒舌杀了一个人，又要再杀另一个。我不想阿好也步江萤后尘，积极地联系武雄，希望他能将抑郁症消灭在摇篮中。

为了让学生们高抬贵“口”，我和学校做了工作，开了一堂讲座，把抑郁症的一系列情况做了讲解，希望每个人都能关爱这方面的患者。可是，讲座没开完，有学生就用手机上网，在网上骂医生太啰唆了，还说矫情的人就该死，那种人是被自然淘汰的弱者，死了才是社会的进步。

开完讲座的那天晚上，我闷闷不乐，一回到杨柯家，我就想起卢苏苏也被人说闲话，一直想要搬出去和卢苏苏住一起。杨柯开了电视，打算看节目，我就坐到沙发上，和他扯了一些有的没的，最后才问：“你觉得……卢苏苏会同意和我一起租房子吗？”

杨柯听了这句话，转头盯着我，鼻子还喷出了粗犷的气息，几乎都喷到我脸上了。不知道为什么，我一提卢苏苏，杨柯就生气，可他没有作声，我就自己给自己台阶下：“算了，算了，我就瞎问问。”

“想走你就走，没人留你。”杨柯冷冷地丢出一句话，然后拿起茶几上的遥控器，不停地换台。

“你有病吧。”我幻想自己骂了杨柯一句，实际上屁也没有放一个，灰溜溜地站起来要回房间，但这时候手机响了。我掏出手机一看，居然是刑警队的廖副打过来的，大晚上他能有什么要紧事呢？

“喂？”我狐疑地接通了电话，“廖副，有什么事？”

过了好一会儿，廖副在电话那头讲完了，我不由自主地惊呼：“什么？真的吗？”

在得到廖副的肯定后，我才默默地挂断了电话，一屁股坐回到沙发上。良久，我没有说一句话，像个木头人一样靠在沙发上。杨柯本来在生气，看我如此反应，一开始没有搭理我，还在不停地换台。一分钟过去了，我还在沉默，杨柯看我表情不对劲，就靠了过来，用肩膀碰了碰我的肩膀，同时一股淡淡的木质香水味钻入我的鼻孔。

“怎么了？”杨柯好声好气地问我。

我扭头看了一眼杨柯，不知该如何回答，因为廖副刚才告诉我，前段时间有警车开去医院的住院楼，是因为施工人员打穿了地下二层的走廊，在里面发现了一具干尸，已经白骨化了。为了不引起恐慌，这事基本上是保密的，但经过法医鉴定，他们确定死者就是失踪了一年多的张七七。

廖副已经联系了张七七的家人，那一晚他想联系杨柯，但杨柯关机了，他知道我和杨柯住在一起，便联系了我。也就是说，张七七的案子不再是失踪案，而是谋杀案了，廖副只是通知我们一声，更多的内情暂时无法透露，只说案子在侦办中了。

张七七已经死了，大家在心中早已认定，我不应该惊讶的。可不久前我才见过张七七，这才几天时间，她怎么可能会变成一具白骨化的干尸？是有鬼，还是我患了某种精神障碍呢？不，不可能有鬼，我也不可能患有精神障碍。

那一晚，我和杨柯都无法平静，但更不平静的夜之后还有好多个。

第2章

错乱的灵魂

从古至今，动物成精的传说层出不穷，比如狐狸精、黄大仙、牛魔王，但神话终归是神话。在现实中，一些动物出现反常的举动，甚至能影响到人类的行为，这又是怎么一回事呢？

01 夜半来客

记得那时已经快到中秋了，广西依然热得像火炉一样，我虽然从小在南宁长大，但每晚都要开空调睡觉。那一晚，我又梦到了前女友阳可，自从她被父母接回沈阳，我还是三天两头梦到她。当然，梦境都没有逻辑可言，我老是梦到她站在医院的主治休息室外，望着一个黑影掐我的脖子。在梦里，我拥有上帝视角，可惜每次想去看清楚黑影是谁时总会立刻醒过来。

既然阳可说得出有人给我盖了杨柯的西装外套，她必然看到了那个人，知道其身份。只不过，阳可走了以后，我不敢再去招惹她，就算我真的主动去联系她，她父母也不会同意我们再有任何接触。

这一次，我只梦了个开头就醒了，因为空调忽然罢工了。醒来后，我想开灯，瞧瞧空调是坏了，还是怎么了，但床头灯的开关按了好几次都没用。自从住进杨柯家，从没遇到过半夜停电这种事，我本来想倒头继续睡，可冷气一停，空气就渐渐变得很闷，我翻了几下身，还是摸着黑从床上爬了起来。

出什么事了呢？

狐疑的我想去找手机，无奈摸来摸去都没找到，只好沿着墙壁，小心地走出了房间。窗帘都放下了，停电后屋子里漆黑一片，我一到客厅就晕头转向的，平衡感都没有了。我像盲人一样地乱走了一会儿，撞到沙发后，才想着回去找到手机再出来，但一转身却撞到了一个人。

屋子里只有我和杨柯在住，这个人不用说，鬼都知道是杨柯。黑暗中，我听到杨柯轻轻地呸了一声，然后他就生气地骂："你神经病啊。"

"我出来看为什么停电了，谁知道你跟在后面。"我无辜地解释，然后恶人先告状，"是不是你没交电费，人家停你的电？"

"你每天吹那么多空调，别人不停，我都想停了。"

杨柯每个月只收我两三百房租，水电费从没要过。我自知理亏，当即识相地说："那我下楼去看看是跳闸了还是怎么了。"

说这话时，我是真心要出去的，没有要做戏。杨柯刚还在教训我，听到我要出去，却又叫住我，还说你不想活了。出去看电闸，又不是上战场，有什么不想活的。我嫌杨柯大惊小怪，没有理他，他也没拦我，由着我摸黑去开大门。我在客厅里没有方向感，走了两步又踢到了茶几，心里便骂自己干吗和杨柯抬杠啊，现在好了，得硬着头皮去开门。

"汪汪汪汪！"

好在这时候传出了狗叫声，似乎狗就在我们住的十一楼的某个住户家中。这只狗闹腾了好一会儿，主人也不起来安抚，叫得久了，让人有种心慌的感觉。杨柯家这栋楼是一梯四户，七楼曾发生过恐怖的凶案，一家三姐妹惨遭杀害分尸，但以前这个小区的电梯、楼道、出入口都没有安装监控摄像头，因此凶案发生后，人人自危。我第一次住进来时，医院的人都以为杨柯住在七楼，就是发生过凶案的那间屋子，但实际上他住在十一楼。

据新闻报道，三姐妹谋杀案的凶手就是七楼的对门住户，案发当天，他先在外面拉下电闸，引人开门出来查看电闸的情况，然后持刀行凶，并把尸体拖回家中肢解。狗叫的时候，我才想到这起凶案，当年可是南宁几乎人人谈及的恐怖大案。也难怪停电后，杨柯不主张出去看电闸，鬼知道是不是有人埋伏在外面。

我刚才迷迷糊糊的，一时没想起三姐妹谋杀案，杨柯却不拦我，反而还鼓励我："去啊，怎么不去了？又没人拦着你。"

“去就去。”

我要面子不要命，摸着黑就去开大门，反正有狗在叫，有坏人的话应该也被吓跑了。醒来了几分钟，我已经有点适应了黑暗，这一次很容易就摸到了大门。从概率上来讲，这栋楼曾发生过凶案，应该不会那么容易又出现一个变态凶手。可开门的那一刻，我难免心慌，心里还安慰自己，外面什么都没有，怕什么怕，结果一开门就倒吸了一口冷气。

楼道的灯灭了，外面虽然也是黑的，但不像屋子里那么黑。门外隐隐约约有个人影，就站在我跟前，距离非常近。我还没来得及问对方是谁或者一把抓住这个人，影子就转身跑进了楼道，沉重的脚步声由近及远，一转眼就消失不见了，又只剩下了狗吠声。显然，脚步声那么重，不用我说，杨柯也听到了。

穷寇莫追，变态更别追，半夜三更来别人家门口，还心虚逃跑，绝对不是好人。杨柯估摸我还开着大门，立刻给我上课：“以后还敢开门吗？”

我答非所问：“好像是个女的。”

说实话，我当时非常紧张，心想该不会是张七七在闹鬼吧？但如果不是鬼，又会是谁呢？谁会大半夜来杨柯家？自从在第三间卧室发现了许多偷拍我的照片，杨柯把里里外外的门锁都换了，应该不会再有人能偷偷进来了。要是还有人能神不知鬼不觉地进来，那我以后都别想睡觉了。

这时候，狗仍在狂叫，十一楼的其他住户终于忍不住了，开始狂骂，直到骂了好多句，那只狗才停下来。接着，又有几个男的在楼下大喊大叫：是哪个缺德的家伙大半夜拉电闸，若是被我抓到，一定要往死里打。骂完了，他们才一个个地将电闸拉回去。当电力恢复后，杨柯没去深究刚才的人是谁，只是叮嘱我将门锁好，随即就回房睡大觉去了。

第二天，我难得起了个大早，比杨柯都早几分钟。一起住了一段时间后，我被这个运动狂人影响，偶尔也会跟着去跑步。一边跑步一边说话会很辛苦，我们下楼后就谁也没搭理谁，默契地没有讨论昨晚的事。就像杨柯知道张七七的尸体被发现后，他也不想和我提张七七，只是见过几次张七七的家人。

下了楼，杨柯一下子就甩开我，不知道跑到哪里去了。我瞎跑了一会儿，估摸杨柯也快回来了，于是就掉头跑回小区，打算先回去洗个澡。小区的老太太们很喜欢早上去菜市买菜，她们陆陆续续从楼里下来，一路上都在讨论我们那栋楼半夜停电的事，还说是不是又有变态杀手出没，这日子没法过了。慈祥和蔼的老太太们说着说着，就开始把话题往杀人后要怎么分尸上扯，还一个不服一个，都激动地说自己的方法才是最好的，如果凶手当年采用她的方法，肯定就不会被捉到了。

小区里的年轻人要上班，也急匆匆地从楼里走出来，有的人在打哈欠，有的则在抱怨昨晚谁家的狗乱吠。有一个老太太听到了这句话，便在一旁添油加醋，说是凶宅在的那栋楼的狗在狂叫，也许是因为有脏东西游荡。然而，这句话刚说完，小区里就发生了一件怪事，刚好被我撞见。

我当时已经快到楼下了，有个穿白色 T 恤的胖男人蹲在地上，像一只狗似的抱着一棵树狂吠。因为楼上就是杨柯家，这个胖男人又在学狗叫，我自然而然就想到昨晚的事。老太太们都很热心，一有热闹就赶过来围观，然后七嘴八舌地议论起来。

“这不是 B 座 3 单元的包工头吗？ 叫啥来着？ 是曹达贵吧？”

“对啊！ 他怎么得了狂犬病啊？”

“快报警啊，万一咬伤人怎么办？ 大家也离远一些吧！”

“所以啊，我就说小区的人别养狗，这下好了，把人咬出狂犬病了。”

实际上，狂犬病发作时，人是不会学狗叫的。我围观了一会儿，很快从消息灵通的老太太们口中得知，曹达贵是个包工头，住在十一楼，和杨柯家是对门。这几年，曹达贵做生意失败，经常有工人来讨薪。一年前，妻子和他离婚了，还带走了三岁大的儿子。因为有工人在楼下举过横幅讨薪，所以老太太们都认得曹达贵，了解他不光彩的过往。

这附近正好有警察办事路过，乐于助人的老太太们唤来警察，并争先恐后地说有人狂犬病发作了。从我的专业角度来看，曹工头应该是患了某种精神障碍，最好送到青山医院去做个检查。范仲淹说过，不为良相，便为良医。我自诩是个有良心的医生，便跟着老太太去劝警察，将人送到我们医院，不要耽误了治疗。老太太们却嫌我是来做广告的，要拉人治病赚回扣，直叫我别来忽悠她们。

我好说歹说，没有一个人同意，警察也以为我是路上发那种治疗不孕不育广告传单的人，还要教育我。幸亏杨柯跑步回来了，估计他是小区的老住户，老太太们都认得他，而且都想给他做媒，他一问清楚情况就说了几句话，和我说的内容几乎一模一样，可其他人却纷纷称赞说得有道理：曹工头得的不是狂犬病，而是精神病，最好送去青山医院。

可是，曹工头现在一个人住，又没行凶，只是学狗叫，按照我们的规矩，病人还是得由亲人送去医院才行。还有，我们医院是民营的，以营利为主，万一送他去，没人支付费用怎么办？到时候挨刀子的又会是我。

“我认识曹达贵的大哥，我来吧。”杨柯说罢就让警察先看着人，到一边打了一会儿电话，又回来说，“他大哥一会儿就过来，麻烦你们了。”

“不客气。”

就这样，杨柯随随便便就为医院拉了一笔“生意”，主任估计又要夸他了。不过，我们还要上班，也不敢逗留太久，交代完就上楼去了。等我们洗了澡，吃了早饭，再下楼时，曹工头已经不见了。开车去医院的路上，杨柯说曹达贵的大哥是做房地产中介的，他买房子时，就是曹达贵的大哥带他去看的房。那栋楼发生过轰动全城的凶案，在路口等红灯时我问杨柯，你不怕凶宅吗？虽然被杀死的人住在七层。杨柯却无所谓的样子，还淡淡地说，哪条马路没死过人，你难道就不走马路了？我正在开车呢，听到这么晦气的话，赶紧连呸了三声。

刚好有个行人牵着一条金毛犬穿过人行道，我在驾驶座上看到狗，又忍不住想：什么病会让人学狗叫呢？该不会昨晚的狗叫声就是曹工头搞出来的吧？

事实证明，这件事远比我想的要离奇。

02 松鼠综合征

这一天，路上没堵车，我和杨柯顺顺利利地到了医院。一开始，我以为曹达贵被他大哥带到医院来看病，挂了杨柯的号。可是我还没带住院医去住院楼巡房，宋强就跑来告诉我，今早有个胖子想来挂杨柯的号，被主任劝说后，号挂到我这边来了。主任平常看不惯我，总是鸡蛋里挑骨头，哪里会给我分病人呢，难道月亮从西边出来了？

宋强工作还算认真，也细心，不用我再多问一句，他就说看病的胖子学狗叫，行为举止都在模仿狗。病人家属本来是想找杨柯看病的，主任正好也在就多问了一句，为什么要指定杨柯。病人家属不懂规矩，直说他们认识杨柯，觉得找熟人看病会比较放心。精神障碍和心理疾病都不适合找熟人来治疗，医生或者治疗师最好是陌生人，主任即使不喜欢我，也不会违背这个原则，不将病人分到我这边来。

今天一科的病人也不少，宋强说，七星路一家综合医院的医生也来看门诊，现在坐在诊室外等杨柯呢。那个医生是医疗纠纷的受害者，因为病人死后，家属去领尸体时发现尸体的口部有气息，于是就认为医生害死了亲人。医生被折腾得太厉害，都不敢去医院了，现在是被强制来接受心理治疗的。

我不了解那个医生的事，不敢妄加评断，可病人死后有气息的现象并不罕见。如今，有的医院会对尸体进行处理，大致就是用棉球把死者的口耳鼻、阴道、肛门都堵住。我在沈阳工作时，医院的主任就经常说，总是有家属发现死者在冷柜里放了一晚上，第二天鼻子或嘴巴还在出气，然后找医生大吵大闹，说人还没死，仍有气呢。年轻的医生、护士没经验，好多都害怕是真的没死透，当然大家是学医的，都知道这不可能，但仍会忐忑难安。医生们都要和家属耐心解释，那也许是胃内气体造成的，并不是死者还活着。有的家属会理解，有的则不理解。总之，心理素质不够硬的人最好还是不要干医生这一行。

宋强和我想法一致，说完了病人的事，他估计又想到小乔，神情又变得难过起来。为了让宋强没时间想这些，巡完病房我就给他派了一堆工作，让他忙得两脚不着地。时间长了，宋强也明白了我的用意，每次再忙起来时，怨言就没了。

曹达贵和他大哥已经在门诊那里等着了，我从住院楼赶来时，担心被投诉，连忙道歉。曹达贵已经神志清醒了，忙表示不要紧，他理解我工作忙，还问能不能就这么算了，让他直接回家好了。曹达贵的大哥不同意，硬是压着弟弟，不让弟弟从椅子上起来，还说不用怕交不起钱，费用都包在他身上。

“曹大哥……”

我的话刚起个头，曹达贵的大哥就打断我：“我不姓曹，我跟我妈姓，姓陈，和陈医生你一样。我都四十多岁了，应该比你大一些，你叫我大陈好了，他们都这么叫我。至于我弟弟，你叫他曹工头吧，别叫他名字，他一直嫌他的名字难听。”

长子随母姓？我心中嘀咕了一下，觉得怪怪的，倒不是觉得随母姓奇怪，而是有种莫名的感觉，似乎这与曹工头的病有关联。这种感觉是后天形成的，是多年学医和行医的经验培养出来的，无法用科学理论来解释，通常这种感觉到最后都是正确的。

既然病人神志清醒了，他就能自述病情了，比起发病时的症状，我更注重病人发病之前经历过什么变故。为了让曹工头能畅所欲言，我故意找借口支开大陈，让他赶紧去上班，趁阳光明媚，多卖几套房。大陈没多心，可能也早想离开，客气地推托了一会儿后，留了个联系方式就走了。

在诊室中，我翻了翻曹达贵的病历，第一句故意没有说重点，而是离题千里地问道："你有几个兄弟姐妹啊？"

曹达贵以为我要问他为什么学狗叫，早就如临大敌了，愣了很久才回答："除了我大哥，还有两个妹妹，她们一个嫁到广东，一个嫁到江西了。"

先问病人无关的话题，是为了让他们卸下防备，在他们全力抵抗下，你的进攻不会有太大的效果。在谈话初期，最好能多问一些看似无关的信息，等病人不再警惕了，你再慢慢切入主题。我一连串问了许多关于曹家的事，这才知道大陈之所以随母姓，是因为女方一家当年有钱有势，长子随母姓是女方家人的意思。

问话时，我看曹工头又热又渴，便起来给他倒水，水杯刚放到他面前，他就拿起来一饮而尽。显然，狂犬病依然不在考虑的行列中。我们不是按时收费的心理咨询师，只要排的病人不多，可以按自己的节奏来看诊。问了十多分钟，我还没有触及学狗叫的重点，曹工头似乎坐不住了，少见地问我："陈医生，你怎么还不问我为什么学狗叫？"

以往病人都怕不被人理解，恨不得将自己的问题藏起来，或者总说不到重点上来。曹工头这么一催，我倒是有些意外。既然病人主动提起，我也就顺着意思，跟下去问为什么要学狗叫，是某种行为艺术吗。

果然，病人还是有共同点的，我这么一问，曹工头就一副有难言之隐的样子："这事要我怎么说呢？我说了，你肯定不相信我，以为我是疯子，不让我回家了。"

学狗叫有什么秘密呢？我倒很想听听看，虽然曹工头要说的话，我可能已经听过无数次了——很多病人都是同样的口吻。曹工头不是一直处于神志不清的状态，来医院时估计就知道这里是精神专科医院了，谁都怕被这种医院认定为精神疾病患者。我理解病人的担心，便解释现在不能乱收病人住院，各科室的病床也是有限的，收你进来我们还要负责，不是想收就能收的。

“那你保证，我今天能回家。”曹工头逼着我回答。

医生都不该乱向病人保证，我就客观地说：“如果达不到住院标准，你肯定是要回家的，要是需要留下来住院，也要你大哥再过来一趟。先说说你有什么担心的，尽管说吧，在这里一切都是保密的。”

曹工头比较富态，诊室里开了冷气，他还是在冒汗。听到我这么说，曹工头就吐了吐舌头，抽了两张桌上的纸巾擦了擦汗，然后才说：“那好，我想想啊，要怎么说呢？先从事情刚开始有古怪那里说起好了。”

病人有清晰的思维，能从有问题的地方说起，这是最好不过的了。我看诊的风格就是倾向于先了解病人是什么时候开始表现出症状的，找到源头才好对症下药。曹工头在思考时，可能渴得厉害，自己拿着纸杯去接了第二杯水，咕噜咕噜喝完了才继续刚才的话题。

曹工头说，四年前，他养了一只白色细犬，也就是一种猎犬，现在很少有人养细犬当宠物，但他倒挺喜欢的，因为那是妻子的狗，他一直很认真地照顾。可一年多前，曹工头莫名其妙地买了许多狗食、狗玩具，还有一冰箱猪肋骨，几乎堆满了房间。不知道为什么，曹工头控制不住自己，除了买那些东西，还上网下载了许多与狗有关的视频，一天不下载就觉得不舒服。

先不提学狗叫的事，单说曹工头喜欢收集与狗有关的物品，这种爱好看似囤积癖，但又不尽然，因为他收集的东西都有一个主题，就是都能和狗扯上关系。业界将这种行为称为“松鼠综合征”。在寒冬来临前，松鼠都有忧患意识，喜欢囤积大量食物，有时候从秋天就开始囤积了，但实际上最后能吃到的却很有限。

而人类呢？有的人喜欢网上下载“一生必看的百部影片”“十大恐怖小说”“一个月说英语”等，但真正看的却少之又少，甚至从来不会打开，可又舍不得删除；有的人会买手机、衣服、化妆品，即使用不到也控制不住地购买和收藏，不买不舒服，扔了又可惜。

以上这些人都患有不同程度的松鼠综合征。美国精神病学会发布的《精神疾病诊断与统计手册（第五版）》把这种过度囤积物品、拒绝丢弃的行为，列为一种新的精神疾病——“囤积障碍”。

患有松鼠综合征的人会对拥有的物品产生异常强烈的感情，喜欢购买、收藏、囤积一切“某天也许会用得上”的东西，从中获得极大的满足感。实际上，这些东西他们基本不怎么使用，甚至严重影响到他们的生活质量。

在听曹工头讲述病情时，我首先想到了松鼠综合征，但为什么要囤积这么多与狗有关的东西呢？松鼠综合征的关键在于囤积的东西“某天也许会用得上”，狗食、狗玩具这些只能用来喂狗、逗狗，按量买不就行了吗？或许，精神病人的世界不能用常人的思维来理解。

“你是不是觉得我有病？”曹工头看出我的心思，自嘲起来，“我也觉得我有病啊！我老婆说我有囤积癖，我做生意又失败了，要和我离婚。其实我买那些东西一点也不开心，人家不是说，囤积癖舍不得丢东西，是对那些东西有感情吗？可是我买了真的没有满足感啊，我并不高兴！”

这么理性的分析，我倒很少从病人口中听到，曹工头如此一说，也是有道理的。想来，松鼠综合征可以排除了。然而，我没有料想到，曹工头说话也经过了重重考虑，像我一样，他是先从最不要紧的信息说起。

看我若有所思的样子，曹工头认为时候到了，于是清了清嗓子，终于扔出了一个重磅炸弹。

03 病人出逃

一般养狗的都是爱狗人士，在曹工头打开话匣子后，我考虑过是不是他爱狗成痴，因此才有这种特殊的囤积癖。

曹工头铺垫了那么久，却话锋一转：“我家的小白想杀我！”

“什么？”

我被这句话弄糊涂了，还以为曹工头说狗是他的命，为了白色细犬，他什么都愿意干呢。有心理疾病或者精神障碍的人，不少是有被害妄想症的，大部分患者会觉得有人想杀他们，即使对方是陌生人。不过，说动物想杀自己的患者，在以往的病例中非常少见，我是从没遇到过。

天窗都打开了，我就干脆说亮话了：“那你送你家的小白走不就好了？只要不住在一起，它也不会跑回来找你吧，十一楼呢，它爬得上来吗？”

曹工头很为难：“我不能送它走，送走的话，我就死定了。”

“它威胁你了？”我以为自己猜对了。

“不是，说了你也不会明白的。”曹工头说罢又起身去接水喝。

我耐着性子问：“你不说，我怎么明白？我又不能读心。”

此话一出，刚走到饮水机旁的曹工头就丢了纸杯，慢慢地转过身来，用一种带有强烈敌意的眼神望着我。这一幕让我有了防备之心，经验告诉我，病人要发病了。果然，曹工头弯下身子，四肢并用地爬过来，翻过办公桌，要对我发起攻击。我来不及躲避，曹工头一扑下来，我就人仰马翻，被他压在了地上。

曹工头起码有两百斤重，他的泰山压顶威力十足，我早饭都要吐出来了。如果是和普通人干架，我会毫不留情地抬起膝盖，攻击他的要害，保证他立刻软下来。可曹工头是来看诊的病人，这类人很特别，你不能伤害他们，但他们能伤害你。

恰好此时武雄带着一个男住院医路过，发现情况后，他本来想让住院医去找镇静剂，但又怕来不及，于是叫住院医一起进来救人。奇怪的是，曹工头将我压住后，并没有伤害我，而是伸出湿漉漉的舌头，疯狂地舔我的脸。有那么一瞬间，我还以为曹工头要将我的颈动脉给咬断呢。

“这个病人爱上你了吗？”武雄看戏一样，很兴奋地问。

“别瞎说！”

我不喜欢对着病人开玩笑，哪怕他们处于发病中，并不清楚你说了什么。话说回来，武雄也不是瞎胡闹，病人在和医生谈心时，的确很容易爱上医生，加之我们医院很注重医生形象，患者爱上医生的事真的很普遍。我们每个月开会时，医院都会强调医德，绝对不能和病人逾越医患关系，否则后果会很严重。

“汪汪汪汪！”

曹工头被拉起来后，一直学狗叫，不过暂时没有表现出暴力倾向。被武雄和住院医拉起来后，曹工头还去舔他们的手，他们一被舔就自然地松开了手。趁此机会，曹工头四肢并用，一溜烟地跑出了门诊室。我挣扎着从地上起来，急急忙忙地冲出去追人，大厅里人来人往，曹工头居然一转眼就不见了。

放任一个病人乱跑，出了人命的话，我可担待不起。一想到这里，我就让武雄帮忙在医院里找找，然后掏出手机，给大陈打电话，通知他弟弟不见了。大陈没有骂我，反而见怪不怪，说他弟弟肯定是回家了，他发病后也是认路的，就像某些狗被偷了，它们只要有机会逃走，有的仍能记得回家的路。换作别的病人家属，估计要骂死我了，大陈态度这么好，我倒很少遇见，末了他还叫我别找了，这不是他弟弟第一次犯病，他现在已经有经验了。也难怪，今早让大陈带曹工头来看病，他居然这么配合地就带人过来了，原来是早就知道弟弟有病。

“好了，好了，没事的，陈医生你忙你的吧，我还要带人看房呢。”

“那好吧。”挂了电话，我在医院大厅又找了一圈，还是没找到人。

卢苏苏看我晕头转向的，热心地来问我怎么了，是不是病人丢了。我不好意思地笑了笑，说今天的病人比较奇怪，没防住，给溜了。接着，我又和卢苏苏描述曹工头的特征，问她有没有看到这样的人。卢苏苏刚从老年二科出来，表示没见到一个穿白色 T 恤的胖子，也没遇到学狗叫的人。时间快到中午了，知道具体经过后，卢苏苏就叫我别找了，反正家属同意不找人了，病人也没有暴力、自杀倾向，应该不要紧的。话虽如此，但我还是良心不安，就想着要不要趁午休时间回小区一趟，来个守株待兔。

看我要走，卢苏苏有点害羞地留住我："今天食堂有鱼香茄子，是食堂阿姨的招牌菜，你要不要去尝尝？"

女生都这么问了，我哪能没有绅士风度呢，可话到嘴边就变成了："我不吃茄子，我对茄子过敏，吃了会死人的。"

卢苏苏做梦也没想到我会这么回答，愣了一两秒钟后，失望地说："其实食堂阿姨做的茄子也不是很好吃。"

话说到这里，气氛已经变得有些奇怪了，仿佛不是食堂阿姨做的茄子有问题，而是我在批评卢苏苏的手艺不好。事实上，我是真的不能吃茄子，小时候我妈给我做了一道炒茄子，我只吃了几口就马上喉咙水肿，全身起红疹，差点窒息死亡。我爸当时不知道有食物过敏这种事，还一直怪我妈做的茄子太难吃，差点儿把儿子给难吃死。

总之，我那天不想吃食堂的饭菜，担心炒锅没洗干净，会有茄子碎末混入其他菜里。于是，我就问卢苏苏趁人现在还不多，要不要去医院外的"茶茶"吃午餐。卢苏苏摇摇头，不肯出去吃，她说现在每个月要还好多债务，只能吃食堂的职工餐，每一分钱都要掰开花。

"那你还住在你姐姐家吗？"我心疼地问。

"是啊。"卢苏苏苦笑道。

我想了想就说："这次我请客吧。"

"算了吧，你自己刚被罚了一万块，有钱就省着好了。"卢苏苏婉拒。

"那……"

"你忙你的吧，我先去食堂了。"

卢苏苏没有为难我，对我甜甜地笑了笑，转身就走进了大厅的人群中。难得卢苏苏要约我一起吃饭，我不想错失这个良机，索性就抱着过敏死掉也无所谓的心情，要追着她去食堂。卢苏苏身轻如燕，几秒钟就离我非常远了，我还没追上去，有人就拍了拍我的肩膀。我回头一看，原来是季副高，他抓着一份报纸，好像正要出去。

现在季副高还在坐冷板凳，可能是不想被人指指点点，他最近经常去医院外面的“茶茶”吃饭。看我在大厅，季副高就邀我一起去吃，还说宋强告诉他，一科收了个学狗叫的病人，问我到底是怎么一回事。杨柯刚好也从诊室出来，见我和季副高在大厅说话，也过来问我曹工头怎么样了。

顿时，我没了心情，不再想去食堂追卢苏苏，只好道：“去外面吃饭吧，一边吃一边说。”

到了餐馆后，我们要了三杯红茶，还有三份牛肉米粉，坐下来就小声地讨论病人的情况。对于曹工头的病，我还没有一个大概的想法，毕竟只是谈过话而已，还没有做一系列的检查。杨柯怪我效率低，一上午只干了这些事，病人还跑了，要是让主任知道，估计又要被教训了。

季副高非但没有训斥我，还将话题拉了回来，问我病人家里真的有很多与狗相关的物品吗。在今天之前，我从不知道对门住的是曹工头，哪里晓得门后是不是真有堆积如山的狗食、狗玩具。病人说的话有时是假的，和警察办案问话一样，你不能对“嫌疑人”说的话全部采信，需要调查后才能确认。

话说到一半时，服务员端了牛肉米粉过来，我们就全都安静了下来。医院有规定，不能在某些场合讨论病人的情况，比如医院的电梯、医院外非学术类的场合。像我们这样在“茶茶”讨论，医院也是不提倡的，所以服务员一来，我们都默契地不作声了。为了不显得尴尬，我还故意找些事做，往自己的牛肉米粉里加了好几勺辣椒油。

服务员一走，季副高才继续问我有没有想到曹工头得的是什么病。我先用一包湿纸巾擦了擦脸，想将曹工头的口水抹掉，同时在心中琢磨这个病是怎么回事，好赶紧回答季副高，显得自己不那么无能。

曹工头喜欢买狗食之类的物品，看似是一种强迫症，但他声称没有得到满足感和愉悦感，可他舍不得丢，一直在购买是事实。换个角度来看，曹工头的这种行为很可能是一种恋物癖，只是他仍有清醒的意识存在，他的良知告诉他，这种行为是不对的，因此他很厌恶这种特殊的恋物癖。

至于曹工头说白色细犬要杀他，可能是一种恋物癖的敌视心理，因为那些东西都与狗有关，要吃要玩都给狗最名正言顺。也就是说，曹家的“小白”是曹工头的敌人，要与主人“抢”那些物品。

著名的奥地利精神科医师弗洛伊德曾研究过威廉·詹森的小说《格拉迪沃》，以恋物癖分析了小说中的男主人公只对大理石女像有兴趣的心理。这样的情节其实与《天龙八部》中段誉爱上神仙姐姐的情节一样，段誉喜欢王语嫣，是对玉像恋物癖的一种感情延伸。

恋物癖是一种让人很难理解的性心理障碍，有些男性会对女生的内衣、袜子、手套产生快感，有些女性则会对男人的领带、皮带、衣领等产生快感。男人女人都有各自的恋物癖，这种喜好可以有许多种形式，不局限于异性的衣物。研究表明，这些恋物癖大多与病人的童年经历有关，有时要掌握心理学，就得先吃透儿童心理学。

对于恋物癖的猜测，我是基于早上和曹工头的谈话，在没有深入了解病人之前，一切的猜测都是空的。季副高听了我的分析，没有反驳，也没有肯定，就说了一句有点意思。杨柯像是耳朵聋了，一直在吃东西，没理会我的长篇大论。我难得旁征博引，大家的反应却平平淡淡，我难免失望，于是也开始吃米粉。

实际上，我也明白自己说得天花乱坠，但都离题了，因为这并不能解释曹工头学狗叫的原因。然而，我当时还不知道，一件可怕的事即将在曹家的屋子里上演。

04 分尸现场

这天下午，医院没什么事，大部分时间我都在住院楼里待着。不过，一科有个精神分裂症的病人近期要做外科手术，麻醉时间很长，预计要八个小时。在手术前，我们必须让病人逐步减少使用喹硫平、阿立哌唑等精神科药物，术后再逐步恢复药物的用量。给病人用药最忌大减大增。

像精神病人做全身麻醉的大手术，有的综合医院考虑周全，会倾向于有抢救经验的精神科医生在场。因为其他科有些医生不了解精神科药物，万一出现意外，抢救时用错了药，后果是很严重的。当年我在沈阳时，有一次，有妄想症状的心肌梗死病人需要抢救，医生想用多巴胺微泵维持血压。殊不知，抗思觉失调的药物主要就是通过抑制脑内的多巴胺过多活动，从而减轻病人的妄想症状的。因此，在病人术前术后，精神科医师的工作不可忽视，尽管不少人觉得我们最多和病人说说话就算是完成工作了。

到了傍晚，剩下的工作就是住院医的了，交代了宋强重点关注需要做外科手术的病人，我就去医院的停车场和杨柯一起回家。下班高峰期，路上堵车很厉害，还发生了一起车祸，一个骑电动车的人当场死亡。我心惊胆战地跟在一辆重卡后面，念了几句阿弥陀佛，心想搞不好真是养了龟仙人的缘故，我每天才能平安“龟”来吧。

回到家，我满怀感激地去逗玻璃缸的乌龟，还伸手指进去戳它的头，夸它有灵性，能保护我们平平安安。杨柯一进门就脱了藏蓝色的西装外套，将它挂在衣帽架上，然后松了松领带，解开了白色衣领的扣子，好像很累的样子。看到我在逗乌龟，杨柯眉头一皱，叫我别乱摸，小心被咬手指。

这只乌龟是芒山镇的老人送给我们的，没说具体送给谁，这么久以来，一直是我在喂食。听到杨柯这么说，我就赌气地继续用手指戳乌龟，边戳边说：“你当时都不愿意要这只龟仙人，凭什么现在变成你的了？”

“住在我家就是我的。”杨柯的回答粗暴又简单。

我没看杨柯，继续逗乌龟：“你这是霸道。”

“叫你别摸它，乌龟真的会咬人的。”杨柯提醒道。

“骗小孩呢，乌龟这么老实，怎么会……啊啊啊啊，好疼啊！”

一直缩着头的乌龟冷不防地探出脑袋，一口咬住了我的食指指头。那时我才知道，乌龟确实会咬人，而且咬得很紧，打死也不松口，能把人的肉给咬掉。

“叫你别摸，你耳朵聋啊。”杨柯生气道。

我疼得全身发软，没敢再顶嘴，语无伦次地叫道：“快啊，去厨房拿菜刀，把乌龟头切掉！”

杨柯本来已经解开衬衫袖口，卷起袖子准备帮忙了，听到我乱喊乱叫，又站在原地袖手旁观。但杨柯不是铁石心肠的人，看我真疼得厉害，就去厨房接了半盆水，倒进玻璃缸。乌龟一被水淹没就松开嘴巴，缩回了脑袋。我的指头被咬破了，伤口不大，流的血却不少，缸子里的水都被染成了粉红色。

我去卧室找碘酒清理被乌龟咬的伤口时，听到有人在用菜刀剁东西，声音挺大的。我以为是杨柯要将龟仙人送进厨房大卸八块之后煮汤用。不过，竖起耳朵听了听，我觉得剁东西的声音像是从外面传来的。

这时，杨柯循声打开了房门，站在门口听了听就对我说：“好像是对门……”

“死！你给我死！”

杨柯还没说完，对门就传出了曹工头的咒骂声，他好像用菜刀在地上砍什么，那声音很刺耳。我擦了碘酒后，急急忙忙去敲门，同时问曹工头屋子里发生了什么事。我会那么大胆，是因为曹工头在看诊时不具备危险性，远没有到强制入院的程度。杨柯见我这么鲁莽，便叫我离门远一点，天知道里面发生了什么事。过了一会儿，咒骂声停止了，有个人过来开门。门一打开，我想听杨柯的劝告，打算后退两步的，可立刻就被门后的景象给惊呆了。

没想到，堆满了纸箱的客厅全是血，装了狗食的纸箱、沙发和茶几都被飞溅的血给弄脏了，许多纸箱也被打翻在地上。地上还散落着一些血淋淋的内脏，一股股腥臭味从闷热的房子里窜出来，像夏天从臭水沟冲出来的那种味道。开门的正是曹工头，他的白色 T 恤已经染红了，手上还拿着一把砍菜刀，眼神涣散。

见状，杨柯快步上前一把捏住曹工头的手腕，他手里的刀就哐当一声，掉在了地上。见刀一落地，杨柯就迅速把刀往身后踢。曹工头此时也清醒了，认出是我们后，立刻求饶：“我没杀人，你们误会了。”

我却心想，看这阵势，何止杀人啊，估计还在分尸呢。这栋楼真是被诅咒了，三姐妹惨遭杀害，现在又不知道是谁被曹工头给干掉了。我当时真不该听大陈的，应该立刻出来寻找曹工头，也许还能拯救死者。

“真的啊，我是自卫。”曹工头哀求道，“杨医生，你放手啊。”

曹工头满手是血，一直试图推开杨柯，无奈使不上力气。折腾了一会儿，杨柯的衬衫也沾了血，他嫌脏就松开了曹工头。我们在门外向屋子里张望，这才发现客厅有一只被分尸的狗，狗头滚到了茶几下，两排雪白的牙齿紧紧地咬着，几乎都露在了嘴外，可见它死得很痛苦。

这一幕绝对是有暴力倾向的人才做得出来的，我担心曹工头会继续发狂，便把沾血的菜刀踢到更远的地方。菜刀被踢到电梯门那边时，叮的一声，电梯门打开了。曹工头的哥哥大陈从里面走出来，正好踩到被踢过去的菜刀，吓得又缩回了右脚。

“怎么回事？”弄清楚状况后，大陈就靠着墙壁，避开地上的那条血迹，慢慢走过来问我们。

“你弟弟……”

我还没说完，大陈就深吸了一口气，然后道：“送他去你们医院吧！”

曹工头一听医院两个字就抓狂起来：“我没疯，要去你自己去！我是为了救自己！不是狗死，就是我死！我没办法！”

“快联系医院！”杨柯匆匆交代了一句，便和大陈冲入屋子，努力稳住曹工头。

我们医院有看急诊的，他们安排了人和车子后，半小时就赶到了楼下。大陈不想弟弟的名声受损，先在屋子里帮弟弟清理了身体，换

了干净的衣服，才把他送下楼。不过，杨柯全身都脏了，他的裤子和皮鞋都是黑色的，洗洗擦擦都还能穿，但那件白衬衫就没办法了，就算拿去送洗，估计也没有一家店愿意接。

我不用换衣服，当时就跟着车去了医院，留下杨柯在家里清理自己。曹工头在车上被束缚带绑住时，又开始学狗叫，喘气时还学狗吐舌头。一路上，大陈都在问我，他弟弟到底是什么病，怎么会恶化成这样。还没有确诊，我不敢乱下结论，只能问大陈，今晚如果要安排他弟弟住院，他是否同意。弟弟都拿刀杀狗了，大陈巴不得弟弟住院，唯恐弟弟拿刀出去行凶。

这么多年来，我从没遇到过一个病人会由恋物癖迅速过渡到更严重的行为。恋物癖是对性爱对象的一种象征意义上的迷恋，恋物癖患者通过抚摸、嗅、咬或玩弄某样东西来获得性快感。当然，恋物癖患者大多有偷盗衣物或者跟踪尾随的违法行为，但发展成曹工头这样子的，就超出了恋物癖的范畴。

到医院后，我急急忙忙地去办了住院手续，好不容易都处理好了，还在一科病房的主任就来质问我病人怎么恶化成这样了，怎么治疗的。这一次，我不觉得主任冤枉了我，病人的病情的确恶化得太快，如果我今天找回跑掉的病人，也许就能及时发现症结所在，挽救“小白”的生命了。

主任发完脾气就走了，几个住院医看到我被训斥，纷纷在角落望着我，没敢作声，怕被我拿来出气。我不是那样的人，有气自己兜着就好了，欺负住院医不算本事。看我受了委屈，三科的一个主治就过来安慰我，还说病人发病就是这样没征兆的，如果发病能按时间表来的话，还要住院医干什么。

三科主要收儿童病人，比如学习障碍、孤独症患儿等，因为都是儿童病人，能住院的少，所以三科的病床不多，那里的医生是最轻松的，毕竟小孩子就算发起狂来，弄伤医生的概率也不大。

安慰我的是个女主治医师，叫岳听诗，人很高，起码一米八五。

因为身材高挑，人又漂亮，所以有的病人家属也乐意送孩子来看病。不过我听人说，岳听诗以前和张七七关系特别好，由于看到岳听诗会想起张七七，杨柯几乎从不和岳听诗说话。有一次，武雄还跑来搬弄是非，说什么杨柯和岳听诗有过暧昧，不然俊男美女怎么可能互不搭理呢，这太不正常了。说起来，杨柯在医院确实一直避开岳听诗，我老是和杨柯在一起，之前才很少有机会碰到她。

岳听诗来安慰我时，一瞬间我就有了灵感，她以为我被骂傻了，还关心地问："不高兴了？要不要来我的科室，我们那里有很多棒棒糖，你要吃吗？"

"谢谢了！"我开心道。

岳听诗为难起来："我只是说客套话，棒棒糖已经被三科的人都吃完了……"

"我没想吃棒棒糖，总之谢谢了。"

岳听诗以为安慰到我了，乐呵呵地就走了。她的出现让我想到了中华儿科鼻祖钱乙。钱乙生在北宋年间，著作颇多，著有《婴孺论》百篇、《钱氏小儿方》八卷、《小儿药证直诀》三卷等。后人一直将《小儿药证直诀》视为儿科的经典著作，这部经典里面就记载了一种疾病，它的症状就是学狗叫。

想到这一点，我马上走出住院楼，要打电话告诉杨柯。谁知道，我还在翻通信录时，杨柯就打电话过来了。我狐疑地接通了电话，问有什么事，听到答案后，整个人惊呆了。

05 灵魂互换

入夜后，住院楼不时地冒出病人的怪叫声，比猫头鹰的叫声还瘆人。听完杨柯的电话，我站在原地发呆，许久没有动。

在电话中，杨柯告诉我，曹工头发病后，大陈联系了曹工头的前妻，问能不能带儿子来看看人。大陈在电话里没讲清楚，曹工头的前妻以为人还在家里，她带儿子来时，被屋子里的血迹吓得大喊大叫。杨柯闻声出来，曹工头的前妻知道经过后，就吐露出了一个惊人的秘密。

原来，曹工头在离婚前就表现出症状了。起初，曹工头会神秘兮兮地对前妻说，今天和曹达贵去玩了，看到了好多小狗。没错，这里不是笔误，他就是这么和前妻说的——今天和曹达贵去玩了。自己和自己去玩？这是什么毛病呢？前妻一开始没当回事，以为丈夫是做生意压力过大，在说胡话。

过了一段时间，曹工头就开始学狗叫了，还让前妻挠他的肚子，或者主动去舔前妻的脸蛋。前妻以为这是夫妻间的情趣，也没有多心。直到有一天，曹工头说了一句话，她才下决心离婚的，并不是大难临头各自飞。

那曹工头说了什么话呢？

有天晚上，妻子从外面回来，曹工头就得意地自言自语，说今天遇到了一只母狗，母狗很可爱，他忍不住和母狗发生了关系。这话犹如晴天霹雳，曹工头的前妻觉得恶心，这种行为太不知羞耻了，她无法再和这样的人生活。在之后的日子里，曹工头又会忘记曾说过这些话，还责怪妻子冤枉他。

在闹离婚时，曹工头又有了变化，开始记得自己学狗叫，或者说过一些过分的话了。对此，曹工头的解释是小白是二郎神杨戬的哮天犬，即传说中的白犬神嗷。这只神犬能和人类互换灵魂，有时候他学狗叫，或者说和狗发生了什么事，其实是小白在使用他的身体，并不是他在胡闹。

前妻受不了曹工头的疯癫，带着三岁的儿子离婚走人，不愿意再有往来。可曹工头仍会不时地联系前妻，最近他在电话里说，小白喜欢当人了，这几天他被强迫交换身体后，小白不太愿意换回来了。曹工头害怕地和前妻说，如果再继续下去，也许他就会困在小白的身体里。

前妻当曹工头是疯子，像我一样问曹工头，把狗送走不就成了，只要不住在一起，有什么好怕的。曹工头却不同意，还说小白在其他地方也能和他互换身体，还不如把狗留在身边，多个心眼监视着。

这么久以来，前妻都以为曹工头只是说胡话，没想到有一天他会为了保护自己，把小白砍死了。前妻一下了吓傻了，脑海里冒出了一个可怕的念头，如果曹工头说的都是实话，那么小白被杀死时身体里的灵魂是谁的呢？如果是小白换了身体后不愿意再当狗了，用刀砍死变成狗的曹工头，是不是谁都不知道现在的曹达贵是人还是狗了？

病人学狗叫，背后还有这么多故事，这倒是出乎我的意料。我曾侥幸地以为，曹工头是欠了工人很多薪水，想要装疯卖傻，躲过经常上门讨债的工人。现在再看，装疯卖傻的可能性不大，因为要装的话也是装给外人看，如果今天前妻不道出实情来，他就等于白演了。再说了，要躲工人讨薪，曹工头完全可以跑到外地去，我们吴圩镇那边有的人被欠了工钱，现在根本找不到包工头或者老板。

杨柯告诉我这一点，是为了让我多了解信息，以便为病人诊断。不过，我在见到岳听诗时就想到了一种病——犬痫。

痫病是中医病名，是一种短暂性反复发作性神志异常疾病。在《小儿药证直诀》中，钱乙按五畜叫声将痫病分为五类：犬痫、羊痫、牛痫、鸡痫、猪痫。犬痫的症状就是学狗叫。

想到犬痫后，我就大胆地打搅了季副高，致电询问他五痫的事。季副高坦承，他也考虑过五痫，但谨慎起见，明天还是先让曹工头做个检查。不过，在季副高看来，古人将痫病分为五畜，有些华而不实，因为类似动物的叫声，其实都是因为咽喉痉挛发出来的。曹工头是真正地在学狗叫，和犬痫病患那种被动地发出怪声不一样。

不管怎样，去做个检查总是好的，不管是犬痫还是恋物癖，详细的脑电图检查总能显示出端倪来。那一晚，我没打算回杨柯家，而是准备整晚都留在住院楼，认真观察曹工头的情况。到了半夜，杨柯居然换了一身干净的衣服跑到医院来，想要瞧瞧曹工头怎么样了。这个病例比较特殊，我不敢交给住院医，杨柯一来，我们一晚上就轮流盯着曹工头，记录他睡眠时的情况。没想到直至天亮，曹工头都没什么太大的反应，有一刻我都以为他窒息死亡了。

次日清早，我第一时间安排了人送曹工头去做检查，尤其是脑电图、影像学检查，想要确认是不是中医上的犬痫或者是某种癫痫。普通的脑电图要做二到四个小时，像曹工头这样的情况，我特地要求延长脑电图检查时间。然而，没有查出癫痫，或者说曹工头应该也没有患犬痫。

既然如此，还有什么病症会导致人学狗叫呢？

在曹工头做检查期间，季副高专门来找我，想瞧瞧检查结果，跟我一起分析。像恋物癖、犬痫这些患者通常都合并器质性病变，比如，恋物癖是一种性心理障碍，患者脑电图异常之处多位于颞叶，以前国外有人被切除了前颞叶的病灶后，恋物癖行为就消失了。

从结果上来看，曹工头没有癫痫，不过他有双侧轻微弥漫性脑电图异常，第三脑室扩大。之后，我得知，曹工头曾因讨薪纠纷被人打伤过头部。综合来看，这些都可能会导致精神症状出现。

与此同时，在大陈的游说下，曹工头的前妻找到我，把曹工头发病前的各种行为又说了一遍。那时候，我们已经回到门诊了，曹工头的前妻说完就走了，她说来只是尽义务，不管人能不能治好，她都无法和这样的人过日子，因为她也不知道曹工头现在是人还是狗，尽管她不信这种鬼话，但听多了还是会忍不住去想。

总的来说，这个病主要就是病人认为狗能和他互换灵魂，学狗叫不是他自主的行为，而是在病人认为被狗占据身体后才发生的。划出重点后，又结合检查结果，我倾向于一种怪病的诊断。

在心理学上，有种病叫作人身变换综合征，也叫弗雷格利妄想综合征[1]，属于错觉认知综合征的一种。在此类患者眼中，别人都是由同一

1 1927年，《临床精神医学会会刊》上描述了一组以妄想性身份识别障碍为特征的精神病理现象，将其称为弗雷格利妄想综合征。弗雷格利是意大利演员，以善于模仿他人出名，能在舞台上迅速改变外貌。

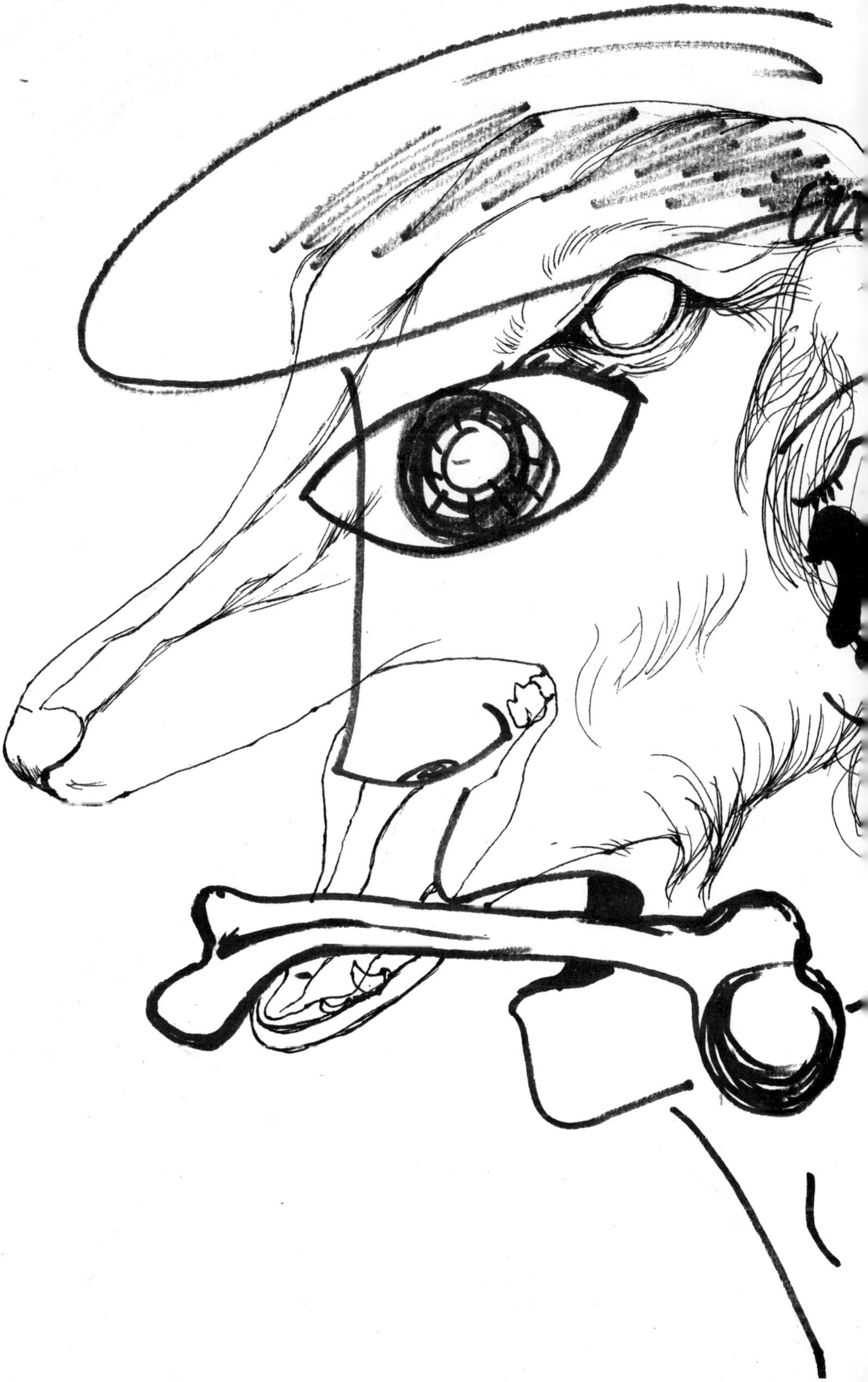

个人伪装的，这些人的相貌并不相像。被替换的对象可以是亲人，也可以是家里的动物。

这种病很罕见，文字报道首见于 1927 年的法国。然而，时代在进步，疾病也在“进步”，除了躯体疾病，精神疾病也在发展。比起一般的人身变换综合征，曹工头的病更特别些，因为他觉得小白被人替换了，替换小白的不是别人，而是他自己。他本人呢，又被小白替换了。也就是说，这是一种双重错觉认知综合征，是一种精神障碍的叠加状态。

曹工头患上人身变换综合征之后，担心身份被小白窃取和占据，病情严重时就产生了暴力行为。如果曹工头之后认为其他人也和他换了身体，就可能会动手杀人。这种综合征的发病原因有很多种，有可能是第三脑室病变，也可能是曹工头被讨薪的工人打伤脑部后，大脑出现的某种细微的损伤。

要治疗人身变换综合征，需要借助抗精神病药物，比如三氟拉嗪、氟哌啶醇、氯丙嗪等，必要时还要结合电休克治疗。心理治疗在这种病上只起辅助作用，治疗效果不明显。

得出了这些结论，我去找过季副高，这一次他的反应比在“茶茶”时要强烈得多。季副高实话实说，他之前对曹工头的病没有把握，所以不便于多说。我能找出这个病，季副高就感叹，后生可畏，他快可以退休了。我哪敢造次，忙说这只是我的诊断，曹工头的病那么特别，肯定还要找各位前辈会诊的。

那天下午，主任也来找过我，本来他是想反驳我对曹工头的诊断，但他每提出一条质疑，我都认真地给出了解释。一个多小时后，主任的态度从怀疑变成认可，他也同意那是人身变换综合征的一种特殊形式。这种病的治疗需要很长时间，主任就以我的技术还不够成熟为由，将病人转到了他那边，以后主要由他来治疗。只要病人能好起来，谁治疗都一样，我没什么意见，主任却担心我去打小报告，又给我分了心理治疗的任务，当作安慰奖。

在那之后，我以为这项任务会是场攻坚战，病情的研究到这里就告一段落了，可之后发生的怪事却叫我毛骨悚然。

06 遗失的童年

曹工头的病情确诊后的那几天，我们一科的主要工作是给另一个病人做评定。那个病人有自杀倾向，在封闭病房住了十天，医院就要评定他是否转为了低风险，可不可以转到开放区治疗。病人有精神症状，不代表人是傻的，有时候给他们做评定，他们会精明地瞒过去。前不久，宁夏有一家医院就是在风险评定上出了差错，病人转去开放区治疗时，忽然跃过护栏跳楼身亡。

对于评定的事，我们都争执不下，说着说着，主任就转移了话题，破天荒地夸奖我，说我对曹工头的心理治疗很上心，如果继续下去，他很快就可以出院了。我倒没有主任那么乐观，曹工头在家里肢解了小白，下一步很可能就是出去杀人，这种事绝对不可以掉以轻心。

那天，大陈也来探视曹工头，出来后又找到我问了一些关于治疗进展的事。我负责心理治疗这块，需要深入了解病人，最好是能从童年开始。大陈是曹家长子，小时候有什么事，他记得最清楚了。我那么 问，大陈就告诉我，小时候曹工头很喜欢狗，想要养一只，但曹母不喜欢狗，坚决不让养，甚至还买了狗杀来让曹工头吃。

弗洛伊德曾认为，一个人的人格很大一部分要归结于童年早期，那些具有创伤性的事件在童年时期发生，会影响到他今后的人格发展。如果一个人小时候有什么缺憾，那么他长大有能力后就会拼命地弥补。

也就是说，曹工头的病因早在童年时期就种下了，他对狗的迷恋已经到了病态的程度，觉得狗就是他，他就是狗。这种缺憾已经形成多年，我无法扭转，本以为心理治疗不会有太明显的作用，但每次曹工头做完治疗，他对听到或看到狗的反应都逐渐平淡了许多。

这个病很奇特，七科的武雄不知道从哪里听说了，有次在食堂吃饭时就凑到我这桌来，兴冲冲地问：“你的病人和狗……那啥了？”

“什么啊，别瞎讨论。”我不想坏了吃饭的兴致。

武雄看卢苏苏坐在我身旁，就瞄了一眼坐在远处的杨柯，小声问我：“你怎么不和杨柯坐一起了？喜新厌旧啊你！”

“你别欺负陈仆天！”卢苏苏跳出来维护我。

“好，好，不欺负。怕你们了。”武雄不肯走，又问我，“你们说的那个什么人身变换综合征挺新鲜的，怎么就没考虑过恋兽癖呢？我以前在四川老家那边，有的人猥亵牛羊猪马，以此获得快感，但也有人通过虐杀家禽牲畜来获得快感。”

“我们在吃鸡肉呢，你能不能别说了？”我打断道。

实际上，我也考虑过恋兽癖，但这类患者没有精神病史，也查不出癫痫，更没有精神症状。在司法鉴定中，这种患者在实施行为时并没有丧失实质性的辨认能力和控制能力，因此被认定为有责任能力，和曹工头的情况完全不是一回事。

“好，好，我不说。”武雄不高兴了，起身要走，但丢下一句话，“那你们就别想知道警察查到张七七是怎么死的了。”

“等等，等等！”一听到张七七的名字，我和卢苏苏都叫住了武雄，他这个包打听最爱说闲话了，估计从哪里套出了办案的消息。既然法医鉴定出尸体是张七七，那应该不会出错，可她是怎么死的，为什么被人封在地下二层的水泥墙后，相信整座医院的人都想知道。

看着我们急切的眼神，武雄又满足地坐了下来，小声地对我们说：“警察前天悄悄来医院调查过了，他们找了三科的岳听诗问话。”

“岳听诗和张七七是好朋友，人家美丽又善良，怎么可能杀人？”我不信。

武雄啧了一声：“你别急啊，我又没说凶手是三科的岳长腿。主要是那天我路过三科，听到警察来找她问话，好像迎新晚会那晚，她看到张七七和你们的何主任偷偷下了楼，之后她就再也没看见过张七七了。”

主任是嫌疑人？这有可能吗？

我想再问武雄还听到了什么，这时候他的手机响了，似乎是收到了一条短信。武雄没有立刻拿起手机，而是心烦地叹了一口气，不太想去看手机。接着，武雄也没了兴致，不想再说张七七的事。我坐在武雄身边，这种时候不好表现冷漠，当即就问怎么了，不会是信用卡的账单吧。

武雄原本想起身的，听我这么问，就一反常态严肃地说：“你们没收到过奇怪的短信吗？”

“你之前不是问过了？没收到。”我纳闷儿道。

“我也没收到过。”卢苏苏附和。

“是吗？”武雄思索再三，还是站起来走掉了，留下我和卢苏苏大眼瞪小眼。

过了一会儿，主任也来食堂吃饭，看到我和卢苏苏坐在一起，打量了我们一番后就和杨柯坐到了一块儿。我望着主任的背影，忽然想到一件事，如果小乔被发现死在值班室，那肯定有人报告给了主任和院长，因为他们一起坐电梯下到了太平间。以我们学医人的认知，人死了，当然要放到冷柜里的，就算冷柜没通电源，要接上也不难啊。会不会主任一开始是想将小乔的尸体放入冷柜的，但却发现了张七七生前留下的信封，偷偷地拿走了呢？也许，杀死张七七的人就是主任？可他为什么要杀张七七？X是小乔，又不是主任。我不是警察，也不是侦探，只能盼望廖副他们能尽快查到真相，好让张七七瞑目。

一想到这些事，我就没了吃饭的心情，然后问卢苏苏要不要一起去图书馆看书。刚好，图书馆最近购买了一批新书，有些还是不错的医学类小说。卢苏苏很开心，说自己也喜欢看书，但不经常去医院的图书馆，那里阴森森的，她有时会害怕。别说卢苏苏了，我一个大男人去图书馆有时也会害怕，只要人到了那里，就有一种在乱葬岗看书的感觉。不过，卢苏苏又害羞地说，只要有你在，我就不怕。话都说到这份儿上了，我更得去图书馆了，恨不得来只鬼让我有机会英雄救美。

中午图书馆人比较少，在找书时，我们不知不觉就来到了太平川的新书旁。卢苏苏先注意到了《精神探》，就说这本书很眼熟，似乎是张七七以前经常看的一本书。我曾在这一栏找到了张七七的日记，听到张七七爱看我的书，倒不觉得稀奇。看到自己的书，我很想对卢苏苏说，这就是我写的，但没有作声。

"好像迎新晚会那天，我看张七七拿这本书来图书馆还的。"卢苏苏有些好奇，抽出《精神探》，胡乱翻了翻。

我迷糊地问："干什么？你能一目十行吗？"

"迎新晚会那天，食堂有鱼香茄子，菜都是免费的，我记得很清楚。"卢苏苏回忆道，"我不是想说你吃茄子过敏的事啦。只不过……我记得张七七一边吃一边用笔在某一页上写了点东西。"

图书馆的书都会有不同的人借阅，就算有谁素质低，在上面乱写，也不能确定就是张七七写的。然而，卢苏苏很快就找到了那一页，上面有一行很娟秀的字：402，何，7878。这组字看起来毫无意义，字数不多，也推敲不出什么来。如果硬要猜的话，402可能是房间号，何是主任的姓氏，7878……也许是去吧去吧？问题是，为什么要写在图书馆的书上，张七七不是有写日记的习惯吗？写在日记上不行吗？

卢苏苏和我中午都泡在图书馆，两个人说来看书，结果都在猜《精神探》上的密码。卢苏苏没有和我经历太平间的惊魂事件，也没有看到过杨柯家神秘房间的景象，猜密码时都天马行空的，说不到点子上。不知怎的，我突然想到，如果杨柯也在的话，估计能猜出什么来吧。

总而言之，那几天时间过得特别快，经过院里评定，曹工头能出院了。那天，我送曹工头和大陈离开，顺便交代如果有需要的话，出院七天后可以来医院复印病历，如果是患者本人来，只带身份证就够了。大陈对我千恩万谢，还说妹妹们都在外地，现在身边就一个弟弟，多亏治好了。

离开时，大陈叫了一辆出租车，他们上车后，还一直对我挥手。车子开走后，我礼貌地回以微笑，但曹工头却趴在车座上，回头对我做了一连串模仿狗的动作，还露出了一个邪魅的微笑。

“难道……”

我毛骨悚然，整个身体僵在原地，总不会曹工头瞒天过海，还没有痊愈？又或者，曹工头早就死了，这一切都是小白搞出来的？不管怎样，人已经出院了，是不是超自然事件，我也管不到了。后来，听说讨薪纠纷闹大了，曹工头的房子被法院收走，他也不知道去了哪里，再也没有消息了。

那天，送走了曹工头，我在大厅浮想联翩，净是些恐怖的画面。想得出神时，杨柯打电话给我："你人在哪里？"

我问道："有什么事吗？"

"我晚上要值夜班，你今天回去到我房间，帮我把那五套西装送洗，记得一定要送到我指定的那家。"杨柯是个控制狂，每次都喜欢交代得很仔细。

"好，好。"我是吃人嘴软，拿人手短，一到这种时候就乖乖地回答，不敢和杨柯顶嘴。在接电话时，手机收到了一条短信，听到提示音，我以为是广告，习惯性地歪头瞧了一眼。谁知道，里面的内容令人骇然，毫无防备的我差点把手机丢出去。

第3章

故意生病的女人

印度有一则神话，说世界只是创造神梵天的一场梦，只要梵天梦醒，人世间的一切就会随之消失。

实际上，将这个神话套在精神病人身上也未尝不可，他们有些人只是活在自我创造的梦中，只要醒来，病症就能消失。正如人生如梦，当然，这个梦不是真正的梦，而是一种由执念衍生出来的精神障碍。

01 X 的短信

要说执念，是人都会有，只不过轻重不同罢了。就拿我妈来说，她的执念是我早日结婚生子，尤其当我回到广西后，她三天两头给我介绍对象，我也因此遇到了一些奇奇怪怪的人和事。相亲时，不论是男是女，总会遇见不可理喻的人，这倒不算新鲜事。然而，我碰到的怪事却发生在相亲之后。可以这么说，在我的行医生涯中，当事人是令我比较难释怀的一个患者。

记得那时曹工头刚出院一会儿，我站在医院大厅接杨柯的电话，接到一半就收到了一条短信。我歪着脑袋，随手点了点手机屏幕，隐藏了通话界面，打开了那条短信，可随即就颤抖了一下。那是一条彩信，附了一张很小的照片，照片上的人是张七七，不过画面比较暗，需要仔细分辨。

我是学医的，死人的遗照自然吓唬不了我，问题是这条彩信发自小乔。小乔已经死好几个月了，怎么可能给我发彩信呢？因此，我挂了杨柯的电话，当即把照片放大了观察。

显然，这张照片的角度是自拍，经过仔细研究，我才注意到张七七是坐在主治休息室的床沿上。本来这样的照片是无法确定时间戳的，怪就怪在床上躺了个男人，那个男人不是杨柯，而是我——我身上盖了一件西装外套。

这么久以来，我一直想知道，发烧那晚是谁给我盖了杨柯的西装外套，并且在我昏睡时作势要掐我的脖子。现在从照片上看，如果能排除不是通过电脑技术作假，那么那晚出现在主治休息室的人就是张七七。

可如此一来，很多事就前后矛盾，全都说不通了。比如，我发烧睡在主治休息室那晚，距离现在还不到一年，而那时候张七七已经失踪了，她怎么会出现在医院呢？我记得，廖副说住院楼地下二层的尸体都已经白骨化了，如果张七七那晚还活着，尸体怎么会那么快白骨化呢？虽然学医的人要让尸体加速白骨化，也不是办不到。关键是我和张七七以前并不认识，她为什么要那么做？我一直想不到其中的必要性。

难道我仍在发烧，那一晚做的梦做到了现在，一切都是梵天一梦？所以这些事都不合常理吗？我刚想到印度的创造神梵天，手机又叮的一声，收到了另一条信息。这条信息只有文字内容，手机号码仍是小乔的，内容则是：

想知道真相就在10月30日之前，把张七七留下的信从何富有手上拿回来，放到太平间的一号冷柜。——X

“神经病吧？”

看到第二条短信后，我第一个反应就是打回去，想看看是谁在用小乔的手机恶作剧。小乔死那么久了，我一直没把她的手机号码从通信录中删除，没想到几个月后会闹出这么一场戏。我也不清楚，人死了，银行卡、手机卡、电子邮箱这些东西会不会自动注销，如果有人偷了小乔的手机，几个月后再捉弄我，还是有这个可能的。毕竟，处理亲人的后事对所有人来说都很生疏，也许小乔的手机被偷以后，她的亲人没去办理销号业务，而偷手机的人一直在帮忙充话费？

不管怎样，我当即按照这个号码打回去，医院大厅有几个人的手

机同时响了。我环顾四周，大部分是医院员工，有三科的主治岳听诗，她太高了，在人群中一下子就被我注意到了。不过，岳听诗没发现我，而是自顾自地接了电话，走到别处去了。我拨通电话后，对方直接挂断了，之后等我再拨时，电话那头就提示已关机。

“到底怎么回事呢？”

我带着一肚子问号走回诊室，关上门凝视着手机上的短信，心中认为这不太可能是恶作剧。短信上的“何富有”就是我们主任的全名，X 叫我在 10 月 30 日前从主任手上拿到张七七留下的信，放回到太平间的一号冷柜，这不就证实了我之前的猜测吗？那晚，在我和杨柯赶去之前，主任可能想将小乔的尸体放入冷柜，但他发现了信，于是偷偷藏了起来。

X 是谁呢？如果不是小乔，还能是谁？

顿时，我感到一股寒意，这个 X 太可怕了，居然知道张七七留下的信是主任拿的，难道这个人有天眼？又或者是主任贼喊捉贼，X 就是他本人？其实不用 X 威逼利诱，我自己也想瞧一瞧张七七在信封里都留了些什么东西。难办的是，我总不能去主任办公室偷东西吧，而且事情都过去那么久了，谁知道主任把信藏到哪里去了。如果主任就是 X，说不定早就把信烧掉了。

“不对，主任不可能是 X。”我在心中分析，“信里的东西等于是罪证，如果我是 X，只要拿到信就一定会烧掉，毁灭证据，怎么可能留下后患呢？既然 X 叫我去拿回来，想必信还在主任手上，而且信里的内容非常重要。”

正想到这里时，有人在外面敲了敲门。这时候已经是傍晚了，不会有人来看病了。我还没起身去开门，敲门的人就推门进来了，然后审犯人一样地问：“陈仆天，怎么还没走？躲在这里干什么？”

进来的人就是主任，我一看到他就支支吾吾：“我……我一会儿就走，在收拾东西呢。”

主任瞄了一眼我桌上的手机，眼神里充满了怀疑，他没有离开，反而带上了门，继续走进来："也好，我有件事和你说。"

我像做了坏事的小学生，被叫到了老师的办公室一样，紧张地望着主任。主任走到办公桌前，拉出椅子，坐下来就说："陈仆天，你来我们医院之前，谁都不认识吧？"

"不认识谁？"我很茫然。

"不认识医院的任何一个人。"主任将"任何"两个字说得特别慢。

我点了点头，主任又说："为了大家的身心健康，这几天我会让院长搞一次明尼苏达测试，医院所有人都要参加，除了你之外。"

明尼苏达测试是用来检查多项人格的，杨果以前来医院也做过一次。这个测试有五百多道题目，答案没有对错。即使我们是专业人士，测试时也不能瞎回答，因为测试中有个效度量表，包括疑问量表、谎言量表、伪装量表、修正量表。如果你回答时说谎或者诈病，这些表现会显示在分数中。

不用我问，主任就提醒我："你别大嘴巴告诉杨柯，在做测试之前，你一定要保密。测试做完了，你要在一天内把所有人的结果都告诉我。"

"医院那么多人，测试的题目加起来都上万了，我又不是千手观音，你要我一天内……"

主任见我孺子不可教也，便呵斥道："我给你表现的机会，你还喊辛苦？你哪里辛苦了？不都是杨柯在帮你擦屁股吗？"

原来大家的印象都是这样的吗？我想顶撞主任，却又醒悟过来，主任要做明尼苏达多项人格测试，他会不会真的拿到了张七七的信？他也知道X的事了，所以想通过多项人格测试来找出这个人吗？我是在张七七失踪后才来医院的，这足以证明我绝对不是X，主任才会破天荒地来找我帮忙。

"行！"求之不得的我改了态度，立刻应承下来。

主任想要发脾气，看我识时务了，又满意地说："那就好。"

一切都交代妥当后，主任起身要出去，我就赶紧抓住机会问："对了，主任，既然这件事要保密，那么等测试做完了，我要统计结果，到时候能借用你的办公室吗？我的诊室随便一个人都能进来。”我说这话时，主任的脸上有些挂不住。接着，我又说：“武雄他们又爱管闲事，我想到时候用你的办公室比较方便吧，他们不敢去你那里乱来。”

主任迟疑了片刻，像是打开了透视眼一样地扫描了我，然后不置可否地说道：“到时候再说。”

“好。”

主任没拒绝，那就有希望。只要能进他办公室，我就到处翻一翻，没准信就在他办公室里。我会做出这样的判断，是因为主任要求做测试，这说明信还在他手上，至少没有交给警方，即使张七七的案子已经从失踪案变成谋杀案了。由此也说明主任不会是凶手，不然不会找我做这个测试。

“那我还要报警吗？”

说实话，收到小乔的短信后，我的第二个念头是去找廖副。但如果将此事告知廖副，这个自称 X 的人就不会再贸然行动，我也就无法知道这些怪事的真相了。虽然这些事看似与我无关，但其实我已经深陷其中，现在报警的话，许多事都要讲出来，并且牵涉阳可，我是不敢再与她有瓜葛了。出于种种考虑，那一刻我就决定先配合主任，暂时保持沉默。

那一晚，我一个人开车回杨柯家，一回去就先帮他把那五套西装都拿去送洗了。不过，干洗店没开门，店里的人又有事出去了，他们在店门上留了张字条，说十五分钟就回来。有了前车之鉴，我不敢乱送去别家，只好傻乎乎地在干洗店门口等着。其间，我妈打了一通电话来，说是当晚给我安排了相亲，让我立刻前往某家餐厅。我心烦得厉害，想要推托，可我妈软磨硬泡，最后我只能答应了。

等我赶去时，已经快迟到了一个小时，我以为相亲对象早就走了，她却一直在餐厅里头等着。这样的等待让我颇为意外，也忽然有了一些好感，于是我就配合我妈，好好地相了一次亲。那晚，我们边吃边聊，扯了些有的没的，半个小时不到就各回各家了。我当时困得不行，一回去就倒头大睡，直到第二天快七点才醒过来，但不是我自己醒的，是被手机叫醒的。

听到铃声时，我以为是杨柯嫌我没有一大早开车去医院找他，可来电人是廖副。一大清早的，没有谁愿意接刑警的电话，我忐忑不安地接通后问道："喂，有什么事吗？"

听完廖副的话后，迷迷糊糊的我像触电般清醒了过来。

02 相亲乌龙

考虑到昨天的事，我以为廖副要和我说张七七的案子，没想到他开口就问我昨天是不是干坏事了。有个姑娘来报警，说我给她下了迷药，强暴了她。廖副还骂我是衣冠禽兽，居然会对相亲对象做这种事，现在还不赶紧过来认罪。

对女人乱来？给我一百颗豹子胆，我也不敢那么做啊。那一刻，我以为还没睡醒，仍处在梵天一梦中，恨不得扇自己两巴掌，看看这是不是真的。廖副却又在电话里告诉我，别怕别怕，他相信我的为人，不会做那种龌龊的勾当，只不过事情确实和我有关系，让我必须去他们单位一趟。

"赶紧来吧，不抓你，就让你来接个病人。"廖副怕我不敢去，又安抚道，"刚才只是吓唬你。"

听廖副的口气，那个病人和我相过亲，我就犹豫了一会儿："你没联系我们医院吗？如果是我认识的人，找我不好吧，要避嫌的。"

"我联系了你们医务科啊，那边的小姑娘叫我找你。"廖副催道，"你赶紧的吧，这妹子要折磨死我们了，你快接她走。"

我磨蹭道："你们都是警察，还怕别人吃了你啊。"

"别啰唆，快来就是了。"廖副说罢就挂了电话。

也好。最近，我一直想见廖副一面，好向他打听打听，警方是如何确定住院楼地下二层的尸体是张七七的，会不会出错了。想了想，我就急急忙忙开车去医院，先把车还给杨柯，随后才和出诊的车一起去找廖副。那天早上，杨柯精神不太好，可能忙了一晚上吧，他就说不回家了，要躺在主治休息室睡觉。

我还了车钥匙后想走人，杨柯却叫住我："你昨晚干什么了？我听医务科的人说，你待会儿要接的病人说你……"

"她瞎说的好吗！"我刚走出门，又着急地回头解释，"我像那种坏人吗？"

"像啊。"杨柯没配合我，说罢就松开领带，脱了鞋子躺到床上。

那一幕让我想到了前一天收到的短信，我本来想和杨柯说一说，但宋强来找我一起去找廖副了，到嘴边的话又被我吞了回去。那天早上，病人的事好像传遍了医院，我和宋强去坐医院的车出诊时，连司机都在问我，是去自首还是去接病人啊，可别乱用医院的车哦。司机是个中年大叔，挺热心的，一路都在为我出谋划策，叫我别害怕，大不了买通杨柯，让他帮忙证明我不会对女性干见不得人的事。医院一直有谣言，我从没理会过，听司机大叔这么一说，我当即就苦笑起来。

这段时间，我相亲相了五次，最近一次就是昨晚了，都是我妈安排的，我对她们的了解仅限于一些基本情况。廖副没对我说究竟是哪一位女性报的警，不过前几次相亲都过去好多天了，如果真有问题，她们不会拖延到现在才作声。车子在路上行驶，我歪着头看着窗外，不由自主地回忆昨晚相亲的片段——

当时，我已经迟到快一个小时了，准备赶到餐厅时，我妈又打电话给我，问我到了没，别让人家等太久。我被催多了，有些不高兴，就在电话里说："妈，都迟到一个小时了，说不定别人早就走了，谁会等那么久啊。"

"如果等了一个小时还没走，那说明人家喜欢你，对你有意思。"我妈乐呵呵地说，"谈恋爱就是这样的，真心爱你的，十根金箍棒都打不走，不爱你的，十头牛都拉不回来。你就去看看呗，只要人还在那里等着你，绝对是真心爱你的。”

“妈，我们面都没见过呢，有什么爱不爱的。好了，好了，我快到餐厅了，明天再和你说吧。”

电话一挂，我就走进了约定的餐厅。那是家西式餐厅，人不多，也不吵。我的相亲对象穿了红色上衣、黑色短裙，坐在角落等着，表情没有不耐烦，看上去心平气和的。我妈说，这个相亲对象是她朋友的朋友介绍的，为了给朋友面子，她逼着我一定要来一次。我迟到理亏，一过去就先道歉，女人倒不在意，还叫我坐下，并理解地说当医生肯定是很忙的。

“我叫马琳，是广告公司的，我们平常也很忙，迟到不要紧的。”

我听对方这么说，顿时有了好感：“理解万岁。我叫陈仆天，是精……是医生。”

马琳笑了笑：“我知道，你妈和我都说了，我不介意。”

“真的吗？”疲惫的我精神了起来。

“当然啊，而且你又这么帅。”马琳很满意。

我不适应被人夸奖，一直以来我各方面都很差劲，不管是写书还是行医，都是批评居多。听到马琳盛赞，我就有些飘飘然了，慢慢地就和她聊了起来。可惜，不到半个小时，马琳就说家里有事要走了，然后说再联系吧。我以为自己侃侃而谈时说错了话，结完账就懊恼地回家了。哪里想到，第二天马琳居然去报警，说我给她下药，还侵犯她。

医院的车开到刑警队时，我才从思绪中清醒过来，然后跟着进去一看，报警的人果真是马琳，她衣服都没换。在接待室里，马琳坐在椅子上，在对一个女警察描述被侵犯的经过，讲得绘声绘色，我都怀疑自己是不是在做梦时真的犯事了。廖副见我来了，马上拉着我到外面去，让宋强和司机帮忙看着马琳。

“你才来啊。”廖副嫌我来得太慢了，假装不高兴地说，“再不来，我就真的要抓你了。”

“你为什么不信她？”我既好奇又庆幸地问。

“我们又不傻，当然是第一时间看过那个餐厅里里外外的监控录像了。”廖副点了一根烟，抽起来，“这个女人讲了时间和地点，说你偷偷在她饮料里下了药，然后扶着她走出餐厅，在车上把她那个了。不过我们看过监控录像了，你没有给她下药，而且你们走出餐厅后，离开的方向是相反的。你开车走后，一路没拐过弯就回小区去了，一晚上没再出来过。这一路上的道路监控都能证明，你不可能有时间作案的。”

“原来如此。”我长舒一口气。

廖副吸了一口烟，长长地一吐，继续道：“本来呢，诬陷好人、假报警是要受罚的。但我觉得这姑娘脑子有毛病，还是请你先来看看好了。”

“她家人呢？”我先抓重点问。

廖副一会儿就抽掉了一根烟，丢掉烟头后说：“马琳的家属只有母亲一人，现在人在海南，她明天的飞机，我联系过她了，她同意你们收治她女儿。那老母亲说可能女儿年龄大了，又找不到人嫁出去，心理有些问题。你放心好了，我这里都有录音的，家属要是找你闹，你来我这里拿证据好了。”

话说到这份儿上，我再不带马琳走，就说不过去了。医院那边也不允许我在外逗留太久，一科的病人最近有些多，主任忙不过来。不过，马琳既然认为我是坏人，由我来诊治的确不太妥当。还好杨柯在医院睡觉，到时候让他来诊治就好了，或者转到其他科去。

为了让马琳配合，我就想让宋强去接病人上车，哪里知道宋强已经先下手了，和司机一起带着马琳从刑警队的接待室里走了出来。我以为马琳看见我会发狂，可她瞄了我一眼，好像不认识我，然后就听话地上了车。廖副对我耸耸肩，得意地问我，以为他是傻子吗。当然是马琳辨认不出“陈仆天”的照片，他才会联系医务科，让我亲自过来的。

不认识我？这怎么可能呢？我们昨天才见的面。既然如此，为什么又污蔑我干了坏事呢？看来马琳的精神真有问题，昨晚我居然没看出来，她也没有表现出来。一想到这里，我恨不得立即掏出手机，和我妈抱怨，介绍什么对象不好，给我介绍个精神病人，这不是坑儿子吗？

马琳精神有些恍惚，好像不清楚自己为什么会被送上车，和昨天的状态也不一样，不过她没有发狂，暂时没有暴力倾向。一切搞定后，眼看车子要开走了，我抓住廖副，把他拽到一边去。那边是刑警队的厕所，廖副以为我要干什么，骂我要上厕所自己去上，带上他干啥。

我摆了摆手，一连串地问："不是！我是想问，我们医院的尸体，你们怎么确定是张七七呢？尸体怎么白骨化的？如果白骨化了，DNA降解的程度是怎样的？你们的法医是怎么提取的呢？"

我们先说个题外话——在法医做的DNA鉴定中，鉴定的DNA长度均为很短的小片段，这样即使DNA降解了，碎片上仍可能有完整的序列，还可以扩增出来。我可以肯定，张七七死了绝对不超过一年，而尸体所有的DNA全部降解却需要很多年。因此，严格来说，法医是能通过DNA鉴定出死者身份的。我知道廖副是刑警，是搞刑事侦查的，不是做刑事技术的，这么问他等于是欺负他。

谁知道，廖副却斩钉截铁地告诉我，尸体身份的鉴定一定没错，因为是法医通过DNA技术和牙科记录双重匹配的。但廖副坦言，除了这件事，其他的都不能再透露了，这案子还在侦办中，叫我别瞎操心。

"好吧。"

他都这么说了，我就死心地上了车，叫司机赶紧载马琳回医院。一上车，马琳就静静地望着我，她没有狂躁表现，宋强就没有用束缚带之类的东西绑住她。我和马琳面对面坐着，她很迷茫，认不出我是谁。我心想，难道是脸盲症？不会啊，她昨天都能通过照片认出我是相亲对象，怎么可能现在认不出来？又或者马琳是精神分裂症患者？要不然，她怎么会一夜之间判若两人？

03 病理笔记

回去的路上没有遇到过红灯，一路畅通。二十多分钟后，车子开到了医院，一下车，我就先到医院大厅办手续，同时让宋强带马琳去诊室等着。正好卢苏苏也在帮病人办手续，我就趁马琳还没去诊室时问她假若害怕的话，要不要一个女医生陪着。马琳表情呆滞，反问我为什么要害怕，这里是医院，又不是狼窝，然后配合地跟去了诊室。

宋强一带人离开，卢苏苏就凑近问我："中午要不要一起吃饭？今天食堂不做茄子，有五柳炸蛋，很好吃的。"

五柳炸蛋是医院食堂的招牌菜之一，酸甜微辣。卢苏苏这么一说，我就觉得肚子饿了。我舔了舔嘴唇，说好来着，卢苏苏却又问我："那个病人怎么回事啊？"

"我相亲遇到的，她……"

我还没说完，卢苏苏高兴的表情就慢慢地消失了，然后有些不开心地说："我还有事要忙，先走一步了。"

一大清早的，我就惹人不高兴，难免有些沮丧。相亲是为了照顾我妈的面子，不是我对人示好后，又心猿意马地跑去和其他女人相亲。病人还在诊室等着我，我办完手续，只好匆匆地赶过去，暂时没时间去多想卢苏苏的事。

宋强要去住院楼的病房，我一来他就走了，现在一科的大部分住院医都是主任带着，只有宋强还跟着我。为了不让马琳害怕，我留了诊室的门，故意敞开着没关。等我坐下来后，马琳好像忘了自己为什么会来这里，也不知道要说些什么，两只眼睛里都写着问号，等着我告诉她原因。

"你认得我吗？"我从廖副那里要了些基本信息，帮忙写好病历后，问道，"你记得自己是谁吗？"

"我叫马琳，但我不认识你吧。"马琳摇摇头。

我故意没在病历上写马琳的名字，听马琳这么说，随即就把病历和笔推过去，让她写出自己的名字。通过观察握笔的姿势，还有写字的速度，有时候我们能看出病人的精神状态。好比一个人如果脑部有损伤，他可能会无法同时抬起双臂，并保持在一样的高度上。马琳没多心，接过病历和笔后就在病历上写好了名字。奇怪的是，马琳是用左手写字的，看情况像个左撇子，不过昨晚我们见面时，她是用右手吃饭的，是个右撇子。

在世界上，的确有一些人能同时使用左手和右手，上高中时，我有一位老师就能左右手同时写不一样的字。这样的人有是有，数量却很少，马琳不像是这样的人。为了测试马琳，我又找了个借口，让她在一张便签上写一组手机号码。同样，马琳依旧是左手书写，不是用右手写。

在心理学上，有的多重人格患者，人格变换之后身体上也会发生变化。比如，有的患者会发生用手习惯的改变，就像马琳这样由右撇子变成左撇子；也有的患者有斜视的毛病，人格变换后，眼睛就变正常了。

“难道是多重人格障碍患者吗？”

在下定论之前，我问马琳，还记不记得昨晚发生了什么事。马琳点头说记得，不过她好像不在意为什么人在医院，而不在刑警队里。听到有人问起，马琳就把昨晚的事复述了一遍，巨细无遗，除了不记得我的长相，以及虚构了相亲之后的遭遇。为此，我心想，会不会昨晚马琳真的遇到了暴力事件，她受了刺激，记忆混乱了？昨晚相完亲，我是想送马琳回家的，可车子是杨柯的，我觉得借别人的车去充脸面不太光彩。何况，第一次见面就送人回家，有一种半夜去别人家喝咖啡的企图。

不管怎样，马琳出问题是在相亲后，我肯定是有责任的。为了诊断，我就先检查了马琳的头部、颈部、手腕等，想看看有没有伤痕。我担心马琳以为我要利用职务之便干什么，没敢检查其他地方，只是想找找有没有防御伤，如果有的话，手臂和腕部是会留下痕迹的。可我简单看了看，马琳身上没有任何伤痕，估计刑警队也检查过了，否则不会放心将人交给我。

在做检查时，马琳表现出头疼的症状，我就问马琳能否抬起手臂，与地面保持平行，坚持一分钟。马琳抬起双臂不过几秒钟，左手就垂了下来。一瞧见这画面，我就紧张起来，立刻联系了医务科，说要送人去市一医院抢救，让他们安排车给我。我之所以这么着急，是因为病人抬起双臂时，有一只手臂垂下，这说明，病人的大脑很可能已经出现了微出血。

奇怪的是才没多久，医务科的小姑娘亲自跑到诊室来，告诉我市一医院不接受马琳这个病人，叫我们别送过去，态度非常坚决。我问医务科的小姑娘，能送到别家去吗？大脑微出血不能忽视，随时会引爆脑出血这颗炸弹的。医学科的小姑娘很为难，说所有医院都问过了，他们都不收马琳，但也没透露为什么，所以她才过来跟我当面解释。

所有医院都不收这个病人？他们有权利拒收病人吗？马琳是有什么让这些医院避之不及的厉害之处吗？

季副高恰好在隔壁的诊室看报纸，听到我和医务科的小姑娘在说话，就出来问怎么了。我将事情告诉季副高，他就说大脑微出血很严重，不能耽误。话是这么说，季副高却从诊室里拿了支小手电，为马琳检查了瞳孔。如果一个人脑出血，瞳孔也可能会出现不规则的形状或者左右大小不一。

检查了一会儿，季副高让马琳抬起手臂给他看，结果马琳的表现和刚才一样，手臂抬起来一会儿就垂下了一只。医务科的小姑娘还要值班，不能久留，看有副主任在场，就一路小跑回自己的岗位去了。

随后，季副高将我叫出诊室，在外面对我说："好像没什么问题啊，她的瞳孔是正常的。不过为了谨慎起见，还是先去外面做个 CT 检查吧。"

"她的手抬起来……"

我想解释马琳的情况，季副高已经掏出手机，说要先帮我联系看看，顺便问问其他医院为什么不接收马琳。不想，院长大人这时候忽然驾到，尽管季副高在坐冷板凳，但他还是热情地和季副高打了招呼，然后说医院近期要开药事会，就那样抓着季副高去谈事情了。

对于医药代表来说，医院药事会是一个很重要的会议，一种新药要进入医院，需要通过医院药事会流程。这个会通常有院长、分管院长、药剂科主任、业务科主任等人参加，以前也有个别主治参加。

现在，国家对这一块管理更规范了，医药代表不能随便跑到医院来，尤其是不能进入诊室。我们医院严格遵守国家的规定，不允许医药代表入院私自推销药物，只要发现就会赶他们走，要么停用医药代表所在企业的产品。自从规范管理后，药事会就显得更重要了，院长也特别重视这个会议，他一来，季副高就不好打电话了，对我投了个抱歉的眼神。不过，季副高既然检查了马琳，说没有脑出血的风险，那问题应该就不大。

为了谨慎起见，我也用手电检查了马琳的瞳孔，除了手臂抬起后的表现不对劲，她似乎没有大脑微出血的其他症状。在检查时，马琳全程配合，并没有抗拒，还担心我检查得不彻底，追着问我还需要做什么。

我本来想继续做检查，毕竟脑出血一发作，抢救不及时，是会要人命的。可院长杀了个回马枪，跑来诊室找我，问我杨柯哪儿去了。我还没说话，院长就叫我通知杨柯，明晚穿得正式一些去参加药企的答谢会，千万别迟到了。说罢，院长就走了，也没管我是不是有病人在诊室里。

听说，医院要购进一批机器，包括全身 CT 机、眼动仪、诱发电位仪、尿液分析仪等，想要组建更全面的功能科，省得病人要做某些检查还要转去其他医院。可能最近的一些会议也包括了设备的采购事宜，院长才那么重视，让杨柯去撑场面。

马琳还在诊室，我是绝对不能丢下她走掉的，正好宋强回门诊部了，于是我让他先陪着病人。马琳一直没有表现出暴力倾向，听到我让住院医先陪着她，没让她走人，居然期待地问我，要不然就办理住院手续吧，她身上有现金，也有银行卡和其他证件。病人自主入院的事不是没有，我见马琳这么主动，她妈妈也同意廖副送人来我们医院，就干脆留她住院几天，观察一下情况。

“那你好好看着她。”我交代了宋强一句，就出去找杨柯了，想及时转告院长的话。

宋强任劳任怨，忽然多了个活儿，也没意见。可能时间长了，他也觉得忙起来是最好的治疗，不然在医院触景生情，天天想起小乔，那样太折磨人了。我看得出来，宋强是真心喜欢小乔的，自从小乔出了事，他憔悴了很多，胡子拉碴的，样子比我还老十岁。不知道的病人，还以为宋强是领导，我是他的跑腿小弟呢。

主治休息室就在门诊部附近，步行不到两分钟，我一出来就碰到了武雄。近来，武雄先后问过我两次有没有收到过奇怪的短信，因此昨天一收到 X 的短信，我就想到了武雄的话。只不过，事情牵涉一些秘密，我不好立刻直白地问对方。武雄和我面对面时，我本想拦住他，拐个弯问问他收到了什么短信，可是有个人打了我的手机。

“市一医院的人？”

我以为是谁又找我呢，看到是别家医院的座机号码，马上就接通了：“喂，是有病人要接过来吗？你可以联系我们医院的医务科，我现在没时间。”

“不是，你听我说啊！”那边的女医生很着急，“你有没有收了一个叫马琳的女病人？”

“收了啊，她人就在我这里呢。”我如实回答。

“千万不能收她。”女医生劝道。

“怎么了？她是专门搞医疗纠纷、讹诈医院、索要赔偿的人吗？”我先问了医护人员最害怕的问题。

“当然不是了。”女医生说罢，压低了声调，“我告诉你啊，那个马琳很邪门的，你有没有看过她的那本生死簿？”

生死簿？马琳是阎王爷吗，手上怎么会有生死簿呢？

我正疑惑时，市一医院的人就为我解开了这个大谜团。

04 明肖森综合征

市一医院的人挺怕收到精神病人的，他们一碰到这类病人，恨不得我们开火箭去接病人转院。因此，碰到马琳这样的病人，他们虽然拒收了，但还是会和我们通气，认真解释原因。

原来，马琳是南宁各家医院的常客，市一医院的人都认识马琳。倒不是马琳经常生病，也不是她没病，而是她的问题非常奇特，连医院的人都被骗过去了。次数多了，医护人员才发现马琳的毛病非常棘手，没有一家医院敢收了。

起初，马琳经常夜里去看急诊，她家离市一医院非常远，来看急诊既没有转诊单，也没有医院诊断书，更没有亲人陪伴。马琳的病各种各样，比如忽然失明、腹痛、上肢无故瘫痪、严重尿血等，尤其描述的病史乍一听都很可信，而且病情紧急又特殊，一般都是由年轻的值班医生收入院。一旦马琳被收入院，她就会显露高兴的神情。

人们生病都会难受紧张，特别是病情危及生命的，如果医生给看过了，自然会松一口气。我本想质疑这位女医生，却听她又说马琳这个人吧，问诊时都说相信医生，也很配合，还会主动讲述病情，不过一涉及检查和治疗等方面的内容就会和医生发生冲突，还会要求做有创性检查[1]。

前几次，医生见马琳说得头头是道，被忽悠着让她做了有创性检查，但马琳事后会不听医院方面的劝说，不等伤口愈合就坚持出院。

1　有创性检查，顾名思义就是通过有创伤性手段做的检查，比如骨穿、腰穿、胸腹腔穿刺、针吸活检等，以此获得骨髓、脑脊液、胸腹水和一些组织细胞等。

之后，市一医院的人才听说，马琳去了另外一家医院，但那家医院发现马琳对病史的描述言过其实，一经调查，居然发现马琳在南宁大大小小的医院都看过病，过程如出一辙。马琳在住院时也喜欢将病史说得特别离奇，就为了争取做手术，现在她的腹壁已经满布手术瘢痕了。

“你说是吧，这样的病人你敢接吗？”女医生在那头越说越起劲，完了还不忘补充一句话，“我只是劝你别收这个病人，没和你说她的隐私啊，你别误会。”

确实，按照规定我们不应该随便谈论病人的情况。不过，这件事的性质比较特殊，女医生觉得有义务提醒同行，也算是为病人的健康考虑，毕竟被病人误导进行治疗是会致命的。

女医生为自己解释了一句，又继续道：“反正我都和你说了，你自己看着办吧。我本来不想说的，是你们副主任打电话问我能不能安排做 CT 检查什么的，查什么查啊，小心闹出人命来。那个女的来医院来上瘾了，我之前还以为是喜欢哪个男医生，故意找借口来亲近谁呢。后来啊，有一次在做一个什么检查来着，她的包没合上，护士要放好东西时，里面掉出了一个本子。”

看来，季副高还是找机会帮我联系了别家医院。毫无疑问，这个本子就是女医生开始提到的生死簿。从电话中，我才得知本子上记录了不少医学知识，比如反复偷服抗凝剂，对出血时间、凝血时间等数据的掌握；如何控制自己病情发作，但又不至于死掉；还有马琳通过双乳皮下注射用于局部麻醉的普鲁卡因，然后注入大量自来水，以致左胸前壁蜂窝织炎、左乳脓肺，但在治愈之后，马琳又故技重施，伪装乳腺癌想要入院治疗。除了伪装生病的技巧，本子上还有许多编造的身份，每个身份都有对应的疾病，如果抢救不及时，有的疾病是会致死的。

“我能说的都说了，你自己看着办吧。”女医生那边好像有人找她，说完了生死簿的事，匆匆地挂了电话。

被对方这么一吓唬，我赶紧掉头，把宋强从诊室里叫出来：“你不能帮那个女的办住院手续。”

“为什么？”宋强才办到一半，疑惑地问，“手续有问题吗？”

“不是。你先找借口帮我拖几分钟。”我本来想听别家医院的劝告，不接马琳这个病人了，但转念一想，这样放她走，岂不是害了她，应该将计就计，让她在我们医院接受治疗才是。

宋强对我反复的态度百思不得其解，还以为我在捉弄他。现在一想，也许相亲之后发生的事，都是马琳设计的，因为她知道我是精神科医师，相亲后就去找廖副报警。也难怪廖副能那么快判断出马琳是诬陷我的，且精神有问题。刑警队以为送走了瘟神，其实是帮了瘟神的忙。

说起来，美国的“丘陵杀手”就曾伪装过多重人格，智斗精神科医师，想借此逃脱法律的制裁，但最后还是被识破了。总的来说，装病的人总急于表现出症状，而真正的多重人格障碍患者则会试图掩盖自己的症状。现在看来，到医院后，马琳的一举一动很可能都是装出来的。如今，网络发达，我们苦学十多年的医学，而有些人靠网络搜索就显得很专业了。当然，这只是一句抱怨的话，如果真要涉及上手术台的操作，没有十多年的苦修，光靠网络搜索是无法办到的。

本着救人为先的原则，我让宋强继续去办住院手续，千万不能让马琳离开，否则她再继续这样下去，总有一天会死掉。马琳这么做，不是想自杀，否则生死簿上随便一种操作，都足以在几分钟内送她归西。马琳也不像是为了骗医保，大部分看病的检查项目，她都愿意自费，只求能住院。

以前，网络上有个小故事，大概是说一个女人去参加葬礼，看到了一个英俊的男子，为了再遇到对方，她就杀了一个人，又制造了一场葬礼。马琳如果不一直换医院，我倒可以认为，她喜欢某个医生，这一切都是为了引起那位医生的关注。问题是，南宁的医院都被马琳跑遍了，她总不可能有恋医癖，只想和医护人员相处吧？难道是……

我忽然有了线索，当下又不着急将院长的话转告给杨柯了，他正睡觉呢，现在叫醒他不是找骂吗。那一刻，我想到了一种罕见的精神疾病，为了确定没弄错，便大步流星地朝图书馆的方向走去。这一天，医院的图书馆有好几个医生在，桌子都被他们的资料占满了。我没办法，只能站在书架边上，捧着一本书慢慢看着。

早年，我听说过一种病，叫明肖森综合征，或者说简单一点，叫住院癖、病理谎言综合征、多次外科手术癖嗜者。现在也有人将这种病统一称为做作性障碍。这种病的特征就是：病人在无外因刺激下，为了满足某种心理需求，佯装出包括精神疾病、外科或内科等躯体疾病的症状，继而四处求医，行为上又缺乏明显目的。

据记载，1987 年，在西昌有个患者就通过自行静脉注射肾上腺素、尿中滴肾上腺素、挫伤尿道、刺破牙龈出血等，进进出出了 20 家医院，一心想着怎样装病才更真实、更复杂，能让医生感到诊治棘手。

这样的病例非常少，在 20 世纪 70 年代以前，国外只有 30 多个病例，国内也只出现过 1 例。由于很罕见，明肖森综合征的病因和病理心理机制至今不明，多数患者有滥用药物史，但又没有药瘾。

国外有学者总结病例后，认为明肖森综合征的患者之所以装病，大概有五个原因：一是希望成为别人关注的中心；二是通过欺骗医生，给医生出难题从而得到心理满足；三是希望获得药物；四是逃避政治；五是希望得到寄宿。

医生很难从这类患者身上找到可以使人信服的动机或目的，来解释患者为什么要忍受身体上的痛苦以及冒着生命危险去装病。这与诈病不同，是属于另一种性质的精神疾病。

在文献中，前人还记录了许多病人的装病手段，有的连我都想不到。因此，马琳通过相亲寻找医生对象，用装疯的手段来骗人，也算不上夸张了。难怪我们在检查马琳时，她能做出大脑微出血的表现，因为这都是她在研究了医学知识后装出来的。

现在不是拆穿马琳的时候，她想要一种病态的关心，我只能用缓兵之计稳住她。也许，马琳那么做，是出身单亲家庭的缘故吧，缺少

关爱的她才慢慢发展出了这种病态的求关注心理。为了更好地治疗马琳，我打算联系廖副，问能否给我马琳母亲的手机号码，想简单地了解她女儿的生活情况。

把书放回去后，我准备出去打电话，在经过一排书架时，我发现岳听诗拿着《精神探》在翻来翻去的。卢苏苏清楚地记得，在迎新晚会那一天，张七七曾在食堂看这本书，并在其中一页写了“402，何，7878”的字样。到现在，我也搞不清楚是什么意思，也许是没意义的涂鸦，也许是种密码。

岳听诗人很高，从书架上拿书特方便，她翻了《精神探》后，又拿了几本书出来，但又塞了回去。岳听诗的样子好像很苦恼，不知道在找什么，但看到她的样子，我似乎想到了什么，可一下子又想不出是哪里有问题。

“算了。”

我还要治疗病人，当下没再多想，转身走出了图书馆。一下楼，我就拨了廖副的电话，想问他能否给我马琳母亲的电话，谁知道听说了一件更惊人的事。

05 七头肥牛与七头瘦牛

之前，我们在刑警队通过廖副了解到，马琳母亲人在海南，明天才坐飞机回来，她在电话里已经同意我们带马琳去医院了。等我再联系廖副时，他居然说马琳母亲在青山路的一个路口闯红灯，被一辆汽车撞死了。我们医院就在青山路，听到这么熟悉的地名，我一开始还想，青山路真是大众地名，海南也有。

“海南个大头鬼，人就是在南宁死的。”廖副语气中带了点愤怒。

“什么？你今早不是说她人在海南吗？怎么这么快就赶回来了。”

我好奇道。

“我们被骗了！出事后，我去核实了身份，查了行踪，结果你猜怎么着？我们才发现马琳她妈妈根本没去海南，这几天都在南宁呢。”廖副戳破谎言。

我愕然：“为什么要撒谎？”

“人都死了，你问我，我问谁。”廖副没好气地回答。

我啧啧道：“你是人民警察，我当然问你啊。”

廖副唉了一声，然后说：“好嘛，我就知道斗不过你们医生的嘴，有消息我再告诉你吧。反正这是交通事故，不是谋杀案，没什么好查的。”

只是事故吗？我倒觉得没那么简单。

这时候，天阴了下来，我挂了电话就往住院楼走。正好宋强带着马琳过来，她成功住院，脸色好多了，眼神也不那么呆滞了。明肖森综合征治疗困难，预后多数不好，我虽然还没确诊，但本想通过家属更好地了解病情，哪知道天不遂人愿，马琳母亲居然出车祸死了。现在只能寄望廖副能查到些线索，好能帮助我制订一个治疗方案。

忙了一早上，我早饭还没吃，肚子早就饿得呱呱叫了，好不容易熬到午饭时间，我就随着人群去了食堂。也怪我活该，院长这一天少见地来食堂吃饭，看到他也在，我没敢进去，一到门口就转身溜走了。卢苏苏已经在食堂坐下了，看到我要进来，就微笑着挥手打招呼，好像已经不计较我去相亲的事了。无奈的是，院长交代我的事还没办，而且我转身时才看到卢苏苏打招呼，但那个时候已经不好再回头了，也不知道她有没有不高兴。

幸好，在去找杨柯的路上，武雄正往食堂方向去，我就拦住他：“帮我和卢苏苏说一声，我不是不想和她吃饭，我是怕院长，他交代我的事还没办呢。我办好了，马上就去找她一起吃。”

“你泡了杨柯还不够，连卢苏苏也不放过。”武雄又损我。

“杨柯又不是泡面，泡什么啊？”我不乐意了，“不帮我说就算了。”

武雄只是嘴上说说而已，见我面露不悦，就连忙道：“好，好，我去帮你说一声。也真是的，你和杨柯住久了，脾气也变得臭了。”

“有吗？”我反省道。

武雄翻旧账：“当然啊，如果你当初和我住，脾气估计就好多了。”

“是你临时反悔的好吗？”我喊冤道。

一开始，我的确是要和武雄一起合租房子，可他那时和小乔好上了，决定和小乔一起住。小乔死了几个月了，武雄只是假装开玩笑，心里估计还是放不下。说了几句话之后，武雄又想到了小乔，表情就忧伤起来，我怕他难过，赶忙转移话题，问他知道最近要开药事会吗。武雄的思绪被我带了一下，他就说药事会开完之后，有个药企的答谢会，大部分医生都要参加，几个科的主治都要去。

武雄说话时翻了手机的备忘录，我见状就眼睛一亮：“对了！你最近不是问了我两次有没有收到过奇怪的短信吗，你收到的短信什么内容啊？”

“这个……”武雄冷不防被问到，就怔了一会儿，然后回答说，“也没什么。我先去吃饭了。你去找杨柯吧，我去帮你和卢苏苏解释。”

“喂……”

武雄逃得飞快，明显不想透露短信的内容，看着他远去的背影，我顿时觉得他肯定也收到了 X 的短信，就是不晓得内容是什么。杨柯还不知道这件事，因为涉及张七七，我觉得有必要告诉他，不能瞒着。于是，我继续往主治休息室走，本以为杨柯还在睡觉，谁知道他自己从外面买了个面包和一杯红茶，关在休息室里自己吃着。

“杨柯……”

我推门进去时，杨柯扭头看了过来，他的面包不小心掉在了地上。我目睹了这一幕，急忙说：“五秒规则，快捡起来吃啊。”

杨柯被我挑刺，瞪了我一眼：“五秒？如果你的面包掉在大便上一秒钟，你也会捡起来吃掉吗？”

“这地上又没大便……”我无辜地回答。

杨柯本来挂了一副臭脸，忽然又微微一笑，问我："不去吃午饭，跑来这里干什么？"

"是院长让我来找你的。"之后，我转述了院长的话，让杨柯记得参加明晚的药企答谢会，还要穿得帅气一些。杨柯很讨厌那种场合，我话没说完，他就在那里唉声叹气的，好像我是苍蝇，恨不得一巴掌扇飞我。

"好了，说完了，我走了。"我心里还念着卢苏苏，交代完后就识相地要走人。

我一转身，杨柯却忽然道："明天你和我一起去吧。"

我很意外，回头问："怎么？找我壮胆啊？你还怕药企的人把你生吞活剥了？"

"去了要喝酒，我是让你当司机。"杨柯边说边系领带。说罢，他好像有些心烦，想丢东西，但休息室没什么可丢的，就把刚系上的领带扯下来，丢到了床上。

看到这画面，我就在心里嘀咕，你这个狂躁症，等主任让我做明尼苏达测试时，可别让我分析出你有精神问题啊。眼看杨柯在发脾气，我就打算躲得远远的，生怕被他揍一顿。在我出门的那一刻，杨柯却坐到床上，拍了拍床，然后罕见地道歉："对不起，我刚才不应该冲你发脾气。你过来吧，我有话和你说。"

我迟疑片刻，关上了打开的门，老实地坐过去："干什么？"

"我最近心情不好，是因为……"杨柯说着说着开始从口袋里面掏东西。

我呆呆地问："因为什么？"

"因为这个。"杨柯掏出手机，翻了一条短信，我一看就呆住了。原来，杨柯早就收到X的短信了，内容和我收到的一模一样。我还没坦诚相待，杨柯就先把秘密告诉我了，他这种闷葫芦，难得肯先说出来。我一激动也从裤子口袋里掏出了手机。

对比了短信后，杨柯就和我分析："我昨天问过小乔的父母了，他们说小乔的遗物里没有手机，也不想去找了。你也知道，以前住院医的值班室会丢东西，现在谁都说不准小乔的手机被谁偷了。这几天，我也想过找警察，但你也知道，这种事报警并没有什么用。”

“那你觉得是谁发了这种短信？”我好奇地问。

杨柯关了手机屏幕，答道：“现在说不准。”

“张七七和我并不认识，那晚我发烧，她为什么要那么对我……”我不解地说道，“还有，我向廖副打听过了，警方确定地下二层的尸体是张七七的，她都死一年了，怎么可能在我发烧那晚偷偷来主治的休息室呢？难道照片是合成的吗？”

杨柯长舒一口气：“我就是想不通才头疼。”

“那我们真要去偷那封信吗？”我犯难。

杨柯向右挪了挪身子，头往后一仰，鄙夷地说：“别人叫你去跳楼，你会跳吗？你是真傻吗？我们当然不能去偷东西。”

“那……”

“我的意思是……”杨柯可能是怕隔墙有耳，凑到我耳边说道，“到时候拿一封假信过去，我们守株待兔，谁会知道信是假的。”

杨柯的气息喷到我的脖子上，有些痒，我忍不住笑出了声。杨柯以为我在笑他的主意，马上又生气了，还问我有什么更好的主意就分享出来，但他是绝对不会配合 X 去主任那里偷东西的。杨柯一副正气凛然的样子，这让我很惭愧，毕竟我真的考虑过偷东西。

我见不得别人生气，于是赶紧转移话题，把马琳的怪病讲了一遍。明肖森综合征非常罕见，杨柯被勾起了兴趣，用胳膊肘撞了撞我，问我知不知道《圣经》中七头肥牛和七头瘦牛的典故。

我没读过《圣经》，不过我们都知道精神病学家弗洛伊德，他在《梦的解析》里解析了《圣经》中的一个典故，即约瑟夫给埃及法老释梦——七头肥牛被七头瘦牛追赶着，并最终被七头瘦牛吃掉。

法老的梦可以这么解释：在七个丰收之年后会出现七个灾荒之年，最终七个丰收之年的盈余将会被消耗掉。这种象征性的解释在文学作品里很常见，是作家的一种隐喻。弗洛伊德把释梦当作解码，梦境的内容都有相应的密码，好比七头肥牛对应的是七个丰收之年，七头瘦牛是七个灾荒之年。

精神病人的世界是一个不论醒着或入眠都在构造的梦境世界，他们的一言一行也有相应的密码。我们可以像约瑟夫为埃及法老释梦那样，解析每一个病人不合常理的言谈举止。

一想到释梦法老的典故，我就慌张地站起来："糟糕！要出事了！"

06 苯海拉明

我为什么会有那样的反应，是因为马琳想方设法住院，那她肯定调查过精神专科医院的住院模式了。我们这里做不了外科手术，马琳住进来得不到满足，她那么聪明，肯定算到了这一点。也就是说，马琳可能要在住院后制造某种疾病，我们医院为了抢救病人，一定会送她到别家医院，这样一来，马琳就可以用我们医院病人的身份，继续享受她病态的喜好了。

"没一家医院愿意收她了，她就想了这么一出？"

马琳没有自杀倾向，是低风险病人，她被宋强安排在开放病房，那里管理相对松一些。想到这里，我就激动起来，飞奔出主治休息室，头也不回地冲到住院楼，生怕马琳不是制造疾病，而是要伤害自己了。在病人的问题上，杨柯和我是一条心，他一路跟了过来，一起去找病人。

幸好，马琳和我诊断的一样，没有自杀倾向，我们追上楼时，她正倚靠护栏看风景，没有要跳楼的意思。我找借口叫马琳过来后，她问我怎么了，是不是要去做手术。她现在膝盖正疼着呢。我顺势为马琳做了检查，发现她的膝盖有注射针眼，以前有病人往膝盖注射污染物装病，马琳竟然依样画葫芦，也这么干了。

不怕病痛和死亡，是明肖森综合征患者的最大特点。这种病人太危险了，如果死在医院，我绝对承担不了后果。由于担心马琳会闹出大乱子来，我赶紧叫宋强去给她换病房，然后联系了外面的医院，要给马琳处理膝盖的污染物。诡计被看穿后，马琳没有恼羞成怒，反而很高兴，很听话地和我们从住院楼下来，等车子来接她。

“还好有你。”我庆幸地说。

这时，卢苏苏和一位女主治路过大厅，看到杨柯和我站在一起，她就表情奇怪地转头走掉了。

“你刚才是不是看到卢苏苏了？”我问杨柯。

“没有啊。”杨柯眼睛看往别处。

“你撒谎。”

“那又怎样！”杨柯不以为然。

“你……”

“你什么你？”杨柯冷冰冰地把话说完，便头也不回地走了。

就在这时候，廖副又打了个电话过来：“小陈，你果然说对了，马琳她妈也有问题。”

“什么问题？”我意外地问。

话音未落，南宁就稀罕地刮起了一阵阵秋风，医院大厅像掉进了冰室，炎热被一扫而光，剩下的是让人战栗的寒意。原来，马琳和她母亲都是北京人，她们母女是前几年才搬到广西的。马琳母亲早在北京就确诊了一种精神疾病，不过她的情况不同，不是马琳的住院癖，而是一种照顾住院患者的精神障碍：代理孟乔森症候群。

代理孟乔森症候群又叫代理性伴病症，患者大致的表现就是虐待儿女，使其受到伤害，再化身“白衣天使”照顾他们，尽显“慈母慈父”的一面。关于这个病最出名就是美国密苏里州的女儿弑母案——该案的女儿被母亲长期虐待和强迫装病，后来失去理智，伙同情人杀死了母亲。

言归正传。至于马琳母亲为什么要撒谎自己在海南，已经没人知道原因了，也许是为了帮助马琳入院，好有机会照顾马琳，以满足自已病态的嗜好。家庭环境很容易影响后代，马琳由这样的母亲抚养长大，患上明肖森综合征，这是意料之中的事。马琳也许以为是自己得了住院癖，殊不知她的噩梦正是她母亲创造的，她的一举一动都像释梦法老那样，有其相应的密码，而密码就是她母亲的整个病程。

缺少家人的关爱，是世界上最痛苦的事，患者由此产生精神疾病，已经不算少见了。如今，马琳母亲死了，我不知道这对马琳是好事还是坏事，家人都没了，她还能好起来吗？又或者，没有了折磨她的家人，阳光终于能照进她的生活了？

在之后的一段时间里，我和主任对马琳用小剂量的阿米替林合并电疗治疗。这种疗法有短暂的效果，但长期效果不太好，马琳还是会想办法去住院，无法控制自己的行为。需要强调的是，并不是什么疾病都可以治愈，很多时候精神病人自己也不愿意被治好，仿佛一痊愈就会梦醒。正因如此，马琳依然是老样子，经过短期的治疗后就自己断去了联系，我们再也没有见过她了。

话说回来，马琳是我的相亲对象，相亲把人相到医院，这让我妈特恼火，事后还打电话兴师问罪："你是想气死我啊！好端端地，把人整成那样！我都被朋友骂了。"

"那你以后就少给我介绍对象啊。"我无奈道。

我妈很不开心："那你也努力努力找个对象啊。"

"我有对象啊，明晚我有约会了。"我编了个谎话。

"真的吗？"我妈转而欣喜。

"真的，真的。好了，我很忙，先挂了。"

实际上，我说的约会就是明晚药企的答谢会，杨柯担心要喝酒，叫我陪他一起去，好开车载他回来。那天，马琳被送走后，杨柯一直在医院，没有自己先开车回去。我快下班时，杨柯来问我，说今天太累了，他不想回去做饭了，干脆在外面的"茶茶"吃了再一起开车回去。由于出了马琳的事，我那天傍晚也很忙，杨柯和我约了六点在"茶茶"见面，但忙到七点半，我才下班。

早上，我把车钥匙还给杨柯了，既然我迟到了这么久，他估计早就吃完，自己开车先回去了。我没有抱任何期望，径直走进“茶茶”，却看到杨柯一个人坐在角落。见我来了，杨柯就黑着脸，数落我忙就算了，也不打个电话说一声，害他等那么久。我自知理亏，就跟他道了歉，坐下来点餐吃饭。

秋天的日子好像很短，一眨眼就到了第二天夜里。那晚，药企在朝阳广场的酒店办了答谢会，杨柯一下班就回家换了衣服，穿戴帅气地和我去了酒店。除了我们，七个科的主治医师也去了，不过杨柯硬拉着我和他坐，没给我机会去找卢苏苏。

吃饭时，我一直望着卢苏苏，不吃菜，也不喝东西。一个药企男领导坐我旁边，看我傻乎乎的没动筷子，很客气地就给我夹了菜，还想给我敬酒。我要开车，不能喝酒，只好礼貌性地接了对方夹过来的菜。可我只顾着看卢苏苏，没太注意领导夹了什么菜，用碗接了就送进嘴里。

“呃……这是什么菜？”东西一进口，我就觉得不太对劲。

药企男领导显摆道：“这是茄鲞，你没看过《红楼梦》吗？凤姐夹给刘姥姥吃过的。我以为你知道呢，所以学了《红楼梦》，夹茄鲞给你吃。”

我吓了一跳，慌张道：“我对茄子过敏。”

药企男领导不相信：“哪有人对茄子过敏的，少来了。”

以前，我爸妈也不相信我对茄子过敏，后来我严重过敏，喉痛水肿，面色绀紫，差点窒息死掉。抢救我的医生说，茄子有一种叫茄碱的物质，有的人会对这种东西过敏。不管怎样，秋天的老茄子有很多茄碱，我一吃就反应强烈，不仅浑身起大片红斑，还出现了过敏性喉头水肿。

学医的都知道，过敏性喉头水肿会危及生命。我想要站起来求救时，竟然已经喘不过气了，好像喉咙里塞进来了一根木桩。杨柯在我身边，见我要摔倒了，就立刻托住我，慢慢地将我放到了地上。

“他要过敏性休克了！”杨柯大叫道，

其他人围在一起，不知所措，杨柯就喊：“主任，快打急救电话！武雄，你去问酒店有没有急救药箱！”

“好！”

“他喉头水肿，要窒息了。”杨柯着急道。

还好武雄很快带着一个布满灰尘的红色盒子回来了：“酒店只有这个，急救车赶不及过来了。”

“药箱有肾上腺素吗？”杨柯赶紧问。

武雄翻了翻：“没有。”

“甲强龙呢？”

“也没有。”

我其实还有意识在，听到他们这么对话，心就凉了大半截，这是吃饭吃到命都要没了。大家都是学医的，还有开药企的，居然没有一个人能给我提供救命药。卢苏苏看着我，眼泪都要流出来了，也好，至少她不生我的气了。杨柯也很紧张，难得他没摆着一副臭脸。

这时候，武雄将红色药箱里的东西都倒了出来，杨柯朝地上一看，惊喜道：“苯海拉明！武雄，快给我！”

武雄拿起药盒，瞄了保质期，不情愿地递过来：“都过期一年了。”

苯海拉明可以制止过敏发作。不过，这个药是药片，需要口服。但我的咽喉已经闭合，无法吞咽了，身体也不听使唤了。

杨柯当机立断：“喉咙闭合了，往直肠塞吧。”

什么？什么！杨柯的意思是，我吃不了药，要将药片塞进我的肛门，通过肛门来吸收药物。这样的做法是无奈之举，但也不算罕见，有的小孩子发烧，家长会往肛门塞栓剂，退烧效果非常明显。

当着众人的面，杨柯把我的皮带解开，将我的裤子全部脱了下来。我很想挖个地洞钻进去，可我说不出话，也动不了。杨柯脱光了我的裤子后，这才觉得不太妥当，又大声喊：“都把头转过去！”

“我们都是医生，什么没见过啊。”武雄没当回事。

“转过去！”

杨柯的声音很有威慑力，大家居然都照办了，同时背过身去，除了杨柯，谁都没有再盯着看了。接着，杨柯急忙将我翻了过来，可能是一门心思想救人，没有考虑太多，抠出药片后，就赤手捏着药片，塞入了我的肛门。

“老天爷，痛死我了！”

我在心里大喊，可是无力挣扎，身体还出现了痉挛抽搐。疼痛加上过敏性休克的原因，我最终失去了意识。等我再醒来时，人已经在医院躺着了，我也不知道过了多久。在病床上迷迷糊糊地翻了个身，想起杨柯救我的社死现场，我顿时又羞耻得想死。无奈，我醒来后就精神了，怎么睡都睡不着。护士来查房时，发现我醒了，便笑着问我感觉如何。

我本来想问护士今天是什么日子，这时候主任走进病房来。见我醒了，主任没问我身体怎样了，只说道：“都过去两天了，你小子才醒，是不是装睡啊？”

“两天了？”我讶异。

“别在这里给我装啊。”主任一面说一面从公文包拿东西。

“不用给我送礼物吧。”我嘴上客气着，心里却很温暖，主任对我那么凶，现在竟然第一个来看我，还给我带了礼物。

主任却毫不客气地说：“什么礼物啊？我给你带了那个测试来，反正你还没出院，躺着也没事干，今天帮我把这些测试结果都分析好。我明天来找你要，记住啊！”

明尼苏达多项人格测试？才过去两天，主任就让医院的人做完测试了，效率真高。我本来想借用主任的办公室来看那些测试，现在看来只能在医院里做了。主任往病床上丢了厚厚一摞测试表后，没再说其他话，转身大摇大摆地走了。

窗外的阳光还很灿烂，我知道时间尚早，百无聊赖之下，便将医院员工的测试表都过了一遍。每一份测试都有五百多题，我从早上看到晚上，几乎忘记了屁股的疼痛感。可最后得出结果时，我却看傻了眼，因为有一个人的结果很奇怪。

单从结果上看，测试者出现了严重的精神症状，而这个人我想破头皮也想不到。

第 4 章

粉色狐狸形水晶

爱美是人的天性，心理学上有个美即佳效应，就是说美的就是好的。为了变美，人们采用的方法千奇百怪，有的人会疯狂地做整形手术，或者服用驻容养颜的民间偏方。佛说苍生难度，就是许多人看不开，放不下，一念成魔。

01 明尼苏达测试

我曾有个病人，为了驻颜美容，穷尽办法，不料患上了一种古怪的心理疾病，然后引发了一连串不可思议的故事。

且说，我那时还在市一医院躺着，因为在药企的答谢会上吃了茄子严重过敏，喉咙闭合到差点窒息死亡。为了救我，杨柯先给我用了苯海拉明，接着又让武雄去找了刀和酒精来，现场给我做了气管切开术，解除了我的喉源性呼吸困难。多亏杨柯有丰富的抢救经验，不然我早就一命呜呼了。要知道那晚路上堵车，救护车快半个小时后才赶到现场。

伤口痊愈需要时间，我只能在医院住一段时间。但在住院的第三天，主任就带了全院员工做的明尼苏达多项人格测试交给我，让我统计和分析结果。

这个测试用于病态人格检测，分为疑病、癔症、抑郁、心理变态、偏执、神经衰弱等多项指标，但它是一种他评心理测试，需要专门工具测量评分，不能自行评分。我花了一天时间做了分析和判断，最后发现有个人的分数很奇怪，因为他已经有很严重的精神症状了——这个人就是杨柯。

自从相识以来，杨柯就一直是一副臭脸，虽然我老在心里说他有狂躁症，但那只是气话，并不是真的认为他有病。仔细回想，杨柯心肠还是挺好的，毕竟没怎么收我房租，还让我每天变相蹭车。从明尼苏达测试的中国常模临界分值 60 分来看，分值大于等于 60，说明受测者可能存在病理性异常表现或心理偏离。杨柯的分量表标准分值 T 分在 60 分以上，这就可以认为他有某种心理偏离现象。

简单地说，杨柯的 Hs（疑病量表）、Pd（精神病态量表）、Pa（妄想狂量表）、Sc（精神分裂量表）的分数都很高，如果他是认真完成的，那他真有严重的精神症状了。而这个测试有个 Q 量表，如果做全了 566 题，Q 量表的原始分数超过 30，测试就是无效的，但杨柯并没有超过，这说明他是认真做完的。

难道杨柯就是 X？ 这一切都是他贼喊捉贼吗？

胡思乱想，无济于事。分析完结果，我就让来查房的护士帮我收好东西，等着主任隔天来拿。夜里，市一医院的住院部没什么人，安静得能听到风吹过窗户的声音。我住的是普通病房，有三张床，睡中间的病人中午就出院了，晚上就剩我和另一个中年男病人还在。那个男病人得了甲状腺癌，前几天做了甲状腺全切术和淋巴结清扫，刚拔了引流管，还不太能说话，就算说了也和蚊子叫差不多，因此我们的病房最安静。

傍晚时分，男病人的妻子来看过他，她身材苗条，打扮精致，为人也很热情，还主动给我削苹果吃。但我刚做完气管切开术，和她老公一样都不能那么吃东西，只好婉拒了。男病人嫌老婆不懂事，便用蚊子叫的声音发牢骚，说我们的脖子切口还没愈合，吃什么苹果，想害死我们啊。男病人的老婆听了有些不高兴，但碍于有外人在场也没发作，只是拿着苹果屁股一扭一扭地出去了。

夜深了，探视的家属要么留宿，要么走人。病房里太安静了，男病人可能不习惯，一直开着电视，想尽量让病房热闹一些。我也闲得慌，又拿出明尼苏达测试表看了一遍，想要分析杨柯是不是真的有病。男病人偷瞄了我好几眼，以为我是老师，在批改学生的试卷，好几次想搭话，又都把话咽了回去。

当节目插播广告时，男病人终于忍不住了，用很沙哑的声音问：“你是老师吗？”

“不是。”我不太想说话。

“那你是……”男病人刨根究底。

我把测试表弄整齐，放到了病床头，然后简单地回答：“我是医生。”

男病人没瞧出我的冷漠，反而热情起来：“我叫石磊，是做奇石生意的，在南宁和柳州都有店铺。”

我想不到怎么接话，思维切换成了英文模式，差点回答：Good for you.

生意人总是很健谈，也不管我是不是不想搭腔，石磊就继续说：“唉，我原本是陪老婆来做检查的，她最近老觉得不舒服，然后她问我要不要顺便做个检查，谁知道一查就查出甲状腺癌，吓得我哟……还好发现得早，不难治。对了，医生，你得的什么病啊？我听小护士说，你的屁股被人爆……”

我本来一副冷漠的样子，听到自己的糗事被传播出去了，当下就涨红了脸，竭力地发出声音，想要转移话题：“你老婆来做什么检查啊？”

石磊脸色一变，像是被我的话触到了神经，忽然就下床说要上厕所，钻进了病房的卫生间。我知道语言能杀人，说话向来是口中留片刻，脑中思三分，因此看到石磊神色不对劲，心里就想，难道他老婆查出了绝症吗？如果是这样，为什么住院的是石磊，不是他老婆呢？

石磊也许是便秘，又或许是后悔打破沉默，总之他很久没从卫生间出来，可能想等我睡着了再出来。我不想为难人家，便打算蒙头大睡，但这时候安静的病房区传来一阵脚步声。那脚步声很响亮，和女人的高跟鞋不同，一听就知道是男人穿皮鞋踩出的声音。我刚想装睡，避免见面尴尬，杨柯就抢先从病房外走进来了。

“你来干什么？”我满脑子想着杨柯是精神病患者，很怕他忽然发狂揍我。

杨柯见我不知好歹，不高兴道：“我救了你，还来看你，你就这反应？”

“你要什么反应？ 你都把我给那个了。”我坐在病床上问。

“哪个了？”杨柯明知故问。

我没话找话，回敬了一句：“小心我叫你负责任哦。”

“负就负呗。”我以为杨柯会抬杠，骂我不知羞耻，没想到他没有和我吵架。看我不说话，杨柯又道：“你这什么眼神？ 起码看见我不像看见鬼一样吧？”

看我还是不说话，杨柯就瞄了瞄中间的病床，当确定那里没有病人睡，就坐了上去，想要躺下来。没病没痛的，谁都不会想住到医院来，杨柯这举动让我更加好奇，他是不是真的有病。从杨柯的这身西装来判断，估计他下班后家都没有回，直接就开车过来了。杨柯没管我的异样眼光，一下子躺到病床上，没脱鞋的脚搭在床沿上，两只眼睛望着天花板发呆。

“你有病吗？”我一语双关地问。

杨柯闻言又坐起来：“我好心来看你，你还咒我？”

“有家不睡，来这里睡干什么？”我仍很好奇。

“小区这几天老有人跳广场舞，太吵了，这里安静一点。”杨柯找了个借口。

我不识相地追问：“那干脆睡我们医院不就得了。”

“武雄在打呼噜，我睡不着。”

杨柯不耐烦地回答完了，便不想再理会我的刁难，脱了黑色的西装外套挂在床头后，就要睡觉了。正好几个小护士路过病房，她们以为杨柯是我的家属，看到有人睡在中间的病床上，也没有叫他起来。不过，有个小护士眼尖，认出了我，她们就在走廊窃窃私语。之前，阳可假性分娩，住的也是这家医院，护士仍记得阳可逼我下跪的场景，她们以为我是骗婚的坏男人，都在骂我没有道德。

“我不是坏人。”我忍不住为自己辩解。

护士们以为自己说得很小声，发现被听去了，有一个护士就不好意思地说：“可是你女朋友和她闺密都说你很坏。”

闺密？我在心里嘀咕：阳可是沈阳人，一直住在东北，在南宁哪有认识的人，更别提闺密了。我深知人言可畏，清了清嗓子就解释：“我前女友没有闺密在这里。”

“谁说的？”护士觉得被冤枉了，立刻和其他人求证，“你们也看到了吧？那天是不是有个女的来看过他女朋友？”

“对啊，来过的，就在他带男朋友来耀武扬威之前。”另一个护士说着说着就踮起脚尖，想看清楚杨柯的脸。

“什么？”我大吃一惊，“还有其他人来看过阳可吗？”

护士们你看我，我看你，大家都愣住了，最后有个人才说：“好像那个人叫张七七吧？我有印象是因为那女的进来了也不摘帽子，还戴墨镜，一副明星的派头，好像怕别人认出她来。”

有的人对青山医院有些印象，便议论起来：“那个女的是不是也在青山医院工作啊？看着有些面熟。”

“好像是吧，以前来市一院收治过病人。”

“我也不确定，反正很久没见过了。”

张七七来看过阳可？！她们认识？我大吃一惊。

一听到这话，杨柯也从床上弹了起来，然后用冷冷的目光盯着那群护士。有个护士像被抓的犯人，忽然不打自招，说她也记得探望阳可的女人叫张七七，因为她听到了一小部分对话，而且张七七的名字让她想到了《武林外史》的朱七七，所以过了这么久仍然记得。护士们对我们的反应很莫名其妙，她们七嘴八舌地说完，便借口有事溜走了。

阳可假性分娩是在张七七失踪后，那时张七七应该死了，她怎么可能来见阳可？再说了，她们是怎么认识的？最奇怪的是，法医通过DNA和牙科记录鉴定了死者的身份，这种错误的概率太小了，如果死者就是张七七，那么她怎么能出现在众目睽睽之下？

会不会是DNA的鉴定出错了呢？这种可能性比较低。打个比方，DNA好比是一串256位的密码，相同才会被鉴定为死者，要出错不太可能，除非鉴定人员故意作假，但我相信廖副他们的公正性。

用了排除法，剩下的答案就是所有人都是精神病患者，这一切都是我们的妄想。一想到这些，我就恨不得找一份明尼苏达测试表，给自己做一做题目，看看结果如何。

“其实，那晚的迎新……”

杨柯沉默了好一会儿，刚想开口要说些什么，石磊的老婆就从病房外走了进来。看石磊不在病床上，她就望着我，用眼神问我，她老公去哪儿了。我本来想指卫生间，说人一直躲在那里面呢，谁知道这女人忽然打了个寒战，一转身就把病房的门关上了，还用一张凳子顶在门后面。

“它来了！”

“谁？”我愕然。

石磊的老婆答：“鬼胎。”

02 消失的子宫

那天傍晚，石磊的老婆刚来过病房，当时的言谈举止还挺正常的，现在闹了这么一出戏，我顿时皱起了眉头，心想她不会是精神有问题吧。

看这女人神秘兮兮的，我就坐了起来，走过去想瞧一瞧外面有什么不得了的东西。可我透过门上的玻璃窗左右一望，走廊里空荡荡的，别说鬼胎了，轮胎都没有一个。石磊的老婆却一直瞎嚷嚷什么鬼胎，表情十分慌张，那样子像极了我们每天要面对的病人。我和杨柯面面相觑，没有再出声，但也没有阻止对方胡闹的意思。当然，我们不是为了看好戏，而是这样可以让对方表现出症状，方便日后的诊断，如果有需要的话。

就在这时，石磊从病房的厕所里出来了，一发现这情况，就用沙哑的声音骂："臭婆娘，你又来了。"

看老婆不回答，还在闹，石磊就不客气地喊了全名："胡晶，再闹把你送疯人病院去！"

原来这女人叫胡晶。我本想当和事佬，劝他们别吵了，谁知道胡晶却转过身大骂："还不是你害得我！要不然鬼胎会缠上我吗？"

"在你做手术之前，你他妈的就已经发神经了，关我什么事？老子是好心救你！"石磊不肯让步。

胡晶也不给老公面子，而且更来劲了："好心？你要是好心，老天爷怎么会让你得病？得癌症死吧你！"

"你……"

石磊刚做完手术不久，被妻子这么一激，当场就要晕过去。我不了解他们吵些什么，也不知道怎么劝，还好护士听到动静，把胡晶拖了出去。胡晶不肯善罢甘休，仍在外面一边骂石磊，一边疯喊"鬼胎要来讨债了"的胡话。有个小护士知道我和杨柯的身份，便说你们快收了她啊，这都大半夜了，其他病人不要睡觉了啊？这道理我也明白，大吵大闹对住院的病患影响很不好，有的病人情况本来就不稳定，一紧张还可能会出现并发症，比如脑出血。

正好，石磊是胡晶的配偶，有了他的同意，我们就联系了青山医院，让人过来收治胡晶。因为闹出了这么大的动静，护士们都很不高兴，值班的医生也颇有怨言，还以为是我们造成的问题。不过，大家看杨柯在，也没说什么难听的话，美即佳效应在他身上体现得淋漓尽致。

这时候，石磊已经知道我和杨柯是干什么的了，对于我之前说话只说一半，没交代自己具体是什么医生，完全不介意，反而还来了兴趣，问我能不能帮他治好老婆的失心疯。石磊担心我们不相信他老婆有病，还说别看胡晶平日里打扮得漂漂亮亮，像个正常人，但最近经常会毫无征兆地发疯，一定是脑子坏掉了。

说起来，有一些病人就这样，他们不一定全天表现出症状，在大部分时间里都是正常的，而那段时间去做检查的话，可能还查不出什么异常。像胡晶说“鬼胎”的病人，我们见太多了，本来觉得没什么稀奇的，但石磊后来的话吸引了我的注意力，连杨柯也听得入迷了。

此前，我先想到了阳可的假性怀孕，是不是胡晶也误以为自己怀孕了，最后空欢喜一场，精神就出现了问题。可石磊却告诉我，胡晶的身体比较特别，因为她身体里没有子宫，是不可能再怀孕的。接着，石磊又说早在两年前，胡晶就频繁痛经，有时还会有外阴瘙痒，同房后出血的情况。

一年后，胡晶因腰疼得厉害，便到市一院做检查，结果被诊断为宫颈糜烂，子宫增大，但未见癌细胞。经过一段时间诊治，胡晶的症状有所缓解，正常人都以为病应该好了，没想到再去检查的时候，结果却让她吓了一跳。当时，医生告诉胡晶，她复查时被诊断为患了子宫腺肌病、慢性宫颈炎和子宫肌瘤，临床表现为宫颈肥大、轻度糜烂，子宫增大如二月孕。

于是，主治医师提供了四种治疗方案：门诊随访、继续药物治疗、介入手术子宫动脉栓塞治疗、子宫切除手术。主治医师建议采用门诊随访方式治疗，可石磊听说胡晶娘家有人就是得子宫肌瘤死的，他很担心胡晶会是一样的结果，就极力劝胡晶摘掉子宫，永绝后患。一开始，胡晶是拒绝的，虽然她八年前就为石磊生了个儿子，但她不知道从哪里听说，摘掉子宫会加速女性衰老，甚至变成“半个女人”。

爱美的胡晶为了驻颜美容，饮食作息一直很自律，一想到换来这样的结果，她死活不答应。不过，胡晶是个明白人，心里当然清楚生命比美丽更重要，在石磊的不断劝导下，她选择了最彻底且最激进的治疗方法：子宫切除手术。

听到这里，我就为胡晶感到惋惜，要知道在临床实践中，子宫肌瘤多见于 30 岁至 50 岁之间已生育的女性身上，发病率高达 20% ~ 50%。不少女性在子宫肌瘤初期就会得到诊断，而这个时期根本就用不着手术，门诊随访和药物治疗就能缓解症状。虽然子宫肌瘤发病率高，但有八成左右都不会转变为子宫癌。

石磊见我不站在他那边，顿时有些不悦地反驳："你是没看胡晶的那个自恋啊，天天吃什么营养品啊，减肥药啊，我看没准就是吃出的病。"

这句话堵得我哑口无言，虽然现在的药品监管很严格，但也不一定吃了就没问题，是药三分毒，如果经常吃的话，是会对身体造成一些不好的影响。石磊看我不说话了，又对着杨柯说："总之，胡晶的子宫是五个月前摘掉的，可不知怎的，她忽然说子宫还在肚子里，而且怀了个宝宝。"

乍一看，这好像和阳可的病一样，但胡晶明确知道自己没有子宫了，因此两人的情况又不太一样。我以为，这就是胡晶的唯一问题了，石磊却接着说，他老婆要是这么一个毛病就好了。话讲到这里时，石磊显得有些头疼，好像不知道如何说下去，过了一会儿才说某天晚上他们夫妻睡在一起时，胡晶大喊肚子疼，然后说生下了一个小宝宝。石磊当是胡话，没太放在心上，但胡晶却老是说，那是个鬼胎，小孩一直跟着他。

这样的话说得多了，石磊就觉得很害怕，渐渐地不愿意跟老婆睡在一起了。本来，这事就算这么过去了，没想到胡晶很快又说自己怀孕了，又生了一个孩子，这次是女孩。石磊认为妻子是在装神弄鬼，便抬杠问，你子宫都没了，怎么怀孕呀？你这话有逻辑性吗？大家知道，和精神病人谈话，最忌讳抬杠，果然胡晶后来就说，我这是神仙子宫，你不懂的，凡人医生摘不掉，这是我的粉水晶狐仙赐的，你懂个屁啊。

说到这里，石磊就唉声叹气，直言自己不该做奇石生意，因为那个狐狸造型的粉水晶是他帮妻子从山西梵仙山的狐仙庙求来的。那时他要做单身女青年的生意，顺道就给妻子求了个东西。石磊和胡晶早已结婚，又有了个儿子，根本不用求姻缘，他就说狐仙也可以保人青春美丽。不知道是不是这句话正合胡晶的意，她就整天戴着那枚粉水晶，连睡觉也不舍得摘。

石磊原本没在意，但直到胡晶的子宫被摘除，他才发现老婆经常对着粉水晶说话，有时行房到一半，他老婆还会开心地说，狐仙真的显灵了，因为狐仙给了她一个神仙子宫，她觉得很幸福。既然老婆不难过了，石磊也就没管这些胡话。但当老婆开始说子宫里有了孩子，显得有些害怕了，他才跟着害怕起来。总之，石磊觉得一切的问题都来源于那枚粉水晶，自从有了那枚粉水晶，胡晶才开始生病的。

“你们说是不是？就是那块石头不干净，对吧？”石磊迫切地想听到肯定的答案。

杨柯靠在中间的病床上，懒洋洋地问：“粉水晶不是你带回来的吗？”

“所以啊，我内疚，要不然我早离婚了，谁会天天守着一个说有鬼跟着的婆娘，不嫌晦气啊。”石磊话说得多了，开始觉得喉咙有点不舒服，轻轻地咳了两声。

我见状就叫石磊先别说了，有什么问题，我们会找胡晶本人谈的，以及再给她做些有针对性的检查。不过，我倒不觉得粉水晶有什么问题，这一切可能还是与子宫切除手术有关，也许术后出现了什么情况，导致了胡晶的精神异常。鉴于病人家属很难说到点子上，而且总喜欢讲些怪力乱神的内容，我就让石磊先休息好了。

石磊可能早就想送胡晶去精神医院了，那晚忽然实现了愿望，浑身舒畅的他脑袋一沾枕头就进入了梦乡。杨柯本来脱了鞋和西装外套也想睡的，可他看到了我放在床头的明尼苏达多项人格测试表，马上就用眼神问我，那些东西怎么会出现在这里。我不是那种大嘴巴的人，既然主任交代了要保密，肯定就不能声张了。问题是，杨柯都亲眼看见了，任我脑袋再机灵，也不好蒙混过关了。

有那么一刻，杨柯的眼神非常凶狠，我以为他会扑过来把我掐死。不知道为什么，我忽然觉得杨柯就是X，张七七就是他杀的。可能当时的气氛太诡异，我就一直往这方面想。不过，杨柯只是松了松他那条蓝黑色斜纹领带，别的什么都没干，就那么坐在床边直勾勾地盯着我看。

我实在受不了就说：“你再看我，我也不能说。”

杨柯一声不吭，仍是死死地盯着我，似乎在酝酿着什么，但过了一会儿，他就默默地躺下睡觉了。我如遇大赦，松了一口气，但心情还是很紧张，直到天快亮了才睡着。等我醒来时，杨柯已经不见了，没多久，主任就来了。对于我得出的结果，主任好像并不满意，还说早知道就不做这个测试了。我想多嘴问一句为什么，瞧主任凶巴巴的样子，又忍住了冲动。

接下来的那几天，我爸妈、卢苏苏都分别来看过我，杨柯却再也没来过。我出院那天，石磊也刚好一起出院，然后他和我约了个时间，想去看胡晶怎么样了。隔了一段时间，我也很担心病人，因此出院没多久就直接去了青山路那边。谁知道，等我急急忙忙地在病房区见到胡晶时，对方却生气地说：“我老公呢？他可以做证啊，他知道我的子宫还在的，他有证据！”

“什么？”我糊涂道。

这几天，宋强一直跟进着这个病例，看我还不完全了解病人的情况，就对我小声说了一句话。我听了后目瞪口呆，虽然没有表现出来，但心里却在想：我的上帝啊，居然有这种事。

03 道林·格雷的画像

实际上，我们是禁止在病人前面交头接耳的，这不仅显得不专业，还会让病人对你失去信任。果然，宋强才对我耳语完，胡晶就不高兴了，嚷着要找领导告状。

这一天，青山医院特别忙，因为住院楼地下二层施工的关系，电钻的声音吵得病人都安静不下来，一个个都病情发作了。主任脱不了身，一直在一科的病房里忙着，生怕再出点什么问题。我知道主任现在憋了一肚子火，实在不想再给他添乱了，可胡晶来了劲儿，硬是要找主任讨个说法。

“好了，好了，你自己把事情讲一遍，只要讲得清楚，你要什么美容产品，我都给你带。”我赶紧想了个折中的办法，这已经是极限了。

胡晶眼睛亮了：“这可是你说的。”

我点了点头，不过仍觉得不要在病房里说，因为地下二层的电钻声音一直响个不停，别说精神病人了，就连我这个正常人都要受不了了。正好那天石磊要来看他老婆，约的时间快到了，我就和宋强一起领着病人出去了。在进电梯时，刚好三科的岳听诗从里面走出来，一看到我，她就露出意外的表情，好像并不知道我今天会回来。

倒是胡晶，一看到美女就唐突地问：“你用什么面膜啊，皮肤这么好？”

岳听诗低头瞄了一眼胡晶，傲气十足地回答：“我不用那些东西。”

“怎么可能？”胡晶不停地打量着，“起码吃减肥药吧，不然怎么可能这么瘦？”

岳听诗是天然美女，根本不屑用那些东西，一听这话，她就找了个借口离开，没再理会我们。看到岳听诗很冷漠，胡晶就更加不高兴了，可她把怨气都撒到了我身上，又嚷着要向主任告状。如果胡晶不是病人，我一定会告诉她，不要责怪别人不友好，请多想想自己的言谈举止是否礼貌。可惜，胡晶是病人，我们还真是得罪不起，这一路上就只好任她发牢骚。

到了门诊室后，电钻的声音终于小了一些，我给胡晶倒了一杯温水，让她慢慢给我讲讲自己想说的话。胡晶本来不想说，可石磊到了约定的时间还没来，她就一边望着门外，一边故意把话说得很大声，想让石磊大老远就能听到。

根据胡晶的说法，做完子宫手术的一段时间后，她心情不是很好，身材还胖了许多。为了安慰人，石磊就用了男人们最常用的方法。就在巫山云雨的过程中，胡晶有了一种熟悉的感觉，那就是让她确信子宫还在的原因，而且她认为石磊肯定也察觉到了。

说到这里，我们就要先扯一个泌尿科的知识了。女性的阴道口到子宫口一般长 7 ~ 9 厘米，而一般男性的生殖器勃起时长度可达 10 ~ 13 厘米，具体因人而异，因此，男性的生殖器是可以触碰到女性的子宫颈的，并且双方一般都能感觉出来。

正因如此，胡晶就说那一次亲热，石磊触碰到了她的子宫颈，那是一种她熟悉到不能再熟悉的感觉。我本想唱反调，你的子宫不是摘了吗，怎么可能还有这感觉，可还是习惯性地忍住了。胡晶一直侧着身子，大部分时间都望着门外，根本没有发现我的表情有变化。胡晶只说，早在摘掉子宫前，石磊就最喜欢用这种方式和她缠绵，她也很配合，因此绝对不会搞错。

一听到这里，我就皱起了眉头，虽然这是人家夫妻间的事，但男性的生殖器长期碰触到女性的子宫颈，且动作比较用力的话，那对女性的健康是很不利的。综合分析，胡晶被诊断出宫颈糜烂、子宫肌瘤等疾病就不足为奇了。我这时才想，胡晶也不是胡说八道，如果石磊喜欢用这种方式安慰人，那么老婆的病，他也有责任。

问题是，现在子宫都没有了，胡晶怎么可能还会有那种感觉呢？正因如此，当宋强告诉我，胡晶行房时感觉到子宫颈被顶了，我才会在心里有那样的反应：我的上帝啊，居然有这种事。

胡晶根本抓不住重点，然后渐渐离题，说起了自己之前很担心的一件事：摘除子宫会不会加速衰老，以及变成“半个女人”。关于这个问题，我了解过，胡晶做的是全子宫切除手术，但主刀医师保留了双侧卵巢。只要卵巢保留下来，病人就仍然会分泌雌激素和孕激素，简单地说，就是病人除了不再来月经，内分泌活动仍然继续，所以不会变成男性或者说“半个女人”。至于衰老问题，摘除了子宫的病人衰老得确实比较快，这是没办法的事。

我们聊了好一会儿，眼看食堂开饭的时间快到了，石磊还没来，我有些着急了。幸好，石磊还是来了，当发现我们都在诊室里等着，就赶紧道歉。胡晶本想发火的，也许想起了自己是为什么被“抓”进来的，骂人的话到了嘴边又没声音了。

这对夫妻在一起久了，都知道彼此喜欢什么，石磊来的时候提了个礼品袋，里面装了一些面膜、精华水、减肥药、口红等，都是胡晶最喜欢的东西。礼多人不怪，胡晶收住了脾气，恨不得马上试用，一瞬间都忘记自己为什么在青山医院里了。夫妻俩都没有再计较那晚的事，只是胡晶始终认为自己没病，且坚信子宫还在身体里。

绕来绕去，问题还是出在子宫上，如果胡晶不认为自己的子宫还在，那么鬼胎之类的幻想就不存在了。可这是什么奇怪的精神疾病造成的呢？是什么病会导致胡晶这么想？这可不是精神分裂就能全部解释清楚的。

我一时半会儿想不出来，石磊就在一旁问，能不能和妻子私下说些话。胡晶不是犯人，而且危险程度较低，我就同意了他的请求，不过还是把宋强叫了回来，让他在外面看着，千万别出什么差错。当然，我也没敢走远，就站在门诊室外面，并没有借机溜去食堂吃饭。

过了一会儿，有人拍了拍我肩膀，因为住院楼的电钻声太吵了，我几乎没听到有人靠近我。我回头一看，原来是杨柯，几天没看到他，他好像剪了头发，显得更精神了。我不知道该说些什么，杨柯却先开了口：“你明晚要不要和我去见一个法医？”

“见哪个法医？”我一头雾水。

杨柯耐心说道：“那天你也听护士们说了，她们说七七去见过你女朋友……”

“是前女友。”我纠正道。

“无所谓。”杨柯冷冷道，“反正我打听到了，地下二层的死者身份是由一个叫周军的法医鉴定出来的。我想明晚去问一问，他是怎么确定的。”

“这样不好吧？跑去质疑别人的专业，你确定要这么做吗？而且法医能随便透露案件细节吗？这好像不合规矩吧？”我忍不住怀疑，这根本不像是我认识的杨柯，但自从那晚听到小护士们叽叽喳喳的，我也有过这样的念头。

除了法医弄错了结果，还有什么可能呢？我想过张七七也许有个谁都不知道的双胞胎姐妹，但杨柯否认了这种说法，说自己去过张七七家，她是独生子女，没有任何兄弟姐妹。我实在想不出答案，当下就答应杨柯明晚一起去找法医，试试看能问出什么。当然，杨柯先来问我不是叫我去壮胆的，而是因为我们拼车拼习惯了，他也许觉得自己去其他地方不先打个招呼，似乎不太够朋友。

杨柯从来不说废话，可约好明晚的事后，却没有马上离开，而是直勾勾地盯着我，不知道在酝酿些什么。说实话，我仍记得那晚胡晶发疯一样地闯进病房之前，杨柯对我说“其实，迎新那晚……”，可惜话没说完就被打断了。我一直好奇他当时想说些什么，也在等他自己再提起。

遗憾的是，杨柯像看怪物一样看了我一会儿后问道：“胡晶的病情，你怎么看？”

虽然我还不知道胡晶的子宫是什么问题，但我觉得胡晶不止一个毛病，其中一个就与《道林·格雷的画像》有关。《道林·格雷的画像》是英国作家王尔德创作的长篇小说，主角道林·格雷是一个长相俊美的贵族少年，后来有个画家为他画了一幅肖像画，他才惊讶地发现自己长得出奇地英俊帅气。在画家的蛊惑下，道林·格雷许愿他将永葆青春，所有的沧桑以及自己造下的罪孽都由画像承担——神奇的是，这个愿望竟然实现了。

且不说故事最后的情节如何，但心理学家从书中总结出了“道林·格雷综合征”。患这种病的人一般死活不愿意承认必将到来的衰老，不惜大量使用化妆品、医疗产品、整形以保持容颜不老。乍一看，爱美有什么不对吗？怎么可以算病呢？但心理学家强调，得了道林·格雷综合征的患者往往有抑郁和自杀的倾向，而原因是患者发现自己无法抗拒地衰老了。

显然，胡晶非常爱美，且抗拒衰老，如果知道自己子宫没了，衰老会加速，她会不会骗自己子宫还在呢？或许谎话说多了，连自己也相信了？这么推理看着是有道理的，但看病不是推理，还是要有确切的诊断依据。而且，精神科医师普遍认为道林·格雷综合征不是一种真正意义上的病症，而是一种自恋型人格失调，一般不会有医师这么给病人确诊的。

我这么分析，似乎是在钻牛角尖，想得太多了，但陈士铎的《洞天奥旨》有云："人不穷理，不可以学医。医不穷理，不可以用药。"这句话说的就是人如果不能寻根究源，求得真理，就不要学医；医生没有在医理上寻根究源，就不要用药。这就是我会这么思考的原因。

显然，杨柯也这么想，在他看来，胡晶确实患有严重的道林·格雷综合征，但她的子宫可不是只靠不想衰老就能想象出来的，那种触感一定有其原因，只不过一时半会儿我们真的很难找出来。

胡晶本来是杨柯的病人。可之前医院一直打算购进一批机器，院长是老油条，肯定听说过美即佳效应，谈生意找精英型的男性去谈是最好的，当然女性也可以，只不过院长不想被人捉住把柄，说搞权色交易。青山医院里最会明哲保身的人就是院长了。

因此，杨柯为了帮忙谈生意，他的病人大部分都转给了其他人，有的去了其他科，有的给了主任，有的给了我。我看杨柯的西装不像平时上班穿的，至少他外套里的白色衬衫是法式衬衫，单从他的法式双叠袖就看出来了，那是他在很正式的场合才会穿的衣服。也许这样有人会觉得做作，但人确实是视觉动物，你都不认真打扮自己，别人又怎么会对你有信心呢？想到这里，我就有些理解胡晶了，谁不想每天都漂漂亮亮的呢？

我虽然看出了门道，但嘴上却不饶人："穿这么帅，去相亲啊？"

"你以为我是你啊？"杨柯反将了一军。

这话让我想到了马琳，一瞬间就没了斗嘴的兴致，当下就想回诊室看看胡晶和石磊谈得怎么样了。可我还没转身，诊室那边就传来了一声女人的尖叫，不用说，就是胡晶的。

我以为又怎么了，也觉得应该没什么惊奇的了，顶多是胡晶在喊鬼胎来缠她了，或者神仙子宫又被老公碰到了。没想到，等我和杨柯走过去后，却被诊室里的一幕惊呆了——胡晶居然下体渗血，裤子已被染红了一小片。可她做了子宫切除术，理应不会再来月经的……

看我们来了，胡晶就大叫："我来月经了，看吧，这就是证据！"

04 匹诺曹错觉

众所周知，月经是子宫内膜在激素的刺激下定期增长和脱落形成的，没有子宫自然就没有月经。我相信科学，胡晶既然做了子宫切除术，任她的想象力再丰富，也不能凭空生出月经来。

可胡晶一直在那里大喊大叫，说裤子上的血斑就是证据，那歇斯底里的样子和她之前的状态截然不同。尽管大部分人都觉得，那可能就是月经，但做了子宫切除术的人也可能下体流血，原因可以是阴道黏膜出血，或者是术后过早同房而致阴道残端受损。反正，胡晶出的血绝对不可能是经血，近期最好能让她做个全面的检查。

实际上，在胡晶刚被收治的第二天，杨柯就安排她去其他医院做了检查，但胡晶的头颅 CT、心电、B 超，以及其他化验检查均正常。杨柯还说，胡晶无阳性精神病家族史，内科及神经科系统检查也未见异常。至于子宫，杨柯觉得对方没有子宫，自然就没有检查，他一时半会儿也不能确定到底是怎么回事。

我们不是妇科医生，不好为胡晶做检查，而有些病最好在发病时检查，否则很难查出异常。于是，我就让宋强快去找卢苏苏，让她来帮忙做个检查。等卢苏苏一来，为了避嫌，我就和杨柯、宋强退出了诊室。这个检查不是大型检查，不需要特殊的仪器，我们只想确定那些血到底是怎么来的。

在等待的时候，石磊也出来了，正好食堂的午饭时间到了，当看到岳听诗提着饭盒走过附近，他就说自己肚子饿了，能不能先去吃点东西。我还没说话，石磊又唠叨自己的老婆为了减肥，经常只吃苹果当正餐，在家从来不做饭，他有时也得跟着挨饿。我想问不是可以叫外卖吗。石磊却抱怨老婆说外卖不健康，禁止叫外卖，他活得还不如狗。

我估摸卢苏苏做检查需要点时间，当即就安抚石磊，然后让宋强带人去食堂，吃完再一起回来。宋强可能也有些饿了，一逮到机会，什么都没说，直接带人离开了。不过，石磊前脚刚走，卢苏苏就从诊室里出来了。我本想和卢苏苏多相处一会儿，等说完了病情，再聊些有的没的，可杨柯一直守在旁边，无论怎么暗示，他就是木头脑袋，一点儿也没明白我的意思。

卢苏苏一出来就对我说："你的病人一直喊经期来了，但你应该知道吧，她不可能再……"

杨柯冷冰冰地回答："我们知道。"

卢苏苏瞄了杨柯一眼，没搭话，继续对我说："你的病人只是有阴道肉芽，所以才流血的，我去帮她找一条干净的裤子换上吧。"

"这种事怎么能麻烦你呢。"我不好意思道。

"小事一桩，没什么麻烦的。"卢苏苏冲我一笑，"待会儿你把病人送回去吧，等晚上下班了，我跟你一起研究研究，我对她的病有个想法。"

"好啊。"我开心道。

望着卢苏苏远去的背影，我心里特舒服，感觉十月的青山医院到处都开满了桃花，空气都是微甜的。可我忽然又觉得身后一阵寒风吹过。不等我开口，杨柯就说晚上他有应酬，得很晚才回家，但他留了五套西装在卧室里，要我帮忙送去干洗。杨柯明明听到卢苏苏约了我晚上一起研究病情，这等于是一个变相的约会，他这么做就是要故意妨碍我。可我还没拒绝，杨柯就大摇大摆地走了。

没多久，卢苏苏就回来了，问我想要在医院研究，还是去外面的餐厅。我听出了弦外之音，很想找个有气氛的餐厅，脑子里却忽然传出了杨柯的声音：要送到叫 E 洗袋的那家干洗店，别送去另外的店。

这句话是我刚住进杨柯家不久，他让我帮送西装干洗时交代的一句话，但我当时把西装送到了别家，他为此发了很大的脾气。我想了想，只好提出了一个折中的办法："要不晚上你来我住的地方吧，杨柯让我送洗衣服，我怕来来回回的，让你等太久。"

"只要你来就行了，时间不是问题。"卢苏苏善解人意地说。

"那就太好了。"

一约好晚上的事，卢苏苏就进去给胡晶换裤子了，大约两分钟后，她们一起出来了。本来，卢苏苏想和我一起将人送回住院楼，但老年二科的另一位主治呼了她，她只好先到自己的科室去了。这时，我才意识到，一开始就把女生约到自己住的地方似乎不太妥当。

在回去的路上，我要求胡晶把石磊送来的美容产品先交给我，等她出院时再还给她。我以为，胡晶不愿意，哪想到她很爽快地就把石磊带来的礼品袋交给了我，然后心情很好地回到了病房，一路上没有再闹过。病人的情绪反复很正常，胡晶情绪变换却有些过快了。我不知道她到底是怎么了，把人送回病房后还特地问她有没有哪里不舒服，她却回答自己非常好，还好心地叫我先去照顾其他病人，不用管她。

以前，有的病人假装病情好转，等医生走后，就马上想办法自杀，因此我们尤其要注意那种好转得非常突然的病人。出于谨慎，我让其他住院医盯着胡晶，但走之前还是放心不下，于是又去找胡晶，问她能把那枚狐狸造型的粉水晶给我保管吗。我这么问是担心胡晶吞粉水晶自杀。那是胡晶最心爱的吊坠，入院当晚，她都没肯摘下。看我想要，胡晶犹豫了一会儿，可不知道她是为了打发我，还是想要干什么，居然很容易地就妥协了。

"它可以让你交好运，你可别弄丢了。"胡晶交代我。

“好。”

看我不当一回事，胡晶又嘱咐：“你别放医院啊，我怕被偷了，这几天你给我保管好。我看那个女医生对你有意思，没准儿能帮你走桃花运。”

“多谢啦。”我没抬杠，老老实实地收下了。

那一天，我倒是真的都在想晚上的“约会”，次日跟杨柯去见法医以及10月30日之前把张七七留下的信交给X，这些事都被我抛到脑后了。下班回家后，我想着先将杨柯的西装送去干洗，可奇怪的是，到他房间一瞧，并没有需要送洗的衣服，衣柜里明明挂着五套已经送洗过的西装。

“玩我呢。”我忍不住咕哝了一句。

当晚，我抓紧时间打扮了一下就出门赴约了。也许真是粉水晶起了作用，我还没到约定的餐厅，编辑就破天荒地打电话给我：“陈仆天，告诉你一个好消息，《精神探》居然加印了，我们收到了很多订单，加印三万册。”

“真的假的？”我不可思议地问，“不是说卖到三万册就算是很畅销了吗？怎么这么突然？你不是说这本书卖得很差吗？”

“风水轮流转嘛！你算是熬出头了。”编辑比我还高兴，“你小子好好干啊，没准年底就可以开签售会了。到时候去你的城市开，你穿医生的制服来啊，可以增加话题度。”

我当即拒绝：“不行，那样不好吧？我还有事，先挂了。”

一转眼，我从高兴变成了担心，如果真的要开签售会，还来南宁开，搞不好杨柯就知道我一直在蒙他了，谁知道他会是怎样的反应。在我看来，默默无闻也挺好，毕竟有横财就会有横祸，名利随缘最好。

总之，那晚是我长久以来第一次和喜欢的人约会，卢苏苏好像也特别开心我准时到场。我们一见面就聊了许多与工作无关的事，比如喜欢看什么电影、听什么音乐、吃什么口味的食物。直到很晚，我们才说起胡晶的病，卢苏苏告诉我，她觉得胡晶得的是一种叫作幻肢症的怪病。

顾名思义，幻肢症是说一个人被截肢后仍会觉得自己拥有那条肢体，甚至会感觉到疼痛。早在16世纪，法国外科医生巴雷就已注意到幻肢的存在，当时有不少患者报告他们仍能感觉到失去的肢体，如手臂、小腿。

在之后的几个世纪中，有关幻肢的传闻不断出现，最著名的莫过于英国海军元帅纳尔逊。他在战斗中失去了右臂，从此就体验到了来自已经不存在的右臂的强烈疼痛感。那时，科学不像现在这么发达，纳尔逊由此认为这种感觉就是“灵魂存在的直接证据”，就像胡晶说自己有神仙子宫那样。

到了1872年，美国的神经外科医师米切尔经过深入研究后，将这种现象命名为“幻肢”。在如今的病例记载当中，有幻肢症的病人不仅限于截肢，也有人在被切除乳房、阴茎、睾丸、眼球等器官后仍能感觉到其存在。这种感觉可以维持几天，也可以是几年，甚至十几年，每个人的情况都不太一样。

至于发病原因，医学界目前没有统一的说法，需要具体病例具体分析。不过，现在有一种说法叫匹诺曹错觉，它在一定程度上解释了幻肢症的成因。

简单来讲，匹诺曹错觉是一种与身体意象有关的学说，比如在静止状态的肌肉上进行振动就会让人产生一种错觉，即肌肉拉伸开了。有人做过这样一个实验，他将80赫兹的振动作用在被蒙上眼睛的被测试者手臂的肱三头肌上，被测试者会感觉到自己的手臂被拉伸开了。当被测试者用这只手臂捏住鼻子，他会感觉到鼻子也与手臂一起被拉伸开了。

用通俗的话来解释，那就是只要能找到让胡晶产生匹诺曹错觉的“振动力”，她的“子宫幻肢症”就能痊愈。而这个“振动力”不一定是真的振动力，可以是任何一种原因。问题是，胡晶做了检查，我们并没有发现异常，这个“振动力”到底是怎么作用在胡晶身上的呢？

就在我们讨论得入迷时，卢苏苏的手机响了，好像是一条短信。她瞄了一眼，脸上随即出现了惊慌的神情，但她马上将手机收了起来。我担心是卢苏苏前夫的债务问题，想问是不是还没处理好那些事，但她不想提，我就没有多嘴。

那晚，我们一起聊到餐厅快打烊才离开，我本想送卢苏苏回她姐姐家，可她坚持自己搭公交车回去。我不想打肿脸充胖子，因为并没有开杨柯的车来约会。卢苏苏上车后，我也搭了另一辆公交车回到了杨柯家的小区。

上楼前，我注意到杨柯的车停在楼下，想必他也回来了。不知道为什么，我忽然不想这么快上去与杨柯面对面，于是就打算在楼下闲逛，想等他睡了再上去。谁知道一个熟人从楼里走了出来，由于夜已深，他没有注意到我在附近。

我本想打招呼，奇怪的是，那个人一走远，一个黑影就从花圃的一角冒出来跟了上去。我不想一惊一乍的，可那个黑影留了一头长发，穿的衣服正是小乔以前经常穿的一件白色外套，有那么一瞬间，我觉得她就是小乔。

05 镜子

我妈非常封建迷信，从小就教育我，看到不该看到的东西别去深究，拍到灵异照片也赶紧删掉，别像某些人还得意扬扬地发出来。因此，那晚我权当眼花了，并没有追上去或者纠结那是不是小乔的鬼魂。我只是觉得奇怪，主任晚上来找杨柯干吗，有什么事不能在医院里说吗？我一边在楼下转圈一边想主任找杨柯的原因，或许他是为了那次的明尼苏达测试而来？想来想去，我都想不出所以然来，等到时间很晚了，才慢悠悠地上了楼。

谁知道打开大门后发现，客厅仍亮着灯，杨柯靠在沙发上看着一档时事政治节目。我像一个晚归的孩子，小心翼翼地带上门，想从沙发后面直接回房间，但还是被发现了。

杨柯没有看我，只是不高兴地说："你还知道回来啊？"

"我不回来还能去哪儿？"我疑惑地问。

杨柯反问："你不是去约会了吗？"

"那哪能叫约会，分明是个会诊。"我纠正道。

杨柯还是一副生气的样子："会诊会到餐厅去了，真有你的。"

一听这话，我不高兴了，杨柯又不是我爸妈，我和谁交往，他管得着吗？本来，我想和杨柯吵一架，可转念一想，他是不是来"大姨父"了？是的，男性也有生理周期，与女性例假一样，有些人的周期十分规律，有些人的则令人捉摸不定。男性一到生理周期，整个人就会变得冷漠暴躁，容易妒忌，显得小家子气，或者是闷闷不乐，就像杨柯那个样子。

想到这里，我就脱口而出："你要不要买睾酮贴剂来贴一贴？"

这句话没头没尾的，杨柯疑惑地转过头："什么？"

我意识到失言，赶紧转移话题："我担心你一直不找女朋友，是不是那个不太行。"

杨柯翻了个白眼，又转头去看电视："小心你另一个前女友又顶着大肚子来找你。"

"你别乌鸦嘴了。"话音未落，我就溜回房间睡觉了。

第二天，杨柯看我差不多七点十分才起来，居然也没骂我，更没有自己先去上班。要知道，七点十分是杨柯固定的出门时间，以前他老嫌我起得晚。我慌慌张张的，领带也系歪了，杨柯见状就叫我站住。我以为他又要骂我不修边幅，怎知他只是走上前帮我调整了领带结。但我脑中想的却是他下一秒就要用领带勒死我……

到医院后，武雄又来闹我，还问我和卢苏苏的约会顺不顺利。我本来想问，武雄怎么知道卢苏苏和我约会了，可看到正往住院楼走去的杨柯，便改口问武雄有没有觉得杨柯怪怪的。

谁知道，武雄又贫嘴起来："那是因为你昨晚没去和卢苏苏开房，乖乖回家了呗！我告诉你，别看他是闷葫芦，其实心里早就乐开了花！这一局啊，卢苏苏先占了上风，但笑到最后的是杨柯！"

我清了清嗓子，严肃起来："瞎说什么呀？我是认真的。"

武雄一脸坏笑："我也是认真的啊！"

"我要去忙了。"我当即不再理睬武雄，转身就朝住院楼走去。

倒霉的是，我刚到一科病房，就见先到一步的主任站在走廊里训斥几个住院医，其中有两个是我带的人。因为他们站的地方离胡晶的病房不远，我就暗喊不妙，难道胡晶昨晚出了什么状况？果然，我刚从电梯里出来，眼观八方的主任就朝我做了一个赶紧滚过来的手势，一副要兴师问罪的样子。

不出意料，我一走过去就看到胡晶蜷缩在病房的角落，抱着一个枕头，眼神空洞，脸上还有五六条血痕，好像是自己抓出来的。胡晶那么爱美，如果看到脸上的血痕，一定会担心留下伤疤。此时，胡晶神志恍惚，已经无法分辨自己身在哪里了，她只是紧紧地抱着枕头，嘴里一直嘀咕着"别过来，我不是你妈妈"。有护士想帮胡晶处理脸上的伤，可一有人接近，胡晶就会大喊大叫。

"昨天她还好好的……"宋强小声地辩解。

另一个女住院医也说："她好像好多了，我们就没……"

"错了就是错了，你拿这些话去和病人家属讲，他们会接受吗？"主任压住怒火，没有当场发飙。

这种事情不能怪住院医，要怪也是怪带他们的主治，我当下就承认了错误，并用眼神暗示宋强他们别再试图解释了。不过，主任没有为难我，不知道是粉水晶的作用，还是他担心骂得太大声，会影响其他病人的情绪。由于主任还要去忙别的事，他就交代我赶紧处理好胡晶的病，还要及时通知石磊，不要隐瞒病人的情况。

"对不起……"宋强和另一个住院医等主任走了，急忙认错，"我们没有……”

“你们去和病人家属说清楚情况，他今早还会来过一趟的。”

宋强可能以为我会善解人意，倒过来安慰他们，听到我也这么强硬，他显得很意外。实际上，我们带住院医不能太“老好人”，这一行人命关天，开不得玩笑，稍有不慎就会无法补救了。我之所以让宋强去和石磊解释，就是让他记住这件事，只有直接面对病人家属给的压力，他们才不会再犯。不过，现在石磊还没来，我就让宋强继续跟着我，先弄清楚胡晶的病是怎么发作的。

当然，我无法确定胡晶的病具体是从什么时候开始的，但我总觉得，胡晶的病情恶化和前一天我们去门诊室有关，也许那时发生了什么我不知道的事。除了胡晶流血，还有什么事呢？众目睽睽之下，有什么事是我们没注意到、她能够瞒天过海的？正好，有个护士在护士站整理药品，我怔怔地看了一会儿，忽然就灵光乍现：我们都忽略了一个细节！

“给胡晶打五十毫克的氯氮平，处理好她脸上的伤势，我去去就回。”

为了证实猜测，我吩咐完就冲出住院楼，到门诊室找石磊昨天带来的礼品袋。那天早上，季副高躲在诊室里看报纸，发现我进来后，就戴起眼镜，问我在找什么。我并没有立刻回答，而是将礼品袋里的东西全部倒出来，拧开一支口红。季副高看到这些都是女性用的产品，就尴尬地看着我，以为我要涂口红呢。

“小陈，你还好吧？”季副高担心地问。

“我很好啊。”我没太注意季副高的眼神。

“你怎么打扮，那是你的自由，不过口红还是在家里擦比较好吧，要不然老何又要说你了。”季副高好言相劝。

我这时才醒悟过来，季副高以为我有异装癖，担心主任又批评我不注意个人形象。其实，我只是想到，昨天卢苏苏去找裤子的时候，胡晶一个人在诊室里待了几分钟，那时我们都不在场，她可能拆了石磊带来的美容产品，偷偷地藏到了身上。看胡晶昨天的反应，显然是很想用那些美容产品的，她忽然什么都愿意配合，很可能就是为了打发我，好躲起来“使用”那些东西。我本以为，胡晶有异食癖，喜欢吃口红，可是口红并没有使用过。

“难道我猜错了？”我嘀咕。

季副高瞄了一眼桌上的那些东西，随手拿起一个小药盒，关心道：“小陈，这种东西你还是少吃一点吧，你又不胖，不需要吃减肥药。你难道没听说，最近全国各地都有女性吃减肥药吃出精神病的吗？”

“减肥药？”我接过药盒，刚想说这不是我的，但忽然发现药盒好像是空的。

难道……我打开了盒子，里面的药确实都不见了，想必胡晶昨天偷拿了减肥药。如果胡晶是吃了减肥药才病情恶化的，那看来季副高说得没错，吃这些药确实会导致人精神异常。

当弄清来龙去脉后，季副高就说很多减肥药都有精神兴奋剂，如麻黄素、苯丙胺、芬氟拉明等，长期服用会产生依赖，过量服用还会引起幻觉、妄想等类精神病样表现。拿早已被禁用的芬氟拉明来说，它就是比较常见的减肥药，临床上用于治疗单纯性肥胖，但现在很多青年女性也会长期服用。芬氟拉明属于苯丙胺类食欲抑制剂，呈中枢抑制作用，可以直接刺激下丘脑饱觉中枢，阻断5-羟色胺的再摄取，增强下丘脑饱觉中枢的活性，从而降低食欲。石磊总说胡晶只吃苹果当正餐，严格控制饮食，靠的就是这样的办法。

以前，季副高在外地开会，遇到过一个女病人吃减肥药吃到以为全世界都要谋杀她。当地医生给女病人做了一系列检查，却没有发现什么异常。后来，女病人被强制停用了减肥药，那种精神症状才慢慢消失。

我不由得想起石磊在市一院说的一句话：“你是没看胡晶的那个自恋啊，天天吃什么营养品啊，减肥药啊，我看没准就是吃出的病。”

原来，石磊早就说中了老婆的病因。胡晶暴躁的脾气、鬼胎、狐仙、子宫幻肢症，这些都是吃了减肥药导致的，具体来说，胡晶的病就是“精神活性物质导致的精神障碍”。这样的病不难治，只要病人不再服用那类减肥药，病情就可以得到控制并治愈。

恰好，石磊又提着一个装了美容产品的袋子来了，我就劝他马上丢掉这些东西，以后不要再给妻子带了。石磊一得知胡晶发病的原因，马上拍了脑袋，骂自己经常羡慕地说哪个女明星又瘦又漂亮，是不是老婆听多了，就觉得只有瘦下来，夫妻的感情才能维持呢？石磊还说，老婆生第一胎的时候胖了二十斤，那时他一直嫌老婆太胖，也许说者无意，听者有心吧。石磊一个劲感叹，难怪这些年胡晶的脾气越来越差，原来真是吃出来的。

我在一旁心想，都说已婚女性的脸就是感情的镜子，这话一点不假——婚姻幸福的女人总是很精神，面色红润；婚姻不幸福的女人，往往面带苦色，眼神里没有光芒。常言道，相由心生，也不是没有道理的。其实，美不美靠的不是减肥药，也不是美容产品，而是爱对了一个人，你就会发现镜子里的你变美了。当然，注重保养也是没错的，像杨柯那样每天出门照照镜子，总是一副精英打扮，谁看了都会对他的业务能力有信心。如果一个邋里邋遢的人来给你看病，你会放心吗？

需要强调的是，这只是我和季副高看了减肥药的成分做出的初步诊断，那几天我们还做了一系列检查，诊断才最终确定下来。之后，经过三十二天的住院治疗，胡晶痊愈出院了，随访一段时间也未见异常。再看到我时，胡晶很不好意思，就说自己已经丢掉了那个狐狸造型的粉水晶，并且不再追求过瘦的身材了，只要老公喜欢，她觉得自己就是全世界最美的人。

不过，这些都是后话了，且说胡晶病因确诊的那天，杨柯约了我一起去找一个叫周军的法医。下班后，我们本来要一起开车离开青山医院，有两个老人却找到医院，说要见杨柯。那时，我们正要去停车场，听到有人要找他，杨柯就叫我等一等。起初，我以为是哪个病人的家属，但仔细一瞧，来者竟然是张七七的父母。

前段时间，医院地下二层发现了一具白骨化的尸骸，警方证实死者就是张七七，当时她父母来过医院几次，我已经认得他们了。我很好奇他们来医院干什么，便一起跟着杨柯走过去。可两个老人什么都没说，直接递过来一部手机，叫杨柯先看里面的短信内容。我心想，难道 X 也给张七七父母发信息了吗？

还好，我猜错了，那不是 X 发的信息，而是一条很普通的短信，但其中的内容却让我冒出了数不清楚的问号。

06 踢猫效应

那是一条 1069 开头的短信，发送方是医院的图书馆，内容是：

> 【青山医院图书馆】张七七先生 / 女士，你于 ×××× 年 10 月 18 日所借的图书《牛津精神病学教科书（第五版）》（作者：保罗·哈里森）、《斩龙》（作者：大悲手）已逾期 24 个月，逾期费用 146 元，请尽快缴纳相关费用。感谢理解。

看起来，这应该是张七七失踪之前借的书，可能她一直没机会还回去，而我们医院的图书馆系统太落后，也一直没能及时更新相关信息。杨柯没想到会是这样的事，愣了一会儿就说自己会去和医院的图书馆交涉的，这笔费用肯定不用缴了，他也会让图书馆不要再自动发送这种令人困扰的信息了。

张七七的父母唯唯诺诺的，一看就是老实人，不用我们问，他们便主动解释这是张七七失踪前留下的手机。两位老人说，迎新晚会那天，张七七回家拿那两本从图书馆借的书去还，结果手机落在了家里，他们本想等女儿第二天再回来拿，谁知道女儿一去不返。显然，张七七也没把书还回去，可能是那天图书馆没开门，或者是张七七因为什么事耽误了。

“我们没舍得销号，因为这是七七留下的……”

张七七的妈妈想要继续解释，杨柯却接下了话：“阿姨，没事，我理解。以后有什么事，尽管来找我。”

“我们每个月都会收到图书馆发来的信息，刚开始觉得没什么，但既然七七已经被找到了，我们就想着把这些后续的事解决了。”张七七的爸爸一边说一边握着老伴的手。

张七七的妈妈似乎浑身不自在，也许是医院会触景伤情，她就急忙告辞：“谢谢小杨，我们还有事，先走了啊。”

说完，张七七的妈妈就驼着背，和老伴慢慢地走出了医院。杨柯本来想送人，但张七七的父母拒绝了，他们说杨柯是大忙人，还是不耽误他了。看到两个老人这么懂事，我很希望法医能告诉我们，他的鉴定出了错误，其实张七七没死。正好，时间也快到了，我们就没有再磨蹭，直接驱车前往廖副所在的刑警大队——那里有个技术中队，叫周军的法医就在那里工作。

十月天黑得快，不过广西不像东部沿海或者东北三省，我们傍晚六点多赶到刑警大队的门口时，太阳才准备落山。廖副可能刚要下班，正抽着一根烟走出来，看见我们来就皱起眉头问怎么了。不过，廖副一开始看到我时，脸上还挂着微笑，直到看见杨柯也来了，他才脸色不大好看。

“小陈，来请我吃饭吗？”廖副故意没看杨柯，只对着我开玩笑。

我尴尬地笑了笑：“我想找一个人。”

廖副喊了一声：“你小子很能啊，除了我，还认识我们队里的谁？”

杨柯不喜欢说废话，看我要和廖副聊起来了，就插话进来：“我们来找周军。”

话音刚落，廖副就愣了愣，丢掉手中没抽完的香烟，摇头道：“你们来迟了。周军死了。”

“什么？”

我大吃一惊，我们专程来找人，怎么就死了呢？廖副的表情很严肃，显然没有开玩笑。这样的事不适合在刑警大队门口说，我们就一起进到大队里的一间办公室。坐下后，廖副没有给我们倒水，只是分了两支烟过来，问我们抽不抽。我不了解廖副在办公室抽烟是否符合他们的工作规定，反正青山医院的员工在工作时间是不允许抽烟的，所以我们都没接那支烟，只问周军到底怎么了。

廖副好像也不好受，几次开口都没说出什么来，只说周军是他在队里非常好的兄弟，他们在队里都待了快十年了，早已习惯每天见到彼此了，可惜啊……廖副唉声叹气了很久，好不容易才透露，周军前几天跳楼自杀，是因为有一个死者的家属总是来闹他，说他拿了好处，做出了一个令家属不满意的鉴定结果。至于是什么案件，廖副直言不好透露，反正他可以保证，周军并没有工作上的疏忽。

本来，廖副还担心我会觉得周军是做了什么亏心事才想不开的，但我马上表示自己感同身受，不必过多解释。要知道，我们也会遇到医闹，明明不是我们的过错，但病人家属受不了那种痛苦，就都发泄到了我们身上。

心理学将这种现象称为“踢猫效应”，大致是指一个人对弱于自己或者等级低于自己的对象发泄不满情绪，因此产生的连锁反应。用通俗的话来说，“踢猫效应”就是一种心理疾病的传染，人的不满情绪和糟糕心情一般会沿着等级和强弱组成的社会关系链条依次传递，从金字塔尖扩散到底层，无处发泄的最弱小的那个元素，会成为最终的受害者。

说起来，踢猫效应有一个原版故事：一位父亲在公司被老板批评，回到家就拿孩子出气；孩子受了委屈，又去拿家里的猫来发泄；猫害怕地逃到了街上，正好一辆卡车开过来，司机避让时撞伤了路边的孩子。

其实，踢猫效应无处不在，最常见的就像原版故事那样，家长在外面受了气，回家就拿家人来发泄，殊不知这样的效应一旦扩散开来，影响会很大且很广。

当然，有些人闹事除了想发泄痛苦的情绪，也想争取一些经济上的补偿。而如果你心肠越好，对工作越是负责，那就越无法接受被人“闹”。最后，有的人会辞职，永远离开这一行，有的人则会永远地离开这个世界。一想到这里，我又不愿意再刨根究底了，将心比心，我相信周军对工作负责，张七七的尸检肯定是没有出错的。

廖副本来还想说些什么，可他老婆打了电话过来，他就抱歉地说：“可能是我儿子又不舒服，得送去医院了，我先去外面接电话啊。”

“那你赶紧的。”我知道，廖副的儿子有先天性心脏病，最近情况不太妙，当下就没有挽留。

廖副要出去时，走廊外面有个头发灰白的老先生正拄着拐杖经过，廖副就赶紧介绍，那是单位退休的老法医，姓朱，最近他老家有点事，所以才从国外回来了。周军算是老法医的徒弟，有什么想问的，问他也行。不过，廖副小声叮嘱了我们，千万别问老朱的家人，只谈案子就行。

廖副的手机一直响着，他以放鞭炮的速度交代了几句，马上就对外面的老法医喊：“老朱，你来，你来。这两个小兄弟是来找周军的，你来跟他们聊聊吧。”

我和杨柯看老法医腿脚不方便，立刻都站了起来，等他坐到廖副的位置后，才跟着又坐下来。老法医不知道我们的来意，以为又是来闹周军的死者家属，就帮忙澄清：“小周的工作没有疏忽，我这几天看过他最近写的报告了，没有问题。”

杨柯抓住机会，顺着问：“张七七的案子呢？身份鉴定也没错吗？”

老法医好像反应比较迟钝，想了好一会儿才回答：“那个案子啊……我不方便透露什么，因为还在侦查阶段，但我以三十多年的法医生涯担保，小周做的比对没有错。他现在都已经不在了，你们就不要再来烦他了。”

我明明见过活着的张七七，听到老法医这么说，也忍不住问：“确定没搞错吗？”

“最近不只是我看过小周经手过的案子，其他人也检查过了，有问题的话，应该能发现……”老法医仍是慢悠悠地解释，但解释到一半时，忽然醒悟过来，“你们是谁啊？”

“我们……”

我正要回答，廖副却紧张地走回来，然后告诉我们，他儿子又病情危急，送到市一院抢救了，他得马上过去一趟。廖副没有车，赶过去需要点时间，虽然杨柯主动提出送他过去，但他还是回绝了。我看得出来，廖副对杨柯的态度有些变化，似乎不想与他扯上关系。总之，廖副解释完后，也没顾得上再招呼老法医和我们，就急急忙忙出去打车了。我和老法医又不认识，那感觉如坐针毡，于是也找了个理由，和杨柯逃出了刑警大队。

在回家的路上，我心想，既然有三十多年工作经验的老法医都那么说了，看来张七七肯定死了。我也很理解周军的心情，只有对工作非常认真的人，才无法接受无理取闹的人来挑刺。问题是，张七七如果真死了，我怎么会看到她呢？市一院的护士说有个女人来看过阳可，那个人就是张七七，她们总不会和我一样，出现了幻觉吧？我正想得出神，杨柯却将车子停在了一条偏僻的路上，那一带没有路灯，也没什么店铺，行人更是看不到。

“怎么了？”我好奇地问。

“那本《斩龙》……”杨柯停车后用手机查了查，“好像是一本心理学小说，作者叫大悲手。”

我想了想，努力回忆道：“我好像听过，挺出名的。《斩龙》拿魏征斩龙当引子，就像《西游记》那样，不过作者认为那是一种梦游症，书里讲了一个人梦游时变得很厉害的故事。”

杨柯毫无兴趣：“还是没有太平川写得好，太假了。”

我依旧心中窃喜，但也茫然地问：“那你查它干什么？”

杨柯欲言又止，最后用一种复杂的眼神望着我：“你相信我吗？”

“相信啊。”我回答得很随便。

“我是认真的。”

看我不说话了，杨柯继续道：“其实，迎新会那晚七七联系过我，说要给我看一本书，我怀疑就是这本。因为她后来失踪了，我也没……”

“她是要给你《牛津精神病学教科书》吧，也许她觉得里面有什么可以参考的，想咨询你有关病人的事，比如牛大贵……”

我自以为分析得头头是道，可好像杨柯并不领情，看我一下子说个不停，忽然用手捂住了我的嘴：“你先听我说完，我现在不说，以后就不会说了。”

我被捂住了嘴巴，根本不能开口。就在这时候，我的手机偏偏响了，杨柯可能嫌吵，没等我反应，就伸手到我的裤子口袋掏出了手机。他看手机屏幕上的姓名是廖副，就直接开了免提。

廖副傻乎乎的，不知道杨柯在我身边，直接就说：“小陈，我现在到医院了。有件事……刚才杨柯在旁边，我不敢跟你讲。”

听到这话，我很想拿起手机，但杨柯却轻声道：“先别吵。”

这气氛吓坏我了，我总觉得杨柯就是X，他可能想杀我灭口，我就继续挣扎。我使出了吃奶的力气，终于推开了杨柯，立刻夺回手机换成了话筒模式。廖副坐在医院的等候室，环境很吵，他完全没察觉我和杨柯的这番拉扯。

“总之，小陈，听我的话，赶紧搬出杨柯家。这案子我现在不能透露太多，但你最好快点离开，我们已经查到了一个很有力的证据，杨柯绝对撒谎了。”

廖副还在讲电话，杨柯看已经无法阻止了，干脆又凑上来。我想反抗，但杨柯用结实的手臂搂住我的脖子，然后同时和廖副说了一段话。

“什么？”我的脖子本来被杨柯弄得很痒，我想推开他，但听完他说的内容，就难以置信地僵住了。

杨柯趁机夺过我的手机，强行挂断电话后，又问：“你相信我吗？”

我一直沉默着，不知道该如何回答，因为直到那晚，我才知道迎新晚会那天发生了那么多不为人知的故事。

“你相信我吗？”杨柯用一种带有魔力的眼神望着我，再次追问。

不知为何，我忽然就回答：“我相信你。”但为了保险起见，我还是补了一句话：“你刚才说的事，有照片吗？我要看照片，至少有个证明。”

迟疑了一会儿后，杨柯打开自己的手机，调出了一张照片：“这是我在迎新晚会那天拍的，你总该相信了吧。”

看着那张照片，我良久没说出话来，谁能想到杨柯居然藏了一个这样惊人的秘密。

第5章

卡普格拉综合征

二战后，日本东京的监狱里曾流行过一句话：送你去仙台。

那时，东京监狱没有绞刑架，一个罪犯如果被移送到仙台监狱，就意味着要被执行死刑了。虽然不能相提并论，但听说过青山医院的人也很怕听到一句话：送你去青山。

01 报丧精灵班西

不管有没有精神疾病，谁都不太愿意表露自己不为人知的一面。杨柯也是如此，别看他总是一副冷酷的样子，其实他亦懂得温柔浪漫。

且说那晚我们去刑警大队找廖副，在回来的路上，杨柯将车子停在了一条漆黑的小路旁。显然，杨柯酝酿很久，想要对我说一些实话了。可廖副却煞有介事地对我说，杨柯与张七七遇害的案子有关，而且他还查到了证据，劝我赶紧搬出来。后来，杨柯强行挂断了廖副的电话，闷葫芦的他才终于告诉我，为什么那晚他没有去迎新晚会。

当然，杨柯确实不喜欢那种场合，就算没有其他事，他也不想参加。不过，杨柯还有一个理由，那就是想趁新年到来之际，向张七七求婚。为了给张七七一个惊喜，杨柯就在家里布置求婚现场，在他看来，那是一个完美的安排。既然那么做了，肯定会想要留念，杨柯也不能免俗地拍了现场的照片，他手机里的照片就是那晚拍的。

我瞧了瞧，现场摆了很多玫瑰，起码几百朵，屋子四周也摆了蜡烛，餐桌上还有精致的晚餐。我看得出来，杨柯是真心喜欢过张七七的，以他的脾性，能做到这么浪漫，已经非常难得了。遗憾的是，那晚张七七没有回来，杨柯白白等了一晚上。之后，杨柯得知张七七失踪了，就将求婚的事埋在了心中，从没对任何人提起过。

不过，我想了想又觉得不对，因为杨柯很久之前曾告诉我，张七七在迎新晚会上精神失常，被送到了别家医院去做治疗，之后才没再出现的。

听到我的质疑，杨柯没有不高兴地骂我笨，而是罕见地耐心解释：“你先听我说完，重点并不是这里。”

“只要你不再捂我的嘴就行。”我半开玩笑地回答。

杨柯想要发作，却又忍住了，只道：“其实那晚，七七用医院的座机联系过我，想约我到市一院见面。我也问过她，到底有什么事必须去市一院见面，她只说见了面就自然明白了。我布置好家里后，马上就去市一院等着了。可我等了很久，她都没有来，你也知道，她手机落在父母家了，我也打不通。总之，我等了快三个小时才回的家。”

原来如此。我心里嘀咕，难怪廖副说查到什么证据了，估计就是杨柯的不在场证明有问题吧，因为他之前一直说自己在家里。可张七七有什么事非要去市一院呢？为什么不能在电话里讲清楚？也许，张七七就是从迎新晚会溜出来，途中出了意外，这才错过了与杨柯的会面时间。

杨柯却说，不知为何，隔天医院就传言张七七精神有问题，被送到别家医院去做治疗了。自此，再也没有人见过张七七。自始至终，杨柯都清楚，张七七是在迎新晚会那天不见的。后来，张七七的父母收到了一条短信，发信人自称是张七七，说自己被拐到北海，陷入了一个传销组织，叫父母去救她。报警后，张母又一个人去北海找了几个月，结果什么都没找到。

听到这一段时，我默默地在心中分析：“这是为了干扰调查方向吧，最后她不是在医院的地下二层被找到的吗？发信人是谁呢？看来那个手机号没查到什么，不然廖副早就有头绪了。”

杨柯见我安静地坐在副驾驶座上不说话，好像变得非常紧张，也许是为了呼吸能顺畅一些，他就用手指抠了领带结，一下子就将那条黑色领带解了下来。我们坐在车子里，四周漆黑，远处的灯光仿佛是另一个世界。我总觉得气氛很诡异，因此杨柯解下领带时，我脑子里还冒出了一个想法：他要用领带勒死我。不过，杨柯只是将领带丢到了后座，并没有下一步的动作。

我们各自沉默了很久，杨柯又先开了口："说话啊。"

"我怕我说了，你又捂我的嘴。"我先是假装委屈，随即又正经起来，"我现在当然相信你，虽然我耳根子软，也曾怀疑过你……"

本来，我想说些感人的话，谁知道杨柯破坏气氛地问："我该说的都跟你说了，那你呢？有没有什么我不知道的秘密？"

"呃……"

很明显，我有一个杨柯不知道的秘密，就是我偷偷写书的事，那一晚明明是很好的时机，可我不想破坏气氛，鬼使神差地就回答："没有啊，哪有什么秘密，我可以脱光了给你检查。"

"你……"

杨柯被我一激，又变回了老样子，还挂上了一副嫌弃我的表情。反正话说清楚了，杨柯索性就发动车子，继续往自己的小区方向开。在路上，我担心廖副的误会加深，也许会让杨柯有麻烦，但他总是无所谓的样子，并不在乎别人怎么看他。我却不那么想，因为将真相告诉廖副的话，也许能纠正他的调查方向，没准儿能抓到真凶呢。

无奈的是，我和杨柯已经有了许多秘密，比如 X 发的短信，还有之前的种种谜团，这要如何解释呢？不是我们想撒谎，而是有些事情一开始你不提，以后就不好再提了。更关键的是，杨柯已经成了廖副眼里的嫌疑人，如果我们真去交代，反而会弄巧成拙。

"还是再静观其变一段时间吧。"我努力说服自己，"警方应该也不傻，肯定手里有不少线索了。"

"想什么呢？下车啊。"

由于我想得太入神，都没发现车子开回了小区，直到杨柯催，我才发现我们已经到楼下了。杨柯一边催我一边起身想去拿后座的领带，但屁股却撅到了我的脸上。我本能地想闪躲，可车门还没打开，有个男人就在外面敲车窗。因为从外面看车内不是很清晰，那个男人还将脸贴到车窗上来，所以他的脸就变得又扁又平，给人一种很不舒服的压迫感。

“张七七，张医生！我知道你在车里，出来，快出来！”

男人没看清车里都有谁，就在外面大喊起来，还用力地拍了车窗。杨柯刚抓到领带，听到动静后倒没有气急败坏地与人吵架，只是慢悠悠地拔了车钥匙，然后下了车。那个男人看到杨柯，马上绕了个大弯，跑过去摇晃杨柯的肩膀，并不停地问张七七呢，他要见张七七。

“孙远，你先冷静。”

“杨医生，我儿子又听到班西在哭了。”

我见状心想，看来这个男人叫孙远，和杨柯认识。下车后，我打量了孙远，他一脸胡楂，看着很憔悴的样子，和我们平常接触的精神病人有点相似。不过，孙远好像不是病人，因为他对杨柯说自己的儿子似乎出了什么问题，想要找张七七看病。问题是，张七七失踪或者说遇害两年了，已经找不到她人了。

孙远却继续央求：“杨医生，求求你，帮我找找张医生吧，当时就是她治好我家阿杰的。”

杨柯泰然自若，完全没有被突然上门的病人家属吓到，只是说道：“明天你把人带来我们医院吧。”

“那张医生呢？我等了一晚上，还问了小区里的人，大家都说不认识张七七。”孙远很着急。

虽然我还不太了解孙远和他儿子的情况，但他一直想找张七七，这其实就是心理学上的第一救世主效应。这个效应是指当一个人被从险境救出来后，第一个与他交流的人往往会成为他最依赖的人。打个比方，警方救出一个被绑架的人后，通常第一个与受害人交流的人最容易取得信赖，也最容易把线索问出来。同理，孙远父子之前也许遇到了什么麻烦，刚好张七七是首诊医生，当问题再出现时，孙远就想到了她。

孙远并不了解张七七的事，仍在不停地追问。见杨柯不想回答，我就代替他说："张医生不在了。"

"什么？"孙远瞪大了眼睛。

"两年前，她出了点意外。"我小声解释。

孙远一听就唉声叹气："我就说嘛，那时阿杰听到了班西的哭声，有人会死的。"

"到底怎么了？"

我刚问出这句话，不远处就传来广场舞的音乐，稍微抬一下头就能看到一群阿姨在以相同的节奏舞动着四肢，每个人都很投入。杨柯不喜欢这种吵闹声，当下就交代孙远明天把人带到青山医院的门诊部，到时候再说，如果真的很着急，也可以现在送去看急诊。说罢，杨柯不再管孙远，径直走向我们住的那栋楼。孙远还想说些什么，见杨柯一走远，张开的嘴巴又合上了。我不敢单独面对孙远，急忙追上杨柯，就怕落单了挨揍。

孙远明明只是病人的家属，我却不知道为什么很害怕他，一进电梯还拼命地按关门键，似乎觉得孙远会冲进来一样。杨柯一副镇定的样子，还嫌我反应夸张，他说，病人家属又不会打人，有问题的是他儿子。回到家后，杨柯到卧室里脱了外套，再把领带挂好，随即出来对我说孙远也是挺可怜的一个人，但他儿子更可怜。看我很茫然，杨柯就叫我坐下来，然后一边订外卖一边跟我讲了两年前的一段往事。

原来，孙远是建筑工人，经常会跟着广西的建筑公司到非洲工作，有些工作一去就是两三年。三年前，孙远的妻子带着儿子一起去机场接孙远回国，谁知道回来的路上一家遭遇了车祸，一死两伤——活下来的人是孙远和他四岁的儿子孙杰。因为要工作，孙远就把儿子交给爷爷奶奶带，但奇怪的是，一年后他从非洲回来扫墓，他儿子却在母亲的坟前说听到坟墓里有人在哭。

这就算了，后来阿杰老说听到有女人在哭，有时在窗外，是近距离的哭泣，有时却是在南宁的青龙岗——那里是片墓园，离他们家非常远。孙远觉得可能是丧母的原因，儿子的精神出了问题，于是就经人介绍，找到了青山医院的张七七。过了一段时间，孙远认为儿子被治好了，就安心地出国务工了。

值得一提的是，为了搞清楚儿子到底怎么了，孙远曾查过为什么有些人能听到女人的哭泣声。后来，孙远发现爱尔兰有个传说，当中提到了一种叫报丧女妖的精灵，只要有人准备死去，她就会哭号。这个报丧精灵叫班西，名称出自爱尔兰语 banshee，通常被认为是死亡的象征和凯尔特异世界的信使。

也许，大家会觉得这只是个神话故事，但直到 1948 年，西班牙仍有班西的目击报道，在美国也有过相关记载。可如果问我的话，我会认为这是一种幻听，单拿孙远儿子的病例来说，也许孩子是过度思念亡母才出现了精神分裂。

“两年前，我听七七提过孙杰的病，还以为治好了。看来他这两年去国外务工，孩子丢给老人照顾，回来才发现儿子的病情复发了。”杨柯一边说一边继续订外卖。

“那他肯定很担心儿子，居然没去医院就先跑来楼下堵人。”我挑毛病地说。

“谁知道呢？”杨柯盯着手机屏幕，还在选外卖，“反正明天人来了就知道了。好了，我选好了，一会儿东西送来，你帮忙开门就行了。我先去洗个澡。”

“好。”

那一天，杨柯难得地对我说了那么多话，我就没再闹他，想让他安心片刻。可一提到“门”的字眼，我就忍不住问：“那个锁眼被堵住的门，真的是张七七干的吗？”

杨柯没去卧室脱衣服，听到我这么问，就在客厅一面解白衬衫的扣子一面说：“是啊，我骗你干什么？那个房间的门锁就是她失踪前堵的，她说会找锁匠来弄，但后来……你都知道了。”

“你不是说过你们那段时间吵过架吗？为什么还要跟她求婚呢？”我又绕了回来。

杨柯将白衬衫丢到沙发上，又拉开皮带扣，将皮带一扯，也丢到了沙发上。杨柯好像不太想继续这个话题，丢东西的时候特别用力，软绵绵的沙发都被皮带打出了声音。接着，杨柯翻了个杨式白眼："你天天和我吵架，我们关系就不好了吗？"

"我们关系好吗？"我很意外，因为我一直以为杨柯嫌我又笨又邋遢。

杨柯没再吭声，当脱到只剩一条白色的四角内裤时，就头也不回地走进了浴室。那一晚，我没再提张七七的事，虽然心里仍有许多问号，但既然说了相信杨柯，就觉得不要再纠结下去了。杨柯都要求婚了，怎么可能杀人呢？只是我一直不明白，为什么张七七要约人去市一院见面？必要性在哪里呢？

"算了，回房间吧。"

当自己因为动脑而头疼时，我才想起来，医院第二天安排员工体检，最好早一点休息。于是，我吃完杨柯叫的外卖后就回到了自己的房间。不料，半夜，我的肚子疼了起来，然后腹泻了一晚上，腿都站不直了。杨柯早上发现我脸色难看，还问我要不要请假。我本想责怪杨柯叫了有毒的外卖给我吃，但只有我拉了肚子，当下就觉得也许是自己肠胃不太好吧。

"我来开车好了。"

那天早上，杨柯没让我再当代驾司机，但看我姿势别扭地坐进车子里时，莫名其妙地问了一句："你屁股疼啊？"

"废话，还不是你害的。"我故意抱怨。

杨柯回了一句："又不是只有你一个人吃了外卖。"

"你……"

就这样，我们一路斗嘴，难得有说有笑地来到了医院。不出意料，孙远已经带着他的儿子阿杰等在那里了。可我们刚走近，他儿子却冷不防地来了一句："我知道张医生是被谁杀死的。"

02 被遮住的镜子

我们是第一次看到阿杰，彼此还没打招呼，他就抛出了那样的话，任谁都会有些发毛。还好，那天在门诊部的人不多，没有几个人注意到发生了什么事。

我本想问阿杰，那句话是什么意思，没想到梁凉凉就从另一间诊室里出来了，接着她叫孙远和他儿子快进去。那间诊室是供三科使用的，而梁凉凉是来青山医院当轮转医生的，小乔死了没多久，她就离开一科，跑到三科去轮转了。也许是在一科出了事的关系，梁凉凉一直避开一科的人，看到我和杨柯，她像见了鬼一样，马上又躲进了诊室里。

我以为，孙远的儿子挂了岳听诗的号，她们三科专门接儿童病患，但这时岳听诗却从门诊部走廊的另一端和一个病人家属走了过来。三科的主治有三个，除了岳听诗，还有两个女主治，而她们的主任和副主任也都是老阿姨，所以三科在青山医院又有"娘子军"的绰号。说起来，三科的病人虽然大多是有学习障碍、孤独症之类的儿童，危险程度不高，但三科的主任和副主任都是从公立医院退休下来的，临床经验都非常丰富，对孩子也很有爱心。

看到岳听诗要走过来，我想问她孙远怎么去了三科，可她远远地瞧见杨柯，又和病人掉头离开了。我见状就想起来，廖副也是在得知杨柯的不在场证明有问题后态度才反转的，莫非岳听诗也知道杨柯的什么秘密？或者，他们以前发生过什么事？

于是，我就假装兴师问罪："你不会和岳听诗有过一段吧？"

"没有。"杨柯淡淡地回了一句。

我不以为意："人家可是青山医院的大美女，很多病人的爸爸都喜欢她。你会不动心吗？"

"你脑子被门被夹了？成天想这些有的没的。"杨柯教训我。

可能是我们说话太大声，一个老阿姨从诊室里走出来，做了一个安静的手势。这个阿姨姓李，叫李向云，是三科的主任，以前在广东的一家公立医院工作了三十多年，脾气出奇地好。以前，大家都尊称她为李主任，但她很平易近人，不管你是主治、住院医，还是来熟悉各个科室工作程序的外来轮转医生，她都一视同仁地让大家叫她李姨。

“来，来。”李姨暗示我们小声一些后，又对诊室里招了招手，“孙远，你出来，到外面等一会儿，我和阿杰单独谈谈，你不用担心。”

“能让他住院吗？”孙杰走到门口，忧心忡忡地问。

这种话最好不要当着小孩的面说，李姨自然是知道的，因此赶紧把人送走：“你到走廊坐一会儿，其他的待会儿再说。”

“好吧。”

等李姨回诊室后，孙远看到我们就抱歉地一笑，好像在担心我们会觉得生意被抢走了。我们只希望病人能尽快康复，生意倒是其次，虽然挂我号的病人依旧没几个。而当孙远一个人坐下来后，宋强就来通知我和杨柯，说医院的体检轮到一科和七科的员工了，最好快点过去。为了方便我们上班，青山医院请了外面的医院直接上门给大家做一系列健康检查。就是因为要体检，我和杨柯都没吃早饭，那天我拉肚子拉得厉害，也没敢吃早餐。

在那些体检项目当中，有一项是肛检，虽然现在大部分公司的体检套餐都包含，但很多人会放弃这一项目，不过我们不会，身为医生，我们知道每一个体检项目都很重要。

偏偏前一天晚上我拉肚子，杨柯和一群男医生排在外面等我的时候，给我做肛检的男医生嗓门儿特别大，忽然哎哟了一声，然后不给面子地说：“你的肛门都裂开出血了，怎么回事啊？”

“拉肚子拉的。”我涨红了脸回答。

与此同时，外面传来了武雄看好戏的大笑声，不过只笑了一会儿，他就痛苦地“哎哎哎”叫起来，好像是被杨柯教训了。而我被体检的医生这么一弄，忽然又想上厕所了，一穿好裤子就头也不回地跑去医院的卫生间。恰好，孙远在里面小便，奇怪的是，我刚跑进来的时候，他本来想去洗手池那里洗手，但一看洗手池上的镜子，他就倒吸了一口冷气。那倒吸的声音特别大，我关上隔间的门还能听得到，但因为我急着上厕所，也没太在意。

那一上午，我跑了好几次厕所，光是体检的时候就跑了两次。后来，我带住院医到一科的病区查房，改病历，杨柯则在门诊部坐着给人看病。好不容易挨到中午，我肚子稍微好些了，卢苏苏就跑来找我，问我要不要一起去医院外的“茶茶”吃饭。卢苏苏找到我时，我正要去门诊部找杨柯，远远地，我瞧见他和李姨站在一棵桂花树下交谈，索性就答应了卢苏苏。

在出去的路上，我发现孙远带着儿子走出门诊部，到了外面后，他就用力地拍打儿子的后脑勺，表情非常凶狠，嘴上还骂着你不是我儿子！不少家长都像孙远一样，对孩子生气时，最喜欢骂“你不是的孩子，白养你了，我怎么生出了你这么个儿子”云云的。这样的话非常伤孩子的心，十年后，他可能会忘记被打的痛苦，但仍然记得这些扎心的话，每每想到还是会难过。

当时，阿杰揉着脑袋，眼泪都快掉出来了，可他没有哭出声，似乎很害怕父亲。我本想上前去劝阻，孙远却已经走到公交站，带着儿子上了车。卢苏苏懂我的心思，而且好像也认识孙远，她夸我心肠真好，还说她也喜欢孩子，一直想要生一个宝宝来着。这话让我不知道怎么接，我绞尽脑汁想了一会儿就脱口而出：“你还记得马琳吗？”

“你相亲的对象？”卢苏苏和我走进“茶茶”餐厅，选了一个最里面的位置坐了下来，然后有些失望地问，“你还在跟她见面啊？”

我赶紧撇清关系：“没有。我的意思是孙远好像怪怪的，他不会和马琳她妈一个毛病吧？就是代理孟乔森症候群，喜欢虐待孩子，然后扮演疼爱孩子的父母来照顾他们。”

“不可能。”卢苏苏摇头否定，“孙远这个人我认识。两年前，他带儿子来看过病，那时他儿子才五岁。本来孙远挂的是岳听诗的号，但她那天临时有事离开了，病人就转到了一科。我听一科的住院医说，孙远确实很想让儿子住院，但他并不想照顾儿子，因为有一次他还这么问：我儿子能在这里关几年吗？只要付钱，我们就不用来看他了吧？”

我心想，如果得了代理孟乔森症候群这种病症，患者巴不得变身天使来照顾孩子，既然孙远只想让儿子入院，又不想照顾，那就和马琳她妈妈的病症不一样了。又或者，孙远经常在国外务工，担心家里的老人无力照顾，所以想把孩子寄养在青山医院？但这也说不通，有哪个正常人会希望孩子住到精神医院呢？

这时，卢苏苏就设身处地地说：“其实吧，换位思考也能理解。如果你的孩子天天说听到有女人在哭，连青龙岗那边的都能听到，你会不害怕吗？也许是他家的老人都不想照顾了，他才希望孩子能住院治疗，找个地方养着。”

我不置可否，但孙远的表现确实有些奇怪，我总觉得他儿子的病可能就是他造成的，而且他的教育方式也有问题。一个孩子没了母亲，父亲又常年在外，这种隔代教育很危险，通常孩子年纪越大，问题会越难纠正。当然，阿杰不是我的病人，可出于关心，我很想找个时间上门和孙远好好地谈一谈，最起码能帮助阿杰改善成长环境，对他的怪病也许会有帮助。

我表示了这个想法后，卢苏苏就笑着说：“你真善良。”

我很不好意思，刚想客气，“茶茶”的老板就来问要吃什么，打断了我们的谈话。我实在吃不下什么东西，只要了一杯饮料，卢苏苏看我不吃东西，也不好意思点别的，最后只要了一碗莲子银耳汤。幸好我们没点啥吃的，因为只过了一会儿，老年二科的人就催着卢苏苏快点回去，说那边有个老病人摔了一跤，昏迷不醒了。老人家摔跤非同一般，有些人就是因为摔了一跤出现各种并发症去世的。

“你快去吧。”我没敢耽误卢苏苏。

那天下午，卢苏苏就把人送到别家医院去抢救了，还好送得及时，人并没有大碍。相比之下，一科那天下午很平静，地下二楼的施工暂停了几天，大家都很享受深秋的安宁。到了傍晚，杨柯来找我，好像李姨也是出于关心，想去孙远位于古城路的家看一看。这个“看”是一种探望，并不涉及行医权问题，只是李姨觉得一个人去不太好，便想带上我和杨柯一起去。三科的医生全是女性，李姨可能担心会遇到麻烦，找小伙子去是最佳选择。

值得一提的是，也许其他医院不兴家访，青山医院却很注重某些病患出院后的康复效果，在征得家属同意的前提下，我们有时会组织医师家访，最长的为期一年。因为精神疾病比较特殊，有时复发的话，家属可能无法发现，等注意到问题时，又为时已晚。所以，精神病患者的家属很乐意我们定期家访，看我们来了，每次都会很担心地问，家人应该很稳定吧。

在去孙远家的路上，李姨却坦白自己没有征询孙远的同意，是她主动要去的。我有些担心被投诉，不过看孙远的样子，不像是会投诉的主儿。行医久了，我们都看得出来哪些病人家属好说话，哪些不好应付。总之，我也很担心阿杰的问题，既然杨柯来找我一起去，那就不用再犹豫了。

下班后，李姨上了杨柯的车，我们三个人一起前往古城路。李姨本人不会开车，每天上下班都有丈夫接送，她丈夫是退伍军人，夫妻特别恩爱。上车前，李姨还专门打电话向丈夫解释，叫他今天别来接她了，杨柯会送她回去的。李姨的丈夫很大气，没有因此发火，还说会做好晚饭等她回去，李姨听罢，满脸洋溢着幸福。

开车的途中，李姨劝杨柯和我：“你们都老大不小了，该找对象了。对了，陈仆天，我看你和卢苏苏走得挺近的，你可别耽误人家的青春啊。”

杨柯和我坐在前面，开车时听到这句话，就帮我回答道：“是啊，别耽误人家的青春。”

“哦。”我被长辈训话，只能老老实实的。

“杨柯，你也该找个女朋友了。你这么帅的小伙子，不愁没姑娘喜欢。”李姨继续苦头婆心地劝道。

“孙远儿子到底是怎么回事？”杨柯岔开话题问道。

李姨没多心，顺着话回答：“孙远来之前给他儿子做过检查，是在区医院做的，我看了结果，身体上什么毛病都没有。不过那孩子很怕他爸爸，我担心是父子关系造成的。你们也知道，孙远的爱人三年前就不在了，他又经常在外面，我觉得可能是那孩子太想念父亲，所以诈病，编了个理由，吓唬爷爷奶奶，好让老人家以为真的有什么问题，再把他父亲从非洲叫回来。”

诈病是一种精神病性症状，是说身体健康的人为了达到某种目的，假装患有某种疾病。诈病的病人最常见的“症状”就是幻听，他们总会说听到了什么怪声，然后夸大病情，以此逃脱法律的制裁，诸如此类。

“真是诈病吗？”我想到了孙远打儿子头的那一幕，他儿子真的会想念这么暴力的爸爸吗？

不像我，杨柯有一说一，直接点出了问题：“可是三年前，阿杰当时就说过听到有女人在哭的事，那时孙远不是还在国内吗？”

李姨坐在后座，很冷静地回应：“对啊，小孩想留住爸爸，不希望爸爸出国嘛。你们知道的，那时他妈妈刚去世。我们三科有过一样的病例，所以我想上门看看阿杰，因为在诊室里他太拘束了，我感觉他和我说话的时候像是在背书，似乎那些台词都是他事先演过的。也许去他家里谈谈，他会更放松一些。现在太多这种隔代抚养的小孩了，还有农村的留守儿童，这些孩子最容易出现心理问题。小孩子本身就不善于表达情感，他们觉得家是冷漠的，世界是无情的，然后就会用极端的方式来表达自己的愤怒与不满，像阿杰这样诈病的，还算是轻的。”

“这么一说，好像有点道理。”我在心里想。

“到了。”一转眼，车子就开到了古城路，杨柯非常顺利地停好了车。

下车后，我们找到了一栋五层高的小楼，那楼房是上世纪八九十年代建的，看着就像危楼，墙壁上的白色石灰都脱落了。孙远家在二楼，我们三个人找上门时，孙远显得很吃惊，但还是请我们进屋去坐坐。

那房子是两室一厅，两个老人住一个房间，另一间孙远和儿子住，空间很狭窄。

当时，阿杰的爷爷奶奶在厨房忙着做菜，阿杰一个人本来在房间里看书，听到有人进来，就回头看着我们。我本想问能不能进去和阿杰聊聊天，可马上就觉得那房子很诡异，因为有好几个地方都被一块布遮住了。李姨说要上厕所，我看她打开卫生间的门时，里面墙上的镜子也被遮住了。慢慢地，我才意识到孙远家的镜子，包括玻璃在内，全都被遮住了，连电视机也被罩着。

杨柯一样注意到了这个问题，好像是为了测试到底是谁怕看镜子之类的东西，他故意作势去掀开电视的布罩。阿杰原本躲在房里看书，当发现杨柯要打开电视，就惊恐地跑出来阻止："不要！"

"怎么了？"我忙问。

阿杰没有回答，只是紧紧地抱住杨柯，拼命地拖着他："不要打开，叔叔不要啊。"

"好，我不打开。"杨柯停住了手势。

孙远看到这一出戏，很不高兴，马上呵斥："回去看书！"

"别激动，别激动。"

我安抚了孙远一句，然后拨开阿杰的手，让他别抱着杨柯，赶紧回房间。阿杰不太愿意动，仍怕我们掀开电视上的布罩，我只好帮忙打圆场，生怕他又被孙远打。孙远家还没吃晚饭，我们也不好久留，李姨上完厕所出来后，彼此聊了几句，我们就表示要告辞了。也许这么看，有人会疑惑我们到底去干吗了，怎么这么一会儿就要走。其实，家访需要循序渐进，你不可能一去就像看病一样望闻问切，你要和病人及其家属建立信任的纽带。要不然，我们医院最长的家访也不会长达一年了。

临别前，孙远叫儿子出来送客人，阿杰就乖乖地从房间里出来了，但他又抱住了杨柯，这一抱就抱了很久，一副不太想松开的样子。直到孙远开始骂人，阿杰才放开杨柯，但他非常害怕，头也不敢抬，只是用细弱的声音说："再见。"

下楼后，我和李姨径直向车子走去，杨柯却停在了一楼楼梯口的阴影中，没有继续往前走。我转身想问，是屁股疼，走不动，还是怎么了。杨柯却告诉我们，阿杰在抱他的时候，偷偷地塞了一张字条给他。身为精神科医师，我们很懂孩子的心理，如果他们和你说了什么悄悄话或者透露了什么秘密，你千万别当着大家的面说出来，否则他们就再也不敢对你说实话了。比如，小孩子私下说是我打碎了花瓶，你却在餐桌上把秘密讲出来，让一家人批评他，这后果在当下看不出好坏，影响却是长远的。

所以，杨柯没有声张，下楼后才打开了字条。我和李姨很好奇，凑上去想看阿杰写了什么，但楼梯口没有灯光，太黑了。为了看清楚，我就打开手机的屏幕，照亮了那张字条。

虽然只有一排歪歪扭扭的字，但我们一看就觉得毛骨悚然，李姨这个江湖老手更是忍不住问："这怎么可能？"

03 心物二元论

十月下旬的南宁白天热，晚上凉。看清楚字条上的字迹时，我冷得全身哆嗦了一下，因为那几个字特别瘆人：我爸爸是鬼，他三年前就死了，救我和爷爷奶奶，我好怕。

孙远是鬼？尽管我知道这不可能，但还是觉得有些吓人，而且一联想到孙远家的镜子都被遮住了，总觉得屋子里阴森森的。如果是我妈来，估计还会很来劲地说，这里风水不好，那里采光不对。

在我们的认知里，阿杰就是一个精神病人，这类人说话本来就没有逻辑，不能当真。这也不是拍电影，我们不能看到这样的话就马上冲上去救人，谁知道这会不会是阿杰写的"疯话"呢。不过，这起码证明了阿杰确实害怕孙远，不可能诈病将远在非洲的爸爸骗回来，相反，他也许还希望爸爸别回来。

可我一下子想不出来，有什么疾病会让人害怕看镜子，并且认为亲人是鬼，还能听到女鬼在哭。不是我要和李姨唱对台戏，这些症状太多且太具体了，一个七岁大的孩子靠诈病很难编出来。也许是三年前，那场车祸给阿杰带来了心理创伤，他以为爸爸和妈妈一同遇难了？但还是不能解释阿杰的那些毛病是怎么来的，这可不是一句精神分裂就算做出诊断了。

总之，李姨不建议再上楼，说万一引起孙远的反感，他以后决定不带儿子去医院了，这样反而对阿杰的病情不利。我们也不能因为病人的一句话，就跑去和他的家人"作对"，在当时看来，阿杰也没有生命危险。权衡了利弊之后，杨柯就先送李姨回了家，再和我一起掉头回小区。在路上，我本想讨论阿杰的病，杨柯却说那是李姨的病人，她自有分寸，如果不是李姨主动求帮忙，我们还是别多管闲事。

"我老觉得有病的是孙远。"车子开到楼下后，一打开车门，我还是忍不住问，"你难道没有这种感觉吗？"

"我觉得有病的是你吧。"杨柯没有配合我。

我想到前一晚吃外卖拉肚子，便又怪罪杨柯："我当然有病啊，我拉肚子嘛。"

"那今天你来点外卖。"杨柯很少做饭，不知道从何时起，他会默认我们晚饭要一起吃。

其实那天我要赶稿子，因为编辑说《精神探》忽然加印三万册，必须乘胜追击，再出一本新作。只是我平常太忙，每次搞创作都只能把睡觉和吃饭的时间挤出来，所以那天没打算吃晚饭。问题是，杨柯前一天请我吃了晚饭，听他那么一说，我就识相地点了外卖，跟他一起在家里吃了顿晚饭。

为了不陷入沉默的尴尬，外卖送来后，我一坐到餐桌边就没话找话地问："那晚主任来找你干什么？"

杨柯懒洋洋地回答："他来跟我借一本书，就是那本《精神探》。"

"他也看小说？"我很好奇，"他就不能让你带去医院，非得上门找你要？你不觉得奇怪吗？"

"你管谁来找我？"杨柯不习惯被当作犯人审问，随即摆出了一副臭脸，"管好你自己就行了。"

我很少吵得过杨柯，干脆没再跟他斗嘴，接着就一边吃饭一边构思新书最后的一些情节。杨柯好像也累了，吃过饭就默默地回到卧室，关上了门。为了赶稿子，我洗完澡后，也躲进了自己的房间里。关门的一刹那，我又想起了主任来找杨柯的事。一本二三十块的书，主任完全可以在网上买或者直接去医院的图书馆看，为什么要上门借呢？如果主任是女人，我会怀疑他是想亲近杨柯，问题他是个老男人，应该不会对杨柯有兴趣。

身为一个小说家，我很清楚在一篇合格的悬疑小说里，所有诡异行为的背后都有一个必须那么做的理由。假若这一切都是小说，主任上门找杨柯也一定有原因。实际上，答案就在杨柯家里，只可惜我当时没有注意到。藏在眼皮底下的真相通常最容易被忽略，但这些都是后话了。

且说，隔天去上班时，杨柯让我下班后载他去一家饭店，然后又给了一个具体时间，叫我准点去接他回家。因为医院要采购一些设备，这笔生意谈了很久，现在准备定下来，院长为了争取最大的优惠，就一直让杨柯去陪着谈判和应酬。杨柯知道，晚上的应酬肯定要喝酒，他不能开车，只好让我到时候载他回去。这样的事不是第一次了，我早已轻车熟路，于是就说没问题。

奇怪的是，我们刚到医院，孙远又带着儿子去到门诊那边，嚷着要换医生，还一个劲儿地嫌李姨的医术不好。我心想，你不知道李姨是三科的主任吗，能给你儿子看病就已经很不错了，我们的主任和副主任都很少来坐门诊的。为了缓和气氛，也为了不打搅其他科室，我主动上前安抚孙远。可孙远一直在责怪李姨看不出他儿子有什么问题，也不安排住院，绕来绕去总会回到他儿子必须住院的话题上。

李姨脾气很好，没有半点恼怒，还耐心地解释，住院不是这样住的，而且住院不一定对病患有好处，有的人住进来病情反而会恶化。孙远不同意，仍坚持认为李姨耽误了他儿子的治疗，吵到最后就说要告青山医院。不知道的，还以为孙远才是病人，阿杰只是一个路过的小朋友。

“呜啊啊啊啊。”

终于，不知所措的阿杰哭了出来，看到我们到了门诊，就跑过来抱住杨柯，因为冲过来太快，杨柯还被撞得倒退了两步。平常，杨柯很爱干净，每次出门都会把自己打扮得很精神，当阿杰将鼻涕和眼泪都抹到他的黑色西装裤上时，他却没有计较，反而还哄着阿杰。

这一幕让孙远停下发飙，看到儿子缠住了杨柯，居然转了个身，直接奔出了门诊部。纵使李姨身经百战，也没料到患儿的父亲会丢下人，什么都不管就跑掉了。我们都知道，有些家属照顾患病的家人心力交瘁，巴不得将人关在青山医院，但这样丢下孩子的还真是第一次见。

“这怎么当爹的啊……”好脾气的李姨也忍不住了，本来她想批评孙远，但孩子还在场，她就没把话说完。

身为精神科医师，也许别的法律我不清楚，但对遗弃罪是很了解的。因为不少病人家属都有过遗弃的想法——根据我国《刑法》第 261 条，遗弃罪是指对于年老、年幼、患病或者其他没有独立生活能力的人，负有扶养义务而拒绝抚养，情节恶劣的行为。

一想到孙远不管阿杰就那样跑了，我就想打电话报警，让人把孙远找回来。没想到，阿杰努力地止住眼泪，赶忙叫我别报警。不报警怎么行呢，但为了稳住阿杰的情绪，我和大家一起哄着阿杰回到三科的诊室，然后悄悄地发了一条短信给廖副，请他帮忙把孙远找回来。

那天，我和杨柯各有各的工作安排，李姨不愿意耽误我们，便想让我们先去忙自己的事。可阿杰死活不让我们离开，尤其是杨柯，他总是抱着杨柯的大腿，似乎那是他的救世主。阿杰很聪明，知道我离开后可能会报警，也拦着我不让我走出诊室。李姨心疼阿杰，只好打了个电话给我们主任，让他卖个面子给她，帮忙重新安排我和杨柯那一上午的工作。

接着，李姨抓住阿杰情绪崩溃的机会，好声好气地问："阿杰，你是不是有什么话要对我们说？"

"呜呜呜呜。"阿杰可能忍了很久，抱住杨柯后就一直在哭，根本停不下来，无论李姨怎么问都没有用。

见状，我就说能不能请孩子的爷爷奶奶过来，起码他不害怕那两个老人家。阿杰一面哭一面点了点头，在得到他同意的情况下，李姨就马上打电话找人。差不多等了一个小时，阿杰的爷爷奶奶来了，阿杰也哭累了，诊室才终于恢复了平静。

"真是对不住啊。"阿杰奶奶来了就一个劲儿道歉。

"是啊，我儿子疑心病太重，总觉得我家阿杰撞鬼了。"阿杰爷爷附和道，"我们又管不了他，给你们添麻烦了。"

一听"鬼"的字眼，阿杰就哆嗦了一下，然后松开杨柯，躲到了奶奶的怀抱里。从那张字条可以看出来，阿杰觉得自己的爸爸也是鬼，根本不想跟爸爸在一起。过了一会儿，阿杰就不停地呢喃，爸爸是鬼，爸爸是鬼，但就是不肯解释原因。我不知道阿杰的这个认知是从哪里来的，但当下就想到了一个大部分精神科医师都知道的学说：二元论。

二元论有很多种，其中一种叫心物二元论，与唯物和唯心不同，这个理念认为"物"和"心"是共存的。二元论最初由古希腊哲学家柏拉图提出，他认为人有两个世界，一个是灵魂所处的理性世界，另一个是身体所处的现实世界。柏拉图还认为，人身体上的感官所接触到的世界"并非真实的世界"，唯有灵魂所处的世界才是"真实的世界"，因此感官的世界只是灵魂世界的影子。

别看上述内容好像空无一物，其实这个理念不仅仅是单纯的幻想，也有一定的依据。比如，在近来的临床研究中，医学人员发现大脑的感觉不同于感官所受到的刺激。比如断肢患者所产生的幻肢痛，这证实了脑中的感觉不一定要由感官而来，而感官的刺激也不一定会影响到大脑，因此早期大量论述灵魂与身体的议题都离不开二元论。

换句话说，二元论就是有鬼论的基础，但心理学家和精神科医师并不吃这一套，因此，早期还引发过中国现代心理学的三大心理论战之一：心灵论战。这场论战发生于1918年，当时有一些杂志宣传了一系列封建迷信思想，心理学家陈大齐就从心理学角度科学地批判了迷信思想，陈独秀也在《有鬼论质疑》中集中批判了心物二元论，反驳了有鬼论一说。

看着阿杰总说有鬼，我自然而然地想到了学医期间学到的这一段内容。但阿杰只是一个七岁大的小孩，根本不理解二元论是什么，你不能和他讲道理。正因如此，我们一上午的时间都耗在了门诊部，直到哭累的阿杰窝在奶奶怀中睡着，大家才有机会走出诊室。考虑到阿杰情绪不稳定，李姨就让三科的住院医腾出了一间诊室，好让两个老人先带着阿杰去休息，然后又送了一些吃的过去。这样一来，李姨可以等阿杰发泄完情绪，下午再做个观察以及会诊，免得遗漏什么问题。与此同时，我们也可以等廖副把孙远找回来，并修复这对父子的关系。

“不好意思啊，占用了你们一上午的时间。”李姨安排妥当后，便一个劲儿地抱歉。

我摆了摆手，表示不介意：“只要孩子能好起来就行。”

李姨却不乐观：“最怕只是暂时的好，病情反复最让人心焦了。”

病情反复？直到此时，我才想起来这并不是阿杰第一次来青山医院了，张七七以前不是治疗过他吗，也许她留下了什么诊断资料，可以派上用场。于是，我就直截了当地问李姨，能不能把张七七以前为阿杰做的诊断资料或者病历什么的找出来参考参考。以前，医院谣传张七七是得了精神病才离开医院的，也许院长为了青山医院的名声着想，曾一度不让大家提到这个名字。所以，李姨一听到我大声提起，就脸色一慌，忙说找不到了。

我分辨不出李姨是说真话还是假话，出于对前辈的信任与尊重，我没有当场追问。杨柯也不想为难李姨，所以就找了个“吃午饭”的借口，让我跟着他去外面的“茶茶”餐馆。在我们准备离开时，阿杰却在床上梦呓起来：“妈妈，不要哭，不要哭……救命啊，救命啊……爸爸，不要啊……”

难道阿杰听到的女人哭声真是他妈妈的？是思念成疾才导致了精神障碍吗？

我本来还想继续听下去，可杨柯没有停住脚步，一直往门诊部的外面走，似乎是为了给两个老人隐私空间。眼看李姨也懂事地借故离开了，我只好追上杨柯，暂时不去深究。不过，杨柯并没往“茶茶”餐馆走，一出门诊部，就转头往停车场方向去了。

我搞不懂杨柯闹哪一出，便在后面问：“你要去哪儿啊？”

“回家。”

杨柯向来惜字如金，我就耐着性子继续问：“这个时候回去干吗？”

“关键时刻，你怎么又变傻了？”杨柯催道，“赶紧上车，路上再跟你解释。”

“哦。”我没再多问，老老实实地上了车。

因为杨柯的裤子被阿杰弄脏了，我还以为爱干净的他想要回家换一身衣服，晚上好出去应酬。可车子一开出医院，杨柯就提醒了我一件事，愚笨的我这才恍然大悟。原来家里就藏着阿杰患怪病的答案，我们竟然忽略了。

04 俄狄浦斯情结

回去的路上，是杨柯开的车，尽管没超速，但他开得特别快，快到我有一种要吐出黄疸水的感觉。与此同时，杨柯告诉我，他家里放着我们从图书馆里找到的张七七的日记。

由于时间过去很久了，我几乎快忘记了。阳可被父母从南宁接回沈阳之前，曾提醒我图书馆的书架上藏了一本张七七留下的日记，我们也是从日记中才得知了 X 的存在。在那之后，杨柯和我看过一些日记的内容，但那时是为了寻找张七七失踪的真相，对于她提到的病患诊断过程，我们都直接跳过去了。正因如此，杨柯听到我那么问李姨，才想到也许张七七留下过阿杰的相关信息。

我们回到家就打开张七七的日记，翻到了孙远带儿子来看病的那段记录。由于张七七的日记被撕掉过好几页，我还担心有关阿杰的内容也被撕掉了，但幸好那几页还在。接着，杨柯把日记带到客厅，坐在沙发上看起来。好奇的我本想坐下来一起看，可杨柯嫌我挤着他了，便用手肘顶了我一下，把我赶到了一旁。我又不是长颈鹿，坐那么远看不到日记，干脆就站起来，在客厅绕了一圈。

那年，杨柯和我去了一趟中越边境的芒山镇，那边的老人送了我们一只乌龟，取意“归”，代表饲养它的人会每天平安归来。装龟的玻璃缸放在客厅的一个桌台上，下面垫了一块青色的布，为的就是要给玻璃缸一种大自然的感觉。在杨柯看日记时，我走向玻璃缸，想要逗那只乌龟，顺便喂些饲料给它吃。我被乌龟咬过指头，不敢太靠近它的头部，就随便撒了点饲料进去。奇怪的是，这个玻璃缸好像被人挪过，位置变得比较靠左边了一些。

一想到这里，我就回头问杨柯：“你动过这缸子吗？”

“你别伸手进去就行了，如果再被咬，我可不救你。”杨柯没有抬头，仍在看日记。

“谁要你救啊。”我逞强道。

杨柯刚好看完日记，没有接着我的话斗嘴，只是勾了勾手指：“你过来看一看，是不是像七七说的那样。”

“哦。”我乖乖地坐回沙发，接过日记后，把屁股往另一端挪了挪，没敢太靠近杨柯。打开日记后，我却发现日记里有一页上赫然写了一句很工整的话："20×× 年 8 月 11 日，杨柯出轨了，他居然背叛了我。"我冷不防看到这一句，愣了好一会儿才问杨柯这段话是什么意思。杨柯被我问蒙了，自己靠了过来，挨着我认真地看着那一页。

良久，杨柯一句话都没有说。我以为他之前有过偷腥的经历，不小心被发现了，就故意打破尴尬的沉默："来来来，咱们先研究阿杰的病。"

"她这是瞎写的。"杨柯很少见地为自己辩解，平常他不太在乎别人怎么看他。

"谁会在日记里瞎写啊，日记是给自己看的，又不是写给外人的。"说这话时，我没敢看杨柯。

"算了，懒得和你说。"

既然杨柯不承认，我也没深究，反正都是过去的事了，管他呢。于是，我翻了几页，找到了阿杰来看病的那段日记。诊断那天，张七七写了几千字的内容，一开始，她也和李姨一样，认为阿杰是诈病。在张七七看来，阿杰有一种俄狄浦斯情结，通俗一点来说就是恋母情结。

众所周知，希腊神话里的俄狄浦斯起初并不认识自己的亲生父母，某一天，他在前往德尔斐神庙的途中杀死了父亲，又娶了自己的母亲，后来知道真相的他承受不了痛苦就自杀了。在心理学中，研究人员习惯用俄狄浦斯来比喻有恋母情结的人，这些人有跟父亲作对以竞争母亲的倾向，同时又因为道德伦理的压力而产生了自我毁灭以解除痛苦的倾向。

张七七认为，阿杰常年与母亲生活，对母亲有一种依恋，母亲死后，他无法接受这样的事实，因此就靠幻想母亲仍在坟墓里哭泣来骗自己母亲并没有离去。而阿杰的母亲是在去机场接孙远回来的途中出车祸死的，阿杰就将孙远认作自己的仇人，由此产生了一种连自己都没察觉的"弑父"心理，如同希腊神话那样。因此，在诈病和俄狄浦斯情结两种病情交叠的情况下，阿杰才会表现出一系列奇怪的症状。

不过，张七七也觉得有一件事不太对劲，因为班西——这个来自国外的报丧精灵是孙远提出来的，此前她完全没听过这些传说。如果孙远不说，张七七自认为不会去往那方面想，而大部分女鬼哭声的描述也都来自孙远，阿杰说的反而不多。看日记里的描述，孙远也有让儿子住院的明显意图，张七七亦曾怀疑那是不是代理孟乔森症候群，就像马琳的母亲那样，但她也和我一样，觉得孙远只是不想照顾孩子才一直催着让孩子住院。

“你翻到后面，看最后一次七七写到诊断的那篇。”我读得特别慢，杨柯就催了一句。

“哦。”这些诊断记录断断续续的，孙远并不会每天都带人来，我听了杨柯的话就狐疑地翻了翻，找到了他提到的那篇日记——那刚好是迎新晚会的前几天。也许是因为孙远的软磨硬泡，张七七在那天终于同意了入院要求。但在孙远去办入院手续时，阿杰趁机说出了一个秘密，之后她就决定拒绝接收阿杰。

日记里有关这段细节的原文是这样的：“孙远走后，病儿跟我说了一个令我很意外的秘密，那将整个诊断都推翻了，原来我全部都搞错了。直到那一刻，我才醒悟过来，为什么诊断里会有那么多不合理的地方。总之，病儿不适合住院，我拒绝了孙远，并将事情全部说开，后来他就带人走了。看样子，他应该再也不会回来找我了。”

遗憾的是，张七七没有写清楚阿杰到底说了什么秘密，导致那次住院手续中断了。可以肯定的是，阿杰那次诊断后并没有做过治疗，他的病应该还没有好才对。既然如此，为什么孙远会告诉我们，两年前张七七曾治好过阿杰？这不是撒谎吗？如果这是谎言的话，那么其他话会不会也是谎言呢？

“回医院吧。”我合上日记，站起来提议，“再去找阿杰问问看。”

“我也是这么想的。”杨柯说罢，便从我手上接过那本日记，带着它一起下了楼，也许觉得待会儿还能参考参考。

出于对逝者的尊重，我们没有将每一篇日记都看过，自从它被找到后就一直藏在杨柯家里。开车时，杨柯将日记放在了车头，我瞄着日记忽然就有了一种想要偷窥里面内容的冲动，看看杨柯出轨的对象到底是谁。话说回来，我很相信杨柯，要知道他长得那么帅，连我一个男人都觉得他好看，可他并没有仗着长相拈花惹草，相反还一副清心寡欲的样子，他怎么会出轨呢？

“也许张七七真的精神有问题？出轨是她的幻想？”车子开到一半时，我试着说服自己。

“我真的没有出轨。”杨柯在红灯路口停下来时，忽然说道，“你是七七失踪后，我唯一经常接触的人。”

“是吗？”我不知道是不是该高兴。

“你才说过要相信我。”杨柯生气地提醒道。

“我相信啊，只是……”我委屈道，“这又不是我写上去的，你凶我干什么？”

“我也不知道她为什么会这么写，你相信我就是了。”杨柯又挂上了一副臭脸。

“好吧。”

我不想激怒开车的人，生怕出事故，到时候就惨了。还好，青山医院不算远，车子一会儿就开到了。阿杰哭累之后，爷爷奶奶就陪他睡在诊室里，等我们赶回来时，他们三个人刚睡醒。李姨不知道忙什么去了，不在门诊室，只有梁凉凉守在那里。看到我们来了，她就假装去找李姨，飞快地逃出了门诊室。

为了让阿杰能够开口，我和杨柯就劝两个老人先到走廊的椅子上坐一会儿，如果有什么问题，他们再进来。这两个老人非常懂事，没有为难人，反而还安抚阿杰，叫他别怕，他们就在外面等着他。阿杰的眼神总带有一丝恐惧，我不想让他有心理压力，便说这里是很安全的地方，不管他说什么，我们都会相信，并且会保护他。

经过我们循循善诱，阿杰终于开了口：“我和医生说的都是假话。”

“没事，你继续说。”我假装镇定，心里却在怀疑：难道真是诈病？

没想到，阿杰却话锋一转：“这些话都是爸爸要我和你们说的，我不说，他就打我屁股，有时还用掐的。他说我不这么说，他就……呜呜呜，他就杀了我。”

“什么？”我以为，阿杰要交代这一切都是他编造的，怎料是孙远逼着他编造的。难怪这些症状这么具体，这么丰富。

“你爸爸为什么要这样？”杨柯在一旁慢慢地问。

阿杰抬起头来，又绕回了鬼怪的问题上：“你们觉得我爸爸是鬼吗？”

“你为什么会这么觉得？”杨柯以问答问。

阿杰年纪还小，一下子要回答这么多问题，需要时间组织语言。问了快半个小时，我们才得知，原来孙远一直很疼爱妻儿，脾气也非常好。三年前，孙远从非洲回国，妻子开了一辆 QQ 车去接人，结果路上他忽然发狂，大骂妻儿是鬼变的，还在副驾驶座上掐住了妻子的脖子。阿杰坐在车后座，非常害怕地喊，爸爸不要啊，然后又安慰妈妈，叫她别哭。遗憾的是，混乱的情况持续了不到一分钟，车祸就发生了——孙远妻子当场死亡。

过了一段时间，阿杰出院后就发现他爸爸把家里的镜子都遮了起来，如果有谁不小心掀开了布罩，他就会大发雷霆。表面上，孙远总说是阿杰撞鬼了，但从阿杰的角度来看，分明是爸爸变成了鬼。在被送去青山医院之前，阿杰曾有几次被孙远试图遗弃在商场里，之后他才带人去了青山医院，并强迫阿杰说自己听到了女鬼的哭声，以及描述一系列奇奇怪怪的症状。

“以前我也和那个阿姨说过，我爸爸嫌我和医生说了真话，就不带我来了。后来他要出国打工，我就继续跟着爷爷奶奶，但他现在回来了，又像以前那样……”阿杰说着说着又哭了起来。

“原来如此。”我呢喃道。

杨柯却在我耳边小声说：“这两年孙远都没什么反应吗？看他的样子，好像很想把儿子送走。”

“人家出国了，能有什么反应。”我没多心。

阿杰听到我们的议论，便抽泣道："爸爸出国后，每个星期都会打电话给我和爷爷奶奶，他在电话里一直很关心我，会和我好好地说话。我觉得回国的这个爸爸是假的，在国外的那个才是真的。"

"是吗？"我很意外。

阿杰怕我不相信他，立刻大声喊了爷爷奶奶，让他们进来做证。果然，两个老人也觉得奇怪，儿子在非洲打电话时一切正常，只有在家里才会变得行为诡异。我心想，看来得病的人是孙远，令他发病的原因也许就在他家里。莫非家里的镜子有问题？我再一想，不对啊，我拉肚子的时候，孙远也在医院的厕所里，他看了一眼洗手池上的镜子，明明也被吓到了。这样一看，镜子好像才是导致孙远发病的原因。但非洲肯定也有镜子，为什么他在电话那头又那么正常呢？

就在这时候，李姨来了，我和杨柯就安抚了阿杰，让他再把刚才说的话简单地讲一遍。阿杰信任我们，在重新说出真相时，依然要求我们留在现场。很明显，李姨也感到不可思议，毕竟谁会想到被送来的人不是精神病人，送人来的那个人才有病呢。

当然，我们都是老江湖了，对于阿杰的话，大家只信一半。要知道，以前曾有病人编出了更滴水不漏的故事，并不是所有的精神病人说话都没有逻辑，有的逻辑还是很清晰的。当务之急，我们要尽快找回孙远，再听一听双方的说辞。

李姨估摸已经下午了，廖副要找人也找得差不多了，她就暗示我，让我问问进度。为了不刺激阿杰，我又偷偷地发了一条短信过去，但廖副一下午都没有回复我。我和杨柯不是三科的人，眼看廖副那边还没消息，只好离开了门诊室，各忙各的去了。

到了傍晚，廖副依然没有动静，下班后，我就先载着西装革履的杨柯去饭店，好让他参加医院的商业应酬。

"少喝点啊。"杨柯下车前，我本能地交代了一句。

正好有一个医疗器械公司的人也刚到饭店外面，他可能没看到开车的人是我，就跟杨柯开起了玩笑："你女朋友叫你少喝一点，怕你喝醉了乱来啊。”

“什么女朋友，我是男的。”我打开副驾驶的车窗，露出自己的脸。

“哈哈哈，你声音好嫩，我还以为是个小姑娘呢。”那个人笑哈哈地说。

“反正少喝一点就是了。”我交代完，就把车窗关了起来。

就在那一瞬间，我听到医疗器械公司的人数落了我一句：“你又不是他女朋友，管那么多。”

驾车离开后，我一路上都在反省自己，但又觉得自己没错，喝酒太多本来就不好嘛。途中，我发现杨柯将张七七的日记留在了车头，他记性那么好，绝对不会是忘记了。杨柯会放心地留下日记，唯一的解释就是，他真的相信我不会去偷看日记。想到这一点，我有些惭愧，居然老是怀疑他有问题，他明明一直在帮我，尤其是阳可在医院胡闹时，他真的等于是救了我一命。

“叮叮叮。”

我想得入神时，廖副终于打电话过来：“喂，小陈，你在哪儿呢？”

“我快到杨柯家了。你找到孙远了吗？”我着急地问。

“你怎么还赖在杨柯家啊，我不是叫你赶紧搬出来吗？你可别告诉我，你真的看上了人家，想要……”

“什么跟什么啊？我问你，孙远找到了吗？”我急忙打断廖副，然后强调，“你别老打趣我。”

廖副被我的话一带就顺着说：“找到了，你快来吧，他在青龙岗呢。”

“什么？”我抬眼望了眼车窗外的天空，天已经黑下来了。

“反正辛苦你来一趟吧，我打电话联系过你们医务科了，他们也叫我找你。”廖副跟我解释。

晚上去青龙岗？那可是一座很大的墓园，南宁人谁不知道那里阴气重啊。我本想拒绝，廖副却说那是李姨的意思，如果不是我去就是她去。我怎么能让三科的主任去呢，人家都一把年纪了，听出门道的我只好将车子掉了个头，朝着青龙岗墓园的方向开去。起初，路上的车子非常多，可我越往青龙岗开，路上的车子越少。等我开到地方时，马路上空荡荡的，有好几盏路灯还在闪烁着，像是电路接触不良一样。

停好车后，我看到了廖副他们的警车，犹豫片刻后就鼓起勇气，一个人走进了墓园。在来之前，我问过廖副，为什么他们不能将人送到医院来，但他没说为什么，只叫我快过来就是了。廖副这么说肯定有理由，我就没多问，而且我在开车，即使戴着蓝牙耳机也不方便讲太多。

令人头疼的是，青龙岗墓园特别大，在夜里似乎还放大了一百倍，我一进来就像迷了路一般，怎么都找不到廖副。那天我来回跑，一直没给手机充电，刚想打电话问廖副，手机就没电了。随后，黑夜里传出了女人哭泣的声音。一开始，我还安慰自己，一定是听多了孙远父子编造的鬼话产生了错觉。可是，那哭声愈来愈清晰，当我走到一堆坟墓中时，前面出现了一个穿着白色外套的长发女人。

那个女人背对着我，看她的背影，好像就是那晚在杨柯家楼下跟在主任背后的女人。隐约之中，我觉得女人穿的白色外套好像是小乔的，还以为是小乔变成了鬼，想来吓唬我。我虽然也很害怕，但严格说来，害死小乔的人是梁凉凉，如果她没有拿错毒水，小乔是不会死的。因此，我就壮着胆子，想要上前看清楚女人的长相，如果她是小乔，那就和她讲讲道理。那个女人好像听到了我的脚步声，在我快要靠近时，她忽然朝墓园深处一溜烟地飞奔而去。

“站住！”我莫名地有了一股勇气，将害怕全部抛于脑后，仿佛只要抓到这个女人，所有的谜底就都能揭开了。追着追着，前面的女人却好像换了衣服，白色外套莫名其妙地变成了红色。我正想是不是我眼花了，颜色为什么变了呢。紧接着，红衣女人却停在了几棵松树下，依然背对着我。

“你到底是谁？”我跑过去后，气喘吁吁地问。

“你认不出来吗？”红衣女人慢慢地转过身，气息很平稳地问，“要不要再站过来一些？”

对方藏在松树下的阴影里，加上当时天已经黑了，我确实看不清楚红衣女人的脸，但可以肯定，那声音不是小乔的。不过，红衣女人的声音也不完全陌生，我总觉得在哪里听过。为了看清人，我就大胆地走过去，步入松树下的阴影中。谁知道，下一秒我就呆住了，因为那个女人就是已经死去的张七七。

05 青龙岗遇袭

只是一步之遥，松树下的阴影却像是黄泉之下，阴冷刺骨。我刚才跑得太快，一直气喘吁吁的，喘得视线都有些模糊了。恍惚之中，张七七好像只有一颗脑袋，下半身都不见了——或者说，其实是融到了黑暗中。

好不容易逮住机会，我气都没喘完，第一句话就问："你到底是人是鬼？"

张七七还没回答，我的后脑勺就被抡了一下，然后我双眼一黑，倒在了地上。模糊之中，我听到两个很拖沓的人声在交谈，拖沓到无法分辨他们是男是女。

其中一个人说："我以为约到青龙岗见面就安全了，没想到陈仆天会来。"

另一个人就答："无所谓，反正他根本没猜到是怎么一回事。张七七确实死了，法医的鉴定又没有错。"

"陈仆天是无所谓，可是青山医院有个人快查出真相了，你应该知道是谁吧？我今天约你来就是为了提醒你的。"

"我知道。不过别担心，那个人根本不知道 X 是什么意思，如果他知道，估计会吓死。"

"知道的人已经死了一个了。"

“我也没想到小乔会死……”

依稀听到这段对话后，我的耳朵慢慢地嘶鸣了起来，然后就真正地陷入了昏迷。不知道过了多久，有人扇了我几巴掌，我慢慢地睁开双眼后，看到的人却是主任。当时，我是从下往上看的，主任的双下巴都快压我脸上了，样了十分狰狞，像是要吃掉我的怪兽。我好不容易站起来后，渐渐地回忆起刚才发生的事，难免就怀疑打晕我的人是主任。当然，我不能乱冤枉人，主任也不傻，打晕了人还留在原地等着被捉。

于是，我就怔怔地问：“你没看到其他人吗？”

“什么人？我迷路了，绕了几圈，就看到你一个人趴在树下，还以为你在吃屎呢。”主任鄙夷地说了我几句，便抱怨道，“这个廖副也是的，叫我开车过来，自己又不在墓园门口等着。”

“他把你也叫来了？”我一边揉着后脑勺一边惊讶地说道，因为我以为廖副只找了我。

“你们来了？快上来啊！”

这时，廖副在一个地势比较高的坟墓旁对我们挥了挥手，也许是为了让我们看到他，又晃了晃手电。我顾不得是谁打晕了我或者张七七是不是幻觉，当下就急忙跟着主任朝小山坡走去。到了上面后，略显福相的主任就喘着气抱怨，晚上还把他叫过来，不知道他是一个大忙人吗。我没敢说话，默默地跟在身后，其实我的后脑勺特别疼，全身软绵绵的，每一步都很走得吃力。我本想对廖副说，我刚才被人打晕了，结果一上去就发现孙远抱着一块墓碑喃喃自语，不知道在念些什么。

“他怎么了？”主任没等廖副解释就不耐烦地问，“是要收治，还是怎么的？”

“你去听听他在说什么就知道了。”廖副为难道。

“你去。”主任指着我说，“快！”

官大一级压死人。我没有拒绝的余地，只能壮着胆子走过去，但一靠近就皱起了眉头。原来，孙远一直在重复地说，家人全是鬼怪变的，他们都是假的，只有坟墓里的人才是真的。一个民警提醒我，坟墓里的人就是孙远的妻子，孙远说他能听到妻子在里面哭，而且不只有他妻子在哭，哭的还有他父母以及儿子阿杰。孙远陷入了歇斯底里的状态，在说这些话的时候，还扬言要救出亲人，而唯一的办法就是杀死家里的那些“鬼怪”。

我这时才明白，孙远既然扬言要杀人，那么他就可以被认定为危害到公共安全了。问题是，这个人明显是精神病人，警方不好抓，抓了也不知道后续要怎么办。况且，廖副他们不能单方面将精神病人送到青山医院，其中一个原因就是他们无法确诊对方的精神病是不是严重到需要强制收治的程度。一般，社会上的很多纠纷都出现在强制收治的环节，稍有不慎，牵涉在内的警察或医生都会官司缠身。

而按照规定，强制收治一名病人必须有两名精神科医师到场，其中一名还得是主治医师以上级别。想到这一点，我觉得廖副喊主任来有道理，但也没有道理，因为我自己就是主治级别了，不用再叫主任来，直接叫宋强来可能还方便些。看着现场的几个人，我没敢道出质疑，只是在心中咕哝了几句就琢磨着怎么安抚孙远，并将他带回医院治疗。

可我想了想，又觉得这事挺麻烦的，因为如果孙远要住院的话，必须由病人的监护人或者近亲属来办理。这样一来，我还是得联系孙远父母，不过我相信他们早就发觉儿子不对劲了，应该不会拒绝。

当我提出了以上的看法后，廖副如遇大赦，立刻让民警强行带人离开。这一步骤很少会顺利，精神病人发病时，力量会变得很大。果然，三个民警一上前就被撂翻了。我本来就受了伤，也帮不上忙，主任却呵斥我，叫我赶紧加入，别傻乎乎地站在那里。

孙远可能觉得人是我叫来的，对我的敌意很大，看我不情愿地过来了，就狠狠地扑倒我，并骑到了我的胸口上。一眨眼，孙远就掐住了我的脖子，嘴里还骂着“你这个冒牌货，老子要杀了你”。还好廖副没有见死不救，马上丢掉抽了一半的香烟，从后面抱住孙远，把人拖到了一旁。其他人见势就一起过去，合力将孙远拖出墓园，带到了警车上。

因为情况比较紧急，我一直没时间说自己被人打晕的事，被孙远袭击后也暂时忘记了刚才发生的事。主任和我都是自己开车来的，私家车不方便运送精神病人，廖副就和其他民警一起开警车帮忙把人先送去医院。我本想跟在警车后面，主任却说他已经联系了李姨，她今晚也会到医院，一起做个会诊。以现在的情况来看，孙远最好入院治疗，因此主任需要我去孙远家把他的父母一道请来。为了表示诚意，主任说最好当面解释，不能光打电话。

“你自己路上小心一些。”交代完后，主任在走回自己车子上时回头看了我一眼，那眼神非常复杂，有一种说不出的古怪。显然，主任肯定知道我不是自己主动趴在地上的，他没有问，是并不在意，还是有什么特别原因呢？我来不及多想，便急忙地驶出青龙岗，去找孙远的父母。

路上，我想过要怎么和孙远的父母做解释，他们虽然好说话，但总得讲清楚孙远得的是什么病吧。实际上，一看到孙远抱着墓碑，说坟墓里的人在哭，我就想到了一个很古怪的病。当然，阿杰也被父亲强迫说过那样的话，可那时只有语言描述，没有现实的画面来得有冲击感。

说起来，这个病最早的记录是在1913年6月8日，当时法国巴黎的一名女子报警，称有两万八千人被关在了巴黎的地下室和地下墓穴中，其中大部分是小孩。女子说，有的人被做成了木乃伊，有的人被剥了皮，有的人则被疯狂的医生当成了试验品，每个人都处在痛苦中。

巴黎的警方和廖副一样，张口就质疑，这么多人失踪，难道没有其他人发现吗？女子却答，那些失踪的人都被长得一模一样的人代替了，他们都是完美的复制品。女子要求警方和她一起去救人，最后警方真的跟着她一起去了——嗯，一起去了一家精神病院。

在那里，女子遇到了法国的精神科医师约瑟夫·卡普格拉，然后她一直说很多人被替身代替了，就连她的女儿和丈夫也被替身杀死了。

女子说自己丈夫的替身有八十多个，她女儿的就更夸张了，她说在1914年到1918年间，她女儿的替身出现了两千多个。

所有的医学文献都没有提到这名女子最后怎样了，但约瑟夫·卡普格拉发表了这个病例后，同行都注意到其他病人也有类似的替身妄想。久而久之，这种症状就被统称为“卡普格拉综合征”，或者简单一点，冒充者综合征。患了卡普格拉综合征的人会坚持认为亲人被替身取代了，尽管他们知道那不合理。值得一提的是，在这些病例中，也不是每个人都是危险的。有的病人很享受这种感觉，因为他们认为自己每天都在换不同的性伴侣，能够维持新鲜感。

至于病因，该病症的发现者约瑟夫·卡普格拉解释，患者可以认出熟人的脸，却无法做出正确的反应，这意味着病因存在于情绪里面，因为情绪会导致他们对亲人的排斥反应。约瑟夫·卡普格拉还解释，某些患者可能有恋母情结，即俄狄浦斯情结，想和母亲发生乱伦关系，但他知道这样是不对的，所以就产生了母亲是替身的幻想。诸如此类，患者想和女儿、儿子发生乱伦关系时，也会认为亲人是替身。

到了当代，有的医生经过研究又提出，情绪不是该病症的主因，像服用卡西酮、患老年痴呆、脑部受伤、细菌感染等都可以致病。可也有学者认为，绕来绕去，还是回到了情绪的问题上，因为患者就是无法做出正确的情感反应，固执地认为那个人已经不是亲人了。有些病人病得严重时，甚至会觉得镜子里的自己也是替身，并且想要占据他的身体。也许，孙远就是这么想的，担心自己会被替身取代，这才遮住了家里的镜子。眼不见，心不烦嘛。

可为什么孙远在非洲好好的，回国后又变得歇斯底里起来呢?

我继续思考，然后想到了一个这样的病例——某名三十岁的巴西男子发生车祸后，总认为父亲被人取代了，医生对他做了许多治疗都不起作用。有一天，医生发现男子父亲打电话给他，他的语气缓和了很多。医生问了才知道，男子认为电话里的人是真正的父亲，他可以分辨声音，但就是不能通过视觉来做出正确的情感反应。

我心想，大概就是因为这样，孙远才会在电话里显得正常，一见家人就犯病。至于孙远是怎么得病的，可能是在非洲出了什么事吧，比如头受了伤之类的，这问题到时候问一问他的亲人就知道了。

过了四十多分钟，我开车来到了古城路，孙远二老和阿杰正好都在家。听到我详细的讲解，他们都表示同意孙远入院，最好还能确诊病情，彻底治疗。因为这只是推断出来的，尚未确诊，我就没有用很确定的口气，但为了安抚受惊的阿杰，还是耐心地回答了他的所有问题。当得知父亲不是鬼，而是病了，他才安心了一些。

在一起去医院的路上，孙远的父亲说儿子确实在非洲头部受过伤，那次儿媳妇去机场接他回国，就是因为受伤了才休假的。不过，孙远的父亲说不清楚儿子到底是怎么受的伤，我也没有追问，只一个劲儿地安抚他们。

等我们到医院后，主任和三科的主任也都赶来了，他们分析了孙远的病情，同样做出了卡普格拉综合征的诊断。有他们出马，医院就没有我的事了。主任似乎担心我会抢功劳，一直说孙远的病是他诊断出来的，还说不是快到时间了吗，赶紧去接杨柯回家啊。当时，我奇怪地看了主任一眼，心想他怎么知道杨柯和我约了时间。但我并没有出声，默默地离开了现场。

不过，卡普格拉综合征并不好治，不像感冒，吃药打针就能好的。假设孙远真的伤到了脑部，时间过去这么久还没好，可能是脑部出现了永久性的损伤。如果是这样的话，普通的精神科医师就会很头疼，因为后续的治疗可能会涉及外科手术。

那晚，我自己的头也很疼，一回到医院的停车场，干脆就不再去想孙远的病了。有一瞬间，我担心自己脑部也会有损伤，某一天同样会得卡普格拉综合征，然后胡思乱想了一顿。可杨柯约的时间快到了，为了准时赶到酒店，我就急急忙忙将车子开出了青山医院。正好，我刚赶到约定的地方，杨柯就出来了。

如杨柯所料，那场应酬不简单，他刚坐进副驾驶座，浓烈的酒气就在车里弥漫开来。我本想提一句自己被人打晕了，杨柯却闷不作声，上车后还闭上了眼睛，我就没敢先开口。

直到车子开到小区楼下，杨柯也没有动静，好像是真的睡着了。我停好车，轻轻地拍了拍他的肩膀，他才微微地睁开眼睛，自己下了车。坐电梯上楼时，杨柯一直依着电梯，似乎走路都没有力气了。到家后，杨柯直接把西装外套脱了丢到沙发上，澡也没洗就上床睡觉去了。问题是，杨柯进的不是自己的房间，而是我的房间。

我尴尬得不知所措，想叫他起来回他的房间去，但他就是不肯动，连眼睛也没有睁。过了一会儿，我被折腾得筋疲力尽了，只好由着杨柯胡闹。可为了不让他被呕吐物呛死，我还是耐心地帮他解开了领带和白衬衫的头两颗扣子，并脱掉了他的鞋。之后，我帮杨柯翻了个侧身，没有让他仰着或趴着睡。

忙完这些事后，我出了一身汗，就去洗了个澡，但准备上床休息时却觉得这样怪怪的。但令人头疼的是，我也不能去杨柯的床上睡——醉酒的人容易被呕吐物呛死。于是，我无奈地从另一边爬上床，用背顶住杨柯，以免他睡梦中翻身，变回仰卧或俯卧的姿势。

没想到，我才睡上去，杨柯却翻身从后面抱住了我。我想到芒山镇的事，急忙逃开，但杨柯手快，拖住我，将我拉了过去。由于杨柯翻身后也保持着侧卧，我就没有再去调整他的睡姿。而他将我紧紧搂住，我也动弹不得。

到了第二天早上，杨柯一直没松开过我。杨柯天亮醒来后什么都没说，起身就去了卫生间。我担心杨柯会难堪，就没提昨晚的事。像平常一样，杨柯整理好后就去楼下跑步了，而我则留在家里继续磨蹭。

就在杨柯出门两分钟后，他的手机就响了，我过去一看，打来的人是张七七的母亲。第一次手机响时，我没敢乱接，可又过了两分钟，杨柯的手机再次响起来，打来的人依然是张七七的母亲。我怕有什么急事，只好硬着头皮接通了电话。张七七的母亲很意外，但还是告诉了我她打电话的目的。

原来，张七七已经被警方准许火化了，当时广西刚好推行海葬、花坛葬，她父母就想选择花坛葬那样特殊的安葬方式。张七七的母亲说花坛葬安排在周日，如果杨柯想来，可以到青龙岗的长安墓园见面，他们会等他的。这么正经的事，我不敢马虎，当时就背下了这位老母亲说过的每一个字。等杨柯回来，我一五一十地复述了一遍。他听了却什么反应都没有，一声不吭地去浴室里洗澡了。

大家都知道，喝了酒一定会多尿，男生早上又会有很特别的现象出现，当尿急时，那现象会更明显。我知道杨柯可能是不好意思，那天早上就故意安静下来，连一起开车上路时也大气不喘一口。

直到车子开进医院的停车场，一副臭脸的杨柯才问:“昨晚我没把你怎么样吧？”

“有啊，你要负责。”我故意开玩笑，想要缓和气氛。

“你脑子坏了啊。”杨柯拍了一下我的后脑勺，认真道，“你没发现你后面的头发上有血吗？都结成一坨了。我早上看到就想问你的，是不是被我打了？”

“啊？”我恍然大悟，随即又惊讶道，“出血了吗？昨天发生了很多事，我都没注意。”

“你睡觉都不洗头的吗？”杨柯嫌弃起来。

“你连澡都没洗就赖我床上不走，好意思说我。”我先是反驳，可这话一讲完，就没骨气地换了种语气解释，“但是我昨晚洗头了啊，我哪里知道洗完了，后脑还在出血啊。”

“还好现在不出了。”杨柯帮我检查了一下，不紧不慢地问，“昨晚和谁打架了？”

听到这话，我就一边下车一边把昨晚的事都告诉了杨柯。一般人听到了那样的故事，第一反应肯定是说，那是幻觉。杨柯则不然，不过他也解释不了为什么法医都证实人死了，我仍然能够看到张七七。还有，打晕我的人是谁？X还有什么特别的意思？

在进医院的路上，我们小声讨论了一会儿，可惜就是猜不到答案。

我们不是警察，不能一整天都在破案，一到医院就只好先各忙各的去了。那天，宋强依然跟着我，看我到了病房，就说主任已经找出孙远生病的确切原因了。我以为，就如孙远二老说的那样是工伤导致的，但宋强却摇头说不是。

看我猜不到，宋强好像很兴奋，语速都加快了：“真的，打死我都想不到！”

06 笛卡尔的错误

宋强没有卖关子，说完那句话就告诉我，孙远的病确实是在非洲得的，只是并非工伤所致。起初，主任和李姨也考虑过，是不是孙远的头部受伤才导致卡普格拉综合征出现的，所以就安排人去广西区医院做了一套全面的检查。结果，那里的医生发现孙远的大脑确实有异常，但并不是受伤了，而是多出了一些瘆人的东西——血吸虫的虫卵。

血吸虫大部分寄生于人的门静脉系统，有些则寄生在其他部位，后者就是所谓的异位血吸虫病。宋强说，孙远得的就是这样的病，他的大脑里已经沉积了不少虫卵。而一旦血吸虫或虫卵在脑组织里生长繁殖，患者就会出现头疼、癫痫、肢体麻痹等症状，严重的还会有认知障碍。

事后，广西区医院的医生也解释，孙远大脑的虫卵是通过椎静脉进入大脑的，那些虫卵沉积在脑内的不同部位，引起嗜酸性变，然后形成了虫卵结节，损害和压迫了脑组织，导致了一系列神经系统症状。也就是说，孙远头部受的伤也许已经痊愈了，可他的大脑里还有虫卵沉积，幻觉和错觉就跟着产生了。

那么，血吸虫是怎么来的呢？宋强透露，孙远曾在非洲工地的湖泊里游过泳，尽管工地反复提醒，千万不要下水，但孙远和一些工友不听劝，去游过十几次。医生说，那些水域有许多血吸虫，它们会通过阴茎或者肛门进入人体，即使穿着短裤也防不住。

怕我不信，宋强还拿出手机，给我看了一个叫“悬疑志”的微信公众号，他说一个叫朱明川的人翻译了一个英国病人的新闻，他的染病方式与孙远的一模一样，血吸虫都是通过男性生殖器进入体内的。我瞄了一眼，好像是那么回事。既然宋强这么说了，那么主任他们肯定也是这么想的，我就没有多说什么。

不过，血吸虫病不好治，尤其是对人体造成严重的伤害以后。而一般医生治疗这种病会予以一些驱虫药物，如吡喹酮。问题是这种药物有时会诱发精神病，孙远已经出现了精神异常，那这种药物最好不要用在他身上。一想到后续的治疗，我就为孙远感到吃力，好在病因找到了，对症下药总好过没有头绪。

当时，其他住院医还等着我带他们去巡房，宋强叽叽喳喳讲完了，我就带着他和别的住院医一起去一科的病房走了一圈。那天早上，地下二层的施工改造又开始了，好多病人受不了噪声的影响，纷纷旧病复发。一些本来病情早就缓和了的病人再度发狂，有的住院医没经验，冷不防地就挨了几巴掌。除了一科，当时其他几个科的病人也都发狂了，连最能镇住他们的护士长来了也没用。我在帮忙改病历的时候，电钻的声音也让我很难受，根本静不下心来。

也许有人会问，干吗不给病人打镇静剂呢，电影里不都是这么演的吗？是的，那是在很紧急的情况下，但我们的病人天天如此，你不可能经常给他们注射镇静药物，这对病人大脑的伤害特别大。像有个精神病人以前老发癫痫，在没住进青山医院之前，他的家人一看他发癫痫就送去综合医院注射安定，打多了，他的脑子就更不正常了。我以前说精神病人做手术，外科医生喜欢让我们参与就是这个道理，因为用药太有讲究了。

总之，那天上午特别难熬，一到中午休息时间，我就打算回主治的休息室睡一觉。前一晚，因为杨柯喝醉了，我根本没睡好，那天午饭都不想吃了，只想躺在床上补觉。谁知道，主任居然在休息室外拦住我，叫我去他办公室一趟。我以为要干吗呢，到了办公室后，他一坐下来就问我："你觉得孙远的病是怎么来的？"

"我听宋强说，是血吸虫的虫卵沉积脑部导致的。"我小心翼翼地回答。

"你小子邋里邋遢的，人还是靠得住的。算你老实，没说是自己想出来的。"主任满意地点了点头，然后又问，"那你再分析分析看，孙远究竟是怎么变得六亲不认的。总不能说脑子里有虫卵就出现了这样的病，那太笼统了。"

主任明显是在找话题跟我聊，除了季副高外，还没有一个领导有意带过我。我以为主任是对我有所改观，内心感动得不得了，马上就识相地说出了自己的看法。

首先，卡普格拉综合征和脸盲症不一样，后者是认不出人，前者是能认出人，却无法做出正确的情感反应，这样的现象恰好证明心物二元论是错的。笛卡尔以前认为，心灵和大脑是可以分开的，它们其中一个应当占据主导地位。实际上，将情感和认知对立起来是不对的，只要其中一个"元"失灵，人就会像机器一样出现故障。

因此，神经科学家安东尼奥·达马西奥在《笛卡尔的错误》一书中论证了上述观点——认知和情感始终在功能上和神经生物学上相互影响，即使是最普通的一件事，也需要两者之间的协调与配合，特别是在需要情感唤起的环境中。

而从医学上来说，孙远之所以会认为亲人是替身，可能是产生情感反应的杏仁核和负责辨识面孔的颞叶断开了连接，这可能就是血吸虫的虫卵沉积造成的。说到这里，我就感叹，幸好孙远还能活动自如，在宋强提供的那篇文章中，病人半年后几乎都无法自如地行走了。

我本来还打算长篇大论，想要好好表现一番，这时主任却打断我，将桌子上的一个保温杯推了过来："说了这么多，渴了吧？"

桌上有两个保温杯，一黑一红，应该都是主任的。我知道主任年纪大了，喜欢泡枸杞和茶叶来喝，但我不想用主任的杯子就拒绝了。主任看出了我的心思，又推了一个事先准备好的纸杯过来，一边倒茶一边说这是一种叫“醉神香”的蒙顶山茶，来自四川邛崃，非常好喝，对身体也有益，还能防癌症。为了让我喝茶，主任又说自己很少用保温杯直接对嘴喝茶，因为太烫了，喝烫的液体容易得食管癌。

“好吧。”我被逼得无路可退，只好尴尬地接过茶，喝了一小口。

如果我是女生，可能会觉得主任在性骚扰我，但我是男生，他应该也不会打我的主意。可等我喝了一口茶，要继续说孙远的病情时，主任却不耐烦地挥了挥手，叫我赶紧滚出去。我不知道自己做错了什么事，百思不得其解，心想刚才明明气氛很好啊。因此出门的那一刻，我情不自禁地又想到了张七七的日记，莫非有精神病的医生就是主任，不然为什么他的举动这么奇怪，搞不好打晕我的人也是他。

我无端地受了委屈，走到走廊后就摆出一副臭脸，正好武雄经过，看到我就说：“被你们主任骂了？”

“不算骂，就是刚才他请我喝东西，怪怪的。”我耸耸肩。

武雄好像也要去休息室，一边走一边说：“不是喝保温杯的什么茶吧，昨天他也找我喝，怪恶心的。要不是他是领导，卖他面子，我才懒得喝呢。”

“他也找你喝过？”我惊讶地说道。

“我听岳听诗说，你们的何主任也找三科的女医师喝过，她们差点要报告给院长呢，说他性骚扰什么的。”武雄打开了话匣子，又开始不正经起来，“听说你对象也被找去喝茶了。”

“卢苏苏？”我不放心地问。

“哎哟，什么卢苏苏啊，我说的是杨柯。”武雄说道。

“你……”

我本想叫武雄别瞎起哄，可话还没说完，他的手机就响了，好像是来了一条短信。与之前一样，武雄看了一眼短信，脸色就变了，我还没问怎么了，他就匆匆转头往来时的方向离开了。我见状心想，到底怎么回事，他不会也在被 X 骚扰吧？说起来，X 很久没给我和杨柯发短信了，眼看 10 月 30 日就快到了，X 真的会到医院的太平间找我们放回去的信吗？

想到这里，我又没了睡意，只想找杨柯谈一谈。不过，休息室里一个人也没有，我找不到杨柯，便又转身走出休息室。这时，我看到岳听诗把阿杰和他爷爷奶奶送出了医院，正往休息室这边来，我就迎了上去，想问她有没有看到杨柯。

谁知道，岳听诗一听就教训我："你怎么老跟那个花心萝卜在一起？杨柯有什么好的？"

"什么花心萝卜？他得罪你了？"我一脸茫然。

岳听诗在大厅里哼了一声，答道："既然你都听说张七七的事了，我也就不瞒着了。她失踪前和我说过，杨柯出轨了，对象是一个挺漂亮的女生。我平生最恨的就是脚踏两只船的人，所以我一直避开杨柯，完全不想和他碰上，跟他说话都嫌脏……"

"等等！"我看岳听诗越骂越来劲，赶紧打断问，"杨柯和谁出轨了？"

岳听诗收住脾气，愣了一会儿答道："这我就不知道了，张七七没说是谁。我问过是不是医院的人，她却什么都不肯说。反正啊，这肯定是实话。"

"有这种事？"我还是不肯相信。因为我之前以为杨柯一直躲着岳听诗，是岳听诗和张七七关系好，看到岳听诗会想到张七七，他不想回忆过去。没想到，事实是岳听诗主动躲着杨柯。

"你啊，可别学杨柯那样对卢苏苏，否则我可不饶你哦。"说罢，岳听诗就迈开细长的双腿，大步流星地朝食堂方向去了，只留下我一个人在原地发呆。

那天中午，我整个人都浑浑噩噩的，不知道是因为住院楼下的施工噪声，还是岳听诗说的那些话。我本来想找杨柯谈一谈，可找来找去就是找不到他人，直到要下班了，他才来找我一起开车回家。那时，天快黑了，我问他上哪去了，他说院长找他谈事情，早上从主任那里喝了茶后就一直没有离开过院长的办公室。

“主任真的找你喝茶了？”上了车后，我好奇地问，“那你喝了吗？”

“喝了。”一坐进副驾驶的位置，杨柯就拿出一些资料看起来。

“你不怕他给你下药啊。”我把车子开出停车场后，学着武雄瞎起哄，“小心被占便宜哦。”

“神经病。”杨柯没有配合我的玩笑话。

我看杨柯那么严肃，便换了一种认真的语气问：“今天岳听诗也说你出轨了，不只日记上这么说。”

“你……”一听到这话，杨柯便将视线挪到我身上，他的视线好像有温度，看得我全身发热，额头都冒汗了。

我记得自己保证过，一定会相信他，想到现在又质疑他，赶紧就转移话题，说起孙远的病情。杨柯没有为难我，可能他也不想继续出轨的话题，就说孙远的治疗时间肯定不短，而且治疗需要青山医院和广西区医院一起配合才行。我和杨柯唯一能聊得比较久的就是医学话题了，从开车出医院到他家楼下的这段路上，为了不尴尬，我一直努力往那方面找话题。

好不容易，我撑到了地方，本来想停好车就上楼，没想到又有人拍车窗。我以为，孙远跑出来了，要重演前段时间的戏码。可当我放下车窗往外一瞧，出现的人居然是我妈。

“妈，你怎么来了？也不打个电话。”我很意外。

我妈拖了个红色的行李箱，生气地说：“我和你爸吵架了，来跟你住几天。”

“吵架？”我更意外了，因为我妈从没和我爸吵到要闹离家出走的地步。

杨柯下了车，看我很为难的样子，就主动说：“阿姨，一起上楼吧，我家里很简陋，你不嫌弃就行。”

"好，上去说。"我妈毫不客气，将行李箱丢给我之后，就自己先往电梯的方向去了。我以为杨柯会嫌麻烦和吵闹，数落我给他找事情，可他什么都没说。

我了解我妈的习惯，很担心她一进屋就会说些不吉利的话，所以就追在后面，想提醒她别瞎闹。上楼时，我小声地说了一句话，我妈可能耳背，没有听见。一进门，她就啧了一声："这屋子阴气好重啊。"

"好啦，南宁三姐妹分尸案，你肯定听过，就发生在这栋楼，行了吧，我们都知道了。"我赶紧抢着把话说完。

我妈不领情，反而还来了劲："这栋楼确实阴气很重啊。不过我说的不是三姐妹住的那层楼有阴气，我说的就是你们十一楼这个房间有很强的阴气，也许是死过人的关系吧。"

这话很不礼貌，我替我妈捏了把汗，以为杨柯要发飙赶人，可他只是不气不恼地问："阿姨，你怎么看出来的？"

我妈演戏演出瘾来了，当时掐指算了几下，就直接走到张七七住过的房间外，指着那里面说："阴气是从这里来的。"

"妈！"我不想让我妈刚来就得罪人，便着急道，"难怪老爸和你吵架，你少说几句吧。"

"小天，我是为你好啊，你老妈我不会平白无故帮人点破天机的，要折寿的好吗？我真的……这房间肯定死过人，是横死。"我妈斩钉截铁地说。

杨柯没有生气，反倒帮着我妈教训我："你也少说几句吧，不要气着阿姨了。我不介意，你让她说吧。我妈以前也喜欢说这些，我早就习惯了。"

"可是……"我表面上语塞，心里却想到了杨果说过的一句话：杨柯妈妈思念亡女成疾，曾把杨柯当女儿养，还给他穿女生的衣服。我妈和他妈妈不一样。

我妈不了解这些背景，夸了一句杨柯懂事后，就注意到客厅里有个养乌龟的玻璃缸。一瞧到乌龟，我妈就赶紧问："这乌龟谁养的？"

“芒山镇的老人送的，我们做了好事，人家送了龟仙人保佑我们——每天平安归来。”我故意这么说，以堵住我妈说不吉利话的机会。

我妈却道：“乌龟代表归字，我懂，但龟也代表鬼，它本身就喜静不喜动，死气沉沉的，放在客厅不好，最好放在阳台的角落里。不过也算是你们的福报吧，那个房间的阴气都集聚到乌龟身上了，它吸收了大部分的阴气。”

我学医的其中一个原因就是不相信我妈的这套迷信说法，听她这么说，我本想继续反驳，结果我妈就问：“你们最近是不是有谁生病住院了？”

“你说我吃茄子过敏那次吗？你本来就知道啊。”我仍不买账。

“她是说我住院那次吧？”杨柯提醒我。

我的眉头不由得皱了起来。那次，我妈带一个患了爱丽丝梦游仙境综合征的小男生来找我，当时杨柯真的得阑尾炎住院了。我找不到反驳的话，只好在心里说，这一切都是巧合。毕竟，人都会生病。偏偏我妈以为自己获胜了，进门后的半个小时里都在宣扬封建迷信，杨柯可能是出于礼貌，还特别配合地在听着。

幸好，我妈睡得早，晚上九点一到，就打着哈欠到我房间里休息去了。我本想睡沙发，杨柯却说，怎么可以睡沙发呢，要睡也是跟他睡，否则我妈会以为他在虐待我。杨果暑假来这里住的时候，我和杨柯也是睡在一起，两个大男人没什么好害羞的，他都这么说了，我就关了客厅的灯，跟他进了房间。

躺上床时，我故意把脸朝着床边，躲开了杨柯。可他却戳了我的背，叫我转过去跟他说话。我其实也困了，很想休息，没想到等我翻身后，杨柯却说：“我觉得你妈没说错。”

“我妈已经去睡觉了，你不用装礼貌啦。”我打着哈欠说。

杨柯盯着我的眼睛，表情很诚恳地说：“你还记得你刚住进来的时候，一直说那个房间有声音吗？”

“记得啊，我说了，你还生气呢。”我委屈道。

沉默了几秒后，杨柯就小声道：“七七失踪后的头两天，那个房间也有声音，还有一种淡淡的臭味。我本来应该开门进去看看的，可是我以为锁堵了，所以一直没……”

“真的吗？”我瞬间没了睡意。

“真的，而且那味道有些像尸臭。”

“尸臭？那张七七失踪了，你就没想过要进去看看是怎么回事吗？也许有可以找到她的证据呢？”我不敢相信地问。

杨柯又沉默了很久，然后才说：“你有所不知。七七失踪前和我吵过一次架。记得，那次我看到她房间的窗户开着，风把她桌子上的一些文件吹落到了地上，我想帮忙捡起来，但她在浴室里看到了就发脾气说，我以后不能随便进去刺探她的隐私。迎新晚会后，有人说她精神崩溃住院去了，我不知道她是真的失踪了，所以也没进去乱翻她的东西。谁知道，她哪儿也没去，就躺在住院楼的地下二层。”

“到底是谁散播谣言，说她住到别家医院去了？”我枕着手臂问。

杨柯没接我的话，只是学着我妈的语气吓唬人：“我听说，有不干净的东西出现时，会有尸臭味。”

“拜托，你这种搞科学的人就不要说这些了，好吗？”我哆嗦了一下，“大半夜的，少说几句吧。”

“你还会怕啊？”杨柯嘴角微微上扬。

“我当然会怕啊……”我还没说完，杨柯就在被子里踢了我一脚，疼得我哇哇叫。

我妈不知道为什么忽然起来了，敲了卧室的门，问我：“小天，你没事吧？”

杨柯连忙小声道：“你可别乱说啊。”

我很识趣，没有胡闹，坐起来后清了清嗓子说道：“没事。妈，你快去睡吧。”

“你和小杨出来一会儿，我带你们看个东西。”我妈说罢，又敲了三下门。

“明天说不行吗？”我无奈道。

“必须现在看。”我妈坚持道。

不像我，杨柯完全不介意，穿好睡裤和白色T恤后，就开门问我妈怎么了。我担心我妈又要瞎说些什么，赶紧跟在后面，但我妈却叫我们一起去张七七住过的房间，她要证明自己确实没说错。

看到她又神神道道的，我就问：“你不是睡觉去了吗？怎么又起来了？”

“我是老人家，晚上尿多嘛。我刚起来上厕所，被冷风一吹，又去那个房间看了看，这才看出了门道来。”

我妈说这话时，底气很足，似乎真的发现了什么。一进门，她就指着天花板说：“你们看。”

天花板一片雪白，除了一根白色的灯管，好像没什么特别的。我妈嫌我眼拙，继续指着一个方向，叫我和杨柯再仔细看看。我本来想叫我妈别再闹了，可几秒钟后，我就僵住了。

看到我的反应，我妈满意道：“你看，知道我没瞎说了吧。”

我瞪大眼睛，慢慢地点了一下头，然后心想：难怪当时房间里贴满了我的照片，原来那是一个巧妙到极致的心理诡计，我们都上当了。

第6章

只能算出“3”的女孩

所谓心理治疗，都是为了让这个人能更好地适应现实，而不是去改变他，让他做不真实的自己。展开来说，有些人谈恋爱后总喜欢去改变对方，让他按照自己的想法来生活，殊不知这样做只会适得其反，甚至让恋人离开。因此，帮助某些人适应现实才是我们做心理治疗的初衷。

01 天花板上的血迹

神怪通常出现在需要他们的地方。历史上的大人物，比如开国皇帝，这些人物的出世记载大多具有传奇色彩，为的就是要满足统治集团巩固皇权、使皇权合理化的需求。

举个例子，汉高祖刘邦原本出身市井，《高祖本纪》却说其母刘媪“梦与神遇”，蛟龙上身，这就是要让刘邦的身世神秘又威严，让人不敢去质疑。

说起来，一些患有精神疾病或心理障碍的病人往往也会需要神怪来解释自己异于常人的行为，并赋予一个能说服自己的合理解释。像我之前诊治过的病人孙远，他无法分辨亲人是不是真身，他的大脑就这么解释：亲人都是替身，全被封建迷信的产物给替代了。

远的不说，就说那晚，我妈跟我爸吵架，跑到杨柯家楼下找我，她总喜欢神神道道的，所以我总是不当一回事。可那天，我妈说杨柯的房子阴气很重，最重的地方就是张七七住过的房间，晚上她起来上厕所，发现门被风吹开了一些，就顺势朝里面看了一眼。不管怎样，我妈确实说过很多话是我不相信的，但那晚她指着天花板叫我们仔细看，我和杨柯看了一会儿后居然真发现了不对劲的地方。

原来，雪白的天花板并不是完全雪白，上面有一些褐色的斑点，以及一个红色的斑点。我很少进入这个房间，即使前段时间阳可顶着大肚子上门闹事，我发现房间里有许多我的照片，大家的注意力也都集中在照片上，根本没有人想过要抬头往上瞧瞧。简单地说，这就是一个声东击西、分散注意力的心理诡计，因为我们都在想，为什么会有人能进入杨柯家，然后把我的照片贴在墙壁上呢？贴照片的必要性在哪里？这又不是蹩脚的悬疑小说，纯粹为了悬疑而悬疑，总要有这么做的必要性吧。

因此，直到我妈来之前，我也依然一头雾水，没想到，方向却错了。没错，那是有人为了让我们一直注意照片，从而忽略天花板上有飞溅的血迹。当时，我妈很肯定地说，那就是阴气的来源，里面有刺骨的寒气，绝对是人血。对于太匪夷所思的事，人类的第一心理反应总是拒绝相信，我也一样，为了不让我妈继续胡说下去，我就说那可能是广西的天气太潮湿，长霉菌了而已。不过，我也觉得很诡异，因为其中一个斑点太鲜红了，按理说血迹应该已经没那么鲜艳了才对，莫非真的有什么超自然的力量在作祟？或者是近期才飞溅上去的？

我还在纳闷儿时，杨柯就主动说："报警吧。"

"报警？"我很诧异。

"报警？"我妈也很意外。

杨柯没有解释为什么，直接就回房间拿起他的手机，联系了廖副。这段时间，廖副一直说有证据证明杨柯可能是杀害张七七的凶手，至少是脱不了干系的，至于是什么证据，我就不清楚了。像那样的案子，只要还在侦查中，线索都是不会对外公开的。廖副能好心提醒我，叫我远离杨柯，已经算仁至义尽了。我想，杨柯也是为了证明自己的清白吧，既然他愿意让警方进屋子调查，那就说明他身正不怕影子斜。

在这里，我可以先跟大家透露，天花板上的斑点确实是血迹，后来经过警方的技术人员的检验，证实是张七七的。但这都是后话了，在事发后的一个多星期内，我们都不知道这个结果。

总之，那晚廖副带人来，在现场就确认那些都是人血。考虑到张七七曾经住在这里，现在她已经死了，警方就以这里是犯罪现场为名，

暂时封掉了杨柯家。杨柯早就算到了这一出，在警方还没来之前，就叫我和我妈收拾好行李，说可能要去附近的酒店住几天。

廖副虽然对杨柯主动告知线索的行为很意外，但他不希望我们在现场看着，因此来了没多久就劝我们赶紧离开，别留下来东张西望的。在出门的那一刻，我忽然想到万一几天不回来，芒山镇的乌龟可能会挨饿，当下就想去撒些饲料进去。可惜等我靠近桌台上的玻璃缸时，一个女警就催我快走，不要再逗留了。

直到那一刻，我才注意到，玻璃缸确实被人移动过，比平常更靠左了，因为我当时为了左右对称，故意摆在正中央的。此前，我问过杨柯，他说他从没挪过玻璃缸，那么挪动它的人是谁呢？为什么要挪它？就像照片事件那样，总要有个必要性吧。一瞬间，我脑海里思绪翻腾，可当时夜已深了，我们又不能继续逗留，三个人就只好下楼，落脚在附近的一家酒店里。

由于杨柯要停车，我和我妈就先去前台登记，一开始是个小伙子帮我们做登记，可他忽然接到一通电话就走了。我妈夜里起床就是为了小便的，刚才出了很多事，她一下子也忘了这事，等小伙子走了，她才抖着大腿说要去大堂找厕所。正好，我妈刚离开，杨柯就进来了，然后一个小姑娘也走到了前台，说要顶替小伙子的工作。

坏就坏在我妈刚刚要了一间大床房，小伙子还没登记完就走了，小姑娘看到压着的身份证是我妈的，就眉头一皱问："你们两个男的要开大床房？"

"啊？"我当时没醒悟过来，迷迷糊糊地问，"什么？"

小姑娘打量了我和杨柯，很为难地说："两位先生，你们不可以拿别人的身份证做登记，何况这身份证还是女的。"

"你搞错了，这是我妈，是我妈要开房。"我赶紧解释。

"哦，是这样啊。"小姑娘不好意思地笑了笑，"对不起，我以为你们要开房呢。"

杨柯看我一脸尴尬的样子，就凶巴巴地瞪着我说："我们是要开房啊，难道你想睡大街上？”

“那你们……”这回轮到小姑娘糊涂了。

半夜闹了这么久，我本来已经很困了，听到杨柯这么不客气，就故意抬杠：“是啊，开房，我们要再开个大床房。”

“你……”杨柯语塞了一会儿，然后才回敬，“好，那你睡地上。”

这时，我妈上完厕所回来了，我担心她会胡思乱想，只好服软，叫小姑娘开个双床房就好。好不容易，折腾了快十分钟，我们才分配好房间。当然，我知道杨柯是好心，因为他完全可以自己单独开个房间，但他知道我囊中羞涩，什么事都会先为我着想，帮我省钱。所以，那晚我没再耍性子，而是耐心问他要紧事：那些血迹到底是怎么一回事。

杨柯坦言，自己也搞不清楚，不过张七七失踪后的头两天，房间里确实有臭味传出来，还有一些怪声，也许当时里面发生了什么事吧。遗憾的是，杨柯当时以为门的锁眼被堵住了，同时为了尊重张七七的隐私，一直没想到要进去看看。

“你也是的，说不定你开门进去就会看到张……”我躺在床上，侧着身子，修饰了即将要说出口的话，“就会看到什么重要的事情了。”

杨柯很聪明，马上点破：“你是想说，看到七七遇害吗？可谁会进我家去杀害她呢？她的尸体又是怎么跑到我们医院负二层的？搬运尸体可不容易，你以为这是推理小说啊，这可是市区，到处都是人。”

“你觉得她……死了吗？”我小心翼翼地问。

杨柯也侧着身子，答非所问：“如果我猜得没错，是有人故布疑阵，目的就是不想让我进去。这说明当时房间里可能有问题，所以这个人需要几天的时间来偷偷清理，但忙中出错，还是漏掉了天花板上的血迹。”

“可我明明见过张七七，她还活着啊，难道是我的幻觉？”我很困惑。

“我相信你没有精神病，也没有撒谎。”杨柯语气坚定。

顿时，我很感动，想要说些温馨的话，可话到嘴边就变成了：“我也相信你没有病，没有撒谎。”

“神经病。”

我一不正经，杨柯就生气地拍了床头的开关，熄了灯，倒头大睡。我其实还想问，到底是谁要杀张七七，为什么要兜那么大圈子杀人呢？在别人家杀人，这里面有很多不可控的因素，除非临时起意杀人。可仔细一想，这前前后后充满了谜团，不管凶手是谁，他或她都很聪明，我不相信这样的人行凶没有计划，其中肯定又有一个必要性。

不过我不是警察，也不是侦探，这种费脑力的事轮不到我干，又想了一会儿，就睡死了过去。第二天，杨柯依旧起了大早，我们都在一个房间里，他一起床，我也醒了。洗漱过后，我给我妈买了早餐，然后急急忙忙地跟着杨柯去上班。我看得出来，我妈憋了一肚子的话，可能与我爸吵架的理由有关，但她欲言又止，我就没有再追问，何况早上也没有多少时间可叙家常。

到医院后，我跟杨柯分开了，那天早上他要去住院楼忙工作，我则坐门诊。当时，宋强带着三个人等在门诊那里，我看他们像是一家老小，老的是父母，小的是女儿。这个女生短发，戴眼镜，大概二十岁出头，像是还在念大学的样子，但她一直在用右手单手玩手机，头也不抬。我以为是什么失恋的问题，需要我来开导。以前也有家长这么把孩子送来过，而这些病例最严重的是有轻生的念头，相比一些精神专科的疑难杂症，那真的是比较轻松的活儿了。

谁知道，我还没过去，那个年轻女生的左手袖口就流出血来，还滴在了地上。自残？我狐疑地走过去，忙叫宋强先处理伤口，别傻愣在那里。可女生却很激动，如往常那样，一直说自己没病，为什么要带她来青山医院。为了稳住病人，我就安抚她，我还没说你有什么病呢，先坐下吧。

“我叫严函，××大学数学与应用数学系的大二学生……”女生一坐下来就收起手机，像背书那样，开始讲自己的事。

这些在病历本上都会有体现，我不想表现得太过着急，于是就放缓语速，对这个叫严函的女生好声好气地说：“先处理伤口吧，这些不着急，重要的是你没有大碍。”

可严函的母亲却很担心地问：“这是学校叫我们来看病的，能不能给我们开个证明啊，开了我们就走。”

严函的父亲也戴着很厚的眼镜，似乎比较有文化，他暗示妻子别打岔，然后道：“陈医生，不瞒你说，我家小函可能学习压力太大，有些情绪问题，你看能不能开些什么药？”

“我都说了我没病，等我回去了，我一样要用阿修罗刀把我的手给砍下来！”严函大怒道。

严函的母亲可能觉得没面子，便喝道：“什么乱七八糟的，你就不能让妈安心一些，我死了，你才高兴是吗？”

父母与孩子吵架，总喜欢拿生死来要挟，其实生死是大事，最忌讳吵架时摆在台面上了，那样就算吵赢了，也会输了人心。我不想严函受刺激，便让宋强先送两个老人家去外面坐着，我来继续为严函包扎伤口。

从左臂上斜划的伤可以看出来，那确实是严函自残的。不过伤口不在手腕上，没有伤到动脉，所以只是皮外伤，并不打紧。问题是，我发现严函的左臂上还有三处伤疤，似乎她自残已经有一段时间了。

“你在学校有什么不开心的事吗？”我包扎时试探性地问，“你在我这里说的都是秘密，我不会告诉任何人的。”

“我很开心啊。”严函将头扭向一边，没有看我，明显是有事瞒着。

为了打开话匣子，我就摆出感兴趣的样子问严函：“什么是阿修罗刀？电子游戏里的东西吗？”

严函犹豫了片刻，随后从随身的挎包里抽出一把刀来——刀柄尾部上有个骷髅头，刀柄上是阿修罗的神像，刀身镀了一层紫色的金属膜，看着有些瘆人。不过，并不是古董，严函说这是她从柳州回来的。众所周知，柳州的棺材很出名，那边也有许多棺材形状的小饰物，类似纪念品，很方便携带。半年前，严函去柳州玩了几天，当看到一个小贩在卖小棺材饰物，她想去买一个，然后就看到地摊上还有一把小刀。

“这不是管制刀具吗？”我疑问道。

“不是，我问过了，当时买卖的地方就有公安局，这刀太小了，而且很钝，要不然我怎么割了这么多次，手还没割下来啊？”严函无奈道，好像自残是一件很稀松平常的事。

我接过话茬，慢慢问道：“恕我直言，你为什么要……”

严函推了推鼻梁上的眼镜，忽然看向我：“把我爸妈叫进来吧，你等一会儿就知道为什么了。”

“你确定？”我不太想让病人的父母这么快进来。

严函却不以为然：“来之前我就去过一家心理诊所了，是他们推荐我们过来的，我不想浪费时间，再从头到尾说一次，让我爸妈进来流程会快一点。”

我不知道严函要玩什么把戏，不过看门诊的时候，最好一开始顺着病人，切忌抬杠。为了稳住严函，我就同意了她的要求，让宋强把她父母带进来。这时，严函又从挎包里抽出一本中小学算术练习册，丢到我的桌子上，让我随意问她几个算术问题。我一头雾水，可为了尽快弄清楚病人的情况，只好顺着念了几道题。

“38 乘以 42？”

“3。”

“90 除以 10？”

“3。”

“71 加 100？”

“3。”

“20 减 11？”

“3。”

以上问题都是我问的，回答的人则是严函和她父母，奇怪的是，他们都是同时回答，但像是排练好的那样，答案都是 3。我记得，严函说自己是某大学数学与应用数学系的大二学生，这种问题就算不能一秒回答，也不可能错得这么离谱。更诡异的是，她父母也那样回答，莫非一家子都病了？

我正发愁怎么诊断时，主任在外面拍了拍门，暗示我先出去一下。即使是主任，也不经常打断别人的门诊，我料想是有什么急事，便先起身出去看看是怎么了。主任似乎气色不太好，而且不知道为什么，我总觉得他的头发好像变得更少了，已经能看到他大片的头皮了。

见我出来了，主任就神秘兮兮地说："你有没有什么话对我说？"

"说什么？"我一边问，脑海里一边浮现出前一天主任叫我去他办公室喝茶的事，后来听武雄说主任找了很多人去办公室喝茶，不论男女，相当离谱。

"没有？杨柯也没有什么要说的吗？"主任焦急地追问。

"你是说，廖副封了杨柯家的事吗？"我摸不着边际。

"什么？警察封了杨柯家？为什么？"主任很惊讶。

"我也说不清楚，你可以去问廖副或者杨柯，我这里还有病人呢……"我话还没说完，主任就心烦地摆了摆手，转身走掉了。

等我再转身面向门诊室时，一幅诡异的景象出现了。也许宋强还没发现，但我却在心里犯起了嘀咕："这就奇怪了。"

02 数盲

在我出来时，宋强可能想起门诊病历还没写，见主任要找我，就小声地催严函赶紧填一些基础信息。这时，严函用左手拿起笔写了自己的名字，过了几秒钟，就把病历递回到宋强的手上。

我看得出神，宋强以为我在生气，因为以前有住院医写门诊病历出过岔子。比如病患主诉腹痛时，你就要问她的月经史和性生活史，

2Cos=3
(a+b) X h=3

这是必写内容，因为某些病人会隐瞒症状，日后若有纠纷或者病人死了，写病历的医生是要负责任的。当然了，现在有些医生会把门诊病历写得龙飞凤舞的，这样万一对簿公堂，那些草书就留有狡辩的空间。但我们是带教的主治医师，教学不能马虎。

可宋强误会了我，又去检查病历，想瞧瞧是不是有什么错误。但除了让病人自己填写基础信息外，正式的门诊还没有开始。而我之所以觉得诧异，是因为严函用左手写的字，这说明她是左撇子，可为什么自残的伤口却在左手臂上？如果是左撇子，她挥刀时，伤口不是应该在右臂吗？另外，我记得还没进门诊室时，严函是用右手单手玩手机的，莫非她会左右互搏术，左手右手都可以运用自如？

我坐回办公桌后，开门见山地就问："你是左撇子还是右撇子？"

"你比那个心理医生厉害啊，这么快就发现问题了。"严函有些佩服。

可严函的母亲却很不高兴，又教训女儿："你少在那里装神弄鬼，你不要脸，我还要呢！"

见状，我急忙打岔："阿姨，你先跟这位叔叔一起出去吧，有什么事，我再叫你。"

严函的父亲似乎也知道妻子的声音太大了，为了缓和气氛，就主动劝妻子和他出去，说要到附近的餐馆吃早餐。严函本来想继续说些什么的，可被母亲一骂，就生了闷气，低头不再说话了。年轻人都挺叛逆的，女生在青春期又非常注重自己的形象，被母亲在外面公开这么骂，谁都会觉得丢脸。

我很理解严函，为了让她能开口说出心里话，便劝道："你不用拘束，想干吗就干吗。"

"真的？"严函抬起头来，认真地问，"我可以用一用手机吗？我想回个信息给朋友。"

"好啊。"

我尽量用随和的语气回答，然后就看着严函拿出手机，用右手解锁屏幕，沉浸到了自己的世界里。在那几分钟里，严函没有看我一眼，仿佛她的世界里只有手机。如今，很多年轻人都和她一样，成天抱着手机，仿佛那是人生的所有，这倒不是很新鲜的事了。为了让病人放松，我就放任严函玩手机，同时偷偷瞄了一眼严函填写的病历本。

以前，有病人会假装自己人格分裂，故意用左手写字，好暗示医生那是另一个人格在控制他，但那些人用左手写的字都歪歪扭扭的。严函则不同，左手写的字很工整，不像是假装的左撇子。不过，严函好像填错了一个信息，在年龄那一栏，她写了“3”，这明显是错的。这让我禁不住好奇，为什么涉及数字时，严函只会提到“3”呢？其中肯定有什么隐情。

我觉得时间差不多了，才终于打断她问：“严函，你刚才是不是有什么话想说？”

“我是右撇子，你看出来了，我根本不习惯用左手的，但怪就怪在……唉，怎么说呢？我要是说了，你肯定又说我脑子有病。上次那个心理医生就是这么说的，害得学校要我爸妈带我来疯人院。”严函越说越生气。

病人有时喜欢夸张，我很明白这一点，任何一个专业领域的人都不会直接说病人脑子有病，但病人的话匣子一旦打开，你就要尽量配合她，不要去纠正她的说法。为了听下去，我就委婉地解释青山医院既不是疯人院也不是监狱，不需要害怕，有什么话都可以畅所欲言。

严函明显有许多话要说，可却依然担心我会误会她。沉默了好一会儿后，她先问了我一句话：“你知道我是数学系的人吧？不是我自大，我成绩很好的，以前在高中，老师还说我是数学天才呢。”

“但是，”我鼓励道，“最近发生了什么特别的事吗？”

严函没有直接回答，而是先解释：“刚才我和爸妈一起回答3，不是故意演戏给你看的，我自从到山东玩，去看了第一笑佛，回来就这样了。他们跟我一起回答3，是知道我只能回答3，他们见怪不怪了。”

“第一笑佛？”我揪住重点，饶有兴趣地问，“那是什么啊？”

严函见我有兴趣，便跟我科普了一番：第一笑佛出自山东诸城的龙兴寺，是一个制造于北朝时期的卢舍那头像，因为佛像脸上有一个若有所思又不可言喻的微笑，类似蒙娜丽莎，让人百看不厌，所以有人称它为“中国第一笑佛”。如今，第一笑佛是诸城市博物馆的镇馆之宝，更有人美其名曰：山东第一头。

“听着是挺有趣的，有机会我也要去看看。”我故意套近乎。

“我劝你还是别去了，因为……在那边，发生了一件很可怕的事。”严函说完，身子就哆嗦了一下。

“什么事？”我不紧不慢地问，以免给人造成压力。

严函却忽然话锋一转，对我说道：“我以前数学真的很好，现在我连基本的数数都不会了，像个数盲，只能从 1 数到 3，不知道为什么，我就是……所有的算术，我的极限就是 3 了。你让我数手指，我也只能数到 3。我知道这听着很夸张，像是瞎编的，但我真有这个问题，我也不知道原因，或者 3 以后是什么数字。这么说，你能明白吗？”

“只能数到 3？”我暗暗惊讶。

“你看吧，我就知道你不相信。”严函见我没有支持她，马上气急败坏地说，“你还是跟那个心理医生一样，以为我是装的。”

“这……没有啊，我相信你。”我很无奈。

严函还想说什么，可是忽然捂住了嘴巴，一副很恶心的样子，起身朝外面跑出去。我和宋强追出去时，严函已经一路奔进了女厕所，在里面哇哇呕吐，吐了几乎一分钟。我们两个大男人听到这声音，不约而同地想，严函不会是被谁侵犯，怀孕了吧？也许正是受了刺激，所以才胡言乱语？这样的事已经不是第一次了。恰好，梁凉凉从其他科室过来，我就叫她去女厕所看看严函，问问严函有什么需要。

梁凉凉当时到其他科室轮转了，每次看到我，她可能都想起是她的失误害死了小乔，因此听到我有吩咐时，就假装没听到，往另一个方向跑掉了。正好卢苏苏送一个老病人出院，发现我和宋强在走廊后，就热心地问怎么了。一得知情况，卢苏苏二话不说，转身就走进女厕所，去瞧一瞧严函的情况。

望着女厕所的方向，我心里就甜蜜蜜地想："还是卢苏苏好。"

可有时病人会忽然发狂，为了安全起见，我让宋强等在门诊室，自己一个人走到女厕所外面，竖起耳朵听里面的动静。差不多就是这时候，武雄不知道从哪里冒出来，并揪住了我的耳朵，借题发挥起来："你个变态，有杨柯不够，还要偷窥女生上厕所吗？"

"什么啊，你小声一点！"我挣脱武雄，把他拉到一边，"我有个病人在里面，卢苏苏帮我进去瞅瞅怎么了，你少在这里冤枉我。"

"女病人？"武雄不相信。

"你有事就快去忙，别老在我身边晃悠。"我很不耐烦地回答。

话音一落，我的手机就响了。武雄听了却呆了两秒钟，然后小声说："给我看看。"

我掏出手机扫了一眼，是中国移动发来的一条广告短信，于是就冷冷道："看什么？广告短信有什么好看的。"

"你看你，跟杨柯在一起久了，也学会他那套了。"武雄不管我拒绝与否，说罢就抢过我的手机，检查了刚收到的短信。

武雄很喜欢刺探别人的隐私，可这么抢手机看短信，还是头一回。我对这种过分的行为很介意，当下就抢回手机，生气道："你有没有礼貌啊！"

"我以为你也收到了……"武雄一脸委屈，想要解释什么，可又把话咽回了肚子里。

接着，杨柯从住院楼那边过来了，武雄看到他就朝自己的七科逃去，没有再闹我。杨柯远远地对我微笑了一下，想要打招呼，这时卢苏苏忽然搀扶着严函走出女厕所，然后说给她几分钟时间先把人带回一科，过一会儿再叫我过去。我知道卢苏苏是要借助同性的身份，问一些女性不方便开口的隐私，于是就点了点头。

等我再回头时，杨柯的微笑已经消失无踪，转而换上了一副冷酷的面孔："一科的病人，关老年二科什么事？"

“卢苏苏是好心。”我耸耸肩解释。

杨柯却不买账：“让主任看到了，只会说你无能，看个病人还要其他科的主治来帮你。”

“你吃错药了？”我也不高兴了。

杨柯本来不肯让步，想继续和我斗嘴来着，可是走廊里人慢慢多了起来，有几个警察还到我们医院的司法鉴定科办事，也许是觉得外面不方便说话，他就拽起我的领带，将我拖进了男厕所里。这还不算，杨柯又将我推进其中一个隔间，把门也关上了。一时间，我们几乎贴着身子，气氛非常尴尬。我脑袋一片空白，不知道杨柯要干什么，只好呆呆地看着他，等着他下一步的动作。

“廖副有联系你吗？”杨柯将声音放得很低，“他今早没有打电话给你吗？”

“你怎么这么紧张？”我第一次看到杨柯有这种反应，便提醒道，“是你自己打电话报警的，你怕的话，为什么要报警？”

杨柯嫌我笨，忍不住翻了个白眼：“我没怕，我是担心你跟他说了X的事。”

“他倒是没打电话给我，但为什么不能说呢？警察查案应该比我们快吧。”我嘴上这么说，心里却很清楚，X的事最好先别让警察掺和。

果然，杨柯随即亮出了自己的手机——原来，他刚才收到了“小乔”发来的短信，上面写着：

> 想知道真相，就在10月30日之前把张七七留下的信从何富有手上拿回来，放到太平间的一号冷柜。这是最后的机会，如果你想知道所有的真相，必须照办，而且不能报警。如果我很满意的话，还可以透露你父亲的下落。——X

小乔早就死了，她是不可能假死的，唯一的可能就是，在她死后，她的手机被人拿走了，她父母也没有去销号。这个自称X的人拿了小乔的手机，前不久就发了类似的短信给我们，因为张七七留在太平间的信被主任何富有拿走了，信中应该有关于 X 的一切秘密。只是，主任既然拿到了，为什么不动声色呢？难道其中的利害关系与他有关，他干脆选择了沉默？

这段时间，X 没有再发短信了，我以为那是恶作剧，事情就那么过去了，谁知道如今却再起波澜。眼看日子快到了，X 看我们按兵不动，也许也着急了。杨柯之前说过，我们可以拿一封假信去太平间，然后守株待兔，因为 X 不可能知道我们拿的是假信，只有打开了才知道。

看完短信，我就坦言："我差点把这事忘了。不过我记得上一条，X 没提到你爸爸的事啊，这是不是为了怂恿你去偷东西啊？……"

"不管是真是假，我打算拖到最后一天，也就是 30 号晚上再去太平间。"杨柯的语气没有商量的余地，似乎只是来告诉我一声，至于跟不跟他去，则是我的事。

杨柯的母亲因为思女成疾，得了精神病，很早就过世了；杨柯的父亲又失踪了很多年，我知道就算是骗局，杨柯也会毫不犹豫地上钩。只有情商不高的人才会劝别人别去，显然 X 知道不少内情。我想到杨柯平时对我不错，这时必须支持他，所以就想说些鼓励的话。

那一天，老天却好像在逗我们，因为这时有人推了男厕所的门，走了进来。这个人是一边打电话一边进来的，听声音应该就是主任。杨柯怕我弄出动静，便用一只手捂住我的嘴，又用另一只手做了一个安静的手势。偏偏我不争气，忽然想打喷嚏，杨柯瞧出不对劲，马上捂得更紧了。

总之，主任没有发现我们，进来后就说："结果出来了吗？是我猜的那样吗？果然。"

沉默了一会儿，主任又喘着大气说："其他事你不用管，我自有打算，但那个人几十年前就死了，怎么可能还会冒出来？我以为人一死，事情就彻底结束了，没想到这么多年过去了，又……"

"好，好。你别担心，我就快查到真相了，再过一段时间，等证据到手了，我就把一切都交给警方来处理。对，我必须拿到这个证据，否则没人会相信我的。”

说到这里，主任挂了电话，然后在小便池那里撒了泡尿，转身出去了。那一刻，杨柯裤子口袋里的手机忽然振动起来。但好像是推销电话，杨柯就没有理会，直接挂掉了。可我忍喷嚏忍了很久，嘴一被松开，我就打了个很大的喷嚏，飞沫都喷到了他脸上。

“你不会转头啊？”杨柯很爱干净，抓起我的蓝色领带，擦了擦他的脸。

我不乐意地抢回领带，想说自己不是故意的。这时宋强推门进来，问我好了没，卢苏苏和严函在一科等着了。可是，宋强不知道杨柯也在厕所里，当发现我们两个在一个隔间里，就急忙抱歉地说不好意思，你们请继续。

“继续你个大头鬼啊。”我没好气地打开门，也没有解释原因，就这么出去了。

杨柯却在我身后用威胁的语气叮嘱宋强：“不准对任何人说起这事！”

“好，好。”宋强畏畏缩缩地点了点头。

我知道，杨柯怀疑每个人都可能是X，他想保密，哪怕是老实巴交的宋强也要封口。毕竟知人知面不知心，有些人看着老实，其实十分狡猾。不过，宋强听说过武雄等人传出的流言，当听到杨柯这么说时，还以为我和杨柯在厕所里干了什么见不得人的事。等追上我后，宋强就表忠心似的承诺，绝对不会说出去，也不会戴有色眼镜看我。

“什么啊。”我无可奈何，又不知如何解释，只好说，“算了算了，我先去看看病人怎么样了。”

“好。”

等我们回到门诊室时，见卢苏苏一个人走了出来。看到我们回来，她就凑近我轻轻地说了一句话。我才听了一半，就心想这不可能，但卢苏苏不会随便开玩笑，尤其是病人的事。

因此，我也凑近她，紧张地问："真有这种事吗？那这个病人非同小可啊，稍有不慎就要出大事。"

03 身份暴露

卢苏苏跟我说话时，严函一个人坐在诊室里，可能是刚呕吐过的关系，她身体不舒服，人也没什么精神。其实，我们当医生的不应该在病人旁边窃窃私语，这么做是不值得提倡的，但当时的情况是个例外。因为卢苏苏告诉我，她在两年多前有过一个老年病人，情况和严函的一样，但更严重些。

卢苏苏透露，那个病人是男性，79 岁，姓刘，大家都叫他刘大爷。在入院时，刘大爷一样无法数数，最多只能数到四，哪怕大家在他面前放五个苹果，他也数不出来。另外，刘大爷也有砍掉右腿的冲动，在家里还曾出现过几次过激的行为。本来大家以为刘大爷只是老年痴呆，当发现他有自残行为后，就觉得刘大爷有精神病，把人送到了青山医院。

可惜，那时医院认为最好先做个躯体检查，所以建议病人家属先把人送到综合医院，拿到检测结果了，再来青山医院。卢苏苏坦言，刘大爷神志清醒，明显有很强烈的生存欲望。可那天离开青山医院后，刘大爷被家人接回了家，并没有马上去综合医院做检查，因为他儿子说有工作要忙。遗憾的是，那天刘大爷的儿子再回来时，刘大爷却倒在楼梯间里，头擦破了，血也流了一地，人已经死了。

有人说，刘大爷是不小心摔伤的，也有人说，刘大爷是自杀的，因为他在死前就有自残倾向了，所以很多人都倾向于认为他是自杀的。正因如此，从没人调查过那件事，刘大爷的尸体也被迅速火化了。现在几乎没人记得刘大爷这个病例了，可卢苏苏仍印象深刻，她总觉得如果把人送去综合医院检查，就可以从检查结果里看出蛛丝马迹了。也就是说，卢苏苏不相信刘大爷是自杀的。至于人是怎么死的，她也说不准，只是叫我小心盯着严函，不要让病人出事，否则一科又会被罚。

“反正你记得谨慎一点。好了，我的科室还有工作，先走了。”卢苏苏看了看手表，又道，“中午你有空的话，我们一起吃午饭吧，一起到外面吃？”

“好啊。”我高兴道。

卢苏苏回了个微笑，转身就离开了，但走了没几步，又回头看了我一眼。我本想跟她挥手再见，但看到严函的父母从医院外面回来便作罢了。一进大厅，她母亲就问怎么样了，能走了吗。一想到卢苏苏说的话，我就建议严函的父母先将人送到市一院去做一套全面的检查，然后再回我们医院。

严函在诊室里听到了，当即拒绝，死活不愿意配合。联想到她刚才呕吐，我就怀疑她是不是真的怀孕了，也许她担心去医院检查的话，会被查出肚子里已经有孩子了。在说话时，严函也一直护着肚子，她母亲是女人，同样瞧出了不对劲，所以目光里充满了愤怒与鄙夷，好像下一秒就要把女儿装进猪笼，丢到河里一样。

我想照顾严函的情绪，没想过要拆穿她，可疾病是拖不得的，不管是精神上还是身体上。幸好，严函的父亲通情达理，听到我建议他女儿去做躯体检查，就说了一声“好的”，表示了同意。这话一说出来，严函却转变了态度，对我投来了求助的眼神，可我并没有回应她。

也许是走投无路了，严函就语出惊人：“陈医生，我刚才一直不好意思跟你说，我其实想自杀，你要是放我走，我回家就自杀！你让我住院吧，我已经满十八岁了，可以自己住院了吧？”

“什么？”我和严函的父母异口同声说道。

“不让我住院，我就自杀！今天我哪儿都不去，我就要住疯人院！”严函大吼道。

“你疯了！”严函的母亲恼羞成怒，痛骂道，“我白养你了！我看你不是想自杀，是想让我死！好，我今天就死给你看！”

一时间，严函的母亲激动得要去撞墙，还好宋强拉住了她。但场面异常混乱，亏得几个科室的同人来帮忙，我们才暂时平息了严函母女的纷争。严函的父亲很是为难，看到女儿这个样子，妻子又在发脾气，他就同意了女儿的入院要求，让我们先帮着办入院手续，他明天再回来看女儿。严函的母亲还在气头上，听到丈夫说要把女儿留在青山医院，就不解恨地骂，行，让这个不孝女永远住在疯人院好了，不要脸的人就应该被关在这种鬼地方。

过了一会儿，严函的父亲帮女儿办好了住院手续，就一边对我们说抱歉，一边送妻子出医院。等父母一走，严函的眼泪就拼命往下掉，我知道她包里有一把所谓的阿修罗刀，便让宋强先将她所有的私人物品都暂时收起来。严函倒是愿意配合，但交出包包后就问我们能不能留下手机和充电器。

严格地说，有抑郁症或自杀倾向的人最好不要玩手机，不要浏览社交媒体，大部分医生也都会这么建议的。这还是不住院的病人，如果住院的话，所有的精神病人都不能带手机入院。外面的人可能不了解，我们却很清楚，因为有些病人拿到手机就会报警，说自己被坏人抓了，快来救他。你想啊，要是大家都有手机，警察忙得过来吗？你说病人假报警，但他们精神有问题，你抓又不能抓，当然是一刀切了。不过凡事总有例外，像少数病人在病情好转的情况下，经过医师同意的话，还是有机会使用手机或电话的，但使用的场地与重症病人肯定不在同一个病区。

总而言之，我没有让严函带手机进去。奇怪的是，她没有做任何争取，居然乖乖地当着我的面上交了手机。我本想直接问，你是不是怀孕了，但当时严函情绪有起伏，我就没有再为难她。而当时还有其他病人挂我的号，严函的事暂时处理好了，我就回到了门诊室，继续为下一个病人看诊。

好不容易，一上午过去了，我想去找卢苏苏去外面的“茶茶”吃午饭，却看见季副高从他的办公室里走了出来。这么久以来，季副高因为小乔的死在坐冷板凳——即停止医疗执业活动半年。但他是权威专家，很多病人都在等他看病，所以医院方面后来又改了这个决定。

那天，季副高铁定是听到严函母亲骂女儿的话了，也许是相信我能处理好，他就没有走出来问是怎么了。直到我下班，季副高见我闲下来了，才问了一些大致的情况。每次遇到疑难怪病，季副高总能帮我，这一次也不例外，他听了简单的病情陈述后就问我知不知道加蒂夫人。

“不知道。”我摇摇头。

“你跟我来。”

季副高叫我去他办公室时，卢苏苏正好也下班了，看到我跟领导在一起，她有些失望，可又不敢打搅，当下就一个人孤孤单单地离开了。季副高有意赐教，我不好拒绝，只能跟着走。

进了办公室，季副高给我看了英国伦敦大学学院的英文网页，然后找到了一个叫莉萨·西波洛蒂的神经生物学家，他说这个科学家研究过一个病人：加蒂夫人。这个女病人经营了一家旅馆，可有一天她的数数能力消失了，与严函一样，也无法数手指，连十字架有几个分叉都说不出来。

不过，加蒂夫人只丧失了数数能力，像阅读、说话、推理等能力还是如常人一样。一开始，人家以为加蒂夫人是假装的，为的是吸引男性的注意力。可后来她因为真的无法说出一个星期有几天或者现在几点了，严重影响到了她的旅馆生意，大家这才意识到她可能得了一种奇怪的病。

“是什么病？”我很好奇。

“这是我在南京开会时，一个同行告诉我的，他只说了这个病例，没有病名。刚才听你这么一提，我才想起来。”季副高没有故作高深，有一说一，“但加蒂夫人和严函又不太一样，毕竟她只是不会数数了，并没有自残的倾向。”

“可能跟严函的原生家庭有关，你也听到了，她妈妈那样的性格……”我无奈道。

“应该有一定的关系。”季副高赞同道，“反正你最好让病人同意去其他医院做一次检查，虽然我们医院准备引入一些设备了，但还需要时间，病人还是得到市一院那边去做检查。”

“好的，谢谢副主任。”

说罢，我就起身想出去，季副高却叫住了我：“先等等，我有件事想请教你。”

“言重了，什么事？”我又坐了下来。

“今天有个人打电话到医院找我们一科，然后是我接的电话。那个人说他是南宁书店的负责人，想请你去办一场签售会，还说已经联系过出版公司了，但出版公司说你不愿意，所以就找到我们医院来了。”季副高一脸迷糊，继续道，“他跟我说，你写了一本书叫《精神探》，现在挺流行的？我记得，我们医院的图书馆好像也有这本书，是你写的吗？怎么从来没听你提起过？”

“这……”我瞬间呆住了，不知道如何回答。

之前，出版公司的编辑确实告诉过我，我的书忽然变得好卖了，还加印了，近期可能会办一场签售会。但签售会一般是出版方和当地的书店一起办的，我担心杨柯知道我就是太平川，一早就拒绝了编辑的提议。没想到南宁书店感兴趣，想方设法地找到青山医院的一科来。显然，我不能让这事继续下去了，不然杨柯会以为我是故意玩弄他，好看他的笑话。要知道，我经常故意批评太平川的书难看，杨柯则每次都会维护太平川，现在已经不适合揭穿我的身份了。

于是，我就对季副高都招了。为了稳住书店，我还告诉季副高，我会答应他们所有的要求，前提是不能再打搅到我上班的单位。对此，季副高非常意外。因为如果告诉主任或者院长的话，这无疑是一个很好的宣传手段，毕竟这里的医生都巴不得出名，出名了就可以去外面开会，当业界权威，也不用担心钱不够花了。

钱确实是让我很头疼的问题，我现在大部分的烦恼都源自于没钱。

但我很怕杨柯误会我，生怕走错一步，好不容易建立的友谊就没了。现实里就是如此，交朋友不容易，摧毁友谊却很简单，有多少人是因为一件小事没说清楚就断了联系呢。

季副高看出了我的担心，平日里很正经的他忽然问："武雄他们说你和杨柯关系不一般，不会是真的吧？"

"你别听他们瞎说，我和杨柯的关系很一般。"我紧张地解释。

不巧，杨柯忽然来找季副高，看到我也在，居然就说："陈仆天，昨晚我们去酒店时，我没现金，是你付的钱，你这几天的饭钱我包了，一会儿一起出去吃饭吧。"不等我反应，杨柯又把一沓文件递给季副高："这是院长叫我拿过来的。"

"你……"我结巴起来，"你……你……"

"好了，你们去吃饭吧，记得给你的病人做好工作。"季副高笑了笑，便示意我出去。我知道他会为我小说家的身份保密，当下就老老实实地跟杨柯出去了。

到了外面的"茶茶"餐厅，杨柯帮我点了餐，看我心事重重的，就问我是不是担心 10 月 30 日那晚会发生什么事。其实，我是担心签售会的事，我怕杨柯听说太平川要出现，他会去签售会。因此，我就琢磨，能不能要求书店将签售会安排在杨柯最忙的那一天，以保证他分身乏术呢。

老天爷仿佛喜欢捉弄我，总给我找麻烦，那天我还没回答，我妈却出现在了餐厅外。我估计我妈在酒店里坐不住，又不好马上回家，就只能到医院找我了。

"妈，我在这里！"我举起了手，挥了挥。

"小天！"我妈一开始很局促，发现我以后就高高兴兴地过来了。

杨柯很有礼貌，马上起身说："阿姨，你要吃什么吗？我帮你点吧。你坐下，我去点个餐就回来。"

"不用吧。"我习惯性地客气道。

我妈听了却不高兴了："怎么？你想饿死你老妈啊？我午饭还没

吃呢！”

“我不是这个意思。”我无力地解释。

等杨柯走了，我妈却变了语气：“我刚去医院找你，有个叫武雄的医生说你有对象了，你怎么不告诉我？”

武雄？我心里大骂，武雄这大嘴巴，迟早有一天我要扇他巴掌。我妈并不知道武雄是在玩笑，可当我要解释时，梁凉凉走进了餐厅。我瞄了梁凉凉一眼，她没有发现我，但她看到了杨柯，所以马上又转身逃走了。我妈发现了不对劲，以为梁凉凉是我的对象，就好奇地追问是不是就是那个女的啊。

“不是啦，你别瞎猜了。”我阻止道。

“那就好。”我妈罕见地放了心。

“为什么？你不是很希望我结婚吗？”我好奇起来。

“那个女的浑身是阴气，而且非常重，谁跟她在一起准倒霉，非死即伤。”我妈又迷信起来。

不过话说回来，小乔确实是因为梁凉凉拿错了毒水才被间接害死的，如果真要刨根究底，梁凉凉真的脱不了干系。再说了，梁凉凉这个名字是认真的吗？她父母起这种名字，确实够心凉的。我妈怕我不信，便继续说，你看那个小姑娘是生得漂亮，有美人尖，下巴也尖，现在很多女人都追求这样的面孔，殊不知美人尖在相学中叫金鸡啄印堂，是最不好的面相之一，因为额主少年，这代表这个人年轻时运气差，不会一帆风顺。我妈讲话喜欢东拉西扯，说到这里时，就拍拍桌子说，白素贞就有美人尖，你看她多倒霉。

接着，我妈又说，现在的小姑娘都喜欢尖下巴，但相学中也有一句话叫天庭饱满，地阁方圆。地阁方圆是晚年运气好的表现，如果一个人下巴尖，那这种尖煞会严重地影响他晚年的运气，具体表现为身体多病或者子孙不肖。

而有这些特征的人阴气也很重，跟他们在一起久了，运势也会不好。我妈断言，梁凉凉命中可能会克死好几个人，她宁愿我一辈子单身，也不要我跟梁凉凉在一起。我妈很少说这么重的话，况且她做梦都希望我结婚，既然话都说到这份儿上了，我也不好再反驳她。

“这可是你说的，以后不要再催我了！”我趁机激我妈。

这时，杨柯回来了，我妈抬头看了他一眼就开玩笑地说：“你跟这个小伙子结婚，都好过跟那个小姑娘在一起。”

不知道为什么，我妈话音一落，我和杨柯都有些尴尬。不过，我的手机正好收到了一条短信，叮的一声，我就想假装看手机，避开结婚的话题。万万没想到，那不是一条广告短信，而是 X 发来的。

尽管 X 每次发短信都让我感到不可思议，我应该见怪不怪了，但这一次的内容却更匪夷所思了，因为如果没有落款的话，我会以为这是上帝发来的。

04 橡胶手错觉实验

别拿假信来骗我，我知道你们的打算。机会只有一次，如果不拿真信来，你们就永远别想知道真相。——X

以上短信看着普普通通，似乎没什么大不了。可仔细一想，拿假信去忽悠 X，在 10 月 30 日晚守株待兔，这事只有杨柯和我知道，绝对没有第三个人在场，除非 X 有上帝视角——要么是我们身上被装了窃听器。正因如此，我才会觉得太不可思议了，而这也让我愈发好奇 X 是何许人也，能神通广大到这样的地步。

可我妈就坐在餐桌对面，尽管我大吃一惊，但还是得假装什么事都没有发生，就连杨柯也没有察觉到异样。那天午餐期间，我妈一直在讲什么阴气阳气的，她说这几天我们住酒店也是好事，不然在杨柯家住久了，肯定会得病的。听到这里，我就开玩笑地说，杨柯之前住过院，搞不好还真是这么一回事。我以为杨柯会跟我唱反调，没想到他没有批评我迷信，反而好声好气地问我妈，阴气到底是什么东西？

这触及了我妈所谓的专业，一被问起，她就滔滔不绝起来：阴气的说法来源于《周易》，是古阴阳家的阴阳理论的术语，但发展到现代后，阴气的说法就多了。总的来说，人的体内有阴气和阳气，这是很正常的。但如果一个人前世作孽太多，他身上的阴气就很盛，在他要倒霉时，身上的阴气也会变强；每当一个人运气不好，都是有阴气和业障的体现。还有，由于本身阴气重或者被阴气所伤，这个人就会命途坎坷，脾气也会不好，情绪更是会反复无常。

这时，我忽然觉得这话有些道理，因为杨柯的个性就是冷冰冰的，有时他还会凶我，搞不好就是在凶宅里住太久了。不过，我妈却向着杨柯，她说杨柯的阳气非常重，而女性属阴，所以女人天生会被他吸引，阴气越重的人就越喜欢他。为什么有的女生喜欢特别阳刚的男人，会被他们的雄性气息吸引，一是因为荷尔蒙的关系，二就是阴阳的互相作用……

我妈越说越离谱，我忍不住打断了她，说她这是封建迷信，现在都什么年代了，谁还信这些。我妈却不高兴了，为了支撑自己的理论，就说，天地分阴阳，白昼是阳，夜晚是阴，白天给人的感觉就很舒服，一个人在黑暗中待久了，就会渴望光明。古往今来，人和大自然的阴阳都是相辅相成的，好比阳主动，阴主静，人在白天工作，晚上就睡觉休息。可是现代人夜里爱玩手机，半夜该休息了也不睡觉，当阴阳失调，阴气压过阳气时，就会得病……

“好了，好了，我知道了。”

我妈非常喜欢唠叨这些有的没的，我早就听腻了，当下就打断她，并岔开了话题：“你跟我爸为什么吵架啊？”

“他……”我妈想说些什么，可看杨柯坐在一旁，就忍住了。

我看出了端倪，便劝道：“先吃饭吧，晚上回去我们再说。”

“好吧。”

半个小时后，我妈终于一个人坐公交车回酒店了，我就想和杨柯说 X 短信的事。无奈的是，医务科的小姑娘联系了杨柯，说是外面有个病人要收治，需要他马上跟车出发，他也匆匆忙忙地走了。那天下午，我脑子里都在想 X 的事，也试过再拨打小乔的手机号码，但如之前一样，打过去都是提示用户已关机。

我找不到能讨论这件事的人，脑子里就一直胡思乱想，有那么一瞬间，我还以为这是谍战片，X 可能在我的手机里安装了窃听器，否则他怎么知道我和杨柯的谈话。也许是我想得走火入魔了，后来我还去主治医师的休息室，脱下西装外套和衬衫检查了一遍，以确定真的没有窃听器这种东西贴在身上。

那天下午，我不用坐门诊，心思就都放在了找窃听器上。就在我要下班时，医务科的小姑娘却告诉我，可以安排严函去市一院做检查了，如果没什么问题，最好现在就过去，因为排队检查的人挺多的。可我担心严函不想去，为了尽快弄清楚病情，我就回到住院楼，想先给严函做思想工作。也许是情绪发泄过了，我过去时，严函已经不那么激动了，还主动表示可以接受检查，但在出发之前，她有些事要告诉我。

这是一个很好的迹象。在办好手续，带人去做检查时，我就鼓励严函吐露“真相”，并承诺没有她的同意，我不会对外说的。严函气过了，当时就像泄气的皮球，什么劲儿都提不上来，还一个劲儿地叹气。想了一会儿，严函就开门见山地对我说，她之前拒绝去医院，是怕检查出自己怀孕，母亲知道了会打死她。

“果然。”离开住院楼时，我心想，“难怪严函反应那么大。”

那天下午，南宁下了小雨。出了住院楼后，我本来想给严函打伞，她却一边推开一边说：“我只是怀疑我怀孕了，但我并不确定，而且我也不柔弱，你不用小心翼翼的。”

“我保证不会跟你家人说，可是他们要是看检查结果的话，上面还是会有体现的。”我先打了个预防针，提醒道，“你到时候可别怪我。还有，怀孕的事好像也瞒不住吧，肚子总会……隆起来的。”

“算了，反正我妈永远只会觉得我是个不要脸的女儿，给她丢了脸，该怎样就怎样吧。”严函丧气道。

在等宋强来通知我们上车时，我与严函坐在大厅角落，为了让她更主动些，我试探性地问，她是不是有喜欢的对象。严函很聪明，一听就明白了我的用意，有些想笑地告诉我：“你以为我是被谁给……我当然有喜欢的对象了，就是因为这个关系，我妈才会那么恨我。”

接着，严函告诉我，她大二勤工俭学到校外给一个小孩补过课。在那段时间，严函认识了小孩家的水电工——雷鸣。雷鸣是天津人，因为一次事故左手被截肢了，随后就一个人搬到了广西。为了讨生活，手脚不方便的雷鸣一直给人修水电，去做家教的严函觉得他很特别，两人就慢慢相互吸引了。

前不久，雷鸣的朋友叶小清和袁奇风生了小孩，他决定回天津一趟。正好严函有时间，听到雷鸣谈起回天津的事，她就说自己也想去外面散散心，于是两人一拍即合，一路北上。途中，雷鸣和严函去了山东诸城市博物馆，目睹了第一笑佛的风采。然而，就在那一天，奇怪的事发生了。

严函回忆，当时雷鸣去了厕所，她一个人在那里看第一笑佛，不想头忽然一晕，那个佛头就开口大笑，然后反复大吼：把你的左手砍下来，把你的左手砍下来，把你的左手砍下来……

“我知道，你一定会说我脑子有病，”说到这里时，严函先发制人，“或者说这是幻觉，送我来疯人院合情合理。但那非常真实，后来我头一晕就倒下了。等我醒来时，雷鸣已经回来了。”

“什么？你晕倒过？”我没有纠结幻觉与否的问题，而是抓住重点问，“你没去检查过吗？”

“我醒来后，雷鸣叫我去检查，但我好像只是发了一天烧，不停地打哈欠，后来什么事都没有，我就没去检查。”严函有些意外地说，“我以为你会说那都是幻觉呢。总之，那天之后，我就觉得我的左手不是自己的了，有时它会自己拿筷子吃饭，自己写字，我也无法控制它。你知道，我是个右撇子，从没有用左手写过字，不知道为什么，我居然左手右手都能用了。再后来，回到南宁一段时间后，我连数字都不会数了，甚至有几根手指也数不出来。”

“这么神奇？”我心里呢喃道。

严函推了推鼻梁上的眼镜，继续说：“我实在心烦，前不久去柳州玩了一圈。这不，我看地摊上有人卖小棺材，也有人卖小刀，我听小贩说那把阿修罗刀是辟邪用的东西，能斩鬼神，我可能也是脑袋糊涂了，就买了。不过，你不懂我的感受，我真的觉得我的手不是自己的，已经是别人的了。这种感觉一旦久了，你肯定想了结它。”

看着大厅人来人往，我将心比心地说：“虽然不能相提并论，但我理解，就像我手上扎了刺，我也想马上挑出来。人就是这样的，比如你眼睛里掉进了一根睫毛，它附着在眼球上，可第二天还是会随着眼屎排出来。这么比喻很粗暴，但事实如此，人体就是会排异的。我懂你的心情。”

套近乎是我们常用的“伎俩”，严函被我这么一说，与我的信任桥梁就正式建立了。接着她还一连串地说了自己与雷鸣什么时候发生关系的，为什么会觉得自己怀孕了。严函说，自己的经期最近不太正常，还老是恶心想吐、没食欲，她才怀疑自己是不是怀孕了，毕竟世界上没有百分百的避孕措施。

对于怀没怀孕的事，我不敢打包票，为了安慰严函，就说你还看不出有孕在身，如果真的怀孕了，你还来得及自主选择终止妊娠，仍是有解决之道的。严函却说，假若自己怀孕了，她想把孩子生下来，她要跟雷鸣在一起。看我还想劝下去，严函就“教育”我，雷鸣虽然是个残疾人，但她不会瞧不起他，天下间没有谁能比雷鸣更善良了，她一辈子都会跟他在一起的。

我不想在儿女情长的问题上多费唇舌，只好依了严函，让她继续说下去。又过了一会儿，车子来了，我和宋强就带人上车，一路出发去了市一院。途中，严函都在为残疾人说话，好像怕我瞧不起雷鸣，她还说雷鸣以前帮助过很多困难的人，他值得一个更好的结局。

我只是一个精神科医师，又不是爱情专家，严函怎么说，我就怎么附和。偏偏宋强不懂事，忽然就搭腔，说大学生应该以学业为重，不要浪费了青春。严函本来就一肚子要说教的话，宋强自讨苦吃，送上来门来，她正好借题发挥，对我们两个男性发表了长篇演说。

好不容易，我们挨到了医院，我让宋强按照程序把严函送去做一整套检查。在这过程中，都是宋强在操心，我就坐在走廊里的长椅上发呆。这倒不是我想偷懒，而是市一院的人都知道，我前女友在这里大吵大闹过，每次来这里，他们都爱对我指指点点的，时间长了，我就有点受不了了。

等待时，我倒是想到了严函说的一个症状，即觉得左手不是她的了。在国外曾有过一个橡胶手错觉实验，大致是科学家诱导正常人出现一种虚假的拥有感，使他们相信假肢是他们身体的一部分。

心理学家将橡胶手错觉实验称为“愚弄大脑的实验”。在实验中，实验参与者会看向一只橡胶手，而他自己的手会被隐藏在视线之外。橡胶手和参与者的手都会反复且同步地被探针触摸，在这种条件下，他们感受到与看到的触摸是一致的。

这种一致就像一个腹语表演者借用木偶的嘴巴说话，因此实验参与者会有一种错觉，会误以为橡胶手才是自己的手。这时，如果有人突然拿出锤子敲打橡胶手，90% 的实验参与者会感受到自己的手被敲打，甚至感受到疼痛。当然，橡胶手的形状、质地、颜色都应与人类的手最相近，摆放姿势也应与真手姿势一致，这样才能引发强烈的错觉。

值得一提的是，严函的病例又与橡胶手错觉实验不太一样。因为她觉得自己的手不属于自己，而且还不能数数了，问题似乎更严重些。对于这样奇怪的病，我萌生出一个想法，只是检查结果没有出来前，不宜妄下判断。但如果我猜得没错的话，刘大爷的死因也变得明了了。这一切谜团的背后应该藏了一个“定时炸弹”。

我坐在长椅上思考了很久。宋强带人回来后，说即使加快流程，也要明天或者后天才能拿到结果，市一院的医生都忙不过来了。接着，宋强还说因为女性怀孕初期不宜拍片和做CT，医生在做检查之前反复确认过，严函并没有怀孕，呕吐和怀孕没有关系。对此，严函松了一口气，尽管她说要把孩子生下来，但放心的样子却泄露了她真实的想法。

此时，天色不早了，我就与宋强一起把严函带回了医院，然后让宋强晚上看着严函，如果她有什么不舒服，需要立刻通知我。等安排好了一切，杨柯打电话给我，问我在哪里，要不要一起回酒店。接完电话，我已经走进了停车场，杨柯也许看到了我，远远地就闪了闪车前灯。

我正要走过去时，一辆车子忽然从面前冲过，差点撞上我。那辆车是梁凉凉的。与住院医不同，她是轮转医生，来青山医院熟悉各科室的工作流程之前，工作单位就已经有着落了。她家里可能也挺有钱的，所以上下班都自己开车。

还好，那天梁凉凉及时刹车，在车上对我说了句抱歉后，就马上开车一溜烟地逃走了。我惊魂未定，随后想起我妈说的话，也许梁凉凉哪天真的会再害死谁，但愿那个人不是我。想归想，我心里却为梁凉凉解释，也许是今天傍晚下了雨，晚上又起了雾，她一时间没看清楚路况吧。

看我停步不前，杨柯又闪了闪车前灯，催我快上车。我本来想上车后提一下X发来的短信，但南宁书店的负责人打电话过来，想必是季副高将我的号码给了他们。为了不泄露身份，接电话时我没敢做太多回应，全程都尽量采用最简短的句子，但负责人却以为我在耍大牌，还暗示我只是一个初出茅庐的小说家，别太拿自己当回事了。

杨柯没有多心，一路上都在专心开车。直到回到酒店外，书店的人才说，下次再跟你探讨细节，以及确定签售会的时间，今天就这样吧。我很礼貌地挂断了电话，在等电梯时，杨柯问我谁打来的，怎么说那么久。我不想骗杨柯，只好转移话题，给他展示了X发来的短信。

杨柯不知是计，短信又确实值得琢磨，他就直言自己已经很小心了，就连今天跟我说短信的事都是躲在厕所隔间里说的，怎么还会有第三个人知道呢？

回到房间后，我忍不住想，也许我身上没有窃听器，但杨柯身上有。关上门后，我就对杨柯没头没尾地说：“把上衣裤子都脱了。”

杨柯愣了一会儿就骂我：“神经病。”

“我是担心你身上有窃听器，你以为我想干什么啊。”我无力地解释。

“不脱。”杨柯扭捏起来。

“你在家不是经常脱光吗？我什么没见过啊，你还害羞了？”我不以为意。

杨柯却依然不肯，还恐吓我：“你再闹就一个人开间房，自己睡去。”

“我是真的担心嘛，不然，你解释一下为什么别人会知道我们的打算。除非你告诉过另外的人。”我委屈道。

我以为杨柯会继续争执，没想到他忽然安静下来，良久才慢慢地说：“你说的也有道理。”

接着，杨柯脱下黑色的西装外套，解下藏蓝色的领带，踢掉了皮鞋，与此同时把白衬衫的扣子都解开了。这还不算，杨柯还松开皮带扣，抽出皮带丢到了床上，准备把裤子也脱了。我没想到杨柯会这么配合，一刹那有些不好意思。

“来检查啊，看有没有什么东西。”杨柯很正经地说。

“你没闹我？”我不肯轻易上当。

“真啰唆。”杨柯嫌我不过去，就自己检查了衣物，连鞋底都翻过来看了一遍。

那一晚，我们还检查了其他东西，以确定真的没有窃听器存在，但最后一无所获。我们折腾完了，时间也不早了，我和杨柯就先后洗了澡，躺回到各自的床上。至于我妈，她还不想明说为什么和我爸吵架，我也没有打电话回家，问我爸到底是怎么了。

我担心杨柯会嫌我和我家人太烦了，关灯之前，就解释了一番，但杨柯却说："我不介意，而且有爸妈挺好的，你应该知足。我就喜欢一大家子，热热闹闹的。"

我却自取其辱，反问："你不是喜欢冷冷清清的吗？"

果不其然，杨柯马上说："对啊，我是喜欢冷冷清清的，你早点搬出去最好。"

"搬就搬。"我赌气。

"搬之前，记得把欠我的房租都结清了，还完钱，你腰板子就直了。"杨柯也不让步。

我听完就反驳道："直你个大头鬼，我腰板子一直都很直好吧，你以为我会为五斗米折腰啊？"

杨柯却道："你的腰都弯成什么样了，还不是为五斗米折腰吗？要不然你来我们医院干什么？又为什么要受那么多气？"

这话戳到了我的痛处，我来青山医院是上海母校的吴教授推荐的，当然，钱也是其中一个因素，但不是三言两语能讲清楚的。我本想据理力争，这时宋强打了一个电话过来，我接通以后，他就在那头着急地说："陈医生，你快来，出问题了！"

"怎么了？是不是严函有情况？"我打了一个冷战。

宋强却慌张地回答："不是，你快来就是了！"

05 肢体归属感妄想症

夜深了，如果没有特别严重的事，宋强不会乱打电话过来，我很清楚这一点。为了马上弄清楚怎么了，我就让宋强别卖关子，免得耽误事。

宋强可能是着急坏了，听我这么一说，才告诉我严函的母亲半夜跑来青山医院大吵大闹，不过不是为了要女儿回去，而是在住院楼里大骂女儿的不是。这本来也不算大事，精神病人的家属不理解，不配合，我们经常遇到。可夜里跑到住院楼大闹，打搅病人休息，影响到病人的情绪，这就是大事了。要知道，住在青山医院的都是比较严重的病患，不严重就不需要住院了。而比起药物，病人更需要一个清净又舒服的环境。拿前段时间来说，住院楼负二层施工，很多病人的病情就加重了，这可不能开玩笑。

宋强不是傻瓜，想必早就求助了保安，其他医生肯定也出面了。但严函是我们一科的病人，我又是接诊医师，没有不过去一趟的道理。看到天已经黑了，外面又下雨，我本打算一个人回医院去，杨柯却起床穿好了衣服要跟着去。不等我道谢，他就说："你把车子开走了，我明天怎么上班，再说了，我今天也收治了病人，肯定要去瞧瞧情况的。"

"好吧。"我没有再客气，穿好衣服后，马上跟杨柯一起离开酒店。

出酒店大门时，却看到我妈从酒店外走回来，我以为她早就睡了，不知道她什么时候又出去了。我没时间解释，只好简单地说医院有工作，要回去一趟。我妈好像有些担心，便要求一同前往。我和杨柯赶时间，当时就没有再废话，三个人一起匆匆忙忙地赶去了青山医院。

从酒店到医院，我们花了大约二十分钟，本以为严函的母亲早就消停了，没想到我们到医院后，她还在住院楼外大骂着，保安拦也拦不住，你去拦她，她还大喊："强奸啊，这个男的要强奸我！"

保安大叔一脸为难，根本不敢碰人，只好在旁边说，你再这样喊下去，我们可要报警了。严函的母亲却丝毫不害怕，反而叫得更欢了："老娘来管我的女儿，你们有什么脸报警？我还要报警呢！你们绑架我的女儿，我要告你们！"

保安大叔明显斗不过，我看不下去了就出来帮腔："你女儿住院是你爱人签了同意书的。"

这时，住院楼的窗户上都趴满了病人，有病人居然隔着铁护栏为我呐喊："加油，陈医生，消灭这个老太婆！"

可也有人失控了，一直疯喊："救命啊，有鬼啊，放我出去！"

严函的母亲却完全不在乎自己引起了多大的骚乱，听到我指出问题，就转身走向我，指着我大骂："你也是不要脸的大骗子！骗我女儿住院，好赚我们的钱是吗？还是你也想强奸我家女儿啊？你来强奸我好了！"

这话骂得太难听了，从种种迹象中可以看出来，严函平时的精神压力很大，哪有当母亲的这样公开骂女儿的。我看严函没有病，她妈才有病。而为了稳住事态，一到医院我就让杨柯在门诊部那边先用手机联系严函的父亲，希望他能过来一趟，及时把他妻子带回去。

可严函的母亲不好对付，一分钟就像一年那么漫长，见我不回应，就越骂越起劲："你们这群臭男人，没有一个是好东西，全都不得好死！我家女儿就是被你们这种天杀的带坏的！"

我妈就在我身后，本来她不想作声的，听到严函的母亲骂得这么难听，就跳了出来："这位大姐，你怎么说话的？"

"我怎么说话要你管？你算哪根葱？"严函的母亲叉起腰，蛮横地叫嚣，"他不会是你的龟儿子吧？"

我妈没有太过生气，反而文绉绉地回答："五志过极，心火暴甚，很容易引动内风而发卒中的。大姐，我劝你冷静，不然你后悔都来不及。"

"你敢诅咒我……"严函的母亲还想再骂些什么，却忽然身子一抖，直接倒在了地上。

这时，严函的父亲终于来了，看到这一幕，就央求我们快帮忙把人送去抢救。在场的人没有一个计较严函母亲的"前嫌"，一起帮忙把人送上医院的车，随后，严函母亲被送去了市一院。

与此同时，我一直在想，我妈说的话也不无道理。要知道，五志即喜、怒、思、悲、恐，是中医五行学说的组成部分。五志化火是中医发病的病理机制之一。中医认为"心火暴甚""五志过极化火"是中风的一种发病机制。像严函母亲那样的心火暴盛，多半会致阳升风动，血随气逆上涌，继而蒙蔽清窍，倒地昏迷。

当然，这是中医的说法，在西医上，中风也有许多前兆，其中一个就是性情大变。有的人是变得沉默寡言，有的人则是会莫名其妙地发脾气，自我控制能力变差，无法判断事情对错，而这些都可能是脑缺血造成的。

不过，我妈说话的时机掐得太准了，等人被送走了，我就在医院大厅问："妈，你是怎么知道那个阿姨会中风的？"

"她都这把年纪了，脾气还这么暴躁，她不中风，谁中风啊？"我妈长叹一声，继续道，"再说了，哪个正常人会半夜跑来精神病院骂骂咧咧的，她不要面子，她女儿不要啊？我一看就知道她要么不正常，要么就是脑子坏掉了，发病是迟早的事。我告诉你，下次你再遇到这种脾气差的人，最好躲远一点，他们都是准备去见阎王爷的人，心志早就被小鬼给整乱了。"

"你又迷信。"我不信。

我妈不高兴地啧了一声："你以为我爱说这些啊，但凡开口闭口说这些的人都是骗子，因为这都是泄露天机的，将来要倒大霉的。但我不是骗子，我能告诉你，你就该谢天谢地了。"

"好，好，谢谢你。"我揉了揉太阳穴，筋疲力尽地说，"你在门诊室这里等我吧，我和杨柯去住院楼看看病人，可能半个小时后再回来。"

我妈很疼我，见状就大度地说："你忙你的，不用管我。"

这时，大厅已经没有人了，我妈一个人孤孤单单地坐在一排长椅上，这画面让我感到有些难过。可为了安抚躁动的病人，我只好先与杨柯去住院楼。而人本来就爱看热闹，经过严函母亲这一闹，病人们情绪激动，护士和医生都忙得团团转。

当晚，其他科的医师也来了，包括卢苏苏、武雄、岳听诗等人，就连三科的李主任也来了。在安抚病人的过程中，我们有些是靠言语沟通，有的则需要借助药物。一科有几个"钉子户"病情反反复复，不是出不了院，就是出院了又被送回来。这些人都要用药来镇静，在我准备开药时，杨柯问我，严函的病，有什么想法了吗？

我还没看到市一院出具的检查结果，不能完全靠猜来确定严函的病是怎么引起的。因为精神疾病不一定是情绪所致，有很多是器质性病变导致的，而越是真实感强烈的幻听、幻视，越可能是病人身体的某个器官“坏掉”了。

不过，我还是大概猜出了严函的病：肢体归属感妄想症。这种病症出现得比较晚，在众多奇奇怪怪的精神疾病中，它算是“年轻”的，因为直到 1942 年才首次被神经学家约瑟夫·格斯特曼提出来。当时，有两个右脑受伤的病人，他们除了出现运动和躯体感觉的神经缺陷外，还并发了对左侧肢体失认的病症。

经后世研究，医学界认为这是一种基于顶叶损伤而引发的一种内容比较单一且固定的妄想症，与身体完整性识别障碍有一定的关系。这些患者通常会否认自己拥有某一肢体或一侧身体，并认为自己的手臂属于别人或者属于某些超自然事物，严重的病人还会出现强烈的截肢欲望。

至于严函，我觉得她的病更复杂些，因为她不只有肢体归属感妄想症，可能还有慕残癖综合征。这类病人不仅喜欢扮演残疾人，也迷恋残疾人，在极端的病例中，病人会寻求各种方法截肢，以获得愉悦感。

与肢体归属感妄想症差不多，慕残癖综合征也与右顶叶的损伤有关。不过我不知道严函在发病前经历过什么事，怎么造成损伤的。有时这些损伤不一定是摔伤导致的，打个比方，做开颅手术也可能给人留下损伤，使一部分脑细胞坏死液化。这些病都是各种原因导致的，医生要做出诊断的话，一般都需要各方面的信息。

说出这些话时，我以为杨柯会夸我博学多才，没想到说完了，他却默默地走掉了，说是要督促护士快点给病人注射药物。那晚情况混乱，我没时间想太多，杨柯一走，我也去找护士了。奇怪的是，等我经过严函的病房时，她居然在用手机跟一个男人打视频电话。那个男人有些沧桑，胡楂很多，但看着还是很帅气的。我注意到画面中的男人没有左臂，想来他就是严函口中的雷鸣，可严函是怎么拿到手机的呢？

顿时，我有些生气地走进去问：“你的手机是怎么回事？”

严函没注意到我进来，吓了一跳，急急忙忙地挂断了电话，低下头说：“我有两个手机，之前我交了一个，还有一个备用的藏在身上……”

“难怪你这么配合。”我恍然大悟。

“我不是故意的。”严函说话很小声，眼神充满了不安，似乎情绪也受到了干扰。

我没有太介意，只是担心地问：“你想去看你妈吗？她中风了。你在这里并不是坐牢，如果你想去看你妈，我可以协助你办手续出去一晚。主任和副主任也都马上就来了，有什么要求，你尽管说，我们会帮你的。”

严函怕我反悔，便着急地回答：“我想去。”

“好吧，你跟我来。”

随后，我很快办好手续，暂时带着严函离开了住院楼。在夜色中，我们两人一前一后冒着小雨，疾步走到了门诊部的大厅。当时，我妈还坐在那里，一副不知所措的样子。见我来了，我妈又露出了微笑，并站起来迎面走向我和严函。我知道我妈的习惯，见面肯定又要神神道道的，如我猜的那样，她一见严函就说：“小姑娘，你头上有一股阴气啊，少熬夜，别老半夜玩手机，不然阴气会越来越重。”

“妈，你不要吓唬人，她本来就……”我想说，严函本来就精神不稳定，但病人就在身边，后面的话只能吞回肚子里。

没想到，严函忽然发起狂，大喊：“陈医生，我的左眼看不见东西了！”

“什么？”

我大感不妙，以为严函的精神又出问题了，便叫她快坐下，不要激动。为了稳住病人，我还拨通了杨柯的手机，然后让我妈告诉他情况，好让他快点过来。与此同时，我对严函进行了视力检测，如指数、手动、光感等，经过一系列检查，我认为她的左眼光感消失了，瞳孔也散大至 6 毫米。这不是幻觉，也不是装出来的，我知道严函的身体可能出现了重大病变。等杨柯来了，我就催他赶紧和我一起开车送人去市一院，再晚一点的话，可能就大事不妙了。

果然，把严函送到医院后，市一院的医生用裂隙灯给她做了检查，证实她眼底的两根动脉血管已经变白变细，对应的视网膜也处于缺血状态。医生说这是视网膜中央动脉阻塞，通俗一点说，即眼球中风。

市一院的人很庆幸，说视网膜缺血时间超过九十分钟，感光细胞的坏死就不可逆转了，如果超过两个小时，视网膜就会萎缩，即使恢复了血供，视力也很难恢复。因此，治疗眼球中风和治疗脑卒中一样，需要争分夺秒。

当晚，严函一入院，大家就举行了会诊，商讨制订了溶栓方案。四个小时后，严函的矫正视力成功恢复到了 1.0，也就是说，抢救成功了。之后，严函留在病房继续进行降眼压、扩管、营养神经、改善微循环等治疗，四天后才康复出院。

对此，市一院的人对我大为改观，因为我很及时地送严函到市一院抢救，要是稍微晚一些，她的左眼可能就一辈子都看不到东西了。可我觉得，这不是熬夜玩手机这么简单，我妈也许说得没错，严函的脑部可能真的有某种“阴气”。在严函视力恢复后，我请求市一院做了其他方面的检查。毕竟，严函才二十岁出头，这眼球中风来得太突然了，可能还有其他原因。

于是，市一院对严函继续检查，然后发现了症结所在——严函的发泡实验[1]检查结果呈阳性，这显示她的心脏可能存在卵圆孔未闭合。这会引起心脏右向左分流，这样一来，严函左侧大脑中动脉就可能每秒有超过 25 个微栓子形成。简单地说，严函只是解决了左眼球中风的危机，下次还可能发病，而到时候堵住的就是更重要的血管，是会危及生命的。

---

1 发泡实验：对比增强经颅多普勒超声，主要功能是诊断“右向左分流”的心脏疾病，最常见的是卵圆孔未闭。

严函的父亲得知情况后也担心女儿会得脑卒中，想再做个CT检查。其实，我也这么考虑过，别看严函才二十岁出头，熬夜玩手机确实伤身伤脑，她会有恶心、呕吐、晕倒的症状，可能是中风的前兆。但一般来讲，在出现中风后的三个小时内，大脑中的血液肿块还没有形成，这个时候做CT并不能够发现异常。而如果是缺血性脑卒中，在发病后的十二个小时内由于液化病灶亦没有形成，这个时候进行普通的CT检查也不能够及时发现病情。

当然，普通人能从病人发病后的症状判断出这个人中风了，但医学人士不能光靠嘴巴说。写病历等档案或者万一将来要对簿公堂，你总需要有确切的检查结果。

严格来说，我认为如果严函不戒掉熬夜玩手机的习惯，她以后可能会走她母亲的老路。之后，严函做的躯体检查结果也出来了，当中各项指标都不是很健康，也许真的是因为日常作息不规律，她的身体早已虚弱得像老年人了。就拿微栓子来说，很多人认为这不能被看作中风的前兆，但微栓子预示了血栓不稳定，也可被视作即将爆发更大范围中风的信号之一。

所以，我相信严函第一次是眼球中风，下一次可能就是脑卒中了。对此，季副高很认同，而在上一次交谈后，他去找了加蒂夫人的病例资料。季副高解释，加蒂夫人出现无法数数的情况时，脑部也有损伤，甚至有中风的前兆，与严函的情况差不多。正是这样，季副高才相信，严函的脑部已经埋下了“炸弹”，当眼球中风治愈后，她还要注意脑部的恢复，这样才可能让她的世界里再出现“3”以后的数字，以及不会再继续想自残，割去自以为不属于她的左臂。

说起来，割去左臂的做法很荒唐，但可能也在一定程度上救了严函。毕竟，中医有种治疗中风的古老方法叫放血疗法。那天严函出院了，他父亲觉得是我救了他女儿，所以就同意女儿再回青山医院，以便把肢体归属感妄想症和慕残癖综合征给治好。我倒是有治好肢体归属感妄想症的打算，只要这个病痊愈了，严函就不会再想截肢了。只是，慕残癖综合征不算太严重的病，如果仅仅是喜欢残疾人，不会再自残了，那就无可厚非。

比如，有的人喜欢女生穿裙子，有的人迷恋男生穿西装，有的人向往女生留长发，有的人痴迷男生刮干净胡子，这些都是不同的喜好，只要不伤害到他人，都不需要去过度地纠正。

不过，我还不知道怎么制订治疗方案，要让肢体归属感妄想症彻底消失，不是光靠吃药或者谈心就能实现的。而对于又回到青山医院，严函也有些抵触，只有他父亲比较配合。

那天中午安排好严函后，我就疲惫地走进主治医师的休息室，想要补一会儿觉，不想吃午饭了。杨柯却先我一步，早就抢了一个床位，睡到了上面。

看到我来了，杨柯就起身说："手机给我。"

"干什么？你的丢了？"我不解地问。

"别废话。"杨柯催道。

我掏出手机，杨柯就拿过去将它塞进自己的公文包，然后把包丢到了床上。不等我反应过来，他就用命令的语气说："跟我到车上，我有话跟你说。"

"说什么？在这里说不行吗？"我实在困得不行，不愿意再动了。

杨柯没有解释为什么，只是拽住我的领带，拖着我离开了主治的休息室。我想要反抗来着，杨柯却说，如果你想去厕所隔间里交谈，那也行。谁没事愿意跟男生躲在厕所的隔间里呢？我自然不愿意。当挣脱了杨柯的手，抢回领带后，我就松了松衬衫的领口，抱怨自己都快窒息了。不过抱怨归抱怨，我还是配合杨柯乖乖地去了停车场，上了杨柯的车。

"怎么这么神秘？你唱的是哪一出？"我很好奇。

杨柯也松了松领带，启动车子后，把电台广播调到最大音量。开出医院的停车场后，他才对我说："跟我去一个地方。"

"去哪里？"

“一个能马上知道 X 是谁的地方。”

话音未落，我们就驶入了车流中，而接下来的目的地，是我做梦都想不到的地方。

06 到手的信封

也许，有人会说，既然小乔的手机被偷了，找人定位不是就可以找到 X 了吗？是的，杨柯也想过这个问题，这段时间他找了这方面的资源，想通过这个方法来确定 X 到底在哪里或者是谁。

可你不要被社会上的信息骗了，查手机定位并不容易，没有这么多的想当然。现在民间倒是有一些软件或者一些号称能查到定位的非法公司，但这些都需要你先交费，但交完费之后的结果准不准确，你就无从得知了。而这与手机上的程序定位不同，除非你在定位对象的手机里植入了木马，否则你还是无法获取正确的地理位置的。

那么，声称报个号码就能帮你找人的广告是不是真的呢？也不是。

其实，我之前一样想到过这个方法，早在半个月之前，我就旁敲侧击地问过廖副，要怎么查询手机的定位或者移动轨迹。廖副说，需要合法手续和很高的权限。廖副还语重心长地提醒我，千万别被骗了，民间号称能调用这些数据的人全是骗子，要么就是根据其他渠道的信息计算出来的模糊结果，外人是绝对不可能通过基站、卫星这些渠道来精确定位的。

正因如此，当杨柯说要去一个能马上知道 X 是谁的地方时，我第一个想到的就是那种自称能通过一个号码找到人的骗子公司。杨柯不是傻瓜，在开车的时候就告诉我，他找的是一个很可靠的渠道，但我得保密，不要到处嚷嚷。在一个地方等红灯时，杨柯又透露，自己有熟人在某运营商的公司工作，权限很高，他托这个人帮忙查了小乔手机的定位与移动轨迹。

我本想问，这会不会不符合规定，这么做不好吧。但转念一想，小乔都死了，号码本就应该注销的，查不查都一个样吧。况且，她的手机被人盗用了，也应该找回来。非常时期，非常手段。就在我思考时，杨柯驶过一家运营商公司，他知道我在想什么，就说那个人约在一个咖啡厅见面，以避人耳目。

“搞得像来跟你偷情一样，手机还不让带。”我忍不住说，“当然我知道你是担心窃听什么的。我也觉得奇怪，为什么 X 会知道我们要拿假信去蒙他的事。”

“可能是你大嘴巴，和谁说过。”杨柯故意冤枉我。

“你这是恶人先告状，我看是你自己说出去的吧。”我喊冤道。

“是啊，其实我就是 X，所以我什么都知道。”杨柯诡异一笑，接着扭头对我说，“所以你说不说出去都没差别。”

我毛骨悚然，当下急道：“开车好好看路，别看我。”

“你还真信了？我逗你的。”杨柯收起了笑容，认真道，“反正你可以信任我，无论发生什么事，我都不会害你的。你只要记住这一点就行了。”

“怎么今天这么肉麻？”我很意外，因为杨柯平时不会说这些。

“算了，懒得跟你说。”杨柯似乎不好意思了，被我这么一问，就板起了脸，又一副冷冰冰的样子。

之后，车子大概又开了三十分钟，我们才来到了一家偏僻的咖啡厅。有个短发女人戴着墨镜坐在角落，明显不想被人注意到。见状，杨柯带着我走过去，坐了下来，也许是为了保密的关系，他并没有介绍女人叫什么或者是干什么的。女人好像和杨柯约好了，既不自我介绍，也不问我是谁，等我们一坐下来，她就解释了一些复杂的技术内容，以让我们明白她给的结果为什么会是那样的。

女人说，出于技术和安全考虑，她最多只能告诉我们，自从小乔死后，她的手机一直在青山医院里，而且从没有移动过。女人还表示，如果猜得没错的话，那部手机可能藏在一个隐蔽的地方，需要使用时，有人才会去开机，用完了就关机。至于具体藏在哪里，女人无法回答，说手机很可能就在住院楼的某一处，但是在哪层楼或者哪间办公室，就不能确定了。而从这些方面可以看出来，这个偷手机的“贼”早就算到有人会去查手机定位了。

说完这些，女人马上就走了，连再见也没有说，搞得像谍战剧那样。我倒是能理解女人的做法，但这说话了等于没说，医院里那么多人，谁都可能是 X，搞不好还是其中一名病人呢。对此，杨柯也很失望，因为女人约见面时，他以为已经得出具体的结果了。

就这样，我们又无奈地回到了医院，可到了住院楼后，我看谁都像 X，哪怕是住院的病人，包括严函在内。不过话说回来，严函已经比前几天好多了，在眼球中风康复的时候，她的身体经过调理，幻听、幻视这些症状出现的频率已经降低了。严函也坦承，一开始不能玩手机确实难受，那好比是犯毒瘾，可过了一段时间后，她觉得整个人都神清气爽了，但还是会想砍掉自己的左手。

为了治好严函，我根据橡胶手错觉实验为基础，制订了一个方案，大致步骤就是将橡胶手错觉实验用在严函身上，定期为她做若干次实验，以让她相信橡胶手就是她真实的手臂，然后砍下橡胶手，帮她实现断去左臂的念头。

说来奇妙，做了六次实验后，严函的病情好转了，或许是治疗起了作用，又或许是她的大脑慢慢恢复了健康，那些奇奇怪怪的症状自动消失了。严函的母亲却没有这么走运，直到严函出院，她因为中风还住在市一院，据说康复的效果不理想，可能以后都不能那么暴脾气地骂女儿或者攻击其他人了。

出院那天，雷鸣专程来接严函，可在医院大厅里等待时，很多人都盯着他看，仿佛缺了一只手臂的他是个怪物。雷鸣倒不在乎，就那么安静地坐在长椅上，什么话也不说。当我送严函出院时，只有雷鸣迎了上来，我看严函的父亲没来，不敢随便把人交给他，坚持等严函的直系亲属到场。

雷鸣看出了我的担心，就诚恳地解释："我只是想送她回学校。"

"我爸马上就来了，陈医生，你要忙就去忙吧。"严函也催道。

"时间还早，没事的。再说，还有些手续要办，我要等你爸来了才能走。"我故意提醒道。

"你怕我对她干什么吗？我从没碰过她。"雷鸣尴尬地笑了笑。

我清楚地记得，严函担心自己怀孕了，这分明是雷鸣做过了什么，我想要拆穿雷鸣的虚伪面具，谁知道严函忽然慌起来："陈医生，这边说话。"

我被严函拉到一边后，她就说："我和雷鸣从没……那个过。我担心自己怀孕……是我跟其他男生那个了，你可千万别告诉雷鸣。"

之前，严函要死要活的，还很深情地表示，如果怀孕了的话，一定要留下雷鸣的孩子，现在她却告诉我，和她发生关系的另有其人，并不是雷鸣……对此，我非常意外，不过也没什么，本来病人说的话就不能尽信。你永远不知道，一个看着很正常的人，脑子里的想法有多么"特别"。所以，精神科医师都像是侦探，要透过现象看本质，不要轻易地被骗了。

出于职业道德关系，我没有拆穿严函，也没有多说什么，但仍坚持等严函父亲来，不同意他们马上离开。严函误以为我想说什么，便一直找借口想赶我走，就连想重新住院的借口都用上了。幸好，严函的父亲半个小时后终于赶来了，当一切手续办妥后，我们就好聚好散，各回各家了。

这时，卢苏苏从大厅角落里冒了出来，见我忙完了，就高兴地说："出去吃饭吧。"

"好啊。"我也开心地回答。

不想廖副打了我的电话，我要接通时，电话就提示快没电了。可我还是先接通了电话："喂，什么事？"

"那个血迹的检验结果出来了，就是张七七的，杨柯绝对是嫌疑人，这几天我们可能就会采取行动了，你最好离他远一点，免得惹一身臊。”廖副声音沙哑地说，然后咳了几声。

“少抽点烟。”我劝了一句，又问，“真的吗？你没骗我？”

“这种事我都不该跟你说的，我是怕万一要带他来问话，他拒不配合，被逼急了挟持你或者杀你。”廖副压低了声音说，“反正老子已经提醒你了，你好自为之。对了，千万不要告诉杨柯，我知道你和他一起住，关系非同一般。”

“你……”我正要解释，廖副却挂了电话，然后我的手机又提示快没电了。

卢苏苏不知道电话是谁打来的，看我很着急，就说自己有充电宝，我们可以边吃饭边给手机充电。我知道卢苏苏一直期待再出去吃一顿饭，我都放她几次鸽子了，不好再推托，当时就跟着她去了外面的“茶茶”餐厅。

可我心里一直想着杨柯的事情，一时间不知道要和卢苏苏谈些什么，为了找些话题，我就对她说：“这充电宝很可爱啊，你还贴了海豚的贴纸在上面啊。”

卢苏苏要了一杯红茶，坐下后就回答：“我喜欢海豚，有机会的话，我想去亲眼看看。”

“海洋馆就有吧。”我戳了戳海豚贴纸，尽量找话题说，“你哪天有空了，我们可以一起去。”

“好呀。”卢苏苏脸红了起来。

接着，我不知道要说什么，便想起了卢苏苏的病人刘大爷，于是就分析道：“那个刘大爷可能是快要脑卒中了，他是因为脑子受损才会数不出东西来。我想，那天他死在楼梯间，是中风后自己摔倒的，刚好没人发现，错过了抢救时间，就去世了。”

“有可能。”卢苏苏简单地回答了一句，然后又把话题拉回约会的话题上，“你哪天有空啊？”

“这个周末吧。”我耸耸肩。

卢苏苏心花怒放，赶紧敲定时间："那就周末去。"

不知道为什么，那天中午杨柯一直在我脑子里挥之不去。而且我一直在想，张七七肯定不是杨柯杀的，这一定是栽赃陷害，可是证据呢？如果第一现场真的在杨柯家，那他就有杀人嫌疑，问题是他为什么要杀张七七？杀人动机是什么？当然，有些情侣吵架会动手，有的人被激怒后更是会杀害对方，但选择报警的人是杨柯，他如果不想被盯上，那晚完全可以编个借口，把我妈和我糊弄过去。

吃午饭时，我始终在想着杨柯，都没怎么接卢苏苏抛来的话题，就连下午上班，心里还惦记着杨柯的事。好不容易，等到了下班，杨柯约我回酒店，我上车就问他："你敢跟我发誓，张七七不是你杀的吗？"

"我都说几遍了，你要相信我。"杨柯不耐烦道，"你也太啰唆了。"

"可是……"我忍住了冲动，没有说出廖副告诉我的事，但还是继续问，"如果天花板的血迹是张七七的，她死在你屋子里，你肯定有嫌疑啊，谁都会这么想的。"

杨柯似乎真的生气了，停住了发动车子的动作，冷冷地说："好，人是我杀的，什么坏事都是我做的，你满意了吧？还要我承认什么，你一并说吧。"

看我呆住了，杨柯就生气地丢下车钥匙，从驾驶座出去了，但发脾气走之前，又丢下了一句话："你自己回去吧！以后随便你，想跟谁就跟谁去，不要再来烦我！"

我坐在副驾驶，不方便去拦人，杨柯脚程又快，我还在不知所措中，他就已经从停车场上消失了。当时，杨柯把公文包、西装外套都丢在后座，我知道他的钱包和手机都在包里，他待会儿如果想回酒店就只能走路。我如果是正常人，铁定不能自己开车回去，所以我拿起车钥匙就追了出去。无奈的是，我在医院找了一整圈，就是不见杨柯人影，不知道他是不是已经离开了单位。

最后我只好回到了车上，看他会不会自己回来。可等到天都黑了，杨柯也没有回来，眼看停车场的车越来越少，我就琢磨着要不要回酒店看一看，说不定杨柯已经回去了。不过，我还是担心杨柯会回停车场这边来，一时间左右为难。

“我真是的，干吗老怀疑他呢，他都说了几次要我相信他，那就相信他好了。”我在心里骂自己，“他对我确实很好，我不能太忘恩负义。”

于是，我翻了翻手机的通信录，想看谁能帮我把找杨柯回来。就在这时，我翻到了我爸的名字，这才想起我妈已经跟我们在酒店住了很多天了，她到底和我爸在吵什么呢？尽管我想找杨柯，但却鬼使神差地拨通了我爸的电话，想问一问他和我妈的感情状况。

“喂？小天，什么事？”没等我说话，我爸就在那头问，“最近还好吧？”

我沉默了几秒钟，接着才问：“你和我妈为什么吵架啊？都这么多天了，你也不来哄她回去。”

“吵架？我们没有吵架啊。”我爸糊涂了。

“没有吗？我妈说她跟你吵架了，所以才来找我的。”我也糊涂了。

我爸忙喊冤：“她和我说想你了，去看看你，就这样啊。我们什么时候吵的架，你别瞎说啊。”

“我妈说谎？”我讶异，“这可很少见啊。”

对此，我爸也感到很意外，以为我妈和我很开心地在市区享乐，因此一直没有打电话过来询问。为了弄清楚状况，一打发完我爸，我就马上拨通我妈的电话。我妈倒是很快接通了，也很干脆地承认自己撒了谎，但她说来医院找我了，自己就在住院楼外的院子里。

“你赶紧来吧，我等你。今天我也想跟你说实话了。”我妈的语气倒是很平静，似乎骗我是理所当然的。

我虽然正为找杨柯的事心烦着，但我妈同样很重要，于是我就拔了钥匙，下了车。这时，天完全黑了，喧闹的医院也安静了下来。每到这个时候，我总觉得医院是另外的世界，似乎被结界困住了。我每走一步，回声都很大，尤其是穿过大厅、经过门诊部时，似乎有几个看不见的人在跟着我。

途中，我发现主任办公室的门虚掩着，里面一片漆黑，似乎没有人。我停住脚步，然后想起10月30日马上要到了，X不是叫我们去偷信吗？这可是大好的机会啊。尽管我知道，这太巧了，主任怎么可能偏偏今天忘记关门了呢？就算是写小说，也不可能发生这种巧合的，太刻意了。但我管不了那么多了，一看逮到了机会，就脑子一热，偷偷摸了进去。

我不是经常偷东西的人，没有所谓的熟能生巧，也许有人说这是BUG，可我确实一进去就打开了灯，然后才开始翻找东西。主任的桌子上有两个水瓶，之前他找过我，还威逼利诱地叫我喝了其中的茶水，不知道玩的是什么把戏。由于那两个水瓶压着一些报纸和文件，我就挪开瓶子，随便往下面翻了翻。没想到，一个厚厚的信封被压在报纸下面，我本来只是象征性地翻找，没想到得来全不费功夫。

“我还以为会藏在抽屉里呢，主任也太粗心了吧。”我心里念道，“难道这就是张七七留下的信吗？”

此前，我收到过牛大贵寄来的记忆卡，里面有一段张七七藏信的视频，虽然看得不是很清楚，但我觉得主任桌子上的信封就是她留在太平间冷柜里的。也就是说，信封里藏着谁是X的证据，张七七那么小心翼翼地将它放在冷柜里，一定是有十足的把握了，不然X也不会这么迫切地想拿回去。问题是，X为什么不自己来拿呢？不怕我偷看吗？还有，主任也很奇怪，他肯定好奇地打开过信封，可他为什么不动声色呢？

这些谜团一直困扰着我，如今我拿到了信封，岂有不看的道理？于是，心跳加速的我关上灯，带着信封奔出主任的办公室，随后溜进了一科的诊室里。关上门后，我强迫自己屏住呼吸，慢慢地打开已经被撕去封口的信封，将里面的东西一股脑儿地倒在了桌子上。

“不会吧。”一时间，我被信中的内容震惊到身体都僵住了，内心还一个劲儿地想，“这不可能！这不可能！这不可能！”

就在这时，有人拍了诊室的门，拍一次还不够，又拍了第二次。由于夜里的青山医院很安静，拍门声就一直回荡着，似乎是传到地府又传了回来一样，有一种阴森森的寒意。我心惊肉跳地将信收到抽屉里，稍作镇定后便去开门了。本来，我以为是我妈或者是医院的同人来找我，没想到打开门后，站在走廊外面的却是一个我怎么都想不到的人。

望着他，我不由得瞪大眼睛，吃惊地问："您怎么来了？"

第7章

故人来访

过去流传过一个故事，大致就是有个男人被蒙着双眼，绑在椅子上。别人只是用刀背划了下他的手腕，然后打开了旁边的水龙头，让男人听得到水滴的滴答声。虽然那只是水声，但男人误以为是自己的血滴落的声音。最终，男人就好像真的“失血”过多一样死掉了。

01 乌鲁鲁诅咒

我在上海念医学院时，吴老教授说过这样一个故事：有一条小巷子的路灯出了毛病，入夜后总是闪啊闪，让人很不舒服。

有个男人晚上喜欢遛狗，每次要经过那里时，狗狗都会对着巷子的黑暗处狂吠。因此，很多人说那里有不干净的东西，狗可以看得见。实际上，巷子里有路灯的地方漏电了，狗狗每次经过都会被电一下，所以自然会害怕巷子里的黑暗处，不愿意经过那里。

吴老教授告诉我们，有迷才有信，科学是一个解谜的过程或者是一个解谜的技术手段。

毕业这么多年，我又想到这段话是在青山医院住院楼的地下二层，当时夜已经深了，那一层的走廊经过改造，封住的墙壁都打开了，灯也都通电了，但那晚天花板上的白炽灯一直在闪烁着，似乎电路出了问题。

我心想，可能就像吴老教授说的那样，是哪里漏电了，没事的，世界上又没有鬼。随后，我壮起胆子，挨个房间找人。忽然间，有一个房间传出了动静，似乎有人在打架。我忧心忡忡地循声而去，想透过窗户瞧瞧里面的情况，可那个房间没有开灯，窗户也都布满了灰尘。当我凑近玻璃窗端详，想看看能否瞧出房间里怎么了时，一只血淋淋的手拍到了玻璃窗上，并击打出了几条裂缝。

那晚，我是下来找人的，为了救人，我就试图撞门。奈何，我力气不够，撞了几下，门还是紧锁着。最后，有人从内部打开了门，吱呀一声，一个浑身是血的人颤抖着走了出来。房间里还有一个人，一动不动地躺在血泊中，不知道是不是死了。

我一时分神，没有提防，等反应过来时就发现腹部已经被开门的人捅了一刀，鲜血顿时染红了我的白衬衫。那个人又捅了我第二刀、第三刀……我也数不清被捅了几刀，最终我无力地倒在地上，意识就渐渐模糊了。恍惚之中，我的脑海里又浮现出几天前的那些画面，准确地说，是七天之前吴老教授来找我的那个晚上。

是的，那晚我从主任办公室偷到信后，来诊室拍门的人就是吴老教授。自从毕业后，我和他的联系就少了，直到我离开沈阳，他听说我没了工作，这才推荐我到青山医院来试一试。即使如此，我也没有再见过吴老教授了，这么多年过去了，忽然在青山医院见到他，我还以为自己在做梦。

“小陈，别来无恙啊。”一头白发的吴老教授对我慈祥地一笑，很客气地问，“不认得我了？我不打招呼就来，是不是打搅到你了？”

我缓过神后赶紧握手，并重复地问：“教授好，您怎么来了？”

“你方便说话吗？我问了你同事，他们说你刚下班，可能在门诊部，我就过来找你了。”吴老教授一直保持微笑，让人难以拒绝。

我也不敢摆谱，毕竟他算是恩人，哪能不请人坐下聊一聊呢。但与此同时，我心里想，我妈正在住院楼外等我呢，不知道她有什么事要和我说，她骗我爸又是为什么。姜还是老的辣，吴老教授还没坐下，一眼就瞧出我有心事，心思并不在在这里。看穿问题后，吴老教授就让我先去忙，说他还会在南宁待一段时间，他的事可以缓一缓。

“您有什么事啊？”我有点意外，我只是一个小小的主治医师，老教授怎么会找我帮忙呢？

吴老教授这时收起了微笑，叹气道：“我要你救一个人。”

“救人？”我不敢应承，要知道我只是精神科医师，如果谁得了重病，应该去找其他医生才对。

“明天咱们约个时间再谈吧。”吴老教授非常有礼貌地站了起来，连连抱歉，“冒昧打搅，真是不好意思。”

“哪里的话，您太客气了。我随时都有时间的，只是我妈找我……”我为难道，“您要是不着急，那就约明天好了。”

“好。”吴老教授说罢，便步伐缓慢地往外面走去。

可我实在好奇他为什么会忽然到访，便问了一句：“教授，您为什么从上海来广西？上海的医学资源更好吧。”

“不急于这一时，有亲人找你，你就快去吧，珍惜能相聚的日子。”吴老教授语重心长地交代了一句，便慢慢地走出了冷清的门诊部。

等老教授走了，我就把抽屉里的信塞到裤子口袋，一路小跑去住院楼外找我妈。夜色中，我妈孤孤单单地坐在石凳上，仰望着天空。这场景让我心一沉，不用我妈开口，我就知道她想说什么了。果然，等我过去，我妈就叫我坐下，说有个消息要告诉我，让我冷静。

原来，我妈这段时间小腹不适，无法向左侧卧，否则会疼痛难忍。后来，我妈还反复发烧，严重影响了睡眠，出于担心，她就去医院做了检查。没多久，医生就发现我妈左上腹有个 6.5 厘米 ×6.5 厘米大小的硬块，压下去会有疼痛感。正常人都知道，身体出现硬块可不是好兆头，为此医院给我妈做了 B 超，并在她的左上腹找到了一个混性包块。除了 B 超，医院还做了钡灌肠，其中的报告称我妈的脾曲结肠有肠外压迫综合征，诊断则是左上腹肿块性质待查，但疑似结肠癌并感染。出于种种考虑，医生建议最好在硬膜外麻醉下做个剖腹探查术，以查明和治疗病情。

结肠癌？癌症？这对我来说犹如晴天霹雳，我没想到这种病会发生在亲人身上，当时就有种天要塌下来的感觉。难怪我妈会找借口老是待在我身边，看来她是担心自己时日不多了，想多陪陪我。

面对这个结果，我难以置信，但我脑海里却回放着我妈经常唠叨的一句话：泄露天机是要倒大霉的。平时，我妈帮人看相卜卦，化解劫难，那些都是要收费的，这样才能福祸相抵，但她也经常提醒我，什么该规避，叫我别接触谁谁谁。尽管我妈也说亲人之间早就纠缠不清了，无所谓泄露天机，但道破天机多了，终归不好。如今我妈得了结肠癌，我第一反应就是，谁让你说那么多。可我妈是个好人，我觉得如果苍天公允的话，不应该给我妈这样的结局。

“你也别担心，我又不是马上就那什么了。”我妈安慰我，“现在医生劝我尽早做那个剖腹探查术，还能治的。虽然只是个小手术，但谁知道有没有并发症或者手术时会发生什么事。”

“什么小手术？这么大的事，你怎么现在才跟我说。”我又难过又生气。

我妈却火上浇油地说：“因为做手术要找人签字啊，找你最合适了。”

“怎么？你是要做手术了才告诉我的？”顿时，我的愤怒压过了悲伤。

“我是不想让你担心嘛，你的日子也不好过，老妈平时都帮不了你，不想再拖累你了。”我妈一副看淡了的样子，“这都是命，没必要难过。”

我气着气着就心酸起来，都怪我平时没挣到钱，关键时刻都不能让我妈舒服一些。唯一值得庆幸的是，我妈还没有真的确诊结肠癌，只要没有确诊，就还有希望。像以前也有做了结肠镜检查仍被误诊为结肠癌的，但最后病理标本检查的结果却是结肠非特异性炎症，即一般炎症，并非癌症。

为了不让我妈情绪不好，我只能忍住了脾气，并告诉她剖腹探查术不算小手术，但也不算大手术，杨柯做过。说到这里，我想起我老妈当初提醒我要小心姓“杨”的人，然后就没头没脑地问：“杨柯不是姓杨吗？你怎么不担心我跟他在一起？”

“他是男的，有什么要紧的？你要注意的是一个姓杨的女人。”我妈又耍起了神棍。

我不想在这时候扫兴，便耐心问：“会不会是姓阳的人呢？太阳的那个阳？”

我妈明白我的意思，叹了一声：“不会的，就是木头杨。我是抵了自己的福报才告诉你的，你可要当真啊。”

“好啦，好啦，我知道了。”我不想继续这个话题，于是就搀扶起我妈，想用杨柯的车先载她回去。

我妈却很要强，见我要扶她，就说自己还能走路，不需搞特殊待遇。我也觉得这样好像有些夸张了，便尴尬地笑了笑，陪着我妈走向停车场。这时，杨柯依然无影无踪，但因为我有老妈要陪，就只好开车先回了酒店。

途中，我妈倒是问，杨柯去哪儿了。我不好意思说我们吵架了，在快到酒店时就说杨柯要忙工作，今晚不回来了。实际上，我恨不得让警察叔叔帮忙把他找回来，好给他看看我偷到的信。正如牛大贵寄来的视频那样，信中确实有谁是X的资料——X的照片、张七七对X误诊病人的分析报告，以及她写的举报信。

那么，X是谁呢？他就是何富有，我们的主任。不过，我觉得这有些蹊跷，因为如果主任就是X，他为什么要逼我们去偷信呢？这不是自曝身份吗？搞不好，他还会被廖副认为是杀害张七七的凶手。再说了，如果我是主任，我一定会烧掉这封信，绝对不会摆在办公桌上，等着别人来偷的。

退一步说，就算主任的脑筋不好使，不知道要毁灭证据，可他总会做贼心虚吧，现在他却连办公室的门都不锁，这又如何解释呢？还有主任之前的种种行为，乃至我和杨柯在厕所里偷听到他打的电话，内情应该没那么简单。

“还是等杨柯回来再说吧。”

我不是那种听风就是雨的人，如果杨柯还没出现，那就不能随随便便将信的事透露出去。基于信里的内容，我也相信主任不会大声嚷嚷，说自己的东西被偷了，静观其变就好。

可那晚我等了又等，快零点了，杨柯都没有回来。我琢磨，他那么大个人了，应该懂得照顾自己，假若他身上没钱，又没带身份证，他知道自己可以睡在主治休息室，不会露宿街头的。我困得睁不开眼睛，加上又操心我妈的健康问题，实在撑不住了，才把杨柯的西装外套和公文包放到沙发上，然后去卫生间洗澡了。

结果，洗到一半时，我隐约听到有人打开了门，在房间里走来走去。由于卫生间的水声很大，我心想可能是自己听错了，怎么会有人进得来呢？那天开房时，我记得酒店只给了一张房卡，我拿着房卡回来了，杨柯是进不来的。当然了，杨柯完全可以在前台报身份，再拿一张房卡，这也不是难事。

然而，我还在思考时，有人就推开了卫生间的门。大家知道，现在酒店淋浴间的门都是透明的玻璃，我倒是放下了卫生间的帘子，但淋浴间是完全透明的。所以，我随即就发现是杨柯回来了，他一进卫生间就跑去马桶边狂吐，好像是喝得太多了。我尴尬到不行，关了莲蓬头后，马上跑出淋浴间，扯下卫生间架子上的浴袍迅速穿上。

与此同时，我注意到浴室里酒气熏天的，也许是杨柯吐了的关系，也许是他本来就一身酒气。杨柯吐了一会儿，醉眼迷离地站了起来，然后用毛巾擦了擦嘴巴。杨柯眼神都有些涣散了，看来是真的醉得不轻，见我在他身旁，他突然扭住了我的手腕，大声喝道："你是谁？想干什么？"

"我是陈仆天啊，我没想干什么啊。"我疼得哇哇叫，"你放手，好疼！"

"什么陈仆天，陈皮地的，我不认识！你就是小偷！"

杨柯醉醺醺的，说话的语调也变了，仿佛变成了另外一个人。我还没来得及再反应，杨柯就将我推出了卫生间，接着又把我推到了床上，并扑上来大骂："该死的小偷，居然还想跑！"

"谁想跑啊！你清醒一点好吗？！"我疼得想翻身，杨柯却从后面压住我，并将我的双手反锁。

也许，有人会说，这太夸张了吧，怎么会有人醉得连好朋友都不认得了？可你要知道，酒精是一种脂溶性物质，可以自由地穿透血液和大脑之间的屏障，而人脑的颞叶部分负责掌管记忆，当酒精摄入到一定程度时，颞叶就会暂时丧失部分功能。这就是为什么有些人喝醉了会断片，会暂时丧失记忆。其实相处这么久了，我早就知道，杨柯不宜喝酒，只要喝了酒，总会借着酒劲发酒疯，但那晚他生气后不知道上哪儿找了钱，喝了酒，最后还摸回了酒店来。

“好疼啊，放开我。”

我被喝醉的杨柯压着，本想一边喊一边反抗，可我越挣扎，他就越使劲。看我想要逃脱，他还一边压着我的两只手，一边解开了自己的黑色领带，把我的两只手都捆了起来。我想劝杨柯赶快放了我，谁知道他却站起来，拿起床头的座机，说要打电话报警捉小偷。

“什么？”一想到警察来时，我被人这样捆绑在床上，成何体统，这不是要被人嘲笑一辈子吗？

还好，杨柯拿起电话后，就眼皮子一闭靠在床头迅速地睡了过去。可我挣扎了很久，一直解不开绑住我的领带，但我也不敢闹出太大的动静，万一杨柯醒了，酒劲没过去又胡来，那该怎么办？可我折腾来折腾去了很久，就是不能松开自己。直到天快亮时，筋疲力尽的我才趴在床上睡着了。

“喂，你发生什么事了？”早上，杨柯拍了拍我的脸，一脸无辜地问，“谁干的？”

我睁开干疼的眼睛，立刻火大地叫道：“当然是你干的！还不快把我松开！”

杨柯可能是真的断片了，看到我很狼狈的样子，他不知所措地站了一会儿才帮我松开了双手。显然，杨柯看得出来，黑色领带是他的，房间也只有我们两个人在住，我绝不可能拿这种事开玩笑。这是我生平以来第一次这么生气，我心想，你以为只有你会生气，这次老子也生气了！

杨柯也许在拼命地回忆自己干了什么事，见我火冒三丈，就罕见地道歉："对不起，我喝多了，我不知道自己做了什么，你原谅我好吗？"

"昨晚的事太过分了！"我越想越气，整理好自己后，便把车钥匙丢在桌子上，"你自己开车去上班，我今天坐公交车去。"

"先别走……"杨柯想拦住我，不让我出去。可我快人一步，早已夺门而出。上了公交车后，我倒是想过，自己是真的生杨柯的气，还是生活里有太多的烦恼，好不容易有个发泄口就拿来出气了。可正常人谁会高兴被人绑一个晚上？万一他真的报了警，警察破门而入，我还要不要脸了？

总之，那天早上我气得都冒烟了，到医院后，宋强还以为是他做错了什么，吓得又去检查了手头上的工作。确定没啥问题后，宋强就告诉我，有个老爷爷带着一个年轻人在等我，他们一早就来挂了我的号，等了十多分钟了。想必，老爷爷就是吴老教授，昨晚他来找过我，看来是遇到什么难题了。为了对得起自己的职业，我就暂时没有去想杨柯的事，整理好情绪后就带着宋强走到了门诊室那边。

见我来了，吴老教授就露出笑容，站起来要握手，不过他身边的年轻人一直坐着，而且包得严严实实的，好像很怕冷一样。我们见多了形形色色的人，倒不会觉得奇怪，也不会见外，所以打完招呼后，我就请吴老教授坐下，有什么就尽管开口。吴老教授是业界前辈，自然知道怎么看病最方便，比如讲述病情时，最好是病人自己开口，亲属要回避，切忌帮忙回答。当然，有时病人自己也天马行空，总是触不到重点。

这一次，吴老教授却没有出去，陪年轻人坐下后，就介绍："他叫吴刚毅，是我哥哥的孙子，刚刚大学毕业没多久。"

"你好。"我礼貌地打招呼。吴刚毅却一直低着头，什么反应都没有，我也没有看到他的脸是怎样的。

见状，吴老教授就抱歉地说："不好意思，这孩子原本很活泼的，现在只是……唉，我也不知道该怎么说，不如从头说起好了。因为你要救的不只是这一个人，还有另一个呢。”

“还有一个？”我惊讶道。

“我知道不该代说的，但是阿毅这孩子现在……唉，反正我尽量往简短了说，然后你再分析分析。你也知道，我是阿毅的叔公，有这层关系就应该避嫌，只是这次情况特殊，我就打破规矩了。”吴老教授为难地解释了一番之后，便言归正传讲了吴刚毅的情况。

原来，吴老教授有个哥哥曾在南宁从事地质相关工作，之后就留在了南宁。也许是受到了爷爷的熏陶，吴刚毅大学是在中国地质大学读的。那一年夏天毕业后，他和三个南宁高中的老同学一起去澳大利亚玩了一圈。说起澳大利亚，最出名的莫过于袋鼠、大堡礁、艾尔斯岩石等了。

其中，艾尔斯岩石被原住民称为乌鲁鲁，是一块红色大岩石，位于澳大利亚的北领地，长度有几公里。除了乌鲁鲁外，那里还有红色的土地、红色的辛普森沙漠，每一处都散发着神秘的气息。而当地的原住民一直认为，乌鲁鲁是世界的中心、神圣的所在。因此，有传说凡是攀爬过这块巨岩并带走石子的旅行者，回家之后就会受到神灵的诅咒，然后霉运缠身。正因如此，乌鲁鲁诅咒又被列为世界四大诅咒之一。

有这名头的诅咒绝非空穴来风，有些旅行者带走了乌鲁鲁的石子，回家以后不是遭遇交通意外，就是失业、失恋、家人死亡等。吴刚毅和三个同学不信邪，各自偷偷带走了一块指甲大小的石子。

谁知道一回国，其中一个同学就在过马路时被撞死了，还有一个去野外游泳时溺死在了河里。如今，除了吴刚毅，还有一个男生也得了怪病，最近一直在家里待着，听说情况不妙了。吴老教授知道我要说什么，在做了个等一等的手势后，拿出了吴刚毅的躯体检查报告，给我看了各种数据。

吴老教授语速缓慢地告诉我，吴刚毅什么都检查过了，身体没有问题，可回国没多久，他就觉得浑身乏力，有时还会反复发高烧或者流鼻血。更甚的是，吴刚毅有几次还躺在床上无法起来，整个人像瘫痪了那样。眼看吴刚毅越来越虚弱，他的家人就思索，既然身体检查没有问题，那是不是孩子得了精神病呢？还真如他家人想的那样，吴老教授从上海飞到南宁后想办法撬开了吴刚毅的嘴巴，这才套出了乌鲁鲁诅咒的问题根源来。

一般来说，找到症结所在就能对症下药了，可吴老教授尝试了几次却一点儿效果也没有，当想起我就在南宁青山医院工作时，他才找我来救治他的亲人。问题是，吴老教授都束手无策，我凭什么能行呢？我看，吴老教授要失望了。

“您抬举我了。”我额头冒汗，想要推掉这个病例，可又觉得这违背了我行医的初衷。

吴老教授也知道这有点为难我：“别有压力，就当是一个普通的病人，阿毅也确实是一个普通的病人，没有区别的。”

“好吧，我姑且试试，那您能和宋强一起出去一会儿吗？我想单独和病人谈谈。”

吴老教授是同行，知道我的意思，不用我说，就比宋强还早一步走出了诊室。在这里，我要解释一下，为什么这一次我直接称呼吴刚毅为病人。这是因为吴刚毅认为自己被乌鲁鲁的神灵诅咒了，在求医无门，试了各种方法后，他可能觉得精神病院已经是最后的救命稻草了，否则也不会一直沉默着。换作别人，他们可能都在据理力争，大嚷着我没有病，我不要住疯人院。

不料，我刚要开口，主任就在外面捶了捶原本就敞开的门，打断了我：“陈仆天，中午我们医院要开会，所有科室的人都要参加，你记得通知杨柯。”

“好。”回答时，我一直盯着主任看。

主任交代完了，发现我眼神有异，就问：“怎么了？我脸上有东西？”

我假装镇定：“没什么，谢谢你通知我。”

“记得准时参加。”主任摆出以往的威严，说完后就大摇大摆地走了。

看样子，主任并没有发现信被偷走了，我暂时松了一口气。可我并不知道，那是最后一次全院职工参加的会议了，因为七天之后，医院有一个人会死掉，有一个失踪的人会重新现身，还有一个人的秘密身份会彻底曝光。

可怕的是，灾难正悄悄袭来时，我们谁都没有察觉，深爱的人即将永远地离开了。

02 跨文化精神病学

主任一走，吴刚毅就用手擦了擦鼻子，这一擦，他的手背上沾满了血，血还滴在了衣服上。我见状便从桌上的纸巾盒抽了两张纸递过去，可吴刚毅却一直低着头，没有接纸巾。直到此时，我还瞧不清楚他长什么样。

“你是哪里不舒服吗？”

我话音一落，吴刚毅却马上站起来，转身跑了出去。我以为吴刚毅发狂了，想要横冲直撞地逃走，但在走廊外的吴老教授叫我别担心，他的侄孙只是跑去厕所了。见我也出来了，吴老教授又告诉我，吴刚毅在家里也是这样，多问他几句，他就会去厕所里待着，一待就是几个钟头。

我对流鼻血的事比较担心，忙问：“他流鼻血，检查都没说有什么问题吗？”

“没什么问题啊，之前就检查过几次了。他妈妈担心他身体不好，还一直给他补身体呢，他本人以前也爱锻炼，身体都挺好的。反正该检查的都检查了。”吴老教授停顿片刻，又道，“所以他们才怀疑是不是精神有问题。你知道的，有些心事压在心里久了，心理影响生理，最终是会压垮一个人的。”

“那您坐着，我先过去瞧瞧。”

我总觉得吴刚毅逃去厕所是为了掩盖什么不好意思的事，也许是流鼻血，也许是其他方面的症状。这时候是发现病情的最佳时机，基于这样的想法，我就让吴老教授留在诊室外，自己去厕所那边看一看。当时，吴刚毅已经躲在了隔间里，我不好直接追问怎么了，以免给人一种侵略感，因此进去后就退而求其次地问厕所里还有卫生纸吗，如果没有，我可以给他带一些。其实，我们医院卫生间的隔间是没有卫生纸的，我是明知故问。

以往，我们有两大类病人，一种是侃侃而谈，什么都能说；另一种就是三缄其口，觉得谁都不理解他，说了也白说。吴刚毅属于后者，不论我怎么问，他就是躲在隔间里不肯回应。为此，我只好放话说，如果你再不给我点反应，我就要撞门了。这是符合我们医院的规定的，因为我不知道你是不是在里面想不开了。我们医院的病人有些情绪不稳定，确实会干出那样的事来。

这时，吴刚毅终于开了口：“我没事，我想回家了，你叫我叔公来。”

“我们这里不是监狱，你来去自由。”我故意强调。

“叫我叔公来！”吴刚毅重复道。

像认死理的人，你不要和他去争输赢，要试着去理解他，再找个适合他的方法来诊断或治疗。我看得出来，吴刚毅可能是有不方便言明的原因，才不想与人面对面交谈，只要能找个折中的办法，也许一切就迎刃而解了。于是，我就试着问，你不用到我们医院来，我可以用打电话的方式与你交谈，这样行不行？吴刚毅沉默了一会儿，我心想这是好兆头，说明他在思考，并没有排斥这个建议。如我所料，吴刚毅答应了，条件是要马上回家，他只想在自己的房间里跟我打电话或者发短信。

“没问题。”

常言道，良言难劝该死鬼，慈悲不渡自绝人。只要病人愿意开口，我们还是很乐意配合的，毕竟规矩是死的，人是活的，要学会变通。最怕是怎么开导都没有用的人，你所做的努力都是徒劳，只能眼睁睁看着病人一步步滑入深渊。

总之，有了进展后，我就大步流星地走出厕所，去叫吴老教授过来接侄孙。途中，有一个左边太阳穴有伤疤的年轻男子在门诊大厅转悠，见我过来，就问我卢苏苏在哪里，他想找她为亲人办出院手续。这样的病人家属每天都有好几个，每次我都会好心带路，可那天不知道为什么，我总觉得这个男人面相十分凶残，不像好人，就下意识地说不知道，然后急急忙忙去找吴老教授了，免得吴刚毅趁机溜走。

幸好，我们回去时，吴刚毅还在厕所隔间里，可他走出来时还是低着头。吴老教授可能想说什么，但当着侄孙的面，他又不好直接跟我们讨论病情，上了出租车后，才跟我说稍后电话联系。

巧的是，车子刚开出去，我的手机就收到了一条短信。我以为是X发的，可将手机从口袋里掏出来一瞧，是一个陌生号码。过了好一会儿，我才明白这是吴刚毅发来的，他在短信里告诉我：那些检查都不准，但我不想再去做了，我害怕。

做检查有什么好害怕的，又不是动手术。当然，我不能这么回复，为了安抚刚刚开口的病人，我就很温和地回了一段话：“那就不检查。在我这里，你想怎样都行，前提是你有自救的心，神救自救者。”我以为吴刚毅会马上回复，可接下来他就没动静了，不知道是在车上不方便用手机，还是仍没准备好。

那天上午，除了吴刚毅，没有其他病人来找我看诊了。宋强觉得无聊就问我，吴刚毅到底是什么毛病，他同学的死是巧合，还是什么群体性癔症呢？我记得，吴刚毅的同学一个是车祸死的，一个是溺死的，这与群体性癔症无关，应该就是纯粹的巧合，即使这看似很牵强。

不过，巧合无法解释吴刚毅的病，我甚至还没搞清楚他到底有什么问题，除了吴老教授说他会反复发烧、流鼻血、身体虚弱以外。可既然有症状，为什么医院查不出来？要知道，做躯体检查是我经常给病人的一个建议，因为很多病人不仅有心病，通常他们精神有异时，身体也同时出了问题。现在吴刚毅排斥再去医院，我要怎么办才好？难道要望闻问切，自己去给他做个检查？如果别无他法，我倒是愿意那么做。

就在我思考时，杨柯一个人来到诊室找我。我记得，主任叫我们中午去开会，为了抓住机会转告杨柯，我就当着宋强的面，面无表情地把主任的话复述了一遍。

杨柯显然想找我解释昨晚的事，见宋强也在场，就吩咐："你去住院楼那边看看 9 号床的病人，他今天有点发烧。"

"好的。"宋强嘴上答应，脸上却挂着问号，因为那天早上他明明是跟着我的，所以临走时，挠了挠脑袋，一头雾水地先看了看我。

我知道杨柯是一定要把人支走的，就算不用这个理由，他也会想出其他法子来。因此，当宋强望向我时，我就点了点头，示意他去吧，反正那天上午也没有其他病人了。

当诊室空下来后，杨柯就关上门，还拉上了帘子。我其实有点害怕，但仍一副生气的样子，故意不去看他。一开始，杨柯也不说话，沉默了大约一分钟后，就坐到我的办公桌对面，慢慢地问："昨晚我对你怎么样了吗？对不起，我一喝酒就会那样，我爸以前也有这个毛病，他说我爷爷也这样，可能是遗传。"

我本来还在生气，听杨柯搬出了爸爸和爷爷，就忍不住说："你家不是山东海阳的吗？山东人不是酒量都挺好的吗？你怎么一喝酒就醉成那样？"

杨柯看我说话了，顿时有些高兴，可还是担心地问："昨晚……我有没有……"

"你要对我负责！"我随口瞎说了一句。

杨柯目瞪口呆，头一次变得这么紧张，良久才小心翼翼地问："要怎么负责？”

这么容易就被骗了？我有些意外，还以为杨柯会否认，看他可怜兮兮的样子，我的气一瞬间就消了：“你昨晚的事我不生气了，你也忘了我们在车上的事吧。我不是故意怀疑你，只是血迹就是张七七的，警察肯定会怀疑你，我是担心你，万一哪天你被廖副带走了怎么办？”

这一次，杨柯没有再生气了，我看着他问道：“过去了这么久，你没想过人是谁杀的吗？”

杨柯没有马上回答，似乎在思考，就在此时，外面有人拍了拍门。听声音应该是武雄，他催着我快去开会，院长叫没有病人的医生都快过去。武雄见我不开门，还在外面催，就是赖着不走。杨柯烦了就去开了门，武雄很意外，僵住了拍门的动作后，用复杂的眼神瞄了诊室里一眼，好像我没有穿衣服一样。

“快点去开会了。”武雄有些怕杨柯，丢下一句话后就头也敢不回地溜了。

“走吧。”我不想耽搁，便想和杨柯一起出去。但杨柯却问我，早上是接诊了什么病人吗，因为我看着好像很头疼的样子。相比以前，吴刚毅算是很冷静的病人了，至少没有暴力倾向或者把我打翻在地上。想了想，我就简单地介绍了吴刚毅的病史，然后问杨柯有什么想法。

“你知道20世纪50年代的跨文化精神病学吧？”

出门时，杨柯反问我，好像是要给我一个思路。其实，不用他问，我也想到了这一点。很多精神病不仅是心情不好或者像妄想症那样，有的人发病还涉及各种文化，甚至跨文化。

比如，早在一百多年前，当西方列强在世界各地殖民时，欧洲精神病学家就在其殖民地发现了一种叫作残暴疯狂综合征的群体杀人狂欢精神病。这种病主要发生在印尼，但发病的人不一定都是当地人，有的外来人员也会因社会文化因素而患病，进而一起参与杀人狂欢。

在那之前，精神病学家认为这种特殊的症候群只会发生在某地，少见于其他国家，所以还将其称为：文化束缚精神症候群。可到了20

世纪50年代，世界的联系愈发紧密，有学者就发现，当外来人员进入一个地区，熟悉了当地的文化后，也会有同样抑郁焦虑的临床表现。

以吴刚毅的例子来分析，他将乌鲁鲁的石子捡回来后，可能从哪里听到了乌鲁鲁诅咒，这种跨文化的传播给他造成了精神压力。如果只是这样，也许还好些，可吴刚毅的两个同伴先后出意外死亡，这让他怀疑乌鲁鲁诅咒是真的，他的焦虑最终表现在躯体不适上，这应该就是病情的根源了。

问题是，这种精神障碍并不严重，一般不会出现流鼻血、反复发烧等症状。所以如其他病人那样，我总怀疑吴刚毅隐瞒了什么事，而这才是怪病的关键所在。

快到会议室时，杨柯听完了我的分析，就建议："要不等你有空了，我们一起去拜访病人的同学？或许可以从那一头下手。"

我还没跟杨柯说偷了信的事，于是就摇头："先不要，我有话要告诉你。"

如我所料，杨柯一知道我偷了东西，就想教训我，因为从头到尾，他都没有想过去偷东西，是真正的正人君子。可张七七在信里说了，主任就是X，这说明他可能就是凶手。杨柯却告诉我，迎新晚会那天，他虽然没来医院，但大家都说主任在场，他怎么可能去杀人并移动尸体呢？还有，武雄提过一次，岳听诗曾目睹主任和张七七从晚会现场一起下楼，之后大家就没有再见过张七七了，这是警方记录在案的。要知道，主任只有下楼的那段时间离开了众人视线，但并没有消失很久，不可能有足够的作案时间。

主任不是X，那还能是谁呢？

我实在想不出个所以然来，反正信偷都偷了，我就说10月30日那晚去太平间守株待兔就能真相大白了，现在想太多也没有用。杨柯刚与我和好，不便再发脾气，就叫我把信收好，等有时间了，他想亲眼瞧瞧信里的内容。我生怕有人偷走信，一直随身带着，当然了，昨晚除外。

这时，季副高从后面走来，看我们还在会议室外，就和气地说："进去开会了。"

"好。"

奇怪的是，等我们进去后，会议的内容却与我们的工作无关，院长一直在强调要维护医院形象，不要在外面惹事，连累到医院。我不由得想，不会是阳可又打电话到医院，骚扰院长了吧？他说的是我吗？我实在不敢再与阳可有什么瓜葛了，当时就越想越害怕，恨不得马上卷包袱逃走。

我正紧张时，院长冷不防就拿我当了例子，又讲了阳可打电话到医院举报我男女关系的问题，接着大家就齐刷刷地望向我，让我尴尬得想钻进地洞里。杨柯坐在我旁边，听到院长批评我，就把手放在我的肩膀上，不知道是要给我鼓励，还是什么意思。可我更不明白的是，事情过去这么久了，院长为什么忽然专门开大会翻陈年旧账呢？

过了快一个小时，院长才唠叨完，而大部分时间都在拿我当典型讲话，感觉这确实是针对我的批斗大会。散会后，我很沮丧，隔着人群，卢苏苏远远地望了望我，可她什么都没说，就转身走了。当人都走光了，只剩杨柯陪着我时，我就振作起来，心想还是要以病人为重，不如趁午休还没结束，先去联系吴刚毅的高中同学，说不定他愿意开口。于是，我从吴老教授那里要了联系方式，打算登门拜访另一个"病人"，以便从侧面了解整个情况。

吴老教授透露，那个同学姓潘，叫潘翔，他家距离青山医院很近，只有五分钟的车程。可与吴刚毅不同，潘翔高中毕业后就在南宁的理发店打工了，从没有上过大学。潘翔的家境也一般，他一直跟父母住在一起，生病后，他的家人也没想办法送他去看病，一直任由他窝在家里，班都不去上了。

"我载你去吧。"杨柯知道我没有车，为了方便我来回主动提议道，"反正我也有空。"

"不用对我这么好，你昨晚又没对我怎样，我是开玩笑的，这么近，我走路去都可以啊。”我解释道。

杨柯将手搭在我的肩膀上，跟我走出了会议室。听我这么一说，他就撤回了手，并淡淡地说道：“行，那你走路去。”

“我只是客气，来，来，来，快载我去。”我赶紧把人拉了回来。

杨柯笑了笑，没有再为难我，见我开起了玩笑，就和我一起去了停车场。路上，我想让杨柯把信也看一遍的，可车程太短，他还要开车，就作罢了。五分钟后，我们来到了潘翔家楼下。那是一个很老的社区，建筑全是大板楼，估计都有三十年的历史了，楼梯间内部的石灰也都完全剥落，露出了一大片鲜红色的方砖。而即使是阳光明媚的白天，楼道里也阴沉沉的，就好像那是一个山洞一样。

我知道潘翔和父母一起住，找到住所后就向他父母说明了来意。我以为他们会拒绝，谁知道他们竟像见了救星一样，连忙请我进屋：“快，进来坐。”

我只愣了两三秒，他们却生怕我走掉，还紧紧地抓住我的手说：“医生，我家翔翔就在房间里，你帮忙看看吧。”

杨柯也有些意外，进屋后就问：“你们没去医院看过吗？”

“我们劝过他，可他不肯。”潘翔的父母很为难，“既然你们来了，就行行好，看一下吧。”

我本想好心地说，好吧，我先去看一看。谁知道，杨柯却哪壶不开提哪壶：“为什么他不肯去医院？”

“你们看了就知道了。”随后，潘翔的父母敲了敲房门，没等里面的人答应，就把门推开了。

当时，房间里的窗帘都放下了，灯也没有打开，什么光线都没有。我犹豫着要不要进去时，潘翔的父亲就摁了下门口的电灯开关，整个房间瞬间亮了起来。我还在想是不是潘翔不愿意见人，所以才躲在黑暗里。谁知道，灯一亮，里面的人就尖叫起来。

看清楚里面的景象后，我也被惊得瞠目结舌，还不由自主地后退了两步，撞到了身后的杨柯。

03 紫色人形怪物

潘翔的床上支了一顶蚊帐，隔着白纱，我依稀看到一个瘦长的紫色人形“怪物”蜷缩在床上，尖叫声就是从那里传出来的。显然，潘翔被灯光刺激到了，因此一直叫个不停，怎么安抚都没有用。隔壁和楼上的居民可能听烦了，不是捶墙壁大喊小声点，就是猛跺脚表示抗议。

见状，潘翔的母亲就用哭腔劝道：“翔翔，他们是医生，不要怕。”

潘翔的父亲不知道说什么好，只一个劲地摇头，过了一会儿就一个人跑去客厅的沙发上猛抽烟了。我能理解潘翔父母的心情，他们可能确实劝过孩子去看病，但又担心负担不起医药费，这才自欺欺人说是他们拗不过儿子。像这样的家庭，我之前遇到过不少，那些家长都有治疗孩子的意愿，奈何看病不是一次两次就结束了，像精神治疗都是长期的攻坚战，钱不够的话，有些人只能拖着或宁愿相信亲人没有病。

不用说，潘翔的身心都出了问题，但这一次不同，比起精神状态，我更在意干瘦的他为什么会像一具紫色的僵尸，是什么怪病让他变成了那个样子呢？当后退几步，撞上杨柯后，我又好奇地走上前，想近距离瞧一瞧。杨柯怕是什么传染病，叫我别着急，万一病人受了刺激，扑上来的话，那不是会有接触吗。我还没回答呢，潘翔就停住了叫喊，然后反复地催着快关灯，快关灯。潘翔的母亲不想儿子太难受，不等我们反应过来，就先人一步把灯关了。

我也不想太过刺激病人，看房间黑下来后，就用很慢的语速说：“好，我们不开灯，但能不能就这样跟你谈一谈？”

“谈什么？”潘翔的声音很沙哑，像是扁桃体发炎了。

我知道潘翔一定会抗拒谈论自己，为了卸下他的心防，就故意离题千里地问：“你认识吴刚毅吗？”

潘翔的母亲不明就里，顿时有些不高兴：“你问吴刚毅干什么？都怪他，不是他的话，我家翔翔会这样吗？知道我们家没钱，还要邀他一起出国玩！你看，现在玩出病来了！”

“阿姨，你别打岔，让他先问问，你跟我来，我有话问你。”杨柯跟我有默契，为了让我安心地“套话”，就将人劝回了客厅，跟两个老人在那里聊些家常。

见母亲走开了，潘翔就喘着大气问我，你是谁，是干什么的，为什么要问吴刚毅的事。出于建立信任桥梁的目的，我实话实说，就连为什么要找上门来也一并告知，丝毫没有隐瞒。接着，潘翔一声不吭了好一会儿，连呼吸声都听不到了，仿佛已经断气了。我不想逼得太紧，可拖着也不是办法，我们还得赶回去上班的。幸好，就在我想再问一些话时，潘翔忽然哼了一声，说你们都搞错了，这与乌鲁鲁诅咒完全没有关系，和第一个被车撞死的高中同学也没关系，实际上他们是过了很多天才知道有个旅行同伴出了车祸的，但在那段时间，他们出了一些别的事。

“什么事？”我很意外。

“这……我不想和你说。”潘翔又打了退堂鼓。

“我只是个医生，专门救人的，你不用防着我。”我苦口婆心地劝说，尽力让自己看着没有威胁感。

潘翔咳了一声，拒绝道：“反正你也不会相信我的。”

我每天都听病人讲那么多稀奇古怪的事，对潘翔有同理心，于是就耐心地开导他：“只要你说得合情合理，我一定会相信你，但你不说的话，那一定没人相信你，因为他们都不知道你要说什么，对吧？”

“那……好吧。”犹豫了片刻，潘翔终于打开了话匣子，也许关在家里久了，他自己也闷得慌，一说起来就滔滔不绝了。

潘翔透露，前不久南宁还很热，从澳大利亚回来一段时间后，他就和吴刚毅，以及另外一个同学相约去武鸣的灵水游泳。灵水又叫灵犀水，距离南宁三十多公里，是一个天然的泉水潭，水源来自从石头缝里涌出的九股清泉。由于泉水涌流不断，灵水一带分布着好几个常年清澈见底的大水潭，附近的居民都喜欢去那里嬉水游玩。

那天，潘翔等人从南宁出发，大约中午时分就来到了灵水一个比较偏僻的深潭。那个水潭四周都是参天老树，平常没什么人去，水流也很缓，犹如死水一般。纵是如此，他们三个人也不觉得有什么问题，还是很欢快地跳了下去。谁知道玩到一半时，潘翔冷不防地瞧见水底的黄沙上潜伏着一条粗大的青蛇，惊吓之余，他一边大喊有蟒蛇，一边拼命地游到了岸上。

正常人听到这样的话都会感到恐惧，很多人也都怕蛇，因此潘翔一喊出声，其他两个人也吓了一跳，想跟着游上岸。最后，只有潘翔和吴刚毅顺利上了岸，第三个同学不知道是吓傻了，还是腿抽筋了，游了几米就溺水了。当时，吴刚毅想下去救人，但水底的青蛇忽然浮出水面，吓得他和潘翔都不敢再下水了。就这样，他们眼睁睁看着同学绝望地沉入水底。事后，他们才想办法报了警，找人打捞尸体。

从那天起，潘翔就经常做噩梦，而且还会反复感冒发烧，咳嗽不止。一开始，潘翔买了感冒药吃，可症状不仅不见好转，身上还出现了大片紫斑。潘翔说，那些紫斑不痒，只是一触碰就特别疼，有的紫斑还会腐烂、流血，把他变得像怪物一样。潘翔反问我，变成这个样子，他还敢去上班吗？他连门都不敢出了。为此，潘翔将这一切归咎于溺死的同学，认为同学憎恨他们见死不救，死后变成恶鬼来纠缠他们了。

迷信通常都源于文化不够，一听潘翔讲完这些事，我马上就为他着急起来，因为这些紫斑不是恶鬼弄出来的，很可能是中医上的紫癜。紫癜又叫紫斑，顾名思义，就是皮肤上的紫色瘢痕，通常是以血液溢于皮肤、黏膜之下，继而出现的瘀斑。与一般皮肤病不一样，紫癜通常不会让病人觉得皮肤瘙痒，但病情严重的话却可以致人死亡，最主要的死因则是颅内出血。

而紫癜分为好几种，其中一种叫暴发性紫癜，或者出血性紫癜、坏死性紫癜，是一种非血小板减少性紫癜，其中一种临床特征就是触痛性瘀斑。这种病的发病原因有很多种，有的病人是感染了细菌或病毒，然后两到四周内会发病，病情严重时还会引发上呼吸道感染，全身中毒，继而致人昏迷、器官衰竭、脑出血、死亡。

像暴发性紫癜，最常见的金黄色葡萄球菌感染即可引发，而金黄色葡萄球菌就经常存在于污水中。除此之外，肺炎球菌、流感嗜血杆菌、肺炎克雷伯菌也可以让人患上暴发性紫癜。假设我猜得没错，潘翔游泳的水潭里可能有上述细菌。

我心里明白，潘翔在理发店工作，平常很注重仪表，也许是因为身上出现了大片紫癜，他才不好意思外出或者去求医。问题是这个病拖不得，再拖下去，他就有生命危险了，毕竟暴发性紫癜可以造成全层皮肤组织坏死，并深达肌肉、骨骼，即使预后也可能会有瘢痕残留，到时候还需进一步外科处理，比如做筋膜切开术、截肢术、皮肤移植术等。

为了救人，我简单地将这个病解释了一番，同时强调了严重性。可潘翔太固执，觉得我在骗他，好让他去医院看病。我不想激怒潘翔，况且我也不是来收治他的医生，这次上门本来就是想侧面打探吴刚毅的情况，谁想到一来就看到了暴发性紫癜这种病。刚才隔着蚊帐，我已经察觉到潘翔病得很严重了，实在不放心就这么离去，本想再说些什么的，但房间里却一片死静。

“潘翔？”我喊了一声，没有回应，喊了第二声，依然没有回应。我暗想，不对劲啊，潘翔不会昏迷了吧？

我急忙打开灯，果然，潘翔已经失去了意识，皮肤已经溃烂了好几处，床单上都是血迹。我知道紫癜不会传染，所以立即上前检查，确定病人还有微弱的呼吸后，就喊杨柯快打急救电话，要马上把人送去医院抢救。可即使到了这种时候，潘翔的父母还在担心医药费的事，唯恐不能报销，花冤枉钱，甚至问我能不能随便买点药吃就算了。

儿子都快死了，还在乎这些，我一生气就脱口而出：“我先帮你们垫付吧。”

“这可是你说的！”潘翔的母亲指着我，又对着杨柯说，“你听到了吧？”

“快点啦！”

那一刻，我救人心切，生怕潘翔一命呜呼，哪里还管得了那么多。结果到了医院，潘翔的母亲就真的叫我去垫付医药费。我怕人昏迷久了，脑子会受损，只好先缴了一部分钱。虽然只有几千块，但这已经是我的全部身家了，当时我的信用卡还没还完呢。可潘翔的母亲什么都没说，连谢谢也没表示，好像钱就是送他们的了。我看了看时间，快要到下午上班的时间了，只好先跟着杨柯回了自己的单位。

路上，杨柯一边开车一边怪我：“你当什么好人？”

“你生什么气啊，又没花你的钱。”我嘴上这么说，心里却很舍不得那几千块钱。

“我不是气你，我是气你被人当傻子使。”没多久，杨柯开到了医院的停车场，下车后又说，“你这么大方，怎么不请我去吃顿好吃的？”

我被堵得没话说，只好硬回了一句：“今晚我就要请你吃大餐的，你看，你破坏了惊喜。”

“这可是你说的。”杨柯没给我台阶下。

我仍记挂着吴刚毅，生怕他也得了暴发性紫癜，当时实在没心情开玩笑，为了尽快诊断出病情，就说要去给吴老教授打个电话。杨柯还想讲些什么的，可我们一走到门诊部，有个女住院医就来缠住杨柯，假装要向他报告一科病房的一些事。我如遇大赦，便朝杨柯耸了耸肩膀，然后转身去走廊的另一头打电话了。可惜，吴老教授没接电话，吴刚毅也没再发信息给我，一整个下午，我都联系不上他们，不知道是不是发生了什么事。

巧妇难为无米之炊，病人都不让我看诊，要怎么诊断和治疗呢？我下午要上班，又不能上门去找人，收起手机后，我的头就疼了起来。我正琢磨着要怎么办才好，主任就从住院楼那边走过来找我，说一科有个病人要出院，让我去做病人的出院评估。这样的差事隔三岔五就有，是我的分内之事，于是我应承了下来，一个下午都耗在了住院楼。

那天要出院的是一个躁郁症患者，他患病六年，其间轻生过十次，住过两次院。像这样的病人，我们都要做随访，不是出院就不再管了，有的病人还需要定期做复诊。而随访的方式有好几种，我们医院大致分为电话随访、上门随诊、书信(即时聊天软件)联系等。值得一提的是，每个医院的随访制度都不太一样，比如我们医院随访的医务人员是由科主任、护士长、病人住院期间的主管医生负责，第一次随访还必须有副主任医师级别的人在场，然后主管医生要根据病人的情况来决定是不是要请更高级别的上级医师和主任一同前往。通常，我们都是主管医师带人去，一般不会劳烦主任或季副高。

这样的工作我做多了，早就熟能生巧了，可快要做完的时候，我忽然想起一件事来。在张七七留下的信中，有几张纸写得很满，全文都在分析主任是 X 的依据，当中提到了好几个还没有康复就被主任安排出院的病人。想到这里，我就去找了这三年一科的出院记录簿，以便核实张七七的分析对不对。谁知道，我找来找去，就是找不到张七七提过的病人，至少信里提到的病人一个都不存在。

难道是记录有错漏？ 于是，我试着去问了几个第三年的住院医，他们都说不记得有过那样的病人住院，对名字和症状也完全没有印象。我担心是住院医们太粗心，又去找护士长打听，她人很凶，可记性很好，哪个病人住过哪间病房，曾经有过什么夸张的举动，她都如数家珍。

当时，护士长在写些什么文件，她抬了头，眼珠子一转，啧了一声就说："都是些什么病人啊，我们没收过那样的人，你从哪里听来的？"

"真的没有吗？ 一个都没有？"我不肯放弃。

护士长上午也去开了会，一定听到了院长对我的"批评"，看我不停地追问，就停住手上的笔说："小陈，我早就听小乔说你男女关系挺乱的，没想到还真是。"

"怎么忽然扯到我身上来了？"我愣了愣。

"我还想给你介绍女朋友呢，现在我都不敢介绍了。不过我听说你跟卢苏苏挺要好的，你可别对不住人家啊，你知道的，她之前被前夫搞得很头疼呢。”护士长一身正气地教训我，“反正记住了，你要是对不起我们医院的姑娘，我保证你吃不了兜着走。”

“我不会的啦。”一谈到男女关系，我就脸红。

“忙你的去吧，我还有工作呢。”护士长没再为难我，说完就放我走了。

等回到办公室，我就纳闷儿起来，张七七拼死留下的信，怎么可能是错的呢？总不可能是大家联合起来糊弄我吧？不，应该不至于。为此，我又翻了翻这三年来的出院记录，想再核对一下出院名单。这时候，我被一个叫何玫的病人的资料吸引住了。

何玫的病情是躁郁症，她家住南宁市新竹路小区 3 栋 402，出生日期是 1978 年 7 月 8 日。不过，何玫并不在张七七提到的病人名单内，她让我起疑是因为我很早之前看到过她的资料——严格来说，看到过一半的资料，而与我一起看资料的人则是卢苏苏。

我记得，有一次卢苏苏和我一起去图书馆，然后她注意到了我写的《精神探》，就说迎新晚会那天曾看到张七七拿着《精神探》到图书馆还书。卢苏苏还回忆，迎新晚会那天中午食堂有鱼香茄子那道菜，而我对茄子过敏，她说，当时张七七拿着《精神探》在食堂一边吃东西一边用笔在书上写了些什么。

结果，我们打开一看，上面有一行很娟秀的字：402，何，7878。我和卢苏苏讨论过，也许字是其他人写的，毕竟图书馆人来人往，没准儿其他没素质的人也借了那本书。但我当时想，假若真是张七七写的，那她为什么要写在这本书上，写在其他地方不行吗？她又没有随便涂鸦的坏习惯。

因为当时我实在想不出必要性或者合理性，这几个字就没有再出现在我的脑海里了，直到那天，何玫的资料出现了，我才注意到她的信息可以匹配张七七留下的那组“密码”。也就是说，402 是 402 室，何是何玫，7878 是生日，1978 年 7 月 8 日。如果张七七写的“密码”就是这个含义，那这个病人会不会能帮上我们什么忙呢？

出于谨慎，我没敢立刻联系这个病人，天晓得张七七是出于什么原因写下的字，再说了，她在信里写的那几个病人一个都不存在，我对那封信已经有些失去信心了。绞尽脑汁想了好一会儿后，我收回了心思，先给病人做好出院评估资料，又去见了见病人的家属，做了一些沟通。忙完这些工作后，就快到下班时间了，我看住院楼没什么可忙的了，向住院医交代了一些需要注意的事项后就一个人走去门诊部，想要瞧瞧杨柯在不在那边。

“你怎么了？”来到诊室后，我看到杨柯一个人在里面试图给自己缝针，他的右手上有个伤口，好像是被谁划了一刀。

“病人弄的。”杨柯轻描淡写。

我就关心道：“我来帮你吧。”

“不用。”杨柯逞强。

“你一只手怎么缝，你又不是千手观音。”我不理会杨柯的拒绝，抢过缝针器械就动起手来。

我才缝了一会儿，杨柯却嫌弃道：“疼！你能不能轻一点。”

“我动作已经很轻了。”我极力解释。

就在此时，三科的岳听诗带着一个男病儿和家属路过诊室，听到我们的对话后，就摇着头走了过去，好像我和杨柯在干什么见不得人的事。说起来，每次看到岳听诗，我总想起她指责杨柯出轨的事。医院那么多女生，不知道哪一个是传闻中的出轨对象。杨柯一直否认，我不敢再怀疑他了，又因为张七七的信也对不上号，没准她和岳听诗说出轨的事就是瞎说的。我和杨柯才刚刚和好，我可不想又破坏了这份友情。

“好了，不用谢。”两分钟的工夫，我就缝好了。

“谢什么谢，我都被你弄得疼死了。”杨柯不买账。

话音一落，我的手机铃声就响了。屏幕上显示的号码是吴刚毅的，想来他准备好要说自己身上有紫癜的事了，我就赶紧接通了电话。不过，吴刚毅没有说紫癜的事，只问我能加我即时通信软件的好友吗，他想与我视频聊天。病人有开口的意愿，我求之不得，加了好友后，一个视频请求就发了过来。为了不让吴刚毅退缩，我就让杨柯先站到角落去，因为病人肯定是不愿意有第三者在场的，杨柯也还没有与吴刚毅建立信任的关系。

“别出声啊。”我交代了杨柯一声，然后就接通了视频。

在视频中，吴刚毅终于抬起了头，从他的五官和颈部上看，似乎没有紫癜，不像潘翔颈部都布满了紫癜。见状，我就心想：还好，吴刚毅的暴发性紫癜不严重。接着，吴刚毅却慢慢地脱掉了裤子，我以为他要给我展示紫癜的部位，但裤子脱干净后，他身上并没有一点紫色的瘀斑。当时，吴刚毅是躲在卫生间打的视频，光线有点昏暗，我怀疑是自己没看清楚，于是就凑近手机屏幕，想瞧个仔细。

谁知道看到了一个不太对劲的东西，我不由自主地张大了嘴巴。杨柯看到我的反应，很是好奇，为了不影响我视频，就向我耸耸肩，意思是问我怎么了。

我还没回答，吴刚毅却在视频的另一头悄悄地说：“医生，你看到了吗？我怕的就是这个。”

04 家访

吴刚毅躲在卫生间里，脱掉了裤子，我以为紫癜在大腿部位，可他下半身什么异常都没有，除了……他的私处直挺挺之外。看我既迷糊又诧异，吴刚毅干脆就指着自己的下面，小声地说问题就出在他硬邦邦的私处。

“什么？”我犯起了糊涂，“这算什么问题？”

“它软不下来。”吴刚毅提起裤子，把脸对准镜头，继续道，“我去找你的时候，一直弓着身体，低着头，一是不好意思，二是为了掩藏自己裤子里的……东西。”

这段话完全出乎我的意料，没想到吴刚毅病情并不一样，他既不是跨文化因素造成的精神障碍，也不是暴发性紫癜造成的心理问题。可私处勃起算病吗？换其他男性的话，可能还会沾沾自喜，到处炫耀自己金枪不倒呢。

不过话说回来，过长时间的勃起确实不正常，像吴刚毅的情况，如果我是别科的医生，可能会建议抽血让其疲软下来，以免海绵体坏死。大致的方法就是用一根比较粗的针头，从龟头沿着阴茎刺入放血，以缓解过度充血造成的组织损伤。千万不要以为这不算大问题，假若救治不及时，可能病人余生就永久性阳痿了。以前我在沈阳工作时，有个医生就提过类似的病例，当时就有住院医提出疑问，说放血有必要吗，一针下去，谁还能直得起来。但那是一种不正常的反应，不适用常理。

本着救死扶伤的心态，我就劝吴刚毅赶紧去医院，不要害羞，挂市一院的泌尿科就行。中国人对性知识很避讳，总觉得那是见不得人的事，病人也都爱面子，因此吴刚毅一样不肯答应，还说其实问题不只这一个，他觉得自己的毛病可能源自澳大利亚之行。

绕来绕去，又回到了那次旅行，我就耐心地追问：“除了拿走乌鲁鲁的石头，你们还做了什么事？一并告诉我吧，只有知道所有的问题，我才有办法帮你。”

“我……”吴刚毅想说什么，鼻子却又开始流血了，他用手擦鼻血时，手不小心一滑，视频就被挂断了。等我再打过去时，对方一直是忙音，怎么都打不通。

眼看太阳要落山了，医院也快要下班了，我就问杨柯有没有兴趣跟我去找吴刚毅，然后简单地讲了刚才的情况。女人都懂女人，男人也很了解彼此，再加上吴刚毅算是病人，我们没有犹豫，下了班就直接开车去找人了。

在路上，我们经过了南宁的新竹路小区，我立刻就联想到了何玫。如我之前提到的那样，张七七在《精神探》上留了一组密码：402，何，

7878。何玫出生于1978年7月8日，家住新竹路小区3栋402，她是因为躁郁症入院的，但我不知道为什么她会被张七七写在我的书里，因为那不太像是随便涂鸦的。显然，何玫已经出院了，除了主任何富有，一科的医生和病人没有一个姓何的。

有那么一瞬间，我很想将车子开进新竹路小区，找到何玫，问她记不记得张七七这个医生，或者是否了解一些不太对劲的事。可是吴刚毅的事拖不得，在车子开过去时，我只能顺带提了何玫这个病人，并问杨柯记不记得她，毕竟他比我先来青山医院。杨柯先是眉头一皱，想了好一会儿才告诉我，何玫确实是一科的病人，她患有严重的躁郁症，反复发作，入院过好几次。杨柯记得，何玫最后一次出院就是在迎新晚会的第二天，主管医生正好就是主任。

当车子开到红绿灯路口，红灯亮起来时，我就停下车问杨柯："这也太巧了吧，何玫刚好在张七七失踪后的第二天出院？"

杨柯不以为意："病人该出院就出院，有什么问题吗？"

话是这么说没错，可我总觉得张七七不是随便在《精神探》上写下何玫的信息的，这当中也许藏了什么玄机，只是我一时间说不上来为什么。例如，还是那句老话，她为什么只在《精神探》上涂鸦呢？为什么不写在其他书上？或者这么问，张七七为什么要写"402，何，7878"，必要性在哪里？

"愣什么愣，快开车啊。"一分半钟后，绿灯亮了，这一次是我开车，杨柯就在副驾驶座上用手背打了我的肩膀，催我赶紧去找吴刚毅。

南宁的夜黑得慢，六点多了，天空还是明亮的，但道路已经拥堵了起来。明明剩下的路不远，可一路上都是因修地铁被改小的公路，我硬是又开了半个多小时才赶到地方。因为吴教授一直没接电话，我来之前并没有知会他，我和杨柯去拍门后，开门的正好是他，所以他很意外，忙问怎么了。

我一面解释来意一面瞥了一眼屋内，吴老教授他们一家似乎正要吃晚餐，桌子上已经摆了一桌子饭菜。煮饭的人应该厨艺了得，门一开，那香喷喷的味道就让我的肚子呱呱叫了起来。我还没说完，吴教授就问我，你不会肚子不舒服，要借用厕所吧？吴刚毅还在厕所里，不肯出来呢。

“还在？”我顿时有些着急，“这事不能再拖了，就算不去青山医院，也要去其他医院做……做那个放血，给它先软下来。”

“这么多人在场，不好劝吧，年轻人爱面子。”杨柯在我身后提醒。

屋子里确实有好几个人，男女老少都有，不知道他们是吴刚毅的什么亲人，吴老教授也没介绍，不过他明白杨柯的意思，跟我们交谈片刻之后，就回屋把人都劝出去了。在此之前，一个似乎是吴刚毅妈妈的中年妇女回头喊了一句，阿毅，桌上的汤别忘了喝。中年妇女想等人回应，过了几秒，厕所里依旧没声音，她就失望地跟着大家走了出去。

“哥，你们去散个步，半个小时后再回来。”吴老教授对一个白发老头说。

看样子，白发老头就是吴刚毅的爷爷，除了吴老教授，他们一家有一大半人都是搞地质工作的。这一家人全是知识分子，比较明事理，看到我们上门，全都很配合，不像某些病人家属，不是拒绝相信亲人有病，就是哭天喊地的。等人都走了，我就劝吴老教授也出去，毕竟我现在是唯一和吴刚毅建立了信任纽带的人，他肯定是不愿意亲人知道和看见他的那个毛病的。吴老教授也明白，在说了一句谢谢后，又看了一眼杨柯，意思是，为什么这个人可以留下，人多了，不是会让病人更尴尬吗？

我见状就会意地解释：“他叫杨柯，是我的同事，我让他留下是怕万一有什么问题，他可以帮我。”

“杨柯？”吴老教授摸了摸下巴的白胡子，忽然道，“你就是杨柯啊？没想到我们会见面，真巧。”

“我们认识？”杨柯个子高，闻言就低头望着吴老教授的脑袋说，“我们从没见过面吧。”

"你是贵人多忘事。我们不是……"

吴老教授想说些什么，他哥哥就在楼下喊："老弟，快拿两把蒲扇下来，小区晚上蚊子多。"

"南宁真不好待，十月下旬了还有蚊子。"吴老教授耸耸肩，没有继续闲聊，回屋拿了两把蒲扇就下楼了。

"你认识吴老教授？"等人走了，我就好奇地问。

杨柯也耸了耸肩膀，否认道："我怎么会认识他，我又不是在上海念的大学。"

我心想，可能教授老糊涂，认错人了，杨柯和他以前确实没有任何交集，应该不会认识才对。可惜，当时情况比较紧急，我就没有深究这个问题，也觉得没必要想太多。殊不知，我错过了一个知道所有真相的良机，如果追问下去，有些人或许就不用死了，而隐藏在我身边的黑暗也能随即曝光在太阳下。

那晚，我的心思都在吴刚毅身上，人一走光，我就进去安抚吴刚毅，同时让杨柯站在门外，先不要进来。在劝人时，我瞄了瞄桌子上的饭菜，有糖醋排骨、炒上海青、白切鸡、烧鸭、醋熘土豆丝、苦瓜炒蛋，以及一大碗清汤。我还没吃饭，恨不得坐下来大快朵颐，就在我流口水时，包得严严实实的吴刚毅从厕所里出来了。与之前一样，他还在擦鼻血，鼻血似乎刚止住。

"跟我去医院吧，别怕，泌尿科的医生见多识广，你的问题不算罕见。"我尽量轻描淡写。

吴刚毅轻微地弓着背，朝门外抬眼一望就提防地问："那个人是谁？"

为了给吴刚毅加油打气，以免他再躲进厕所里，我就瞎掰起来："这个人跟你一样，也得过一样的毛病，还好去医院去得早，不然他以后都别想生孩子了。"

"你……"杨柯想骂我，奈何病人在场，而且他也懂我的意思，当下就忍住了脾气。

我看吴刚毅被说动了，有个同病相怜的人在场是会好一些，就继续口无遮拦：“这个小子以前比你还严重呢，你看，他现在生龙活虎的，就是看过泌尿科才好的。”

杨柯脾气不好，但却明事理，没有当场跟我抬杠，翻了个白眼就任我自由发挥了。可吴刚毅仍畏畏缩缩的，不肯朝我这边走过来，由于下半身不舒服，他走路和站立的姿势都很古怪。显然，吴刚毅仍没有完全买账，盯着杨柯就说：“你门外的朋友可能跟我不一样。”

“怎么不一样？他当时是多得了尖锐湿疣，但也没差啦。”我越说越离谱。

吴刚毅打量了一下摆出臭脸的杨柯，强调道：“我没有那种问题，我是被诅咒了。”

“你都是大学生了，怎么会信这些？”我又气又好奇。

吴刚毅从餐桌旁拉了一把椅子过去，挡在自己前面，然后东张西望起来，仿佛有看不见的怪物藏在客厅里。沉默了十多秒后，吴刚毅才继续说：“我叔公在医院跟你讲过乌鲁鲁诅咒，我一开始确实不信，后来连续死了两个同学，潘翔又天天躲在家里，我才开始慌了。其实，我叔公不知道所有的事，还有一件……我一直没说。”

我见怪不怪了，病人总喜欢说话说一半或者编谎言骗你。对此，我循循善诱：“你说什么我都会保密的。我也不会批评你，我是来帮助你的。”

“我们也没干什么见不得的事啦，只不过……”吴刚毅着急地解释，停顿了一会儿后，又放慢了语速，“那天在澳大利亚我们喝了很多水，尿特急，可一时半会儿找不到厕所，憋急了，我们三个就在那块大岩石下面尿尿了。我知道，随地小便是不对的，当时有个老外也骂了我们。说实话，我不知道他骂的是什么，但同行的人里有一个中国女生，她说当地人认为那块大岩石很神圣，我们在附近小便，以后会不得好死，下面会坏掉……”

“所以你……”我恍然大悟，原来除了拿走石子，他们还随地小便了。

吴刚毅当我是法官一样，不敢看我，最后目光闪烁地看着桌上的饭菜，内疚地说："现在的年轻人有几个是迷信的，我当然也不迷信了。可除了潘翔，我们三个人都在那里小便了，现在死了两个人，我的身体又变成这个样子，你说我能不担心吗？……"

说着说着，吴刚毅的鼻子又开始流血，他很害怕地拿纸巾去堵鼻孔，然后问他是不是得了白血病，因为有几部韩剧就是这么演的。又流鼻血，又下体异常勃起，这哪里是白血病的临床表现。我只好顺势安抚吴刚毅，那都是电视剧用来唬人的，接着又告诉他，很多疾病是病人自己吓自己吓出来的，精神疾病也一样，凡事乐观一点儿就好。吴刚毅也知道这个道理，问题是他的两个同学先后死亡，潘翔又得了怪病，天天躲在家里，他胡思乱想也不无道理。不管怎样，那晚我好说歹说，终于将吴刚毅带去市一院，并给他挂了泌尿科，成功地放倒了他的"金枪"。

至于吴刚毅为什么会那样，泌尿科的医生暂时得不出答案，说还需要做进一步的检查和化验，最快也要一天后才能得出结果。出于谨慎，我们建议吴刚毅住院一晚，如果有什么问题，也好及时处理。泌尿科的医生是见过大世面的人，看吴刚毅很害羞，就不具名地列举了一些更为奇葩的病例，光是听文字就让人觉得下体很疼。没多久，吴刚毅就放宽心了，在他看来，他的毛病算是小巫，无法与泌尿科的其他病例相提并论。

而在吴刚毅做检查时，我和杨柯坐在诊室外面的长椅上等着，一步也没有离开。由于泌尿科晚上人少，走廊里静悄悄的。本来，这边的医生也早就要下班了的，只是我去吴家之前打了招呼，他才留下来等我们。

好不容易能坐下来了，我的脑子就开始转动起来：想太多并不会让人一直异常勃起，这肯定还有别的原因。可我毕竟不是专业的泌尿科医师，让我看诊的话，我暂时只能想到巴西漫游蜘蛛。

巴西漫游蜘蛛出自南美洲巴西等地，通常会藏在青香蕉里，然后漂洋过海被运输到世界各地。这种蜘蛛毒性很强，如果被它们咬伤，你可能就会呼吸困难、神经失控或剧痛难忍。究其原因，是巴西漫游蜘蛛体内有一种神经毒素，不过它们的毒液也不全是有害而无益的。经过研究，有人发现某些男性在中了巴西漫游蜘蛛的毒后，生殖器会异常勃起，持续时间长达几个小时，甚至几天，而问题就源自这种蜘蛛的毒液里的 PnPP-19——这是一种可以治疗勃起性功能障碍的药物。

杨柯靠在长椅上，见我沉默不语，就用手肘撞了我："在想怎么跟我道歉吗？好好想，好好说。"

"道什么歉？"我摸不着头脑地问。

"你刚在吴家胡言乱语！"杨柯提醒我。

"我那不是为了救人嘛。"我无辜地回答。

杨柯只是逗我而已，说罢就用手指松开了藏蓝色的斜纹领带，长长地吐了一口气，没有再刁难我。我有样学样，也解下领带，打开领口，让紧绷的自己放松下来。这一松，我的肚子却又呱呱叫了起来，我正琢磨着要不要去吃个晚饭，走廊的另一头就有一群人走了过来。我定睛一看，来者是吴老教授和几个家人，他们可能担心孩子，所以追了过来，尽管我们早叮嘱他们别来了。

在得知暂时没什么大碍后，吴家人就千恩万谢的，可吴刚毅的病没有彻底治愈，我还在担心他为什么会流鼻血，所以就建议他再做一些其他方面的检查。吴老教授是学医的，跟我想的一样，在亲戚都去看孩子后，就问我，吴刚毅精神方面是否有问题，这段时间还需要去青山医院吗。我点了点头，认为最好还是去，毕竟吴刚毅已经打开心扉了，一定要趁热打铁才行。

说着说着，我好奇地问："教授，为什么今天下午打电话给你，你都不接？"

我以为吴教授会说手机没电了或者没听到铃声，谁知道他叹了一声说："我劝着哥哥一家人去做身体检查，下午一起去了别家医院，我担心需要做磁共振就没带手机出去。”

“怎么心血来潮，今天检查？”我觉得奇怪。

“实不相瞒，不只阿毅身体有毛病，他妈妈前几年得了乳腺癌，还好不是晚期，做了手术和化疗后才捡回一条命。”吴老教授一个劲地摇头，“我都担心是不是他们家里有什么有毒物质，搞得全家不得安宁，不管怎样，做检查是必须的。所以啊，我今天催着他们做了很全面的检查，那种普通的体检根本不管用。你懂的，就像胰腺癌，有些人查到的时候都是晚期了。”

“原来如此。”我若有所思地说。

杨柯坐在一旁，没有吭声，也没有站起来，看似很提防吴老教授，不知道是不是吴老教授说认识他的缘故。我打心底相信，杨柯没说谎，他和吴老教授的确没有任何交集，也许是吴老教授记错了。我看吴家人都来了，不需要外人在场了，打算再寒暄几句，就和杨柯先离开市一院。

就在这时候，吴刚毅的妈妈出来了，看她一头黑亮的长发，我实在无法想象她得过癌症。与此同时，我也想到了自己的妈妈，她说自己要做剖腹探查术，以诊断病情，但愿她的运气比吴刚毅的妈妈更好。

“今天多谢你们了。”吴妈妈手里拎着两个保温饭盒，递给我，“这是你们的晚餐，我今天做的，饭菜都还没动过。你们应该还没吃饭，拿去吧。对了，饭盒不用还了，都留着吧。”

“这怎么好意思。”我将饭盒推了回去。

“拿着吧，别客气了。”吴老教授在一旁劝我，“在医院推来推去的多难看。”

这句话不无道理，我只好道：“那……好吧。”

“菜不知道合不合你们胃口，但汤可别浪费了，很补的。”吴妈妈叮嘱道。

“谢谢。”

终于，我和杨柯在晚上八点多的时候拎着饭盒离开医院，回到了车上。杨柯可能也饿了，什么都没说，一坐下来就打开饭盒吃了起来。我以为杨柯会嫌这么吃不优雅，谁知道他狼吞虎咽的，除了汤之外，其他的饭菜一扫而光。我们都是学医的，并不忌讳在医院的停车场上吃饭，我也不想饿着肚子开车回酒店，也一起吃了起来。

至于我为什么没有立刻开车回酒店，一是真的饿了，二是吴家人几乎都来了，我怕吴刚毅觉得尴尬，精神会崩溃，到时候就需要我们出马了。还好，我们吃了十多分钟，似乎什么事都没有，吴老教授也没有打我们手机。我心里估摸着，今晚可以安心睡觉了，喝了汤后就开车回酒店吧。

于是，我和杨柯同时举起汤，将汤一饮而尽。不同于那些饭菜的味鲜味美，这个汤有股腥味，腥得连汤里的姜片都盖不住。我仔细地观察过那碗汤，也许是被沥过了，里面没有肉和骨头，只有一些枸杞、姜片。也许一般人很难看出炖汤的食材，可我和杨柯都熟悉这味道，尽管车里灯光昏暗，但喝完后我们异口同声地说道："鳖汤。"

鳖汤就是甲鱼汤，很多刚做完手术或者大病初愈的人都会喝这个汤来补身子。如果我猜得不错，吴刚毅的妈妈乳腺癌治愈后，身子很虚的她喝了许多鳖汤。她可能觉得这个汤确实有效果，所以为了感谢我们，便从饭桌上打包了鳖汤，叫我们一定要喝下。

一瞬间，我就明白了些什么，明天要如何给吴刚毅看诊，心中随即有了答案。杨柯是身经百战的医生，不用我多说，就懂得我在想些什么。

"好了，明天的事明天再说。"杨柯坐在副驾驶座上，指挥道，"先回酒店吧，我累了。"

"好。"

我一样筋疲力尽，只想倒头大睡，可插了车钥匙，准备启动车子时，又停住了动作。在迎新晚会那天，张七七失踪了，但在失踪之前，她用医院的座机联系了杨柯，请他到市一院见面。本来，杨柯不去迎新晚会是想在家里布置一番，好跟张七七求婚的。一接到电话，杨柯都没来得及问什么，就急匆匆地赶到了市一院，可那晚等了三个小时，张七七并没有出现。

想到这件事，我就问："那晚你的车是停在市一院的停车场吗？"

"是啊。"杨柯答得飞快。

"你从小区开过来，一路上肯定被拍了，停车场肯定也有监控，廖副如果调了录像来看……"我越说越小声。

"你要我说几次？！人不是我杀的，廖副有什么证据，尽管拿出来好了。"杨柯又生起气来。

"好了，好了，我没有怀疑你，我是担心你。"我急忙稳住杨柯，生怕他再跑去喝酒，回来又发酒疯。

"我说过，你相信我就行了。"杨柯强调，"我们都住一起这么久了，我要真是凶手，你早就失踪了。"

"瞧你这话说的，好像干过什么似的。"

我嘟哝了一句，然后就把车子开出了停车场，没有再继续这个话题。实际上，这些事看似杂乱无章，但只是缺少一块拼图，只要找到了这块拼图，一切就水落石出了。比如吴刚毅这个病例，起初我一直搞不懂他为什么会异常勃起以及流鼻血，直到我发现他母亲可能经常给他喝鳖汤。

鳖汤是非常大补的一种食物，尽管不算药物，但在中医上是上火的，可以补劳伤，壮阳气，益气养血等。也许，你会说中医是骗人的，这种理论信不得，但从西医的角度来看，所谓的补劳伤，壮阳气等，其实就是喝鳖汤多的人会雄性激素升高，肾上腺素分泌增多，然后毛细血管会破裂出血——确实有些男人喝了鳖汤就会流鼻血，毕竟他们血气方刚，身体本身就强壮，很难扛得住这种大补的食物。

假若喝多了鳖汤，加上心理因素作祟，是有可能像吴刚毅那样，既会异常勃起又会反复流鼻血的。最近，吴刚毅身体不好，他妈妈觉得他身子虚，肯定给他喝了不少鳖汤。也就是说，吴刚毅的病有两个主要诱因：一个是澳大利亚之旅造成的心理问题，另一个则是他喝鳖汤造成的生理问题。众所周知，很多精神病都不是单纯的心理问题，都与身心有关，所以当你觉得自己的精神出状况时，切记先检查身体，看看是什么地方“失灵”了。

总之，我觉得轻松了许多，至少搞清楚了大概的病因，明天就可以制订治疗方案了，前提得是我没分析错误。对于这个推断，杨柯是赞同的，不过光说没用，还得看明天市一院出具的检查结果再做诊断。为此，我心想今晚就好好休息吧，反正现在想再多也是做无用功。

一回到酒店，我和杨柯就先后去洗了澡，然后呼呼大睡。可不知道是不是鳖汤的关系，到了半夜，我忽然觉得身体发热，跟着就睁开了眼睛。昏暗中，我打开床头灯，想坐起来，谁知道杨柯的床却是空的。我以为他人上哪儿去了，再一瞧，原来卫生间亮着灯。

听到沙沙的摩擦声，我迷迷糊糊地就下了床，走到没有关门的卫生间外。这时，我看到穿着白 T 恤和白短裤的杨柯在拿擦鞋布擦他的黑皮鞋，明明鞋子已经擦得很干净，很亮了，他还在那里反复地擦着。

见状，我揉了揉眼睛，打着哈欠说：“你有病啊，半夜不睡觉，擦什么鞋。”

“你不是也没睡？”杨柯反问了一句，然后举起正在擦的皮鞋，像盾牌一样挡住我，并歪着头说，“你鳖汤喝多了吧？”

意识到问题后，我就慌忙捂住下面，抖腿说：“我要尿尿，你出来。”

杨柯没有再作声，洗了手，拿着鞋子出去了。等我回到床上时，杨柯已经又躺下了，很明显，他也睡不着，可能鳖汤太旺火了。见我翻来覆去的，杨柯就清了清嗓子，叫我安静一点，别动来动去的。我不高兴了，便回嘴说你刚才擦鞋，不也整出了动静吗，怎么有脸说起我来了。杨柯自知理亏，没有再出声，翻了个身后就不再唠叨我了，只是不知道他有没有真的睡着。

那天后半夜，我几乎没有合过眼，早上去上班时，黑眼圈非常明显。倒是杨柯，永远一副精神奕奕的样子，衣服也整整齐齐、干干净净。我困意十足，根本没有精力打扮自己，浑浑噩噩的就跟着出了门。

到医院后，我看到主任在门诊部徘徊，我本来想先去住院楼巡房，可他却拦住了我。看杨柯和我在一起，主任就随便找了个借口，支开了杨柯。我心想，难道又要批评我穿衣不讲究，为什么不能把精力放在病人身上呢。可这一次，我失算了。那天他将我领进诊室后就砰的一声关上门，用手肘顶住我的脖子，眼神凶狠地说："你真会装，连我也被你骗了！"

"什么？"我以为自己听错了。

"你还演戏？"主任额头的青筋暴起，呼吸也加速了。

我确实不知道主任在说什么，唯一能想到的就是他知道了"太平川"的身份。前不久南宁书店为了办签售会打电话到医院找我，接电话的是季副高，然后他找我问话，我就跟他老实交代了。我琢磨着，也许是季副高跟主任说了，但他不是应该高兴吗？这样一科就有料可以宣传了，虽然我仅仅是一个毫无名气、几乎人人嫌弃的小说家。

面对主任的咄咄相逼，我不愿意跟他产生正面冲突，只好老实地问："你是指写书的事吗？"

主任却呸了一声，骂道："少转移话题！你知道我在说什么！我拿到证据了，我要找廖副举报你！"

一大清早被人冤枉，我心里的怒火逐渐压不住了，当下就推开了主任。主任很胖，要推开本不容易，但我一使劲，他就后退几步，撞到了办公桌的边角。主任大叫一声腰疼，随即又强忍了下来，扶起腰，瞪着我，一副随时要发飙的架势，但最终还是没有再动粗。

看我愣在那里，主任就难以置信地摇着头说："我以为我算老奸巨猾了，没想到你更是深藏不露！原来最没有嫌疑的你才是真正的杀人狂！我给你一天时间，你不去自首，那就怪不得我了！"

"自首？"

我的脑子还没转过来，主任就大步向前，要开门出去。我不敢挡住主任，连忙让道，然后就傻傻地杵在原地，心想这闹的是哪一出，我什么时候杀人了？干吗要自首？我来医院之后做得最过分的事就是偷了一封信，大不了还给主任就是了，怎么会严重到被贴上“杀人狂”的标签呢？

我还在纳闷儿呢，主任就在走廊里大喝：“快去外面给我买一箱水回来！”

医院的诊室、主任的办公室都有桶装水，为什么要去买水呢？我好奇地往外一看，原来主任逮到了刚好经过门诊部的梁凉凉，她胆小如鼠，自然就被主任拿来当出气筒了。梁凉凉不敢顶嘴，哦了一声就一路小跑，逃出了门诊部。不过，她去的方向是住院楼，估计她知道自己是轮转医生，出门买水不是她的职责，就随便敷衍了主任。

这一幕让我又怀疑起来，难道张七七的信不是乱写的？主任就是X？他刚才的举动确实像是精神不正常。这段时间奇奇怪怪的事太多了，我一颗脑袋不够用，当下就更坚定了：10月30日晚一定要去太平间等X来拿信，然后就可以知道所有的答案了——包括杨柯父亲的下落。

不过，这里还有一个更复杂的问题。要知道，发短信的人自称X，但张七七的信却指证主任才是X，这不是乱套了吗？天底下哪有贼喊捉贼的？

我一下子转不过弯来，只好暂时不再去想这件事，正好巡房的时间到了，我便大步流星地往住院楼走去。还没走出门诊部，我就看到卢苏苏又在送一个老人家出院，可惜离得太远，我就挥了挥手，想打个招呼。卢苏苏分明看到了我，可没有任何反应，不知道是不是上次院长开全院大会专门批评了我和前女友的事，她觉得不开心了。

“得找个机会赔不是才行。”我嘀咕道。

本来，我准备继续往住院楼走，却看见有个男人在门诊部大厅挡住了卢苏苏的去路。那个男人的左边太阳穴有伤疤，尽管距离很远，但我一眼就确定他是我前一天碰到的男人。当时男人问我卢苏苏在哪里，他要给老年二科的一个病人办理出院手续，我觉得他长相凶狠就没有交代。我心想，看来真是病人家属，我昨天真没礼貌，还好没被投诉，不然主任又来找我发威了。

“算了，赶紧去忙吧，宋强他们应该都在等着了。”

我没有再回头，转了个弯，便从走廊通道绕出了门诊部。说来也巧，廖副正跟一个警察一前一后地走出住院楼，而他后面的警察像是捉拿犯人那样，抓着一个人的手臂。这段时间，廖副让杨柯从家里搬了出来，因为警方要勘查他家的第三个房间，以寻找除了天花板血迹以外的证据。

因此，一时没看清楚对面的我暗喊不好，难道杨柯被当成坏人逮捕了？不过下一秒我就咦了一声，因为廖副他们带走的人并不是杨柯，而是另外一个人。

05 反安慰剂效应

迎新晚会那天，杨柯不在医院，加上他没有交代自己曾开车去市一院等张七七，等于隐瞒了一些事实，这些要是被人发现都可以被视作有嫌疑，甚至是有作案时间。

不过，那天被带离住院楼的人不是杨柯，而是老实又热心肠的季副高。为此，我很纳闷儿，看到这一幕就赶紧走上前，问廖副怎么了，为什么忽然要把人带走。我好几天没见廖副，他胡子拉碴，头发也白了好多，整个人都蔫了，像是生命力被抽干了大半，不知道是不是由于儿子经常生病，他心力交瘁过度了。

听到我追问，廖副就让同事先将人带走，自己停下来则哎呀一声，然后解释：“我们现在也没有逮捕谁，只是找人去我那里做个笔录，问个话。现在案子还在侦办中，你知道，有些东西我不宜对外说，但是你们副主任回来肯定要给医院一个说法，事情依旧会被抖搂出来，我干脆就先跟你透露一下吧。”

我一直望着远去的季副高，他被带走得很急，我们根本没时间交谈，廖副理解我关心自己人，就劝我："你也别着急，假如没什么意外，他中午就能回来了。做笔录只是配合侦查，最后不承担责任是不会留案底的。我们之所以带他走，都是今天他自己没接电话，我们本来是想让他自己过去的……"

这时，太阳从灰色的云里出来了，刚好照到我们，廖副的警服衬衫早就湿了一大片了，说到这里时，他就挪了挪步子，躲到了一棵桂花树下。我也怕热，被晒了几秒就额头冒汗了，这也是我不喜欢西装革履的原因。当廖副站到树荫下时，我也跟了过去，趁廖副还没继续说，我就解释道，医生有时不方便用手机，特别是有病人或病人家属在场时。因为有的人一旦认为治疗效果不符合预期，为了报复和发泄，他们会偷拍你玩手机的画面，再添油加醋地发布到网络上，攻击你看诊时不专心，到时候你就百口莫辩了。

将心比心，廖副是警察，假若办案时，他在玩手机，被人拍下来，那与医生面对的后果是一样的。对此，廖副先确定住院楼外没有其他人，连一只苍蝇都没有后，才凑近我小声说："我们技术中队的法医早就从张七七的指甲缝里提取到了一些东西，他说那是她死前一段时间内从别人身上抓下来的皮屑，皮屑的 DNA 跟你们副主任是匹配的。"

听到这里，我心里就犯起了嘀咕，这确实是许多罪案剧里的常见情节，但张七七的尸体被发现时据说都白骨化了，指甲缝里的皮屑还能采集到吗？

说实在话，微量生物物证这一块是挺有难度的技术活，别说尸体还没有白骨化，就算是刚死不久，有些检材载体上的细胞浓度也会不够，任你技术再好都无能为力。不过，廖副既然这么说了，想必法医检出了 DNA，也许是负二层过去封闭的环境发挥了作用，也许是法医对尸体采用五指连续转移收集法增加了细胞浓度，又或许是死者生前激烈地反抗，抓下了凶手的大片皮屑，甚至藏有血液在指甲下。

看我若有所思的样子，廖副可能不想我太过担心，就摆摆手："好啦，好啦，季守信只是配合调查，做个笔录，解释皮屑怎么到死者指甲下的，什么都还没定论呢。再说了，你们医院的人都能证实，那晚季守信一直在晚会现场，从没有离开过。后来，晚会散场，他就坐你们院长的车直接回家了，因为他们家都在一个小区。这样看来，他是不具备作案时间的。”

“那……那……”我吞吞吐吐道，“你怀疑谁是凶手？”

“当然是杨柯啊。”廖副斩钉截铁地说，“我不是早说了吗，他家天花板的血迹就是张七七的！检验结果是错不了的。”

“是吗？”我佯装镇定。

下一秒，廖副就关紧了嘴巴，似乎很懊悔说了刚才的话。接着，廖副借口他上午工作多，还有别的案子要顾，说罢就心急火燎地朝医院的停车场追了过去。我站在桂花树的树荫下，忧心忡忡地盯着廖副的背影，心想警方查错了方向，季副高和杨柯都不可能是凶手。如果硬要解释他们为什么会成为嫌疑人，那就是被人陷害了，至于是怎么陷害的，我暂时想不到。毕竟，警方都被误导了，何况没有任何侦查经验的我。

值得庆幸的是，季副高不是被逮捕，上午一过就能返回医院。可我的心悬了起来，因为今天被带走的是季副高，明天就可能是杨柯，万一杨柯被冤枉并坐牢了，那怎么办？为此，我越来越坚信，10 月 30 日晚一定要将张七七留下的信送去太平间，然后所有的谜团就可以解开了——这似乎是当时唯一的选择。

仔细一算，10 月 30 日就是明天了，我摸了摸西装外套的内袋，信还在里面，这才放心了。为了不让信丢掉或被偷走，这段时间我一直随身带着。确定信还在身上后，我整理了思绪，先去住院楼带人巡房，将一科的住院病人都检查了一遍。之后，我回到门诊部，等吴刚毅从市一院那边过来，以便继续给他做诊断，根治他的病。

上午十点多，吴刚毅就在吴老教授的陪同下来了，一起被带来的还有市一院出的检查报告。可惜，报告上没有显示出什么问题，只是证实了我的一些猜测，比如肾上腺素升高，这导致他血压高，继而毛细血管破裂，引发了流鼻血，但报告上仅有结果，无法解释他为什么会肾上腺素升高。

值得一提的是，肾上腺素升高不利于男性勃起，而这在吴刚毅身上特别矛盾。怎么说呢？肾上腺素升高对男性的生殖器来说并不好，因为血管放松，生殖器充血才能勃起，但是肾上腺素升高会让血管收缩，生殖器就会一蹶不振。

可吴刚毅的毛病是过长时间勃起，如果肾上腺素升高，他为何还会有这样的症状呢？

如我推断的那样，除去肾上腺素高，吴刚毅的雄性激素也很高，这个东西太高的话，男性就会有强烈的性冲动或者很容易动不动就勃起。假设要使肾上腺素和雄性激素两者水平都很高，除了经常喝鳖汤之外，我能想到的就是肾上腺皮质增生，这个病既会造成肾上腺素增生，同时又会因肾上腺分泌理糖激素、理盐激素不足而导致雄性激素过多。

我不算这方面的专家，只能推断出个大概来，考虑到市一院只做了男性激素六项、肝、睾丸等检查，我就建议吴老教授下午再带人去做个更全面的检查，比如 CT、MRI，要专门往肾上腺皮质增生这个方向查。我算是吴老教授教出来的，这一点不用我说，他也知道，但他认为精神治疗才是根本，否则吴刚毅还是会觉得自己被诅咒了，即便身体好起来也会再垮掉的。

为了商量出对策，同时不影响治疗效果，我就对吴刚毅说："我们医院有个图书馆，就在住院楼后面，只要不借书，进去是不要证件的，你要不要去看看？那边不只有医学文献，也有医学小说，挺有趣的。"

吴刚毅的身体暂时恢复了正常，走路时不需要低着头弓着背了，看似也很乐意独处，听我这么一建议，就站起来说："那好吧。叔公，我出去走走。"

"别乱跑啊。"吴老教授还是不太放心。

"知道了。"

等人一走，我就问吴老教授，您应该知道巫毒娃娃这东西吧？显然，吴老教授是知道的。

巫毒娃娃出自巫毒教，巫毒教起源于非洲南部，这个宗教施法时需要巫毒娃娃作为媒介。它们有些是稻草扎成的，有些是骨头做的，有些是毛线编织成的。通过这些巫毒娃娃，施法者可以害死或控制一个人。

当然，现在没几个人相信巫毒娃娃能害人了，但是迷信与科学都是会向前发展的。如今，巫毒娃娃已经不限于一个实体了，它们早已衍生开来，以各种形式存在于人类社会当中。

比如 20 世纪 70 年代，美国有一个叫萨姆·舒曼的男子被确诊为肝癌晚期，只剩下几个月的寿命。后来，萨姆·舒曼真的在医生预计的时间内去世了。在尸检时，人们却发现医生误诊了，萨姆·舒曼的肿瘤其实很小，根本还没有扩散，他的病情完全可以控制住。

也就是说，这个误诊是另一种形式的巫毒娃娃，错信医生判断的萨姆·舒曼觉得自己一定会死于癌症，当这种信念根深蒂固时，他身体的所有部分就会死去。

像这样的现象，哈佛大学医学院的著名生理学家沃尔特·坎农在 1942 年就注意到了，还为这种现象起了个名字，叫巫毒教死亡综合征。通常，这些患者文化水平偏低，但如果某些因素造成了“天时地利”，例如吴刚毅的两个同学先后死亡，那即便你文化水平再高也会相信。

我在前面也提到过，有些精神病是跟文化挂钩的，我们中国人很害怕犯忌讳，所以巫毒教死亡综合征传到中国后，又有人称之为犯忌讳死综合征。

不过，这个病症涉及的不只是文化因素，还有一些人为因素、巧合因素，所以致死原因的解释不一，至今还没有统一的说法。目前，有的人认为是肾上腺素过度分泌致使病人休克，也有人觉得是病人的迷走神经过度兴奋，还有人相信那是中毒、躯体疾病或绝食脱水的结果。

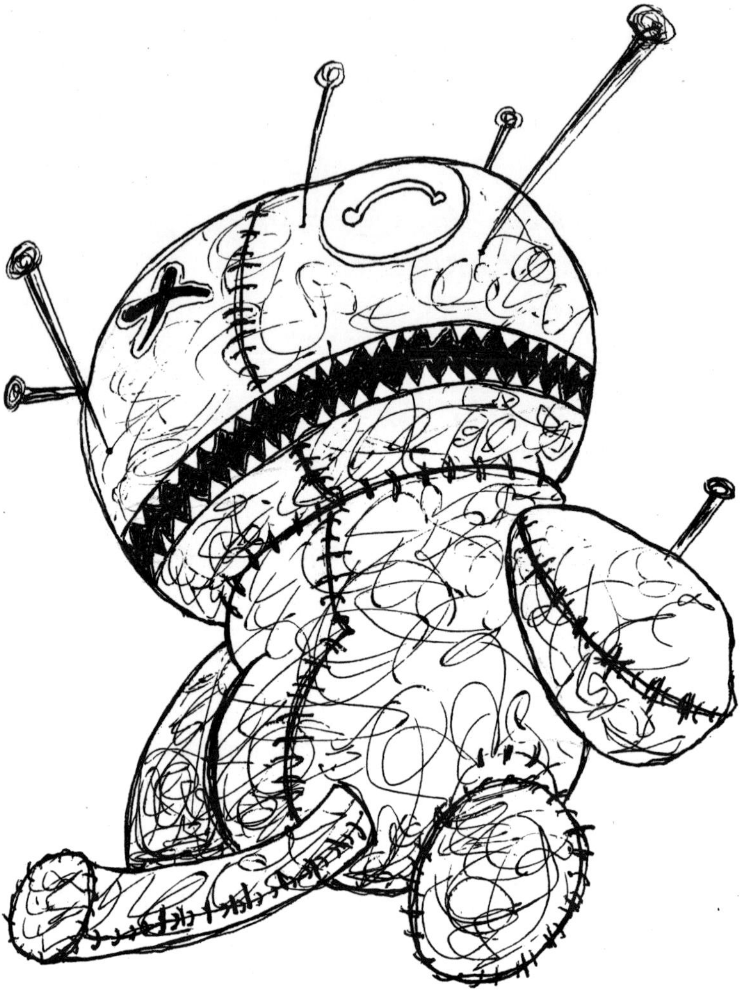

具体到吴刚毅这个病例，我倾向的诊断是巧合因素造成了他的心理障碍，加上肾上腺皮质增生导致了一系列疾病的生理因素，这才引发了巫毒教死亡综合征。

中国人有句老话说得好，心病还须心药医。沃尔特·坎农也认识到了这一点，他曾参与过一起病例的研究：当时一个年轻人在部落里被巫师用骨头指了一下，随后就生病卧床不起。经过诊断，医生发现年轻人的各项指标都有问题，他确实病了，而且愈发严重——这算是一种反安慰剂效应，即相信自己得病，你就会得病；相信药物有害，你吃下去就会病情恶化。

当然，沃尔特·坎农知道年轻人的病就是反安慰剂效应造成的巫毒教死亡综合征，大家也这么看，所以他们后来就让巫师去告诉这个年轻人：我当时用骨头不是要指你的，你没有被诅咒。年轻人下一秒就喜出望外，病当场好了一大半，没多久就神奇地自愈了。

纵观医学史，巫毒娃娃的影响非常大，尤其在现代人的身体上，因为我们都有各种压力。当你活得很累，情绪总是很差时，心理和生理就会慢慢地相互作用，你最终会病倒。只不过，你不会像吴刚毅那样相信自己要死了，你只是不开心、压力过大、频繁焦虑，巫毒娃娃的效应没有那么快出现罢了。

我的治疗方案的重点就在于让吴刚毅相信，他没有被诅咒，尽管随地小便不对，但这不会让他死亡。吴老教授也觉得这个方案可行，坏就坏在吴刚毅的两个同学先后死亡，潘翔又患了怪病，所以心理治疗需要花费大量的时间，是一个长期的过程，不是说几句话就完了的。

还好，吴家人通情达理，在治疗上非常配合。经过持续两个月的治疗，吴刚毅终于慢慢地恢复了正常，放下了这段噩梦般的过去。可对我来说，我的噩梦才刚刚开始，因为我并不知道一天后会发生什么事，一切都来得太突然，但一切又早有预示。

那天讨论出治疗方案并得到了吴老教授的认可后，我就着急地想，吴刚毅怎么还不从图书馆回来。为了找人，我便让吴教授留在诊室里喝水看报纸，他年纪大了，不用跑来跑去的，我一个人去图书馆就行。结果一出门，我就接到了一通电话，我以为是我妈，但实则是南宁书店的人，他们可能怕我反悔，很着急地与出版公司商量出了一个时间：他们决定在10月30日下午搞个小规模的签售会。

我一听就急了：“能不能改时间？”

南宁书店的人毫不掩饰地哼了一声，并用施舍的语气说：“你能搞签售会就知足吧，还改时间呢，你以为你很大牌吗？告诉你，我们怕没有读者来现场，大家会尴尬，还专门雇了一些人去假扮你的读者呢。大家都很忙的，别以为就你忙。”

10月30日是一个重要的日子，我只是想一心一意地搞清楚X的谜团，并没有别的意思，但我没有解释，只任由南宁书店的人教训我。好不容易听完了对方的各种训导，我刚挂电话，铃声又响了起来。我看了来电号码，是我妈打来的，她这几天要确定做剖腹探查术的日子，估计打过来就是要说这事。

果然，我妈张口就说：“小天，医生说10月30日中午做手术，就是明天。你午休时间来签个字就好，不用在手术室外面等我的。”

“妈，你放心，我会过去的。”

“那我挂了，你快去忙工作吧。”我妈生怕打搅我，没再多说就挂断了电话。

没有我妈就没有我，手术定了这天，我自然不会有意见，尽管我知道10月30日有着怎样的意义。不过，这也不完全是坏事，既然10月30日要守在青山医院等X来拿信，那么杨柯肯定会留在医院，不会瞎跑出去。这样一来，我去外面办签售会就不会被杨柯撞见，太平川的身份就可以继续保密下去了。而且，我也可以把去看我妈当作自己离开医院的借口，这不是两全其美吗？

想着想着，我绕了个弯，拐进了图书馆，来到了二楼。当时，吴刚毅站在小说书架那里，捧着《精神探》看得津津有味，甚至没有挪过步子，更没想过要坐到书桌那边去看。正巧，岳听诗也在小说书架那一排，与吴刚毅不同，身材高挑的她微微一抬手就抽出了一本小说《斩龙》，并随便翻了几页。

《斩龙》的作者叫大悲手，张七七失踪前曾借了这本小说，以及《牛津精神病学教科书（第五版）》，但她后来没有机会还书，因此逾期 24 个月，需要补交 146 元的逾期费用。前不久，张七七的父母拿着欠费短信过来，我们才知道她生前借过两本书没还。图书馆一共有三本《斩龙》，大悲手跟我是同行，张七七既然看过《精神探》，想必也会去看其他的同类型小说。

很快，岳听诗就发现了我，接着走过来，拿着《斩龙》在我面晃了晃："你来找小说看吗？这本是小乔以前推荐我看的，可惜她人死了，我还没看过。"

"小乔也喜欢看小说？"我敷衍地问。

岳听诗点了点头，并用一种很愉悦的语气说："值夜班很无聊的，又不能一直玩手机，当然是看书更适合打发时间。你之前不是有一个病人因为玩手机太多眼球都中风了吗？"

"你可以看《精神探》。"我忍不住王婆卖瓜。

"那本书不好看。"岳听诗断然拒绝。

"是吗？你看过？哪里写得不好？"我很意外。

当岳听诗要回答时，吴刚毅发现了我，然后问我有什么事。我就是来找他回去的，因此说他叔公在门诊部等着，今天应该没什么要紧事了，去门诊部再交谈一会儿就好。可在离去之前，岳听诗对我甜甜地笑了笑，说如果哪天有空了，她可以把他们三科的一个女生介绍给我认识。见我不感兴趣，岳听诗就大长腿一迈，转眼就追上了已经走出了四步之外的我。

"你老跟杨柯在一起干什么？你不想找个女朋友吗？"岳听诗奇怪地问。

我更觉得奇怪，她不是一直叫我别辜负卢苏苏吗，怎么今天变了个样，要给我介绍别的女生？

我一这么问，岳听诗就用可怜的眼神望着我，仿佛我是来三科看病的患儿，心疼道：“我听卢苏苏跟一个男的说，她已经跟男朋友分手了，她觉得他们不适合……我想，你应该是被甩了吧？”

我瞪大了眼睛，难以置信地问：“有这种事？”

“我骗你干吗？”

自从院长开了全院大会，点名批评了我和前女友的闹剧，卢苏苏就没有跟我讲过话了。莫非她真的因为大会的事生气了？但至于闹到分手吗？我还不知道我们算是在一起过呢……

一刹那，我鼻子有点酸，不等岳听诗再说什么，转身就跑出了图书馆。本来我心情很难过，可冤家路窄，出门就碰上了主任。当时，主任正在图书馆门口打电话，可能那里人少，比较安静。见我来了，主任就瞪了我一眼，匆匆地挂断了电话。我不敢与主任独处，见状就继续狂奔，追上了走在前面的吴刚毅。

不过在我下楼前，我依稀听到主任讲了一段话：“我得想办法去杨柯家把东西拿回来……我当时以为陈仆天最可信，谁想到他才是最有问题的……就算是被人指使，他也不是清白的。”

拿东西？拿什么呢？

我还没来得及多想，就回到了门诊部，心思又扑到了治疗吴刚毅的工作上。

长久以来，吴刚毅是最好“伺候”的病人，因为我在诊室里和他与吴老教授交谈时，三方都很冷静，谁都不需要小心谁。不像其他科室，那天上午都吵吵闹闹的，病人要么觉得自己爱上了看诊医师，坚决要和看诊医师在一起；要么认为有人要害自己，他们为了自保，就打倒了医护人员，想逃出门诊部。

我一边听这些动静一边向吴刚毅解释一些精神病学知识，以让他明白之后的治疗过程。半个小时后，午休时间到了，一送走吴老教授他们，我就想去食堂吃饭，顺便找杨柯商量明晚的事。就在这时候，季副高从外面坐出租车回来了，他可能要去自己的办公室，见我人在门诊部，就扶了扶眼镜，笑着打招呼："还不去吃饭吗？"

我哪里还有胃口吃饭，当下就关心地问："廖副找你过去，没什么事吧？"

"反正就据实说。那晚我的确没和张七七独处过，也没有离开过现场，我也不知道为什么她的指甲缝里会有我的皮屑。"季副高没什么压力，很轻松地说，"你不用想太多，做笔录而已，身正不怕影子斜嘛。"

"如果有人要陷害你就不一样了。"我提醒道。

季副高一心搞研究，总是与世无争，他没把我的话放在心上，只是拐了个弯赶人："快去吃午饭吧。"

我本想顺势离开，但一瞧门诊大厅没人了，马上又抓紧时间问："副主任，你知道一个叫何玫的病人吗？"

季副高习惯性地抬了抬鼻梁上的眼镜，想了片刻后才回答："她好像是老何的病人，怎么了？"

"那何玫跟张七七有什么……"我停顿了一会儿，组织好语言后才继续问，"她们是普通的医患关系吗？"

"何玫的主管医生是老何，张七七不负责她，严格来讲，医患关系都算不上吧。"季副高回忆道，"倒是小乔，她当时跟着老何负责何玫，但何玫现在已经出院两年多了，应该没什么问题了。你怎么忽然问起她了？"

季副高只是单纯好奇，眼神和语气都很温和，可即使如此，我还是很心虚，仿佛自己正被警察审问。我也不敢跟季副高说怎么知道何玫的，正好午饭时间到了，我就借口自己饿了，一溜烟地逃到了医院食堂。

这时，食堂里已经都是医院的员工了，我看武雄跟七科的人聚在一起，叽叽喳喳地说一科副主任被带走了，人可能是他杀的。可其他人不同意，都说季副高那晚一直在现场，他们可是亲眼看到的。接着，人家就起哄说何主任曾离开过，二科的岳听诗看见了，她是这事的证人，早在季副高被带去做笔录之前，警察就找过她了。

“看来真的有人陷害季副高，可那是怎么做到的呢？”我不由得在心里猜疑，“张七七离开晚会现场后，到底发生了什么事？”

“想什么呢？”

我正想得出神，杨柯就在身后拍了拍我，看我像个木头人在发呆，就嫌我孺子不可教也：“问你想什么呢，你是哑巴，不会说话吗？”

我见人多口杂，不方便讨论明晚的事，便不要脸地胡说：“在想你跑哪儿去了啊。”

怎料，武雄在很远就听到了，接着又瞎起哄：“哎哟喂，有人好恩爱啊。”

偏偏那天卢苏苏也来食堂吃饭，这一幕刚好被她撞见，我还没来得及解释，她就脸色一变，转身走出了食堂。见我想追人，杨柯却拽住我的手臂，不让我去。我哪里愿意让卢苏苏就这么走掉，可杨柯的劲儿太大了，他拽着我一路出了食堂、医院，躲到了外面的“茶茶”餐厅。

“你是担心明晚的事吗？”坐下后，我忍住脾气问。

杨柯点了两份牛肉面和两杯柠檬红茶，然后神秘兮兮地问：“你知道明天太平川要来签售吗？”

我一愣，转而故意骂道：“就是那个娘娘腔小说家吗？就他也配办签售，有人去吗？不怕丢人啊？”

“什么娘娘腔？你以为是你啊！你懂个屁！”杨柯纠正我，“她肯定是女的。”

“你又来了。”我想起了我们以前的争论，杨柯总觉得太平川是女生。

“算了，懒得跟你争。我是担心你明天找不到我，先来告诉你，明天下午我要去南宁书店。”杨柯说到这里，像是想起了什么，眼睛一亮就说，“正好廖副刚才打电话来了，他说可以回家了，我们明天中午退房吧。”

我很意外地问：“我以为你会被廖副带走呢。”

“带了啊，我上午就被通知去他们单位一趟。那晚发生的事，我都照实说了。”杨柯一副无所谓的样子，“带走又怎么样，人又不是我杀的。廖副如果真的有能耐，他应该比谁都清楚。”

“他没扣住你？”我不敢相信。

“你就不能盼我点好？先是盼我得阑尾炎，现在又盼我被关起来，你存心的？”杨柯不高兴了。

这时，牛肉面和柠檬红茶都送上来了，但我在拌牛肉面时，红油汤水飞溅开来，不巧，有几滴红油飞到了杨柯的白色衬衫上，非常显眼，他一下子就注意到了。没等人发飙，我就认错，说是自己不小心，为表歉意，还主动表示支付下次送干洗的费用。

这一次，杨柯也许心情很好，并没有跟我计较，反而饶有兴趣地问我：“明天要不要跟我一起去南宁书店？”

“不去！你也别去。”我的语气很没有说服力。

“你真是没品位。”杨柯停下手中的筷子，恨铁不成钢地望着我，“主任真是没冤枉你。”

这句话让我想到了早上的事，我顿时就激动起来：“你知道主任今天怎么对我的吗？”

接着，我就一股脑儿地把事情都抖了出来，杨柯知道我不会拿这种事情撒谎，但对于主任为什么会有那样的举动，他也想不明白。眼看明天就是X给出的期限了，也许所有的谜团都能在明天水落石出，杨柯就叫我别想太多，搞不好那是主任搞的心理测试，他经常会那么做的。就像前不久，他叫了许多人去他办公室拿瓶子喝水，这可能也是一种心理测试。

“也对。”最近我想得太多，脑子累得已经快罢工了，听杨柯这么一开导，干脆就放空了脑袋，让自己休息休息。不过，我很快又心烦起来，万一明天杨柯跑去签售会现场怎么办？我都瞒他那么久了，现在要是被揭穿身份，他肯定以为我在戏弄他，以他的臭脾气，不知道要闹出什么不愉快的事来。

想了想，我就决定下午去找季副高，求他明天随便给杨柯安排个工作，哪怕是去外面随访一个出院的病人都好，只要他没时间去签售会现场就行。

我打定主意，吃了午饭就去办公室找季副高，如我所料，他正在办公室里看国外的医学文献，哪里都没去。虽然坐冷板凳的日子提前结束了，但为了避嫌，像去外地开会或讲座这样的商业活动，主任和季副高都没有排上日程，他们几乎都在医院里打转。

看到我又来了，季副高有些意外，以为我要向他讨教某些病人的疑难杂症，但得知我想让杨柯明天下午分身乏术，就好奇地问为什么。当初，南宁书店的人打电话到医院找我，是季副高接的电话，他已经知道我是太平川了，我就没有再拐弯抹角，索性实话实说。

“The truth will set you free, but first it will piss you off，你知道这句话吧？”季副高对我循循善诱。

很多影视剧用过这句话，大家都耳熟能详了，但很少有人知道这句话出自女权运动的代表人物格洛丽亚·斯泰纳姆。按照字面来理解，它的意思就是：真相会先让你难堪，再给你自由。

是的，如果说出真相，我和杨柯也许会闹僵一阵子，可至少我不用一直瞒着，用一个谎言去圆另一个谎言了，这样的人生是很累的。

想归想，我一张口却口是心非：“我过几天就告诉他，至少明天之前不行。副主任，拜托你随便给他安排点工作吧，让他明天坐门诊也可以。”

“好吧，我来帮你想办法。”季副高很像观音菩萨，向来有求必应。

“谢谢副主任！”我松了一口气，只要杨柯去不了签售会现场，那就不需要再操心了。于是，我那天下午抽时间把一些能提前做的工作都做了，这样第二天就能安心地请假，去处理那三个“大事件”了。

倒霉的是，我工作刚做完，医院就安排一科的人去做一部分出院病人的随访工作。好在这次只是电话随访工作，不需要上门服务，而打电话的人都是对应的管床医生。身为主治医师，我和杨柯都有一些病人要负责，因此那一整个下午我都坐在办公室挨个给出院的病人打电话，包括我最初治疗过的黄飞红。

直到太阳快落山了，我才把电话打完，但准备收工时，何玫的名字又闪现在了我的脑海里。迟疑片刻后，我翻出何玫留下的资料，拨打了她家的座机。电话响了十多秒，那头才有人接，当我自报家门后，对方却很不耐烦地回答："何玫过得很好，你们医院不要再打电话来了，她不想受刺激！谢谢！"

"等等……"我想说些什么，另一头却挂断了电话。

有些病人或病人家属是这样的，只要人完全康复出院了，他们就不愿意承认与精神病院有过来往，大部分人都想埋葬这段过去。毕竟这个病是会影响你求职或者谈感情、处对象的。

"算了，多一事不如少一事。也许是我想太多了。"

我整理了一下思绪，决定不再去想何玫的事，她都出院了，还能跟张七七的案子有什么关联呢？兴许张七七真的是随便涂鸦，是巧合罢了，如同吴刚毅两个同学的死。更重要的是，我们是不能随便骚扰出院病人及其家属的，万一他们投诉到医院，我又会被处罚。

"走了，回酒店。"我还在沉思时，杨柯敲了办公室敞开的门，催我快跟他回去。

武雄一如既往地不知道从哪里冒出来，在经过一科的办公室时，故意对同行的七科医生说："有人要去开房了！"

我以为杨柯会教训武雄，没想到这一次他放过了武雄，而且心情很好地劝我："别理他。"

"你没病吧？"我说着说着就假装要起身去摸杨柯的额头。可我心里很清楚，他是因为明天要去见太平川才高兴的，但如果知道见到的人是我，他估计就不会这么开心了。

"想什么呢？动作利索一点儿，我还要去买领带呢。"杨柯打了个响指。

我收拾好了东西就问："你还嫌你的领带不够多吗？"

"没你事多就行了。"杨柯翻了个白眼，但很快又露出了迷人的微笑。

“天啊，瞧他这副德行！”我打了个哆嗦，没敢继续想下去，将东西收拾好后就跟杨柯上了车。

那天傍晚，杨柯也许太急切了，决定自己开车，没有再让我当司机。一转眼，车子就开到了一家专门卖西装的男装店。我对买衣服没兴趣，本身我也很穷，那些西装皮鞋动不动就几千块，买来让病人撕烂或割烂，太不划算。

因此，在杨柯挑领带时，我就很干脆地对店员小姐们说：“我不买，我没钱。”

这些店员见多了有钱人，一看就知道我是个穷小子，从我进店起就没打算理睬我，因此问要不要喝水时，她们只问了杨柯。我对这些待遇倒无所谓，看她们都缠着杨柯，倒是替他感到辛苦，因为很多店员都不懂保持社交距离，总是靠得很近，给人一种不舒服的压迫感。

与此同时，我在脑海里自动播放了一条关于领带的知识：17 世纪，克罗地亚的雇佣骑兵会在脖子上系一根布条，法国人认为这威风又时髦，后来他们也学着在脖子上系一根布条。由此，布条演化成了领带，如今是西装里最重要的配饰。

慢慢地，心理学上也出现了一个说法：从领带的挑选上就可以看出一个男人的性格。比如喜欢系斜条纹领带的男人成熟稳重，为人处世谨慎，这也是职场上很多人会选这种领带的原因。但由于大家都知道这一点，有的人会为了留下好印象而这么挑选领带，所以这种说法也不能完全采信。而心理学分析本身也需要考虑和分析许多因素，不是光看一条领带就万事大吉了。

在心理学上，衣物或多或少可以反映出一个人的性格，但要看懂一个男人，很多心理学家都倾向于去看他的鞋子，因为鞋子最容易弄脏。这么说吧，如果一个男人能每天保持皮鞋干净，那么他就是一个非常注重形象的完美主义者，但他也会有很强的占有欲、控制欲，且不容易信任他人，很难对外敞开心扉。说到底，这个男人都不愿意展示自己邋遢的一面，你觉得他会随便给你看到他脆弱或者黑暗的样子吗？当然不会了。显然，杨柯就是这样的人，认识他这么久了，我很少见他这么开心过。

就在我越想越远时，杨柯已经选好了一条灰蓝色的细斜条纹领带，看着不太强势，给人可靠又好亲近的感觉。看我又在发呆，杨柯就对我说："选一条对的领带，没准儿它哪天可以救你呢。"

"领带怎么救？病人不把你勒死都算好的。"我乌鸦嘴道。

"这是我爸说的。"杨柯冷不防搬出了他失踪的父亲。

我意识到自己说错话了，立马赔了不是。同时，我心想杨柯的穿衣打扮看来不是臭美，而是有更深层的原因，很可能他父亲以前经常这么穿，他小时候目睹了这些画面，长大后就拼命地模仿父亲，以此弥补自己没有得到过的父爱。当然了，杨柯本身有点品位，也很懂人靠衣装的道理，但人长大后的种种行为确实与童年经历有关。

于是，我想都没想就脱口而出："你爸爸是不是经常这么穿？"

"少分析我！"杨柯瞬间拉黑了脸，付完账后大步流星地走了出去，完全没有等我的意思。

我倒是理解这一点，身为精神科医师，我最烦工作之余有人跟我谈论精神病学或者试图分析我的为人。我知道自己不该在这种场合说这些话，准备一声不吭地回到车上，由着杨柯载我回酒店。

可我刚打开车门，杨柯却叫住我："等等！跟我回家一趟。"

我重新关好车门后就问："不是明天才退房吗？"

"我想回去拿太平川的书，明天好让她签名。"杨柯握着方向盘，将刚停好的车子倒出了停车位。

我嘁了一声，故意取笑杨柯："你要去的是签售会啊，都不舍得现场买一本书吗？小气鬼！"

车子开出停车场后，杨柯就认真地解释："我当然会买，但是家里还有好几本呢，我想让她都签了。"

"那我们干脆住家里好了，还回酒店干什么。"我鸡蛋里挑骨头。

“你真是不开窍！”杨柯一手掌着方向盘，一手敲了我的脑袋，“你妈要去医院做手术，你还让她来回奔波？不怕她累吗？明早开我的车送你妈去医院吧。你明天不是请了一天假吗？”

“那你怎么去上班？”我揉着被敲疼的脑袋问。

“这不用你管。”杨柯没有邀功，好像这是一件很平常的事。

我知道杨柯外冷内热，他只是不想展示他柔软的内心而已，真到了关键时刻，他还是很靠得住的。那晚，我已经很感动了，杨柯却又加码：“记住，如果你妈看病钱不够，尽管跟我开口。”

我不习惯别人对我这么好，谢谢到嘴边却变成了：“我饿了。”

“你是猪啊，这才几点就喊饿。”杨柯又变回了平常的样子。

“猪全身是宝，猪怎么了，你看不起猪啊？”我不服气。

就这样，你一言，我一语，我们很快就回到了杨柯家。杨柯去找书时，我就跑去看芒山镇老人送的龟仙人，毕竟好几天没喂它了。我知道，乌龟就算几天不吃东西也没事，可它有“归”的意思，我想每天平安归来，讨个吉利，所以逗了它一会儿就打算去找饲料。

这时，杨柯走出房间，一个劲儿地惋惜：“《精神探》被主任借走了。”

“借书？”我脑袋灵光一闪，急忙追问，“是那晚主任来找你借的书吗？”

“对啊，他一直没还我。”杨柯摊开手无奈道，“那晚就跟今晚一样，我找书出来时，他就站在玻璃缸边上，好像在逗乌龟，我还说别被咬了手指，陈仆天就被咬过。”

我记得，杨柯之前跟我提过这件事，当时我就好奇，医院的图书馆里明明有《精神探》，为什么主任不去图书馆借，偏偏要跑这么远来找杨柯借呢？我的脑子转动得飞快，下一秒就想起了主任在医院图书馆外打过的电话。有一个声音告诉我，主任上门借书可能是个幌子，他一定有别的打算。

想到这里，我马上叫杨柯用手机连接家里的摄像头，并查看主任上门借书那晚的录像。

杨柯家里外的摄像头是我住进来一段时间后才装的，因为那时他怀疑有人能随便进出他家，比如第三个房间的照片就是神秘人贴上去的；还有一天半夜忽然停电，我去开门想看电闸是不是有问题，结果一开门就看到黑暗中有一个长发女人站在门外，只是她转身就跑掉了，我并没有看清楚她的长相。考虑到发生的怪事太多，为了安全起见，杨柯就在房子的里外都安装了摄像头。

总之，那晚听我那么一说，杨柯也发觉不对劲，于是用手机打开了一款摄像头程序，迅速查看了那晚的画面。果然，主任真的找了个借口让杨柯进房间去找书，杨柯一走，他马上将一个信封塞到玻璃缸的垫布下。瞧见这一幕，我恍然大悟，难怪我一直觉得玻璃缸的位置不对，原来它曾被人抬起来过。

至于主任为什么要这么做，我想当时他还信任我，因为我是在张七七失踪后才到青山医院就职的。也许是出于那样的信任，主任给我留下了某些事件的重要信息，但他不想我马上看到，所以就用这样的方式藏了起来。我联想起主任在医院图书馆前打的电话，他说要把东西拿回去，估计指的就是玻璃缸下的信了。

不用再多想，这封信一定很重要，也许比 X 要拿回的信还重要。一看完录像，杨柯和我就抬起玻璃缸，从垫布下取出了主任藏的信。与张七七的信不同，这封信很轻，似乎里面只有一张纸。我狐疑地想，一张纸能说清楚什么呢？它的分量会重要到主任必须用这么不寻常的方法来藏吗？

不管怎么说，主任相信过我，有一次甚至让我检查了全院员工做的明尼苏达多项人格测试。我不知道这段时间发生了什么事，使得主任不再信任我，甚至觉得我是“杀人狂”。或许看了信的内容后，一切就有答案了。

杨柯和我一样，根本没有犹豫，一拿到信就拆开并抽出了里面的信笺。

我原以为，信里会说谁是凶手或者提及什么大秘密，但上面只有一句话——让人毛骨悚然又醍醐灌顶的一句话。

06 X 的秘密

不同于病历和处方单上的草书，主任写在信笺上的字很工整，基本和印刷体没什么差别，他留下的话也很简单，只有短短一句："到青龙岗找杨柯的妈妈，我把 X 的秘密都放在那里了。"

杨柯的妈妈早些年就病逝了，被葬在青龙岗，那里是南宁很著名的墓园。既然人死了，去墓园有什么用呢？她又不可能再开口了。我心想，也许像藏宝游戏那样，主任在杨柯妈妈的墓地放了什么东西，叫我们过去找吧。

当时天已经黑了，没急事的话，谁都不会愿意半夜去墓园。因此，我看到这句话就觉得毛骨悚然，之前我在墓园已经遇到过一次怪事了，实在不愿意再来第二次了。

所以有那么一瞬间，我觉得主任疯了，他写的文字、说的话，都不能尽信了。可既然主任兜了一个大圈子将信藏得这么隐秘，多少还是有一点意义的。如我之前提到的那样，主任当时认为除了我之外，已经没有人可以信任了，将信留给我看起来合情合理。那次我因吃茄子过敏而住院时，他曾将明尼苏达多项人格测试带给我，叫我分析结果。

只是我不太明白，如果事关重大，为何不直接报警，要多此一举？毫无疑问，主任必定看了张七七留下的信，且知道了 X 的存在，那他将信交给廖副不就成了？

不过话说回来，张七七和主任的说法又是互相矛盾的——张七七说主任是 X，主任却又暗示别人才是 X。唯一可能的就是我偷到的信被调包了，并不是主任在太平间找到的最初的那封信。

一瞬间，我脑子像转动的马达，飞速地将这些可能都分析了一遍。很快，我就又想到，之前有个叫孙远的男人带着儿子来看病，说儿子总能听到女鬼在哭，后来我们才发现病人实际是孙远自己，因为他患了卡普格拉综合征，一直能听到妻子坟墓里有人声。

有一晚，孙远跑到了青龙岗，我被廖副叫过去收治病人，没想到在那里看到了张七七。可惜，我还没来得及搞清楚是不是幻觉，下一秒就被人敲晕了。等我醒来时，主任也来了，那时我就觉得很奇怪，因为我是主治医师，有我在就可以了，没必要再叫一个职级更高的人来，除非……

我随即醒悟过来，为了证实猜测，我没有去管一旁的杨柯，而是先给廖副打了电话，询问了那晚的具体情况。果然，廖副告诉我，当时他只联系了我，并没有联系医院的医务科或者主任，那晚他以为主任是我叫来的，所以就没有多问什么。

“原来如此。”我若有所思地点点头。

“没什么事我就挂了。”

“好。”

虽然廖副不明所以，被我问得云里雾里，但可能他在忙案子，在电话里也没空追问我为什么突然提这件事，没说几句就急着挂断了电话。我也没时间闲聊，一将手机锁屏便转身向杨柯复述了廖副的话，并推测：“主任那晚去青龙岗，可能就是去你妈妈墓地藏东西的。”

此时，杨柯已经拿着信笺坐到沙发上去了，听我这么说，就抬头看我：“但他找我借书是在孙远来看病之前的事了，他为什么后来再去青龙岗呢？”

“那又怎样？只要他愿意，去几次青龙岗都可以啊。也许他再去是想确认东西还在不在或者添加点材料。”我试图自圆其说，“不管怎样，他在青龙岗藏了东西，你说我们现在去还是不去？”

显然，杨柯是一定会去的，不然还等着其他人捷足先登吗？再说，墓园可能有野生动物，万一主任留的线索被它们叼走了怎么办？一想到要夜里去墓园，饥肠辘辘的我就没有再闹着要吃东西，等杨柯拿起了刚脱下的西装外套，我们就急急忙忙地要出门。不料，门一打开，杨果却站在外面，两眼通红，准备敲门的手悬在半空中。

我一瞧就猜了出来，杨果又和她爸吵架了，每次吵得厉害了，她就喜欢离家出走，躲到杨柯这里来。这已经不是第一次了，杨柯比我更了解，既然人都来了，就很礼貌地请堂妹先进屋。杨果却什么都不肯说，进来就趴在沙发上大哭，还不时地蹦出这样的话来："我爸太过分了，我不想活了！"

现在年轻人性子急，动不动就要死要活，其根本目的是想用生命来惩罚对方，但他们在最后一秒通常都会后悔。我不想杨果有过激的举动，于是就劝杨柯留下来，免得出意外。我还没说完，手机就响了，我以为是一科的住院病人怎么了，但一看，电话是我妈打过来的。

为了做术前准备，我妈那天已经提前住进医院了。我妈觉得术前准备不需要我守着，所以在办好手续后，就叫我明天再请假去陪她。在这个节骨眼儿接到电话，我担心我妈出了状况，心一下就悬了起来，一边让杨柯安抚他堂妹一边走到阳台接电话。

"小天，你忙吗？不忙的话，能不能到医院来一趟？"我妈语气虚弱地问。

"你是不是哪里不舒服，先按呼唤铃，我现在就过去。"我很焦急。

"我是有点不舒服，肚子疼得厉害，不过你不用担心，护士和医生刚来过了，说问题不大，我就是忽然觉得心跳很快，想看看你。"我妈的语气里带了些恳求，让人不忍拒绝。

我知道一个人住院很难受，有个人陪伴确实会好一些，这样病人的心情也会跟着好起来，对后续治疗大有裨益。因此，我没有再犹豫，当时就在电话里说马上过去。等我回到客厅时，杨果还在哭，杨柯则拉了一把椅子，坐在餐桌旁，头疼得不知所措。我忽然觉得这一幕很好笑，因为杨柯的长相很讨女孩子喜欢，有他哄的话，对方通常立刻就不哭了，但杨果不同，她不吃杨柯的这一套。

我小声告诉杨柯，叫他别着急，今晚不如就这样吧，我现在要去找我妈，可能会在医院待一夜，暂时去不了青龙岗了。杨柯的一只手搭在餐桌上的书上，手指不耐烦地敲打着书，那些书都是他要带去给太平川签名的，反正书都拿到了，就用另一只手掏出了裤子口袋里的车钥匙递给我：“去吧。记得，钱的事不用担心。”

“谢谢。”实际上，我想说很多感谢的话，可杨果在场，我妈也还在医院里受煎熬，除了一句简单的谢谢，别的话都说不出来了。随后，我开着杨柯的车去了医院，并在外一科的病房找到了我妈。

当时才过去了几天，我妈的脸色就惨白得厉害。她说肚子很疼，可医生说没什么大碍，也许是情绪焦虑所致，许多准备做手术的人也会这样。

我相信医生的诊断，不打算生事端，因为同为医生，我也很讨厌非专业人士质疑我的医术。病房里的一个老阿姨却在起哄，说医生是想多挣钱，等你痛到不行了，再给你来一台很贵的大手术，这一切都是为了钱。我一听就不乐意了，其实医生没病人想的那么赚钱，而且任何手术都有风险，谁都不希望病人死在手术台上，能不动手术当然是最好的。

我不愿意我妈胡思乱想，只好岔开话题，问她：“病从口入，白天你吃了什么？”

“我就喝了鱼汤。”我妈靠在病床上，呼吸很慢地说，“我之前不舒服，你爸在家也给我煮过几次鱼汤，说是补身子。”

我喊了一声：“你还好意思说，老爸都不知道你来动手术的事吧。”

“唉哟，别说了，别说了。”我妈用手捂着肚子，表情夸张地叫起来，“我肚子又疼了。”

这一次，我妈明显是装的，我一眼就瞧出来她不想谈这个话题，所以就没有拆穿她。重要的是，隔天的剖腹探查术能证实她有没有患结肠癌，那才是关键。为了让我妈心情好些，我就故意配合演出，还假装要按呼唤铃。就这样，时间慢慢到了深夜，等我妈睡着了，疲惫的我才坐在凳子上，靠着墙壁进入了梦乡。

梦里，我一个人去了青龙岗，找到了杨柯妈妈的墓地，然后从墓碑下挖出了一封信。我刚要打开信，许多灰色的手就破土而出，我被它们抓得紧紧的，丝毫不能动弹。我正想呼救，主任就拿了两个保温杯从黑暗中走出来问，你要不要喝水？见我不回答，主任大呼，你去死吧。下一秒，我就被那些手拽进了泥土里，直到窒息的感觉越来越明显，我才从梦中惊醒。

这时，天已经亮了，护士已经做好了准备工作，要将我妈妈送入手术室了。可我妈很紧张，总说有不祥的预感，好像恐怖的事就要发生。在去手术室的路上，她一直对我说，妈妈爱你，仿佛今天之后就见不到我了一样。我本来不紧张的，看她这个样子，也紧张了起来。

大约在上午八点半，我妈的手术开始了，与许多病人家属一样，我不敢离开，一直坐在手术室外的等待区。可过了一个半小时，我妈还没出来，看着病人一个个顺利地做完手术被推出来，我就渐渐坐不住了。剖腹探查术这种手术没有标准时间，病情简单的话，二十分钟就能做好，但如果病情严重，手术的操作时间就会更长些。

饿得前胸贴后背的我左等右等，直到上午十一多点，手术终于做完了，我妈被推了出来。随后，主刀医生给了我一个好消息：病人应该没有患结肠癌。“应该”是什么意思呢？医生向我解释，手术过程中，他在脾曲处结肠找到了一个小圆盘状的肿块，当时的初步判断是结肠癌，所以切除了左半结肠。

术后，主刀医生剖开肿块，只见内肠腔变窄了，黏膜下有一个很小的脓腔，腔内有絮状物的脓液。经过检查，主刀医生居然在里面找到了一根三四厘米长的鱼骨刺。接着，医生切取高度怀疑恶变的标本送去做病理检查，虽然当时他还不能确定结果，但以经验来看，病理报告的结果会是：炎症，无癌细胞。事实证明，主刀医生的推测没有错。

当然，这个消息我是后来才知道的，因为做病理检查需要时间。而且那天上午我妈手术结束后，我就被南宁书店的人催着赶快去签售会现场做准备了。

之前，南宁书店的人担心没人捧场，自称雇了一些人来充当读者，我以为现场顶多几十个人，没想到等我到场时，书店的二楼都挤满了人，有几百人呢。

“我还以为没人来呢，我们请了二十个人的。”南宁书店的负责人是一个瘦瘦的中年男子，由于身板太小，他穿的衬衫松松垮垮的，像一只猴子钻进了人类的衣服里。这个男人就是一直与我联系的人，他自称老秦，看我是个年轻人，又问我有没有见过这么大的场面，满不满意。

说实话，我确实很意外，毕竟我是被读者骂的命，但我的目光一直在四处搜寻，生怕杨柯也在现场。还好，那天季副高真的给他找了一个活儿，让他无法抽身。不过，我可以感觉到杨柯在生气，有那么一秒钟，耳边好像还传来他的咒骂声：季守信去死吧！

老秦以为我在挑剔、摆架子，见我没什么太大的反应就叉着腰说：“年轻人，要懂得感恩，别以为我们都求着你办事，是你该求我们的。”

“我没有那个意思。”我连忙解释，“我只是在找人。”

老秦扫了一眼人群，问我：“找谁？”

“没找谁。”我懒得解释。

老秦以为我在找读者里有没有美女，当即就劝我注意形象，别想入非非的。不过，老秦还说他必须承认现场准备的五百本书不够签，出版方又发了一批货来，他准备明天下午再搞一场签售会。不等我说话，老秦就强调这么办签售会可不容易，别不知好歹，说谢谢就行了。

我不是呆子，自然知道签售会能水到渠成少不了书店的帮忙，而且连办两场签售会也确实不容易。为了表示感谢，我就按照老秦希望的那样，说了一些场面话。老秦对这些很受用，听完就乐呵呵的，没有再暗示我需要感恩或者贬低我了。

半个小时后，书店二楼搭起了一个小舞台，读者也排好了队，我就在老秦和一个女主持人的陪同下走了上去。虽然现场只准备了五百本书，但签售会持续了整整两个小时，看大家意犹未尽，老秦就趁活动还没结束时说明天还有一场。我以为大家的反应会很冷淡，没想到有几个人一喊太好了，其他人也随之欢呼起来，现场气氛一下子就被炒热了。

不过，我心里却没有想象中高兴，我的目光一直在人群中游移，搞得老秦总是问我，你看什么呢，别看美女了，又不是来相亲的，专心给大家签名啊。那时，我才明白，心里之所以有点失落，是因为杨柯没有来。尽管我之前想方设法不让杨柯来，但他最后真的没来，我又觉得少了些什么。

“算了，不想他了。”我左右权衡了一会儿，杨柯不来似乎是最好的选择，就这样我带着复杂的心情，完成了第一场签售会。

当大家愉快地散了场，我也要离开时，老秦提了两袋东西追上来。我以为是水果，刚想拒绝，他就说是读者送的礼物，千万别乱扔。读者送的东西当然不能扔了，实际上，没出息的我恨不得当场打开，想看看大家都带了什么东西来。碍于面子，我只是假装冷静地接过东西，说了一声谢谢后才转身下楼，一个人向停车场走去。

那天，我是开杨柯的车来的，他以为我会在医院陪我妈一整天，并没有要求我尽快把车还给他。当上了车，四下无人时，我迫不及待地打开了那两袋东西。

“都是些毛绒玩具，难道他们来看我之前都以为我是女孩子？”我抽出了几个小熊、小狗的玩具，心里开始自嘲，“想来杨柯会那么认为也不奇怪……咦？”

我在翻礼物时，忽然注意到袋子底下有一封信，信上写着太平川收，落款却不是一个人名，而是一个大大的 X。其他人可能会以为这是一个亲亲的符号，但在我看来，却有另一番意义。一如往常，我没有迟疑就打开了信，信里只有一句话：晚上去太平间等着，一切答案都会揭晓。

很明显，X 担心我失约或者忘记，所以专门来提醒我。可我是太平川的事，不是只有季副高知道吗？但季副高并不在现场。当然，假设季副高是X，他完全可以请人帮忙带信，别人百分百想不到信里会是这样的内容，他们还以为会是读者写的鼓励信呢。问题是，如果季副高是X，他肯定不会这么傻，让我轻易怀疑到他。

“算了，现在纠结也没用，先去找杨柯吧。”

眼看快到下班时间了，我不想路上遇到堵车，收拾好那些礼物后就想尽快开车回医院。谁知道，那天四点不到，路上就开始堵车了，我想抄近路，结果越抄越堵。差不多过了两个小时，我才从闹市区开到青山路，但那边出了车祸，前后又堵了一个小时。直到夜幕降临，杨柯忍不住发信息问我到哪儿了，我才将车子开回青山医院的停车场。

这时，早就吃过晚饭的杨柯正一个人躺在主治医师的休息室里，一盏灯都没打开，房间里漆黑一片。我一进去就感觉到气氛不对劲，打开灯后，看到杨柯睁着眼睛躺在床上，一声不吭。我知道季副高拖着杨柯，没给他机会去签售会现场，他可能正生气呢。看到床边的椅子上挂着一件黑色的西装外套和一条灰蓝色细斜纹领带，我就朝躺着的杨柯丢了一本《精神探》过去，书重重地落到了他的肚子上。

“你神经病啊！”杨柯刚要发火，可意识到是什么东西后，就翻到书的扉页，找到了我的签名。

“我开车回来，顺路去帮你拿的。”

我知道杨柯期待了一天，为了让他开心些，早就给他准备了一本书，签了太平川的名字，也写了杨柯的名字。杨柯不相信我会这么贴心，但书确实是真的，举起书就问我：“你这么晚才回来，是去书店了？”

“对啊。”我心虚地回答。

随后，杨柯的眼神不再充满怒气，迸发出开心的光芒：“她人怎样？”

我学杨柯翻了个白眼，自己骂自己：“她好丑啊，又胖又矮又难看，还好你没去。”

“肤浅！”杨柯也翻了个白眼。

就在这时候，外面响了几声雷，似乎又要下雨了。在开车回来的路上，我倒是听电台提醒，第22号台风就要来了。别看都十月底了，防洪防涝还是不能马虎。我当时庆幸，幸亏我们晚上不用外出，只用在太平间守着，风吹不到，雨也淋不着，暴雨来不来都不关我们的事。

为了抓紧时间，我就没有再与杨柯胡闹，赶紧催着他去太平间，免得错过了X。其实不用我催，杨柯也早就想去太平间了。眼看所有的答案都快要揭晓了，谁会不着急呢？毕竟X并没有留下具体时间，谁知道他说的是几点钟。不过，我并没有透露在签售会现场收到了一封信，否则太平川的事就露馅儿了。

“走吧。”将书收进公文包后，杨柯就抓起挂在椅子上的西装外套和领带，作势要走出去。

我还是有些不放心，怕有什么危险，就问道：“等等，我们要不要准备一把刀啊？”

“你怕了？”杨柯回头问。

我不想逞英雄，只好老实说：“不让带就算了。反正遇到危险，我可不管你，我会第一个跑掉。”

“你还说你不是娘娘腔！”杨柯回敬我。

我被戳了痛处，又逞强道：“我那是开玩笑好吗？如果有危险，让我来替你挡刀，你尽管跑。”

“这可是你说的。”

说话间，我们要推门出去，巧的是，武雄刚好要进来。每次遇到这样的情况，武雄都少不了瞎起哄，这一次我先发制人，赶紧抢着说，是的，我和杨柯刚偷完情，你来迟了一步。武雄确实打算这么开玩笑的，听我把话都讲完了，他好像很丧气，到嘴边的话又吞回肚子里去了。

我难得斗赢一次武雄，本想耀武扬威，再气他一下，但杨柯却拽着我的领带，拖着我往住院楼的方向大步走去。穿过门诊部时，我又看到了慌慌张张的梁凉凉，她永远像见了鬼那样，神经脆弱到不行。用我妈的话来说，梁凉凉就是阴气太重，靠近她不会有好果子吃。

如我所料，我们才绕出门诊部，远远地就听到主任在门诊部那边大吼："梁凉凉，上次叫你去外面买水，你买了吗？快去买回来！别磨蹭了。"

由于夜深了，门诊部没几个人，那边特别安静，主任怒吼的每个字都非常清晰，就算人在住院楼都能听得见。刚才走过来的时候，我和杨柯的脚步声也很响亮，像是有人拿着皮鞋拼命地敲打地板上的瓷砖一样。这气氛弄得人心神不宁，我也不由得在心里嘀咕，隔了这么久，又要半夜去太平间，不会像上一次那样又遇到一具尸体吧？千万别再有谁死掉了。

也许上帝听到了我的祈祷，这一次太平间里空荡荡的，停尸台上也干干净净的，干净得一点灰尘都没有。前段时间，太平间下面的楼层改造，打通了封闭的墙壁，估计医院顺便将废弃很久的太平间也打扫了一遍。顺着楼梯走下来后，我掏出了西装内袋里的信，把它摆在其中一个停尸台上，想要守株待兔。可太平间没能躲的地方，杨柯那么注意形象，应该不会愿意一直蹲在停尸台下。

我还在琢磨怎么躲时，杨柯却不见了人影，太平间本来就没有开灯，我只能靠楼梯间的一点暗淡的光线分辨方向。我以为闹鬼了，慌张地想摸出一条路来，杨柯冷静的声音就冒了出来："我在这里。"

"你躲起来也不叫上我。"我听出声音来自角落，便循声摸去。

"少啰唆，快过来。"

过了几秒，我适应了黑暗，这才注意到有个人影站在角落里。好在杨柯先说了话，不然我会以为那是个鬼影，早就吓得屁滚尿流了。等我过去后，杨柯拿出手机，开启了静音模式，为了不打草惊蛇，他建议我也依样画葫芦。我看过不少惊悚电影，通常坏人出现时，主角的手机都会响起音乐，不必要的麻烦就会随之而来。

经杨柯这么一提醒，我二话不说就乖乖照办了。可左等右等，太平间什么动静都没有，除了我和杨柯的呼吸声、雷声以及地面上逐渐变大的风雨声。估摸等了快一个小时，我双脚都站酸了，还是没人来拿信。杨柯似乎也不耐烦了，他的气息声越来越粗，一听就知道不高兴了。

我挨着杨柯站在角落，我们的西装外套一直摩擦着发出轻微的沙沙声。此外，我们俩靠得太紧，他的气息老吹到我的脖子和脸上，我嫌痒就抬手挠来挠去的。

杨柯忍不住了就教训我：“你能不能安静点？”

“那你能不能别对着我呼吸？”我不甘示弱。

“嘘！”这时，楼梯上闪过一个人影，杨柯赶紧捂住了我的嘴，不再让我继续说话。

不过，那个人影只晃了一下就不见了，不知道是有护士要上住院楼，人影刚好投射下来，还是真的有人准备要来太平间。我本想挣脱杨柯，可他身上有股醉人的清香，我忽然就没了反抗的力气。

安静了好一会儿后，杨柯才松开手，却责怪我：“可能是你吓跑了别人，叫你安静，你还吵。”

我仍没回过神来就没有跟他斗嘴，杨柯是一个巴掌拍不响，随后没趣地问：“几点了？”

“我哪知道？”我擦了擦嘴角，不高兴地说，“你自己不会看手表？”

太平间没有开灯，除非你有夜视眼，否则看不清手表的指针。杨柯知道我在发脾气，无奈地叹了一口气后，就掏出手机想看看时间，但随即“嗯”了一声，似乎看到了什么不对劲的东西。我好奇地凑过去一瞧，原来杨柯的手机收到了八条信息推送——“住所检测到画面变化”。

这些信息都是摄像头程序传来的，自从发现了房子里有问题，杨柯就安装了摄像头，不在家时会开启安全提醒——只要有外人闯入家里，摄像头就会通过家里的网络发来提醒。

“是不是杨果？她昨晚不是来你家了吗？”我试着找说法。

杨柯摇了摇头：“她今晚去做家教，不会那么快回来的。”

说罢，杨柯就打开了摄像头的程序，立刻观看家里的实时画面。我只瞄了一眼，心中便惊呼，糟糕，中计了，这是调虎离山啊！

然而，就在我们的注意力被手机画面吸引时，一股寒意忽然袭来。我不由自主地打了一个冷战，之后才注意到有个黑色的人影已经站在停尸台边上了。

只一眨眼工夫，太平间就神不知鬼不觉地多了一个人。我大吃一惊，急急忙忙拿出手机，想打开手电筒功能，好看清楚这个人究竟是谁。不等我做出反应，那个人就注意到角落有光亮，意识到还有别人在场后就转身往楼梯跑，动静大得像打雷那样。

“快追！”我大喊一声，人就冲了出去。

杨柯顾不得再看手机的实时录像画面，我前脚一迈，他后脚就跟了上来。偏偏那时台风引起的暴风雨袭来，我们还没追出太平间，漆黑的楼梯口就倒灌进一股冷风。冷风夹杂着灰尘，吹进了我的眼睛里，但我生怕黑影逃掉，只好一边揉搓着眼睛一边一路横冲直撞。

此时，外面狂风大作，雨点像冰雹一样疯狂地砸下来，夜里所有的灯光都被吞噬掉了，我们如同坠入了一个黑洞里。那个黑影慌慌张张地逃进了大雨中，隔着一层层雨帘，我只能依稀看到人影的轮廓，至于对方是男是女，根本无法分辨。我和杨柯等了那么久，就是为了等来拿信的人，如今人来了，一场暴雨怎么可能阻拦得了我们呢？

因此，我丝毫不心疼身上穿的是几千块的西装，冲出太平间后马上就跟着跑进了暴雨中。杨柯自然也不心疼他的西装，而且跑得比我快，他踏着水花接近了那个黑影。我看得出来，那个黑影本来是想溜进门诊部的，但杨柯追得紧，黑影就忽然朝青山医院的停车场方向逃去。

“想开车跑路？”我用手抹掉脸上的雨水，确定了黑影的意图后就打算抄近道围堵。

可是，雨太大了，别说我的衬衫，连我的皮鞋里也进水了，像是腿上绑了一个麻袋，我跑起来迟钝又吃力。那个黑影因为大雨逃跑的速度也渐渐放慢下来，但他似乎很熟悉医院的地形，比我更懂抄近道。我才跑了一半的路程，黑影就已经逃进了停车场，那里停了许多车，是很好的藏身之处。如果动作够敏捷，黑影是有机会驾车逃走的，那样我们就追不上了。

我实在不想错过这个机会，终于在那一刻，我偶尔练的晨跑发挥了功效，我抄近道先杨柯一步也冲进了停车场。眼看黑影距离我只有三四米远了，暴雨中却忽然射进来两道金黄色的强光，接着砰砰两声，黑影在空中翻滚了一圈，摔进了一摊浑浊的泥水中。

“怎么回事？”由于事发突然，我一开始很茫然，还以为是出现了什么超自然力量。过了几秒，我冷静下来，杨柯也追到了我身后，我才发现黑影是被忽然开进停车场的车子撞到了。很显然，这一撞特别严重，黑影被撞飞后跌入水中就再也没有动过了。

这情形出乎意料，连杨柯都愣了好一会儿，谁会想到，追人没追上，一辆车子把人给拦了下来。

“对不起，对不起，我不是故意的，我没看见人，是他自己忽然跑出来的。”

我还在发呆，车上就走下来一个女人，她满脸惊恐，畏畏缩缩，神情举止很眼熟……我定睛一看，正是轮转医生梁凉凉。

“主任叫我去买水，我才买了一箱回来，我怕他着急要，车子开得快了点。”梁凉凉撑着一把紫色的雨伞，发着抖说，“我不知道何主任为什么会冲到我车前面来。”

“主任？”我回过神来，这才与杨柯去确认黑影是谁，果不其然，将人翻过来以后，发现他真是我们主任何富有。可能伤势过重，主任已经不能动弹了，雨水冲刷着他，他的头部血流不止，地上全变成了血水。主任仍睁着眼睛，看到我蹲在身旁，就用又后悔又愤怒的眼神瞪着我，嘴巴也不停地动着，不知道想说些什么。

“快打急救电话！”杨柯见状就催梁凉凉联系救护车。

主任也许意识到自己快不行了，于是就努力抓住我的手，断断续续地问我：“你……为什么……要这么做？”

“做什么？”我还是不明白，“你不是 X 吗？不是你叫我们去太平间等着的吗？”

“我没叫你们去。”主任先是一愣，然后气若游丝地追问，“还有，你们怎么知道 X 的事？”

我发现主任的瞳孔开始放大了，一着急就全盘托出：“张七七早就知道医院有个人自称 X，她怀疑那个人是你，后来她留了一封信，里面有证据。”

我以为主任会否认，但他却承认了，声音越来越弱：“我是 X，没错。但你误会了，X 不是一个人，而是四支笔拼凑在一起的符号，X 有四个人，除了我，还有……”

“还有谁？”我拼命追问，唯恐主任话没说完就死了。

主任的瞳孔仍继续放大着，他停顿了一会儿，意识不清醒地答非所问：“我以为是你想杀我，真的不是你吗？”

“我为什么要杀你？”我不明白。

“你不承认就算了，我已经把证据送给廖副了。”主任忽然诡异地笑了起来，“真是讽刺！没想到我最相信的人居然就是要我命的人。”

杨柯催梁凉凉打完急救电话后，也蹲下来帮着问：“主任，陈仆天没想杀你，我们都没有这个意思。你先告诉我，X 都有谁，还有你今晚为什么要去太平间？”

“是别人叫我去那里见面的，说要告诉我迎新晚会那天究竟还发生了什么事。”主任给杨柯面子，对他就不会用奇奇怪怪的语气。

“谁叫你去的？”我和杨柯异口同声。

“是何……”就在这时，主任的瞳孔放大到了极限，他话没说完就没了反应。

过了一会儿，梁凉凉叫来了我们医院的车，说综合医院的急救车来得太慢，只好找医务科叫了青山医院的车来送人去医院。我不确定主任是不是真的死了，也许他还有一线生机，于是在做了简单的救治后跟大家一起将人抬上了车。由于事关重大，其他科的主任当时还在医院，比如三科的李姨，他们听说情况后也赶来了，在要送人去医院时，我和杨柯被其他科的主任劝下了，他们也许觉得自己去更能发挥作用。

等车子一走，我和杨柯就默默地站在雨中，虽然得到的信息还不够多，但也很难一下子消化。原来 X 是四支笔拼起来的符号，不是一个人，而是四个人，但除了主任，另外三个人是谁？他们组成 X 又是为了干什么？还有，主任为什么总认为是我要杀他，我明明什么都没干，他哪来的证据交给廖副呢？

“先回去吧。”雨没有停下的意思，杨柯就对门诊部那边点了点头，暗示我别傻站着了。

我全身已经湿透了，多淋一会儿也没有区别，不过杨柯说得没错，事已至此，还不如回去擦干身子。就在我要迈步时，左脚却踩到了一个硬物，我抬起脚才注意到那是一个老人手机。我一眼就认出是主任的手机，可能是刚才大家七手八脚地抬人上车时掉落的。

“走吧。”

杨柯也注意到了那是主任的手机，可风雨渐大，谁知道还会不会有人急匆匆地开车进来，万一我们也被撞了怎么办？出于帮忙保管东西的心态，我就捡起手机，把它带回了门诊部。那时，门诊部已经没有人了，我和杨柯刚一路小跑回到大厅，医务科的小姑娘就拿着一个鞋盒大小的纸盒从另一头走过来找我。

“陈医师，我听说何主任被车撞了？”小姑娘眼神惊恐地问我。

我不知道要怎么回答，只是点了点头，小姑娘没察觉我的表情有问题，还以为我在担心主任，接着将手上的纸盒递给我：“这是你们何主任叫我今天用快递寄给那个姓廖的警察的，我实在太忙了，还没来得及寄。你不是认识那个警察吗，能不能帮我带给他？”

“主任给你的？”我眼睛一亮，接过纸盒就问，“你还没寄出去？”

小姑娘以为我在怪罪她，赶紧抱歉地说：“真的对不起，我刚听说何主任出车祸了，这才想起东西还没寄……现在叫快递也来不及了，你看能不能帮帮忙？”

“交给我们吧。”杨柯快刀斩乱麻，没有再与小姑娘废话。

可小姑娘忽然分了心，一直盯着杨柯的胸口看，可能是他被雨淋湿了，结实的胸膛在半透明的白色衬衫里若隐若现的。我发现小姑娘都要流口水了，于是清了清嗓子问她还有什么事，没事的话，我们就要去换衣服了。话音一落，阴森森的大厅外又打起闪电，小姑娘意识到有些失态后就说没了，没了，接着慌慌张张地跑回了医务科的办公室，把门关了起来。

按理说，小姑娘应该早就下班了，可那天医院有点忙，她就没有准时下班。我没心思管医务科在忙些什么，看人一走，四下再无旁人，就大步流星地和杨柯走回了主治医师的休息室。在进门之前，我以为武雄已经睡了，但里面灯开着，人却不见了。我心想，武雄不在最好，他一直是狗嘴里吐不出象牙，幸好当初没跟他合租房子，否则早就被他烦死了。

“带刀了吗？”杨柯一进来就问，“打开盒子吧。”

“看吧，我就说要带刀。”我放起了马后炮。

杨柯无奈地吐了一口气：“我势要阉了你。”

“想得美。”我说道。

主任刚出事，我们手上又可能捧着藏了谜底的盒子，杨柯没心情继续斗嘴，料事如神的他只是催促我：“你肯定带了刀的，打开它吧。”

那晚去太平间，我的裤子口袋里还真的装了一把瑞士军刀，怕的就是会发生意外。没想到，刀没用来自卫，而是用来开盒子了。不过在动手的那一刻，我还是犹豫了，因为大家都是医生，谁都看得出来主任被送去医院只是走过场，他是必死无疑，救不回来了的。如果我截下主任要寄给廖副的东西，还私自打开，这会不会对逝者太不敬了？我想了又想，始终没有动手，袖子上的水把盒子给弄湿了一大片，杨柯却夺过刀，飞快地划开胶带，打开了主任留下的纸盒。

接下来的那一刻，休息室安静得诡异，虽然外面狂风大雨，雷鸣不断，但我却能听到我们的呼吸声，甚至还有衣服上的雨水滴落在地的滴答声。

“是一封信，还有一个 U 盘。”杨柯拿出了纸盒里的东西。

我瞧见 U 盘就问：“你带笔记本电脑了吗？”

“带了，在我的包里。”杨柯拍了拍他放在书桌上的黑色公文包，“先看信吧。”

都这时候了，我也不再假惺惺地阻止了，看到杨柯拆掉了信封，就凑过去看——“我叫何富有，男，系南宁市青山精神专科医院一科主任医师，我现实名举报一科主治医师陈仆天长期对我下毒，意图谋杀我。现在我的身体和精神都出现了问题，就是因为他选择了一种很难被察觉到的特殊药物。经人提醒，我已经不喝医院里的水了，因为陈仆天在我喝的水里下毒了，我有视频为证，证据就在U盘里……”

“下毒？”我看糊涂了，心里直喊，“我什么时候给主任下毒了？”

接着，那封信继续写道：“陈仆天一开始和我无冤无仇，我想他投毒是因为我一直对他比较严格，他因此对我产生了恨意，所以想要报复吧……”

在这句话后面，主任举了许多例子，比如我刚来医院穿得邋遢，他叫我注意形象，还有阳可来闹事，他教训我别乱搞男女关系，诸如此类，这些都被他当成了我记恨他的原因。我当然不太喜欢主任，可再怎么样也不至于去杀人啊，对我又没好处。直到这时，我才醒悟过来，主任一直说我干了坏事，原来是指我暗中下毒，但我是什么时候下毒的？我怎么不知道？除非我有双重人格，是另一个人格投的毒？

此时，杨柯一目十行，早就看完了信，面对里面的种种指控，他没有立刻戴上有色眼镜看我，而是先打开笔记本电脑，插上了U盘。U盘里只有一个视频文件，杨柯轻点了一下，视频画面就弹了出来——起初，画面是全黑的，大约十秒钟后，一道强光闪过，视频就变成了模糊的颗粒状。又过了大约十秒，画面渐渐清晰，我一看就知道，那是主任的办公室，他可能在里面藏了摄像头，刚才画面的变化是摄像头在适应光线。

紧接着，一个男人走了进来，他的背影十分眼熟，看了好一会儿，我才发现那个人就是我。我不由得目瞪口呆，原来视频记录的是我去主任办公室偷信的经过。可惜，摄像头只拍到了我的背影，从背影看，我拿起了主任的两个保温水杯，不知道的，确实会以为我在对水杯做手脚。可当时的真实情况是那两个杯子压在一堆报纸和文件上，我是为了找信才将它们拿了起来，并没有打开水杯下毒。

那一刻，全身湿透的我冒出了一层汗，不是因为闷热，而是X太懂操控人的心理了，这样的智商和行为让人不得不害怕。比如，那晚X是不打算现身的，X之所以催我去偷信，是为了栽赃我，这个人一早就知道主任在办公室偷偷放了摄像头；再比如，我们躲在太平间的时候，一定会将手机调成静音模式，这样一来，杨柯就不可能及时发现手机收到了摄像头发来的安全提示。

说起摄像头，这个设备有个坏处就是不开通云储存的话，只要入侵者拿走摄像头或者取走里面的内存卡，你就无法再浏览事发时的录像了。想到这里，我问杨柯，你有没有看清楚录像，闯进你家的人到底是谁？杨柯叹了口气说，自己的手机被雨水浸湿，已经不能开机了，不过他相信摄像头和卡片都被人取走了，好在他一早就开通了云储存，录像还能找回来。

“那你到底看清楚那个人是谁了吗？”我仍不死心地问，“是男是女总看到了吧？”

“我什么都没看清楚，主任就出现在太平间了，我哪里还有时间继续看。”杨柯一个劲地叹气，但随后又乐观地补了一句话，“等手机能开机了，咱们再看云端的录像吧，不差这半天时间。”

“现在怎么办？是先回你家，还是先把主任留下的东西交给……”我没有将话说完，只是看着杨柯，等他做决定。

杨柯不像我这么优柔寡断，当即斩钉截铁地接过话：“不能交给廖副，不然你跳进黄河都洗不清。”

我一时不知道要说些什么，也直到这时候，我才体会到杨柯的感受。之前，杨柯有杀害张七七的嫌疑，至少他有过许多疑点，我为此数次怀疑过他。如今风水轮流转，换我成了主任眼中的凶手，杨柯却压根儿没怀疑我，反而还担心我被人冤枉，并拒绝上交主任留下的视频以及其他证据。

看我一脸感动，杨柯却误以为我又要喊肚子饿，啧了一声就问："你不会又要吃东西吧？"

我从昨天忙到现在，几乎没怎么吃东西，确实饿得厉害，但眼下出了这么多事，谁还吃得下东西。由于我的手机也开不了机，我担心杨果回杨柯家时会撞上偷偷闯入的坏人，于是建议杨柯先用办公室的座机联系杨果，叫她暂时别回去。杨柯比我机灵，打开笔记本电脑后就用即时聊天软件联系了堂妹，找了个借口让她别回去。

"我们先回家吧。"

虽然风大雨大，道路积水，不方便开车，但杨柯知道必须回家一趟，换衣服也好，去逮人也好，我们是一定要回去的。至于为什么不报警去家里抓小偷，我没有再问，杨柯也不提，两个人就这么湿漉漉地回到车上，冒着大雨把车开出了医院。

那晚受台风影响，风雨如同猛兽，呼啸而过的地方不是看不见路，就是满路倾倒的树木。我们绕了些路，好不容易在晚上快十点时回到了小区。这一次，我带了刀，杨柯没有反对，虽然我们都知道闯入者八成早就溜走了。与猜测的一样，回到家时，门是虚掩着的，只是锁被破坏了。杨柯一进屋先打开了灯，我以为家里一片狼藉，没想到还是整整齐齐的，如果门没有被撬开，我们都看不出有人闯进来过。

"快去瞧瞧你藏的钱还在不在。"灯亮后，我就催道，"别被偷光了才是。"

"我都没多少现金在家。"说是这么说，杨柯却一下子钻进卧室里，不知道在担心什么。

我是一穷二白的小子，别说现金了，银行卡里都没几个钱，自然不怕被人偷。可我还是在房子里找了一圈，想看看少了什么东西，奇怪的是，什么都没少，就连摄像头也还在，除了从芒山镇带回来的乌龟——它被连"人"带缸偷走了。过了一会儿，杨柯从房间里出来了，见我在放乌龟的地方站着，就说自己什么都没丢，现金之类的东西都在。

“是吗，不偷钱，只偷乌龟？什么人会为了偷乌龟搞这么一大出戏？”我很费解。

杨柯吃一堑长一智，就怀疑道：“应该不只是偷乌龟这么简单。”

“难道那只乌龟很值钱？吃了可以长生不老？”我越想越离谱。

“怎么可能？”杨柯不信，“那就是一只普通的乌龟。”

我一时想不出个所以然来，于是就商量着问：“你如果不嫌晦气，敢不敢跟我去青龙岗？”

杨柯明白我的意思，既然主任没在纸盒里留下X的证据，他可能将其他信息藏在青龙岗的墓园里了。前一晚因为杨果忽然闹离家出走，我妈又住院了，所以我们没能去成青龙岗。令人无奈的是，第二晚整个南宁都掀起了狂风暴雨，也不是去墓园的好时机，可我不愿意再等了。杨柯也许比我还着急，确定家里没有其他人后，就把一团棉花夹在门缝里，关紧门后就下了楼。

这一路上几乎见不到别的车子，越靠近青龙岗，人和车越少，最后连路灯都灭了，不知道是不是哪里的电线杆被倒下来的大树压断了。更甚，有的路段积水太严重，车子都差点开不过去，我坐在副驾驶座上，感觉就像在坐船，晃到最后都恶心想吐了。

不知道开了多久，我们终于来到了青龙岗的墓园外，那时虽然是暴雨天气，但一下车我就闻到了一股浓浓的香烛味。由于风雨太大，时间也比较紧，我们没有换掉早已湿透的衣服，不过各自还是举了一把伞，踩着积水，摸着黑走进了墓园里。杨柯母亲的墓就在孙远妻子的墓附近，那一带我去过，因此很害怕又遇到张七七或者什么长发女鬼。所幸，我们一路畅通无阻，很顺利地在杨柯母亲的墓前面找到了一个封着的奶粉罐子。

没人会带奶粉来拜祭，我知道那可能是主任留下的，里面八成藏了什么东西。可我刚想拿起罐子，杨柯就拽起我，将我拖到了一棵松树下。我没搞清楚是怎么一回事，心里就骂杨柯是白痴，小学生都知道下雨天不能躲在树下。

“有人来了！”杨柯懂我的脾气，马上在我耳边解释。

墓园的灯几乎都灭了，只有外面的两三盏灯还亮着，我们是像盲人一样摸到墓地来的，谁都没有打手电或者用手机的照明功能——我们也都没有带手机，因为手机暂时无法开机了。与我和杨柯不同，有一个人居然在这时候打着手电走了过来，尽管离得很远，但我依稀能分辨出那个人有一头长发，似乎是个女人。

“她朝我们这里走来了。”我惊讶道，“大半夜的，除了我们，谁会来这里啊？”

“可能来找你索命的。”杨柯忽然逗了我一句。

“是找你吧。”我来了劲，回敬道，“那么多人喜欢你，没准女鬼也看上你了。”

就在我们斗嘴时，那个人走到了杨柯母亲的墓前，我以为她会走过去，没想到她停了下来。接着，女人用手电扫了墓前摆了很久的祭品，似乎在找东西。我心想，不会这么巧吧，她也要来抢主任留下的东西？果真如此，那个女人下一秒就弯下腰身，拿起了奶粉罐子。这一幕看得我很着急，煮熟的鸭子都到嘴边了，哪能让它飞走呢。可惜我还没冲出去，天上就打下来一道闪电，那一瞬间的光芒太耀眼，把整个青龙岗都照亮了，我和杨柯的藏身之处也暴露了。

女人警觉地发现还有人在场，拿起罐子后就飞奔而逃，一溜烟冲进了雨雾之中。这追逐的戏码已经是那晚的第二次了，我和杨柯根本顾不上身上的西装，都丢掉伞，在雨中拼命地狂奔起来。追着追着，那个女人却忽然变成了两个女人，她们分别从不同的方向继续往黑暗中冲。看过恐怖片的人都知道，这时候分开是不明智的，分开的人都会死掉。可那一刻我们没时间思考，当两个女人分头跑时，我和杨柯也分开了。

结果追了不到一分钟，有人就从后面打了我一下，我后脑勺一阵疼，跟着两腿一软就倒在了地上。那一刻我心想，前段时间发生过一样的事，这次偷袭我的会不会就是上次的人呢？不过，这次我并没有完全昏迷，仍有模糊的意识，只是一时全身发软，没有力气再动弹而已。

“上次若不是你们的主任忽然出现，你可能就没命了。这次，他不能来坏事了。”

我本来脸朝地，什么都看不见，有个人将我翻了过来，一开始雨水淋到我的眼睛上，那个人影很模糊，可我能听出来，是一个女人。见我不说话，那个女人就帮我把脸上的雨水擦掉，过了一会儿，我的视线才慢慢清晰了起来——这个女人竟然是张七七。

“你是……”我很努力地想说话，可惜只说了两个字，舌头就麻木了。

“放心，在真相没有大白之前，我不会让你死的。”张七七撑着雨伞蹲了下来，抚摸着我的脸，眼神幽幽地说，“但有些真相会要你的命。”

说罢，张七七起身要离开，我想抓住张七七，可怎么都抓不到，仿佛她是一团空气或者是我误以为自己的手抬起来了。

“陈仆天！陈仆天！”这时，杨柯的叫喊声由远及近，没多久就跑了过来，把躺在地上的我扶了起来。

我缓了好一会儿才提起劲儿告诉他：“刚才我看见张七七了。”

“我刚过来的时候，你身边没有人啊。”杨柯不相信地看着我。

我不想争辩或者承认自己出现了幻觉，于是只好问：“你追到人了吗？”

“我追到了墓园外，那个人上了一辆车，跑了。”杨柯停顿了一会儿，我以为他说完了，接着他却又道，“我看清楚车牌了，我知道是谁的车。”

“谁？”我刚问出口，马上就咳了起来。

“先回医院吧。”杨柯搀着我顶着大雨，从一处高地上走下去，两人像落汤鸡一样回到了车上。

至于为什么要回医院，我并没有问，也许是被打了脑袋，脑子转不过来了。我只知道杨柯一路上开得飞快，在积水路段也没有减速。在快要回到医院时，我才发现杨柯似乎在追赶一辆小汽车，那车子的路线和我们差不多，似乎都是往青山医院的方向去的。

最后，我的想法被证实了，那辆车真的开进了医院的停车场，一个女人急匆匆地从车上走下来，奔进了门诊大楼。恍惚之中，我觉得那就是出现在墓地并抢走奶粉罐子的女人，这时我已经缓过来了，等杨柯一停好车，我就跟着追了出去。想来，杨柯已经知道那是谁的车了，见我下车也没有阻拦，而是跟着我一起追人。

那个人可能没想到我们会追上来，听到脚步声后，就穿过门诊大楼，想往住院楼那边跑。远远地，我发现梁凉凉在住院楼一楼的入口处打电话，不知怎的，她还在医院里。见状，我本能地喊，梁凉凉，快拦住那个人，别让她跑了。梁凉凉愣了一下，电话还没挂断就去拦那个人。有时，我们医院也会有病人想要出逃，拦病人是常态，梁凉凉以为那个女人是病人，就拽了她一把。不想，她们纠缠起来，两人身子一歪，从太平间的楼梯口上摔了下去。

“梁凉凉！”我大喊一声，焦急地从楼梯上追了下去。

“你小心一点。”杨柯在后面大喊。

“陈医师，我没事，我没事……咦，武医师？”梁凉凉揉着膝盖站了起来，看着地上的人，大吃一惊，“我以为是你们一科的病人？”

话音一落，地上就有一摊血慢慢扩散开来，杨柯见状就交代梁凉凉：“快叫救护车！快去啊！”

“我……”梁凉凉刚撞到主任，现在又弄伤了七科的医生，她一时间不知道如何是好，只能紧张地跑上楼去打了 120。

与此同时，我和杨柯都半蹲了下去，一起盯着地上的人——竟然是七科的主治医师武雄。不过，武雄戴着一顶长长的假发，在黑暗中，他的身影看着确实像一个女人。

“你为什么要这么做？”我立刻问。

“我……我……”武雄说话非常吃力，就像之前的主任那样。

武雄滚下来时，可能颅骨破裂了，地上的血非常多，我似乎还看到了脑浆。我一瞧他的伤势就觉得不乐观了。同是医生，武雄知道自己的身体状况，见我和杨柯单膝蹲了下来，就指了指滚到角落的一个奶粉罐子。

“快告诉我，你到底……”

我还没问完，武雄就努力地挤出了一段话：“我是被人逼的，有个叫 X 的人一直发短信威胁我……我要是不按要求做，这个人就会告诉小乔家人是我让小乔怀孕的，是我害死了小乔。”

这时，我终于醒悟过来，不只我和杨柯收到了 X 的短信，武雄也收到了，难怪这段时间他有时会言行诡异，原来他一样被 X 骚扰了。

“是 X 叫你去青龙岗拿东西的吗？”杨柯在一旁不紧不慢地问。

武雄没有否认，只是竭力地解释：“对不起，陈仆天，我也是被逼的，从一开始我就被逼了。本来，我是要和你合租的，但 X 发短信逼我毁约，不然就举报我和小乔乱搞关系。我当时觉得不跟你合租又不是什么大事，所以就照办了。没想到，事情一发不可收拾，连戴假发装女人，我都只能听 X 的话了。真的，我做梦也想不到，X 有两代人，我以为 X 是小乔第一个发明的……”

“什么？”我像是被电了一下。

武雄苦笑一声：“X 是小乔玩的一个游戏，它是四支笔组成的一个团体，除了我，还有小乔、张七七……”

“张七七也是？”我很意外地问。

“我时间不多了，你让我说完。”武雄的瞳孔没有放大，但脸上的血色淡了很多。

“让他说吧。”杨柯不乐观地劝我。

“你说，你说。”我很怕武雄像主任那样，话没说完就断气了，于是赶紧鼓励他，“我们不怪你，你说吧。”

武雄哪里还顾得了那么多，痛苦地吸了一口气，就继续道：“我后来才得知，X 并不是小乔发明的，是她不知道从哪里听来的一个游戏。因为我一直被 X 威胁，所以我也暗中做了调查，最近我终于发现，X 有两代，我和小乔、张七七是第二代，第一代有主任、杨柯他爸……”

武雄咳了咳，缓了一会儿就对着我解释："我只知道第一代的X有主任和杨柯他爸，还有一个人是个很年轻的小女生，但我不知道她叫什么名字。至于第四个人是谁，我也不清楚。"

我一边听一边想：原来X有这么多人，两代人加起来，那不就是八个人了吗？我以为主任承认自己是X，这件事就算完了，没想到一下子又跑出这么多个X来，这简直就是俄罗斯套娃，揭开一个又藏了一个，没完没了了。

武雄不管我在想什么，努力地交代："第二代除了我，我也真的只知道还有张七七、小乔，我们跟第四个人一直是用书信联系的，可能这个人都不是医院的人，而是外面的人，因为X的成立不是为了干坏事，而是……"

"是什么？X是用来干什么的？"我着急地追问。

遗憾的是，武雄耗尽了力气，说到最关键的地方时身体没了反应，只睁着双眼。紧接着，梁凉凉叫来了医院的一些值班医生和护士，大家合力将人抬上担架，送到了门诊部那边等救护车。由于这是一个意外，医院的领导们也没问是怎么回事，可能梁凉凉已经想好了说法，做了交代。等人都走了，我和杨柯就拾起角落里的奶粉罐，一起顶着大雨回到了车上。

"打开吧。"我还没回过神来，杨柯就敲了敲我手里的罐子说，"别发呆了。"

"好。"伴着外面的雨声，我打开了罐子。

按照之前的路数，我以为罐子里又是什么U盘或信，可打开一看，里面只有一张泛黄的照片。我仔细一数，照片上有六个人，他们有的是中年人，有的是青年，有的是小孩。其中有一个人是主任，尽管那时他还不胖，也很年轻，但我一眼就认出了他。杨柯瞄了一眼就拿过照片，凑近瞧了瞧后，就说照片上的人他几乎都认识——他们分别是院长，何主任，杨柯的爸爸、妈妈、姐姐，以及一个看似十五六岁的女生。

"你姐姐也在照片上？"我有些意外地问，"这背景看着像我们医院啊。”

“对，是在医院拍的，应该是我姐姐去世不久前拍的，我妈以前经常给我看我姐姐的照片。不过我妈妈旁边的这个女生很眼熟，就是我想不起来她是谁了。”杨柯指着那个十五六岁的女生说。

“照片后面好像有名字。”我提醒道。

杨柯翻了照片，背面还真的印有一些字：张青山、何富有、杨森、刘纯美、杨妍、何玫。张青山是院长，何富有是一科主任，杨森是杨柯爸爸，刘纯美是杨柯妈妈，杨妍是杨柯姐姐，而何玫——我和杨柯都记得，她是一科的病人，管床医生是主任，迎新晚会过后她就出院了。

为什么青少年时期的何玫会与医院的员工一起拍照呢？想来张七七写在《精神探》上的那组数字不是随便涂鸦的。既然主任留下了这张照片，那肯定有他的用意。又或者，没有用意？毕竟，主任说自己被人下毒，精神和身体都出了问题，所以有时他才会显得神经兮兮的。

不过，我还是认为照片有什么暗示，因为就算主任精神不正常，行为已经不能用常理来判断了，但很多精神病人的疯狂行为背后都有一个根本的原因。有那么一刻，我怀疑是不是第一代的第四个 X 就在照片上，这些怪事都是第四个 X 搞出来的。可奇怪的是，第二代的 X 也有一个成员是谜团，他或她的身份连武雄也不知道。

更重要的是，X 成立的目的是什么呢？我觉得不是为了恶作剧，只是这中间出了问题，X 就成了一个恐怖的存在，恐怖到武雄都要乖乖听话。直到此时，我才想起来，武雄如果一开始就被 X 威胁逼迫，不能和我一起合租，那 X 是想我和杨柯住一起吗？这个人精于操控心理，要算到这一步也不见得是难事。而自从我来到青山医院后，武雄总是在我身边神出鬼没，也许他一直受 X 威胁，我和杨柯小声讨论的事，没准儿都被他听去了。

“阿嚏！阿嚏！阿嚏！”分析到一半时，鼻子却痒了起来，我连续打了三个喷嚏。

“算了，先回家洗澡，换衣服吧，明天再说。”

说罢，杨柯就发动了车子，又冒着大雨，把车子往家里开。我们来回跑了两次，车座已经被身上的衣服弄湿了，换作以往，杨柯肯定会大发脾气，但那晚发生了太多事，我们还在消化当中，哪还有心情管其他事。回到家里后，杨柯也不去找人修门，只是放了一把椅子顶住门就去洗澡了。

那时已经快凌晨一点多了，我又饿又累，似乎还有点感冒，干脆也不再去琢磨“十万个为什么”了。轮到我洗澡时，我都快在淋浴间睡着了，好不容易擦干身子后，我整个人就直接倒在床上，不管头发干不干或者谁会闯进来偷东西，就这么睡死了过去。

这一夜几乎无梦，我睡得很沉，等第二天醒来时，杨柯已经不声不响地去上班了，不过他在餐桌上留了一张字条给我：车子留给你开，你还要去医院看你妈妈。

实际上，那天我约了晚上才去看妈妈，白天要去南宁书店做第二场签售会的准备，老秦特地交代了的。果然，我还没洗漱呢，老秦就打来电话，叫我今天早点过去，说出版公司花钱请了记者，想做个简单的采访。由于这些记者并不打算采访我，只是被人花钱请来的，老秦就催得特别急，还一直暗示我最好别迟到，别摆谱，比我强的小说家多了去了，他们要捧谁都是轻而易举的。

我在写作上摸爬滚打许多年，老秦说的话不算夸张，编辑也嘱咐过我要配合，于是那天早上我只吃了一个苹果就开车到了南宁书店，一上午都耗在了那里。老秦认为打铁要趁热，做完了采访，他看书店的人已经很多了，就提前举办了签售会，让我现场签完那五百本书。

午饭时间一过，书店就排起了长龙，很多读者都很热心地买书签名，并且问了我不少专业性的问题。其中有一个男生问我什么药物吃了会得精神病。我担心男生有什么不轨的企图，没敢回答，只好笑着说，下一位。不过出于职业习惯，我嘴上没说，脑海里却跑出了一堆话来：许多药物都可以使人精神不正常，如果大量使用可以使人出现短暂的幻觉妄想、意志减退、丧失人格等。

想着想着，我就在心里问自己："主任最近行为不太对劲，难道真如他说的那样，被人在水里下毒了？是什么药物让他精神不正常的呢？可惜他在信里没详细说明。"

"叮叮叮……"我正在给一个女生签名，手机突然响了。

昨天，我和杨柯的手机进了水，开不了机，好在过了一个晚上又恢复了正常。由于是杨柯打来的，我就不理睬老秦的阻拦，当着一群读者的面接了电话。

"怎么了？"我好奇地问。

"你还在你妈那边吗？我就是告诉你，主任昨晚送到医院就死了，武雄没死，但他小脑的延髓有淤血，压迫到呼吸中枢，现在不能自主呼吸，只能上呼吸机了，我看基本是救不回来了。"杨柯说话时的背景音很吵，不像是在医院。

"那主任和武雄的家人怎么说？"我担心地问。

杨柯唉了一声说："主任的家人都在争遗产，没人追责，都主张马上火化遗体。至于武雄，他的亲人都在四川，还没赶过来。"

我本想感慨主任的家人也太爱钱了吧，可一望读者队伍，有一个西装革履的男人映入眼帘。这个男人系着一条灰蓝色斜细纹领带，我一看就暗喊，坏了，杨柯来了，我忘记叫季副高拖住他了！很明显，杨柯也没料到坐在签售台上的人是我，我们在讲电话时，他挺直身子，往前望了望，接着我们就四目相对了。

那时，我已经签了四百多本书，时间已经过去几个小时，都快到下班时间了，我没想到杨柯还会赶来。我们大眼瞪小眼，彼此望了望，谁都没有再说话。我可能是做贼心虚，一下子就把电话挂断了。杨柯在队伍中难以置信地望着我，同时摊开了手，又惊讶又生气，许多种表情都堆在了他脸上。

我脑子里想找些说辞，手机却又响了起来，我以为还是杨柯打来的，可屏幕上却显示了三个字：卢苏苏。好几天过去了，我都没能和卢苏苏说上一句话，于是我又没管老秦，固执地接通了电话。

“什么？”只听了一会儿电话，我就像触电那样猛地站起来。

“怎么了？”老秦和读者，以及杨柯都奇怪地望着我。

“我马上就来！等我！”电话还没挂，我就冲下了签售会的舞台，连杨柯也没理会，直接奔下楼，跳上了车。

也许你们会好奇为什么我会这么着急。因为卢苏苏一直在电话里哭泣，说自己可能活不过明天了，要跟我道别。为了搞清楚原委，我开车离开书店时，打开了手机扬声器。卢苏苏不知道我在干什么，可能也来不及多问，就在电话里哭着告诉我，院长之前开全院职工大会是为了批评她，因为她前夫以夫妻的名义借了许多高利贷，尽管他们已经离婚了，但她前夫仍把债务都推给她了，现在高利贷又杀上门来，闹着要她还钱，否则就杀了她。

我心中一凛就问，追债的人是不是太阳穴上有个伤疤，前几天有这样一个男人来问我老年二科在哪里，出于直觉和担心，我没有向他透露。对此，卢苏苏承认那个男人就是高利贷派来的，为了躲债，她几天不敢回家了，一直躲在医院里。我担心来不及赶回去，在一个红绿灯路口停下来时用尽量平静的语气劝卢苏苏赶紧报警，让廖副来处理。

“欠钱有什么办法？我老公以前报过警的，但是没用，他们还是会派人来骚扰你。”卢苏苏无奈又绝望，“他们不是开玩笑的，如果我能躲过今天的话，明天可能就不来医院了，我准备辞职了。我不想害你，以后不会再见你了。”

“别净说丧气话，总会有办法的。”我尽量安抚。

“没用的，那些钱我一辈子都还不清。”卢苏苏抽泣着说，“要怪就怪我当初瞎了眼。”

“我来帮你还钱。”我极力挽留。

“他们逼着我今天还清，你没有那么多钱的，我知道你也不容易。”卢苏苏一边哭一边说，“好了，我打电话是想告诉你，我喜欢你，我真的喜欢你，可惜我们遇见得太晚了……”

“我到医院了！你在哪里？”我一路通着电话，开进了医院的停车场。

也许是暴风雨的影响还没过去，天空都被乌云遮住了，才下午六点多南宁的天就完全黑了。我想问卢苏苏藏在医院哪里，可卢苏苏不肯透露，还挂断了我的电话。我再打过去时，她一直拒接，最后就关机了。为了救人，我不管廖副能不能帮上忙，仍给他打了电话请他带人赶过来。同时，我又找了医院保安，想让他们帮忙找人，但他们都去吃晚饭了，只有一个老伯伯年纪的保安坐在医院大门那里，问他卢苏苏在哪里，他还反问我卢苏苏是谁。

刚好，梁凉凉从外面走进来，看到我问卢苏苏在哪里，就主动搭腔：“你也在找卢医师吗？我看到她往太平间下面去了。”

“也？”我警觉地问。

“有个男的说要给老人办出院手续，要找卢医师。”梁凉凉被我追问，马上就像受惊的小鸟那样，可怜兮兮地低头说，“我又做错什么事了吗？我现在都不敢开车……进出都走路了……”

“你先别打岔，那个男的是不是左边太阳穴有个伤疤？”我心惊胆战地问。

梁凉凉点了点头，似乎还想说些什么，我却拔腿就跑，根本没耐心再听下去了。在奔向太平间时，我耳边一直回荡着我妈的话：那个女的浑身是阴气，而且非常重，谁跟她在一起准倒霉，非死即伤。我一直说我妈干的那一行是迷信，如今主任被撞死，武雄变成植物人，连卢苏苏也……

“不，不会这么倒霉的。”跑去太平间时，我安慰自己，“来得及的，一切都来得及的。”

可太平间一个人都没有，除了武雄颅骨破裂后流出的血，太平间没有什么特别的地方了。找了一圈后，我想到电梯可以通往地下二层，也许卢苏苏藏到地下二层去了，我就乘电梯来到了曾经长期封闭的地下二层。

那时，地下二层的改造已经完成大半，封住的墙壁都打开了，灯也通电了，可不知道是不是暴风雨过后电路不稳定，那些惨白色的灯光总是闪烁着。我本想大喊卢苏苏的名字，这时一个房间里闹出了动静，好像是有人在打架。那声音乒乒乓乓的，回音特别大，我在走廊里，心脏被震得很不舒服。可我哪里还在乎这些，一听到声响就冲过去救人了。

地下二层的房间都没有开灯，我靠近一个房间后，本想透过斑驳的窗户看看里面是不是有人，然后一只血淋淋的手就拍到了玻璃窗上，并击打出了几条裂缝。

“苏苏！”我一发现情况就去撞门，但门很结实，撞了好几下都没撞开。最后，有人从内部打开了门，吱呀一声，一个浑身是血的人颤抖着走了出来。我倒吸一口气，这个人左边太阳穴有道伤疤，果然是来追债的人，而卢苏苏已经躺在血泊中，似乎没反应了。

这画面让我分了神，等反应过来时，那个男人已经捅了我一刀，鲜血顿时染红了我的白衬衫。男人又捅了我第二刀、第三刀……有的刺入了我的腹部，有的刺中了我的大腿。最终我无力地倒在地上，意识渐渐模糊了……

恍惚之中，卢苏苏似乎朝我爬了过来，看我眼神涣散，就喘着说：“对不起，陈仆天，是我害了你。”

“苏苏，这不怪你。”我尽量安慰。

“不要叫我苏苏，叫我芳芳。”卢苏苏故意挖苦了我一句，似乎是想让最后的时光显得不那么悲伤。

我笑了一下，想起最初把卢苏苏的名字错认成了卢芳芳，两人的相识非常无厘头。可我失血过多，已经没有力气再说话了，连手指头都动不了了。

卢苏苏趴在地上，靠近我后就在我耳边说：“我有一件事要告诉你，就是张七七的死，我想我知道真相了。迎新晚会那天，我们……”

这一次，卢苏苏把话都说完了，遗憾的是，我自己没撑住，不争气地昏厥了。等我恢复一些意识时，杨柯出现了，他俯视着我，看我浑身是血，就扯下了他那条灰蓝色斜细纹领带，给我绑住了右腿："你的股动脉被割破了，不处理的话，你几分钟内就会死。"杨柯明明很担心，但也许是为了不让我紧张，就假装轻松地说："看吧，我就说领带能救你一命。"

"救卢苏……"

看我实在讲不出话了，杨柯就摇了摇头，暗示我卢苏苏已经死了。随后，我再次陷入昏迷，不知道过了多久，我才在一个病房里迷迷糊糊地醒来。我看了看窗外，天是黑的，病房里除了我，一个人都没有。我口渴得厉害，想喝些水，看到呼唤铃就在床头，想伸手去按。

这时，一个人推门走进来，听到动静后，我停住了按铃的动作。我以为是我爸妈或者杨柯，再不济也是医护人员，谁知道进来的竟然是一个死了很久的人——不是张七七。那一瞬间，我觉得病房的门就像是一道鬼门，只要从那扇门进来的人都不是活人，而是恶鬼。

也许是刚受了很大的刺激，又昏迷了很久，我一下子无法接受，在床上猛地大声尖叫起来："啊——"

可我才喊了一声，那个人就冲过来捂住我的嘴巴，接着将一把水果刀插入了我的胸膛……

同时，那个人在我耳边低语："对，是我杀的，他们都是我杀的！你到死都没想到是我吧！"